U0507611

本成果获
教育部人文社科规划项目基金
陕西师范大学优秀学术著作出版基金
陕西师范大学文学院优秀学术著作出版基金
资助

中国古代
辨体理论批评研究

任竞泽 著

中国社会科学出版社

图书在版编目（CIP）数据

中国古代辨体理论批评研究/任竞泽著. —北京：中国社会科学出版社，2016. 11
ISBN 978 - 7 - 5161 - 7692 - 4

Ⅰ. ①中…　Ⅱ. ①任…　Ⅲ. ①中国文学—古典文学研究
Ⅳ. ①I206. 2

中国版本图书馆 CIP 数据核字（2016）第 037588 号

出 版 人　赵剑英
责任编辑　郭晓鸿
特约编辑　席建海
责任校对　王佳玉
责任印制　戴　宽

出　　版　中国社会科学出版社
社　　址　北京鼓楼西大街甲 158 号
邮　　编　100720
网　　址　http://www.csspw.cn
发 行 部　010 - 84083685
门 市 部　010 - 84029450
经　　销　新华书店及其他书店

印　　刷　北京君升印刷有限公司
装　　订　廊坊市广阳区广增装订厂
版　　次　2016 年 11 月第 1 版
印　　次　2016 年 11 月第 1 次印刷

开　　本　710 × 1000　1/16
印　　张　21.75
插　　页　2
字　　数　324 千字
定　　价　78.00 元

序　一

任竞泽的新著《中国古代辨体理论批评研究》即将由中国社会科学出版社出版。此书2014年底完稿之后，竞泽便寄我一阅并征求意见，同时又让我作个序。由于庶务缠身，竞泽与该书责编大约考虑到我的奔忙，表示了极大的忍耐心，从未催促，以致一直拖延至今才付诸行动，这着实影响了竞泽该著的出版进度。每想及此，便觉汗颜，于此谨向竞泽与该书责编表示深深的歉意！

任竞泽从攻读博士学位期间开始，便一直致力于中国古代文体学研究。这本新作是他的第二部专著，此前他还在商务印书馆出版过《宋代文体学研究论稿》一书。竞泽自2008年从中国社会科学院研究生院文学系博士毕业以来，通过自己的辛勤努力，在学术上取得了显著的成绩，作为他攻读博士学位期间的指导教师，我内心感到由衷的高兴。借此书出版之际，谈一谈重读之后的一些感想，以绍介给学界和同仁。

首先，在选题上，竞泽博士以中国古代“辨体”理论批评为研究对象，是颇费了一番心思和周折的。其中，既有他在撰写博士论文时形成的相关研究基础，又有在前期研究基础上逐渐拓展开来的理论视野和更加系统的研究路径及问题意识，这一学术上的提升无不显示出了他敏锐的学术嗅觉和思想识力。众所周知，中国古代文体学是中国古代文学研究中的一个持续性较强的学术聚焦点，为近二十多年来的古典文学研究提供了学术增长点。自20世纪90年代以来，经过以中山大学吴承学先生为领军的研究基地和研究团队导夫先路，对传统文体学展开了全面而深入的研究，筚路蓝缕之功不可磨灭。时至今日，中国古代文体学正日渐形成自己独特的研究领域和学术特色，学科的建立也日渐成熟。而我们知道，任何一门学科的形成、建立和壮大，理论先行和以理论为指导都是极为重要和不可或缺的。而“辨体”理论批评则正是中国古代文体学的核心和基点，早在90年代初期，吴承学先生就在《中国古代文体学学科论纲》中认为“成熟的学科意识是提升古代文体学研究水平必要的前提和基本条件”的看法，并且指出“以‘辨体’为‘先’是中国古代文学批评与文学创作的传统与首要的原则”，从而强调“辨体”应该成为“古代文体学中贯通其他相关问题的核心问题”①。竞泽对此有很深的领会，这从他在书稿中对吴先生这篇阐发传统文体学研究学科理论建设的重要论文多次加以引用便可以明显看出来。此外，可以发现，竞泽读博期间最早刊发的文体学研究方面的论文，就是研究严羽《沧浪诗话》中的辨体批评问题的②。这样，在中国古代文体学研究自身学科理论与方法和尚处于建构过程之中，在学科理论与具体的学术实践正处于相互碰撞和交融之时，在中国古代文体学理论的系统研究还是一个较为薄弱的环节之情形下，竞泽博士的辨体理论研究之创新意义和学术价值便突显出来，并在中国古代文体学研究领域引起了广泛的关注和好评。

其次，宏观的史学视野与具体的焦点透视。任何一种文学理论都有它的发生发展和演变进程，辨体理论亦不例外，在中国古代文体学史上，辨体理论也有它自身独特的批评史发展脉络，是中国文学史和中国文学批评史的重要组成部分。吴承学先生曾经这样讲到：“自魏晋以来，文体研究历来都是中国古代文学批评的重要组成部分，古代许多文学批评其实也就是文体批评。”③ 所言极是。可以说，传统文学批评中的辨体理论研究是开展中国古代文体学研究的一个重要抓手，需要进行系统而深入的梳理与阐释。然而，研究之重点在此，难点也在此：中国古代辨体理论发生和形成于先秦两汉，在魏晋南北朝得到极大地发展并出现了《文心雕龙》这一文体批评集大成之作。延宕至宋代，辨体批评风气兴盛，具有承上启下的历

① 吴承学：《中国古代文体学学科论纲》，《文学遗产》2005年第1期。

② 任竞泽：《论严羽〈沧浪诗话〉之辨体批评》，《北方论丛》2007年第4期。

③ 吴承学：《中国古代文体形态研究》（绪论），中山大学出版社2002年版，第1页。

史地位，而元明清时期的辨体批评，尤其是明代的辨体批评，则正如罗根泽先生所云，为中国古代辨体批评的集大成时代。在这一绵延两千多年的辨体批评发展历史线索中，面对浩如烟海的文体文献典籍，要想在一部二三十万字的专著中面面俱到、巨细无遗地描述出传统辨体批评之全貌来，几无可能，更无必要，因为既使勉强进行了概论式的历史描述，但其学术性则将大打折扣。那么，在辨体这一理论问题上，如何既能保持宏阔的史学视野又不失充满问题意识的学术创新呢？在解决这一两难的学术境地上，傅璇琮先生在评价吴承学《中国古代文体形态研究》时有精到的论述："我们不要先作大而全的概述性工作，这样难免重复、浅层；先选择有一定代表性的几个点，作精细而又有高度概括的探讨。"傅先生认为这种"先不作系统的概论"，而是"作历史的描述和思考"的文体学研究，"对当前学科建设来说，有方法论的启示意义。"① 可以看出，竞泽撰写这部书稿，在研究理念和方法论上，便从上引傅璇琮、吴承学之言中获益良多。比如，在书稿的篇章结构和体系建构上，一方面，全书十四章，各章从先秦到明清以历史朝代为演进线索，"作历史的描述和思考"，具有清晰概要的文学批评史学术眼光，可以视为是一部简明的中国古代辨体理论批评史。另一方面，本著"按照中国文学批评史的发展过程和演进线索，自魏晋六朝至唐宋元明清，选取具有丰富辨体批评内蕴的经典批评家的经典文论著作进行个案式研究"，从而又有效地克服了仅仅对传统辨体批评理论做浅层次的、概论式的讲述之弊端。因此，可以看出，竞泽在文体学研究方法上受吴承学先生沾溉颇深。这种个案式研究，使得全书各章合之则成为一相互有机联系的整体，分之则独立成章，形成一系列单篇学术论文。总之，作者的意图是通过该书，既可描述出中国辨体理论批评史的发展概貌，又能够对作为个案研究而专门论析的经典文论著作从辨体批评的角度进行重新审视和解读。更重要的是，这种专题论文的写作，可以让作者"得以摆脱为追求建构体系而不得不宏大叙事的沉重负担，获得了符合自己学术心性之方法论的自由，而且这种研究方式确实可以摆脱'体系'

① 吴承学：《中国古代文体形态研究》，中山大学出版社 2002 年版，第 3 页。

的掣肘而易于深入。”① 正因如此，书稿各章都曾以单篇论文的形式在诸如《文艺理论研究》《厦门大学学报》《陕西师范大学学报》等国内核心期刊上予以发表，产生了一定的学术影响力，亦获得教育部人文社科规划基金项目资助，凡此都可以从一个侧面证明了本书稿的学术价值所在。

最后，文体文献学价值和文学批评史意义。该著以时代发展为线索，在每一个时代选取一部或两部具有典型性的代表性辨体批评文本，从而管中窥豹，以一、二部经典辨体批评文论典籍来透视这一时代的辨体批评的理论概貌，这一方面需要作者具有扎实的古代文论文献基础和阅读积累，同时在多次反复的文献典籍阅读中要有很强的文献辨别识见能力，既要能够从浩繁的文论典籍中凭前期蒐集和学术理解来选择和甄别具有文体学研究空间和价值的部分文献，又要在进一步的阅读浏览中能够鉴识其中的辨体理论意义，这就像在万里山川中遴选矿藏一样，是一个如顾炎武所讲之“采铜于山”的劳作过程，其中的爬梳之艰辛和阅读之单调，恐怕唯有作者能够体验和深知。在书中，竞泽对所选录的辨体批评文献，进行了沙里淘金和竭泽而渔式的资料阅读摘录、分类分析和论证阐发，这从第七、十、十一章在发表时的论文题目便可直观地看出来，其题目分别是《宋人诗话之辨体批评及文体文献学价值》《许学夷〈诗源辩体〉的辨体理论体系》《曹雪芹的文体学思想——兼及脂评本〈红楼梦〉的文体文献学价值》，上述论文最显著的特点就是，不但全面详尽地以文献分析为基础，从而构建其系统的辨体理论体系，而且在传统辨体批评文献资料收集、整理方面也具有重要的学术价值。

在某种意义上来说，一部中国古代文学史可以说就是中国古代文体发展史，而中国古代辨体理论批评史也自然融入在中国古代文学批评史的演进历程之中，是中国文学批评史的重要组成部分。如果从文体学研究作为一个相对独立的学科之角度来看，辨体批评史和文学批评史又可以看作是双线并行、互相映照的一种独特文学景观。这从本书中所选辨体批评文论经典著作的朝代序列中已能直观地看出，如从魏晋六朝曹丕《典论论文》、

① 党圣元：《评郭英德〈中国古代文体学论稿〉》，《文学评论》2007 年第 4 期。

刘勰《文心雕龙》、钟嵘《诗品》，到唐代诗学中皎然《诗式》、殷璠《河岳英灵集》、司空图《诗品》和《与李生论诗书》、宋代严羽《沧浪诗话》为代表的二十几部诗话著作，再到元代祝尧《古赋辨体》、明代许学夷《诗源辩体》等，简直就是一部简明的辨体批评理论史，当然也足以构成一部简明中国文学批评史。尤为重要的是，上述文论经典著作在以往的研究之中，历代学者们已经对其文学批评方面的意义进行过分析阐述，而本书则另辟蹊径，从辨体批评的视域对其中的文体学理论意涵进行发掘，深度阐释之，这样的研究工作及其成果，对于拓展、丰富文体学研究及中国古代文学批评史研究之范围、内涵，具有重要的学术价值，正如作者在该书《绪论》中所讲的那样，“可以深化拓展中国文学批评史的研究内容和研究范围，这对重写中国文学批评史和中国文学史具有重要意义”。

该书值得称道之处，当然不止上述三点。然而也还存在着一些不足之处，比如对明代这一文体集大成和辨体批评文献丰富的时代，竟泽只选取了许学夷一家进行论析，这就显得有些薄弱了，若能把吴讷、徐师曾、贺复征等重要辨体总集都有所兼顾，对他们在辨体批评方面的成就与特点做出综合论述，当会使论著更加丰满完整。此外，如果能对域外一些相关的文体学思想及方法论有所借鉴，并对中国古代文体学研究中的“文学性”问题有所追问，当能提供一些别开生面的理论境界。

是为序。

党圣元

2016 年 10 月 29 日于京北寓所

序　二

竞泽博士的书稿《中国古代辨体理论批评研究》已经付梓，即将由中国社会科学出版社出版，向我索序，作为他的博士后合作导师，我欣然应允，谈一谈自己的一些看法和想法。竞泽博士 2008 年 7 月于中国社会科学院研究生院博士毕业后，来到陕师大同我作博士后研究工作。因为博士论文作的宋代文体学研究，所以博士后期间便在此基础上进一步拓展，以中国古代文体学理论研究作为博士后报告题目，并于 2011 年 6 月顺利完成博士后出站答辩工作。之后经过四年多的打磨和修改，终于为文体学界奉上了一部优秀的学术著作。我认为，这部著作有以下几个主要特点：

其一，经典文论的深化与辨体理论的经典化。该著的最大特色是，按照中国文学批评史的发展线索，选取历代经典文论著作进行文体学理论研究，深入挖掘其中所包蕴的辨体理论内涵，可以说是对中国古代经典文论的深化与拓展。以六朝为例，作为中国古代文论的双子星座，刘勰《文心雕龙》和钟嵘《诗品》的学术研究向来是学界关注的焦点，并形成了专门独立的学术领域，相关论著不啻万千。尽管说经典的特质就是具有丰富的理论内蕴和无限的诠释空间，但要想在前人厚重的足迹上再有所创新，亦殊非易事。尤可注意的是，在文体学成为近几十年来古代文学和古代文论研究热点的态势下，魏晋六朝文体学也成为当代学人研究的重镇，如李士彪《魏晋南北朝文体学》和贾奋然《六朝文体批评》的出版，便在学界产生很大反响，其中的文体学研究，可以说涉及到这一时期的方方面面。故而本著中《刘勰〈文心雕龙〉的辨体理批评体系》和《钟嵘〈诗品〉的文体学思想》两文，从辨体批评和文体理论的角度出发，便给人以眼前一亮的感觉。

值得一提的是，文体论是曹丕《典论论文》文学理论体系的重要组成部分，这一经典文论中文本自身的文体言论并不多，但本著中《曹丕〈典论论文〉文体学思想甄微》一文却在广泛搜集曹丕及同时文论家的相关文献基础上，论证了其“四科”说为文体分类学上的“四分”法，具有很高的学术价值。而我们知道，文体分类学是文体学理论的要义之一，当代学者钱仓水的《文体分类学》和郭英德的《中国古代文体学论稿》等是这方面的杰出著作，诸如中国古代文体分类的生成方式、基本类型、规则体例及体式原则等都有全面的论述，而本文中四科四分法的提出，可以说是对文体分类学术领域的很好补充。

同样，诸如皎然《诗式》、严羽《沧浪诗话》、脂评本曹雪芹《红楼梦》等经典文论也都因从辨体的视域进行研究而得到深化。而祝尧《古赋辨体》和许学夷《诗源辩体》这类以“辨体”为名的辨体理论专著，通过作者对其辨体理论批评体系的系统建构，这对相关辨体论著诸如贺复征《文章辨体汇选》、吴讷《文章辨体》、徐师曾《文体明辨》等的辨体研究也具有很好的启示意义。

“辨体”作为中国古代文体学的核心理论范畴，其发生、形成和兴盛具有自身独特的发展历史和演变规律。我们知道，中国古代文论中的经典范畴命题诸如诗言志、文气论、意境论、发愤著书、文以载道等的发展演进历程也就是各自的经典化过程，而其经典化的最重要途径便是历代经典批评家之经典文论的接受传播过程，也即载体的经典性和经典化，“辨体”亦不例外。该著结构上以朝代为线索，选取自魏晋南北朝至唐宋元明清具有代表性的历代文论经典进行辨体理论批评研究，简明梳理了中国古代辨体理批评的发展脉络，如上文所述，因为所选取的辨体专题研究都是诸如《典论论文》《文心雕龙》《诗品》《沧浪诗话》等经典文本，也即辨体理论范畴的载体本身都是经典，故而本书某种意义上的中国古代辨体理论批评展史可以说就是辨体理论的经典化过程。这种经典化过程，对于彰显辨体范畴的内蕴丰富性及其在中国古代文体学和中国文学理论批评史上的历史地位都具有重要意义。关于这一点，最集中地体现在“文章以体制为先”这一辨体核心内蕴的经典化过程上，如本著系列论文诸如《文心雕龙》中的“童子雕琢，必先雅制”、“才童学文，宜正体制”、“辞尚体要”、“务先大体”、“宜宏大体”等，唐代诗学辨体批评中的“凡为诗者，先须识体格”、“凡为诗须先定体面”、“先须明其体势”、“凡为诗要识体势”等，宋代诗话中的“学诗须熟看老杜、苏、黄，亦先见体式”、“诗文各有体”、“论诗文当以文体为先，警策为后”等，元代祝尧《古赋辨体》中的“王荆公评文章尝先体制”、“宋时名公于文章必辩体”等，明代许学夷《诗源辩体》中的“诗先体制而后工拙”、“故诗虽尚气格而以体制为先”、“诗先性情而后体格”、“诗先体制而后气格”、“诗先定其正变而后论其浅深”等，清代曹雪芹《红楼梦》中的“必先度其体格宜与不宜”等等，其经典化历程极为清晰，而其学术价值也不言而喻。

其二，理论构建和批评实践。该著在辨体概念范畴的诠释和理论体系的建构上，是从辨体的批评史发展的演进历程中，以专题研究的具体形态和个案分析来展示辨体理论的丰富内蕴的，如包括先其体制的辨体核心内涵、辨体与破体、尊体与变体、得体与失体、偏长某体和兼备众体、定体与不定体等，以及与此相关的辨体之辨源流正变、辨优劣高下、辨是非真伪等关于辨体批评的发生发展观和批评标准的价值判断等，经过自魏晋到明清历史长河的涤荡淘洗，逐渐以清晰剔透的面貌呈现在我们面前。值得肯定的是，作者在挖掘理论内涵的同时，还进行了具体的批评实践，如在《“宫体诗”之辨》《〈红楼梦〉“好了歌”文体源流考》以及《中国古代“口号诗”的文体特征》三章中，便分别对宫体诗、好了歌、口号诗这三种文体形态，依照刘勰的“原释选敷”文体研究方法进行了文体源流正变的辨体批评实践，并深入探寻其发展演变背后的深层社会历史文化原因，把理论和实践很好地结合起来。

其三，文本细读和文献基础。文学理论研究容易出现的弊端就是失于玄虚空泛，就理论而谈理论，或对一些概念范畴命题作形而上的大谈特谈，或在理论上进行宏大的叙事和体系建构，结果如空中楼阁，缺乏必要的坚实的文献基础。竞泽是文学史研究出身，一向注重文献的搜集排比，这可以从他此前出版的文体著作《宋代文体学研究论稿》以及发表的相关古代文论论文中可以看出，而本书则体现的最为充分。通读全书可以发现，从《典论论文》《文心雕龙》《诗品》、唐代诗学、宋代诗话，到《古赋辨体》《诗源辩体》《脂评红楼梦》，每一个专题研究作者都严格实践着文本细读这一严谨的治学方略，可以说对每一部文论经典都通过细读和深鉴，逐一识别和搜罗出相关的辨体言论资料，然后分门别类进行深入阐释。在掌握原始的第一手文献基础上，作者也非常注重历代与此相关辨体批评文献的全面搜集辑录，同时对现当代学者在这一专题领域的研究现状了解的也颇为充分，并时时加以引证，凡此都体现了作者坚实的文献功底和严谨的治学态度。

论著除了以上特点或优点之外，当然也存在一些不足。正如作者所指出的那样，中国古代文体学的发展是与中国文学史和中国文学批评史相伴而行的，历代文体学理论包括辨体批评文献极为丰厚，本书中除了魏晋六朝这个文体集大成时段选了三部经典进行研究，显得较为充分集中之外，其他朝代都只选择一个专题进行观照，显然不足以代表这一个时代的辨体成就和全貌，不免有挂一漏万之嫌。当然这个缺点在某种意义上来说也未尝不能看作是个优点，正昭示了这一选题具有很好的可开拓空间，也希望竞泽能在此基础上把中国古代辨体理论批评研究进一步补足和加强。

竞泽无论为人处事还是生活态度上都简易朴直，这也让他在学术研究上能够心无旁骛。希望竞泽能够再接再厉，在学术上更上一层楼，作为合作导师的我相信他会作得更好。

是为序。

张新科

2015 年 12 月 10 日于古城西安

目　录

绪论　中国古代辨体理论批评论纲[①]

“辨体”范畴及其理论批评在中国古代文体学中占有重要地位，是中国古代文体学研究的基本起点，是贯通其他相关问题的核心问题（吴承学语）。中国古代文体学研究正成为当前的学术热点之一，但从国内外研究现状和趋势来看，大部分学者主要致力于具体的某一朝代文体学、某一文体总集或某种文体形态等方面的研究，对文体学理论上的总结仍显重视不足。而作为中国古代文体学的理论核心，辨体理论批评之系统研究尤为冷落。

近三十年来，有关“辨体”研究的学术成果主要表现在如下几个方面：首先，聚焦于尊体、破体、辨体这一宏观的基础理论研究，如吴承学《辨体与破体》《破体之通例》和王水照《尊体与破体》等可以说是这方面的奠基之作，在学界影响很大。吴承学、沙红兵《中国古代文体学学科论纲》从学科建立的宏观视野出发，来阐述辨体的重要地位，可谓意义深远。其后有朱正华《“辨体”辨》、张利群《中国古代辨体批评论》、吴光正《古代文学辨体研究》、罗宗强《寻源、辨体与文体研究的目的》等。

其次，着眼于某一种文体、某一时代、某一作家等的辨体研究。最多的是词学辨体与诗学辨体。如词学辨体方面，有曹明升《清代词学中的破体、辨体与推尊词体》，伏涤修《清代词学由辨体向尊体的批评转向》，钱建状、刘尊明《尊词与辨体——宋词独特风貌形成中的一对矛盾因子》，闵丰《诗学模范与词格重建——清初当代词选中的辨体与尊体》，汪超《尊体与辨体》（从辨体角度观照词曲），赵维江《效体、辨体、破体——

① 该文发表于《内蒙古农业大学学报》2016 年第 2 期。人大复印报刊资料《文艺理论》2016 年第 10 期全文转载。

论元好问的词体革新》，方建煌《从刘勰的通变观看宋词辨体论与破体论之得失》，张宏生《辨体与合体——李渔的词曲渗透之论及其时代》，陈水云《康熙年间词学的辨体与尊体》，刘桂华《清代词学中的辨体与尊体论》，汪超《词学尊体研究综述》等。

诗学辨体方面，包括李万堡《诗歌辨体论》、邓新跃《论宋代的诗学辨体理论》、邓新跃《明代前中期诗学辨体理论研究》、邓新跃等《文体学视角与古代诗学辨体理论研究》，邓新跃《〈文心雕龙〉与魏晋南北朝诗学辨体理论的发展》，陈文新《辨体视野下的古代诗文》，李中华、李会《唐代七古、七言歌行辨体》，徐楠《试论祝允明的诗歌辨体意识与创作观》，张见《辨体方法与王士祯的诗歌批评》，葛晓音《江淹“杂拟诗”的辨体观念和诗史意义》，柯继红《“五言诗成立于建安说”质疑——兼就五言诗辨体与木斋先生商榷》，王帅《傅燮㑊古体诗辨体研究》，赖力行《论王夫之的辨体批评》，许总《宗经与辨体——论四杰文学思想二重性与唐代前期诗史演进趋向》，谢海林《从清人所编宋诗选本看清代宋诗学辨体》，等等。

此外就是某一时代某一批评家的辨体批评，如王济民《宋代以后的辨体批评》、何诗海《明代辨体批评的成就》、汪泓《许学夷诗体正变论之再评价》、汪泓《“辨体”不“辨意”——许学夷论“体制为先”》、汪泓《明代诗学“体制为先”观念之内涵及其流变》等。其他还有一些散见的诸如赋学辨体以及笔记小说、文言小说、文话等文类辨体。如刘正平《笔记辨体与笔记小说研究》，陈文新《加强中国文言小说的辨体研究》，刘敏《教文辨体》，曹丹、张恩普《箴体溯源及其辨体》，蔡德龙《文话的辨体与溯源》，许结《元明辨体思潮与赋学批评》，董丽娟《刘师培论文章辨体》等。

最后，文体总集和文体文论经典的辨体研究。傅刚《文体辨析与总集的编纂》可以说是这方面的开山之作，其他如贾奋然《论〈文体明辨序说〉的辨体观》，简锦松《胡应麟〈诗薮〉的辨体论》，周效柱《〈诗薮〉中的辨体论》，邓新跃《高棅〈唐诗品汇〉与明代格调派诗学辨体理论》，张利群《刘勰“辨体”的文体论意蕴及批评学意义》，何诗海《〈古赋辨体〉与明代辨体批评》，李新宇《论〈古赋辨体〉出现的原因》，汪泓《许学夷〈诗源辩体〉评议》，汪泓《明代诗学状况与〈诗源辩体〉的写作缘起》，吴承学、何诗海《贺复征与〈文章辨体汇选〉》，吴承学《明代文章总集与文体学——以文章辨体等三部总集为中心》，等等。

可以看出，这些年中国古代辨体理论批评研究的基本态势是，明代的辨体研究最为繁盛，可谓硕果累累，这与明代这个文体学集大成的时代（罗根泽语）是相符的。清代也很多，尤其是清代词学辨体页堪称成果斐然。六朝中《文心雕龙》这一文体巨著有数篇辨体研究，其他朝代如唐宋金元等则相对来说比较薄弱，显示出当下辨体批评研究不够均衡的特点。

作为中国古代文体学的核心理论范畴，辨体及其辨体批评之研究虽然已经取得了丰硕的学术成果，但这些成果大多以散见的单篇论文为主，目前学界对中国古代辨体理论批评进行系统的史学阐述和体系建构尚不多见。本书的主要宗旨就是试图系统地构建起中国古代辨体批评的理论体系，在某种程度上适时地填补这一学术领域。在中国古代浩瀚的典籍中蕴藏着丰富的辨体批评文献资源，中国古代辨体理论批评具有广阔的学术空间和研究前景。

具体操作中，首先通过对中国古代辨体理论批评的发生渊源、发展历程和内蕴特征等进行考索分析，接下来按照中国古代文学史发展脉络线索，自魏晋南北朝以至唐宋元明清历代，精心选取十余个中国文学批评史中具有代表性的辨体理论批评专题进行研究，最后借鉴现当代文艺理论对中国古代辨体批评进行合理的现代阐释，试图从中勾勒出中国古代辨体理论批评发展的大致轮廓，进而在某种程度上建构起中国古代辨体批评的理论体系。

在系统构建辨体理论批评体系的过程中，从辨体的角度，对中国古代文论中的经典之作诸如《典论·论文》《文心雕龙》《诗品》《诗式》《沧浪诗话》《古赋辨体》《诗源辩体》等进行重新审视和解读，进一步挖掘这些传统经典文论的深厚内蕴，期望为中国文学批评史的重写注入新鲜血液。通过选取魏晋至明清以来能够体现时代辨体批评特征的典型个案进行深入的专题研究，从而厘清和把握中国古代辨体理论批评发展的历史脉络。写作过程中，力求避免为了取得宏大的史学叙事效果，而写成概论式的辨体发展史的情况出现。书中的十四个章节，分则独立成篇，合则为一整体。通过运用现代文艺理论对中国古代辨体批评进行合理的现代阐释，把古代文论的现代转换这一学术命题付诸实践。

纵观中国古代辨体理论批评的发生发展和存在形态，大体有三条主要线索和三个兴盛阶段。三条主要线索：一是中国古代经典文论著作包括《文心雕龙》《诗品》《诗式》《沧浪诗话》《诗源辩体》等的辨体理论批评。二是历代总集选本包括诸如《文选》、唐人选唐诗、宋代四大总集及其明清辨体总集中的辨体批评。三是中国文学发展史中诸如文学思潮、文学流派及文学争鸣下的辨体特征。三个兴盛阶段：一是汉魏六朝，这是辨体理论批评的成熟时期，《文心雕龙》和《诗品》为代表。二是宋代的辨体批评，它在中国古代辨体理论批评史上起着承上启下的地位和作用。三是明代辨体总集的繁荣。明人从总集编纂的角度，把中国古代辨体批评再一次推向高潮。本书在辨体理论研究之外，选取了“口号诗”和“好了歌”两个文体形态个案论题，具体研究中，则运用上述辨体理论及批评方法，尤其是对刘勰“原始以表末，释名以彰义，选文以定篇，敷理以举统”的文体研究方法进行阐释，可以说是前面辨体理论的具体运用和检验。

研究中需要深入考虑的问题很多，包括如何从文化学术等多侧面多角度挖掘辨体发生的深层原因；如何抽绎出诸如《文心雕龙》《诗品》《诗式》《沧浪诗话》等经典文论著作中的辨体批评内蕴，并进行比较研究，从中寻找出共同特质和一般规律；如何总结出中国古代文体总集编纂中所蕴含的辨体理念，并探究其与当时文学创作、文学思潮和文学流派之间的影响关系；如何对中国古代辨体理论批评进行合理科学的现代阐释，以实现中国古代文论的现代转换，等等。以上几个层面问题也是本书需要突破的重点和难点。

中国古代文论的现代转换是颇受当今学术界关注的热点之一，如何在传统与现代之间寻找一个平衡点，如何避免外来之观念与固有之材料的机械拼接，以及如何做到“系统结构从材料中自然而然生长出来”（党圣元语），使得在材料搜罗与理论阐释之间的转化更符合学术规律，可以说是中国古代辨体批评理论进行现代阐释和现代转换的关键，这也是本选题的难点所在。初步拟从如下几个角度进行论述，包括辨体的主客体构成、辨体批评的标准和目的、辨体批评的文学方法论意义、辨体在中国古代文体范畴及古代文论范畴中的地位、辨体批评的批评史和文学史意义、辨体批评与文学转型的相互作用和影响等。由于时间关系和各方面原因，很遗憾最终未能完成，希望在后续研究中能够补足。

研究方法的选择和运用对一部学术著作至关重要，可以说是成败之关键。本书主要有如下三点。首先，全面地收集和整理中国古代文献典籍中相关辨体理论批评资料，借鉴现当代相关学术研究成果，科学认真地梳理和总结辨体批评在中国古代文学批评史上的发生、发展规律和存在形态。这是文体文献学研究方法。其次，运用比较分析方法，在辨体理论批评的专题研究中，无论是淬炼经典文论中的辨体意蕴，还是寻绎文体总集中的辨体批评，都要在专题研究的基础上，再进行纵横比较，从中寻找出中国古代辨体理论批评演变的共同规律来。最后，本书首先是具体而微的实证研究，从中国古代辨体理论批评的实际出发，再现和还原辨体理论批评的本初生态。以此为基础，借鉴现代文艺理论对中国古代辨体理论批评进行合理的现代阐释。这样，在构建辨体理论批评体系时，便会言之有据而不致隔靴搔痒。这是实证和理论相结合的方法。

近年来，中国古代文体学正成为当今古代文论、古代文学研究的学术增长点之一，科研成果层出不穷，中国古代文体学学科的建立时机也日渐成熟。而我们知道，一门学科的建立，首先要有自己完整独特的理论体系，这样才能反过来指导具体的学科研究和学科建设。辨体理论批评作为中国古代文体学的核心理论，对建立中国古代文体学学科显得极为重要。我们在立足于中国古代文体学典籍文献的基础上，从辨体理论批评在中国古代存在的原初生态和话语情境入手，全面梳理和深入分析中国古代辨体批评的发生、发展及理论形态，同时借鉴近现代中西方文艺理论对其进行合理的现代阐释。这样既能系统地构建出中国古代辨体批评的理论体系，又不流于机械地生搬硬套现代文艺理论而显得空洞无物。中国古代辨体理论批评与中国古代文学批评史和中国古代文学史都密不可分，通过对其进行系统研究，可以换一个角度重新审视和解读中国文学批评史和中国文学史上的一些经典文论著作和文学现象，进而可以深化拓展中国文学批评史的研究内容和研究范围，这对重写中国文学批评史和中国文学史具有重要意义。

第一章　中国古代辨体的发生发展与思维特征①

作为中国古代文体学的基本理论范畴，辨体的发生无论从思维方式或概念的发展演变，都深深植根于中国古代传统文化哲学的土壤之中。辨体的思维方式和思辨特点最直观、最直接地体现在“辨”字本身上。辨同异，辨源流正变、高下优劣、是非邪正、尊卑雅俗等，是辨体的主要功能和特征。

第一节　辨体批评之发生

作为中国古代文体学的基本理论范畴，“辨体”概念和“文体”一样内涵复杂，辨体理论与批评体系也因此显得庞大而严密。但其主要功能和目的则在于“划界限”和“比高下”，即“通过对某一体裁、文类或文体之一定的内在质的规定性掌握，划分各种体裁、文类或文体之间的内外界限，划分各种体裁、文类或文体内部的源流正变的界限，并赋予高下优劣的价值判断和价值评价”②。也就是说，辨同异（即分界限），辨源流正变、高下优劣、是非邪正、尊卑雅俗等是辨体的主要功能和特征。所谓辨文体的类别、风格及划界限者是辨同异，即辨文体类别、风格之间的同异界限而分类归类。而辨源流、分高下则是对辨体之辨源流正变、高下尊卑、是非优劣、邪正雅俗、古今名实、贵贱利病、主次轻重、得体失体、文质古律等哲学思辨特征的概括，含有更多的价值评判。

---

① 本文发表于《江西师范大学学报》2010 年第 3 期。

② 吴承学、沙红兵：《中国古代文体学学科论纲》，《文学遗产》2005 年第 1 期。

从深层渊源上来说，中国传统文化哲学才是孕育辨体理论范畴的母体。辨体之名称内涵更多从传统文化中演变而来，其思辨特征尤得益于中国传统哲学思维方式的滋养。党圣元先生指出："将传统文论范畴与传统文化哲学范畴联系起来作整体考察，尤其是考察文化哲学范畴向文论范畴汇通、演变的过程，从文化哲学的高度来研究问题，才能搞清楚一个文论范畴产生、形成及发展的全过程，才能对该范畴的义理有一个透彻的认识，并深刻领悟该范畴所代表的审美意识所蕴含着的深厚的文化哲学精神。"① 作为文论范畴和理论体系，辨体也不例外，而且更适用于此，也只有用这种方法，才能真正地领悟其辨"同异、源流、正变、古今、本末、体用、优劣、高下"之辩证思维方式和哲学思辨特征。这是中国古代文论研究的方法论问题，如李春青先生云："从方法论角度看，中国古代文论研究的入手处常常不应是诗文作品，也不应该是诗文理论本身，而应该是特定的哲学、道德、政治观念。"② 也就是说，辨体不但萌蘖于中国传统儒家文化中，与诸如《礼》《易》等血脉相连，而且其辩证思维方式和思辨特征更是借鉴、沿袭了传统哲学中诸如《易》、《荀子》、老庄、董仲舒等的辩证思想。下面我们就辨体与传统文化和哲学的渊源关系上分别加以论述。

辨体之辨白是非优劣是儒家礼制上下尊卑关系的反映。"辨体"一词连用最早出现在《周礼》中，是儒家礼制之等级制度的写照。《周礼》："内饔掌王及后、世子膳羞之割烹煎和之事，辨体名肉物，辨白品味之物。"郑玄注曰："体名，背、胁、肩、臂、臑之属。"③ 宋易祓云："牲有体名，或贵或贱，当辨其可用而去其不可用。"④ 对此，清毛奇龄解释得尤为透彻："周礼注……士丧礼分七体，特牲分九体，少牢分十一体，其中有肩、胳、髀、胁、脊、臂、臑、肫、脡、骼诸名总是，以前后左右分贵贱之等。周礼'内饔掌割烹'有'辨体'，谓解羊豕之体而辨其前后左右

① 党圣元：《中国古代文论范畴研究方法论管见》，《文艺研究》1996年第2期。

② 李春青：《宋学与宋代文学观念》，北京师范大学出版社2001年版，第8页。

③ （汉）郑玄注，（唐）陆德明音义，（唐）贾公彦疏：《周礼注疏》卷4，文渊阁四库全书本。

④ （宋）易祓：《周官总义》卷3，文渊阁四库全书本。

横直之不同。今其制已不可考则，但分六体，而以前为贵，以后为贱，而次第献之，似亦不失礼意矣。”① 其中，“辨体谓解羊豕之体而辨其前后左右横直不同”云云，与后世以人体喻文体有相似之处，其承沿之迹很明晰。吴承学先生《生命之喻》一文即以辨生命之体而喻辨析文体，所谓“文之有体，即犹人之有体也……如果人体是显性形态，文体就是隐性形态。人体是文体的象征，文体是一个和谐统一的有生命的整体。”② 这样，从哲学思辨的角度来看，不但“辨贵贱，可用不可用”体现着辩证的思考，而且“辨体谓解羊豕之体而辨其前后左右横直之不同”显然还属于形而下的有形具体的层面上，而最终的目的和功能则是上升到无形的抽象的形而上层面上，即以前后左右分贵贱尊卑之等。这条文献以及这种阐释可以说弥足珍贵，它可以透彻地反映本文的研究思路和宗旨。这也正是吴承学先生构建古代文体学学科时的基本内涵之一，即“古代文体学的方法论和思维方式研究，集中体现着其以辨体的辩证思考为基本起点的思路。概括起来，就是中国古代文体兼有形而上与形而下、抽象与具象于一‘体’。”③

第二节　辨体批评之特征

辨体的思辨特征深受传统哲学思想的濡染滋养，最主要的有《周易》《老子》《庄子》《易传》之辩证思维方式，孔子、荀子、董仲舒的正名思想和汉魏名实之辨以及《墨子》《荀子》《易传》之类合、同异等哲学思想。上面从传统礼制文化源头上追溯了文体辨析的由来与演变，辨体已然具备了辨贵贱、同异的思辨特征。其实，辨体的辨同异、源流、古今、正变、优劣、是非等思辨特征有其更深刻的哲学基础。党圣元先生指出：“这是因为在传统文学理论批评的发轫时期，先秦诸子的文艺思想与文艺批评方法与他们的哲学思想及其方法论原则是浑然一体的，影

---

① （清）毛奇龄：《辨定祭礼通俗谱》卷4，文渊阁四库全书本。

② 吴承学：《生命之喻》，《文学评论》1994年第1期。

③ 吴承学、沙红兵：《中国古代文体学学科论纲》，《文学遗产》2005年第1期。

响所及，自然形成了传统文论及其范畴与传统哲学及其范畴互相渗透、互相交融的特点。”①

辨体的思维方式和思辨特点最直观、最直接地体现在“辨”字本身上。辨的本义是判别、区分。《经典释文》：“辨，别也。”②《群经音辨》：“辨，判也。”③ 此义推衍组合为分辨、辨别、辨析、辨解、划分、区别等，其本身便具有极强的思辨特征。如《易·同爻》：“君子以类族辨物。”清刁包注曰：“君子观同人之象而以类族辨物。类族辨物，程朱说大异。试从程说推之，盖统人物而言也。以人之类言之，士有士类，农有农类；以物之类言之，牛有牛类，马有马类，此之谓类辨。以人之族言之，张为张族，王为王族；以物之族言之，毛为毛族，羽为羽族，此之谓族辨。各以其族类辨物之异同也。又尝从朱说推之，类族属人，辨物属物，类其族之源流以正名分，秩然其不可乱也。辨其物之差等，以别名器，凛然其不可假也。”④《左传·成公十八年》：“周子有兄而无慧，不能辨菽麦。”⑤ 这里指类聚区分，辨别同异，即划分界限。又如陆九渊《与朱元晦》：“辨是非，别邪正，决疑似。”⑥ 范仲淹《上张右丞书》：“至于稼穑之难，狱讼之情，政教之繁简，货殖之利病，虽不能辨，亦尝有闻言。”⑦《周易要义》：“君子以辨上下定民志。”孔颖达疏：“君子法此履卦之象，以分辨上下尊卑，以定正民之志意，使尊卑有序。”⑧ 这里指辨别是非优劣、高下尊卑等，其中蕴含着很强的价值判断。“辨”又通“辩”，清朱骏声《说文通训·定声·坤部》：“辩，假借为辨。”⑨ 综上所述，“辨”字体现了主体辨者之辨“同异、是非、邪正、繁简、利病、上下、尊卑”等的辩证思维方

① 党圣元：《中国古代文论范畴研究方法论管见》，《文艺研究》1996 年第 2 期。

② （唐）陆德明：《经典释文》卷 1，文渊阁四库全书本。

③ （宋）贾昌朝：《群经音辨》卷 2，文渊阁四库全书本。

④ （清）刁包：《易酌》卷 3，文渊阁四库全书本。

⑤ （晋）杜预注，（唐）陆德明音义，（唐）孔颖达疏：《春秋左传注疏》卷 28，文渊阁四库全书本。

⑥ （明）陆九渊：《象山集》卷 12，文渊阁四库全书本。

⑦ （宋）范仲淹：《范文正集》卷 8，文渊阁四库全书本。

⑧ （宋）魏了翁：《周易要义》卷 1 下，文渊阁四库全书本。

⑨ 徐中舒主编：《汉语大字典》（缩印本），湖北辞书出版社、四川辞书出版社 1992 年版，第 1682 页。

式。这里，辨是主体的思维方式、思辨特征；体是客体的存在方式，即文体是核心。也就是说，“辨体是主客体相互依存的活动。辨不仅是方法，而且也是思维和观念；不仅是过程，而且也是结果；不仅是理性的思辨，而且是感性的领悟”①。可以看出，单从“辨”字一点上，中国古代朴素辩证法之思维方式对辨体的思辨特点之影响已可见一斑。

正名思想、名实之辨以及类合同异思想对辨体观念也影响颇大。孔子正名的具体内容就是“君君、臣臣、父父、子子”（《论语·颜渊》）。董仲舒则云：“名之审于是非也，犹绳之审于曲直也”，“事各顺于名，名各顺于天”（《深察名号》）。“正名的思想在董仲舒这里和孔子那里一样，都是为了维护上下尊卑的等级制的。”② 其后汉末魏初之综核名实、清谈、人物品评及玄学的兴起，对六朝文体学兴起、文体辨析之盛产生了深远影响。这种名实之辨无疑是刘勰文体论中“释名以彰义”的滥觞。关于墨子所谓“同类之同、同名之同，是之同、然之同，有非之异、有不然之异”云者，党圣元先生分析：“类主要分析同与异，尤为重要的是类同与不类，即根据事物种属包含关系进行推论、论证。”③ 此外，荀子所谓“不异实名”“辨异而不过、推类而不悖”“举统类而应之”，《易传》之“天地睽而其事同也，男女睽而其志通也，万物睽而其事类也”“君子以同而异”云云，以及董仲舒之“以类合之，天人一也”（《春秋繁露·阴阳义》）等命题，都对中国古代文体分类和辨别同异产生了深远的影响。这些都是以类聚区分为特征的总集编纂的渊薮。此外《周易衍义》所云“辨吉凶、参阴阳以辨君子小人”，“十一爻以辨体，发挥乾坤”④，以及《尚书古文疏证》之“明主客君臣之位，顺五行生克之序，辨体用常变之殊”⑤等等，其所谓辨吉凶、阴阳、君子小人、乾坤、主客君臣、生克、体用常变云云，都可见“辨体”之辩证思维方式及与上述诸“体”之“辨”的渊源关系。

① 张利群：《辨味批评论》，广西师范大学出版社2000年版，第173页。
② 任继愈主编：《中国哲学发展史》，人民出版社1994年版，第127页。
③ 党圣元：《中国古代文论范畴研究方法论管见》，《文艺研究》1996年第2期。
④ （元）胡震：《周易衍义》卷16，文渊阁四库全书本。
⑤ （清）阎若璩：《尚书古文疏证》卷7，文渊阁四库全书本。

第三节 辨体批评之发展

从中国学术史的发展角度来看，文体辨析与字书、史书、韵书、佛典之辨体有很大关系，并随着总集、类书以及目录书编纂的发展而发展。我们先看辨体与书法的关系。曾巩《相国寺维摩院听琴序》云："书非能肆笔而已，又当辨其体而通其意。"[①] 郑樵《寄方礼部书》亦云："秦始皇混一车书，然后天下之书皆用秦体。以其体有不同，故曰辨体。学者所以不识字书义，缘不知正义与借义也。……正体、借体，体者，本无所取义，但辨异其体耳。"[②] 这里，辨体是根据书体的不同而辨别其同异及正体与借体。其次，辨体与史书的关系。浦起龙云："按此篇序也，史体尽此六家。其辨体也，一《尚书》，记言家也；二《春秋》，记事家也；三《左传》，编年家也；四《国语》，国别家也；五《史记》，通古纪传家也；六《汉书》，断代纪传家也。"[③] 这是根据史书编纂体例之不同来辨析"史体"。第三，辨体与韵书的关系。《唐书·艺文志》载僧猷智《辨体补修加字切韵》五卷（已佚）。又宋丁度云："韵主审音，不主辨体。"[④] 此外，辨体的学术渊源与中国古代目录书、佛典及总集的编纂也密不可分，尤其是总集的编纂。经过上述传统文化哲学的长久的濡染孕育，随着文体类目的日益增长，迎来了总集编纂和文体理论著述的高峰，文体分类和文体辨析及其思辨特征也因而突显起来。关于"文体辨析与总集的编纂"，傅刚先生在《昭明文选研究》一书中所论详赡精到，可参看[⑤]。

从中国古代文学史和批评史的发展来看，魏晋六朝是中国古代辨体理论批评的繁荣和成熟时期，这以刘勰《文心雕龙》和钟嵘《诗品》为代表。最早真正文学意义上的"辨体"范畴两字连用，当是唐释皎然《诗式》之"辨体有一十九字"。在这里，"辨体"指辨别诗歌的风格特征。到

① （宋）曾巩：《元丰类稿》卷13，文渊阁四库全书本。

② （宋）郑樵：《夹漈遗稿》卷2，文渊阁四库全书本。

③ （清）浦起龙：《史通通释》卷1，文渊阁四库全书本。

④ （宋）丁度：《集韵》卷1，文渊阁四库全书本。

⑤ 傅刚：《昭明文选研究》，中国社会科学出版社2000年版，第52—69页。

了宋代，辨体渐成风气，正如祝尧所云："宋时名公于文章必辨体，此诚古今的论。"[①] 但直以"辨体"为名的惟严羽《沧浪诗话》。严氏屡言"辨尽诸家体制""于古今体制，若辨苍素""为能别得体制否""辨家数如辨苍白"[②] 等，实开后世"辨体"先声，其后元明以来，不独以辨体为名的总集林林总总，如元祝尧《古赋辨体》，明许学夷《诗源辩体》，吴讷《文章辨体》，徐师曾《文体明辨》，贺复征《文章辨体汇选》等，而直以"辨体"为名的文学批评也蔚为大观。如：

学《易》莫要于玩象，学诗莫要于辨体。……辨体不清则诠义不澈。[③]

是以二南无分音，列国无辨体，两雅可小大而不可差异，三颂可今古而不可选列。(刘绘《答乔学宪三石论诗书》)[④]

诗文各有体，不辨体而能有得者，未之前闻也。(车大任《又答友人书》)[⑤]

作古诗先须辨体。[⑥]

文胡可以无体？抑胡可以弗辨也？(余孟麟《文章辨体序》)[⑦]

可以看出，这里所罗列明人诸如车大任、王世懋等人之辨体批评重在辨诗文体制同异，而上述严羽、许学夷及辨体总集著者则重在辨是非、优劣、源流、古今、正变等。综上所述，辨体范畴或命题无论从思维方式或概念的发展演变，都深深植根于中国古代传统文化哲学的土壤之中。同时，辨体的丰富内涵及理论形态和体系都与此息息相关，并因此显得极富张力。

① （元）祝尧：《古赋辨体》卷8，文渊阁四库全书本。
② （宋）严羽：《沧浪诗话》，何文焕：《历代诗话》（下），中华书局1981年版，第685—708页。
③ （明）章潢：《图书编》卷11，文渊阁四库全书本。
④ （明）黄宗羲：《明文海》卷160，文渊阁四库全书本。
⑤ 同上。
⑥ （明）王世懋：《秇圃撷余》，文渊阁四库全书本。
⑦ （明）贺复征：《文章辨体汇选》卷首，文渊阁四库全书本。

第二章 “本同”为“五经”辨与“四科”为“四分”说①

——曹丕《典论·论文》之文体学思想甄微

文体论是曹丕《典论·论文》之文学思想之一，相关言论虽然颇为简要，但内蕴却极为丰富，形成了颇为完备的文体学思想体系。最具争议的是“文本同而末异”，尤其是何为本同及本与末的关系，可谓众说纷纭。笔者综罗众说，或存疑，或辨惑，近而提出自己的一陋之见。认为末异指文体发展变化故风格各异，本同指各种文体的本源在五经，刘勰和颜之推继承了这个观点并进行总结。这与曹丕的儒家思想是相合的，传统上认为曹丕及曹操打破儒家思想的观点值得商榷。而“四科八体”之文体分类说，历来皆认为开文体分类之先河，这属于琐细繁多之类分体例，本文则从“类从”即以简驭繁的归纳分类着眼，溯源至孔门四科、《皇览》类书分类和目录学四部，并与《文章正宗》“四目法”进行比较，见其在中国古代文体分类史上的重要地位。

第一节 “本同”为“文源五经”辨

“文本同而末异”是曹丕文体学思想的总纲，关于其重要性，正如郭绍虞所云：“在曹丕以前，人们对文章的认识，限于本而不及末，本末结合起来的看法，在文学批评史上，是曹丕首先提出来的，它推进了后来的

① 本文发表于《陕西师范大学学报》2014 年第 1 期。

文体论研究。”① 张少康所说“曹丕所说的‘本’和‘末’指的是什么，是值得进一步研究的。”② 敏泽也称“在这一我国文学理论批评史上第一部专篇论文中，曹丕第一次提出了‘夫文本同而末异’的理论”。“曹丕第一次提出‘末’来，并且把本末辩证地结合起来加以考察，这样在促进人们认识文学本身的特性、它与其他学术论著的同异，以及文章本身各种体裁、形式的差异上，都是有着积极促进作用的。”③ 历来学者对何为“本”及“本同”与“末异”之关系，可以说歧义迭出。最早为众多批评史著作所关注并加以解释，已是见仁见智，众口不一。近来学者也注意到并给出各自的见解和观点。综合起来，大体有如下几种观点。

首先，虽然表达上有所出入，或明确或模糊，或详细或简洁，但大体上都看到曹丕自身只说出了“末异”为何，却未对“本同”给予解释。并多认为“本同”是指文学的共同本质、一般规则、普遍规律、思想感情等，“末异”指的是语言形式、文体风格、艺术体貌、具体功用等，二者是内容和形式、共同性和独特性的关系。这以早期的文学批评史家的观点为代表。例如：

郭绍虞先生认为：“本，指一切文章的共同性；末，指不同文体的特殊性。”④“所谓‘本’，大致是指基本的规则而言，这是一切文章共同的；所谓末，是各种不同文体的特点。”⑤ 复旦大学古典文学教研组认为：“这里所谓‘本同’，是指一切文章的共同性。”⑥ 张少康说：“‘本’当是指文章的本质，即指用语言文字来表现一定的思想或感情内容，而‘末’则是指文章的具体表现形态，这种表现形态包含有内容特点和形式特点两方面的意义。”⑦ 敏泽称曹丕“认为一切文章在‘本’上，——也就是从它们都是人们思想意识的表现这一根本之点看，一切形式的文章都是相同的，

① 郭绍虞、王文生：《中国历代文论选》第1册，上海古籍出版社1979年版，第164页。

② 张少康、刘三富：《中国文学理论批评发展史》，北京大学出版社1995年版，第169页。

③ 敏泽：《中国古代文学理论批评史》，人民文学出版社1981年版，第203页。

④ 郭绍虞、王文生：《中国历代文论选》第1册，上海古籍出版社1979年版，第162页。

⑤ 同上书，第163页。

⑥ 复旦大学中文系古典文学教研组编写：《中国文学批评史》上册，上海古籍出版社1979年版，第90页。

⑦ 张少康、刘三富：《中国文学理论批评发展史》，北京大学出版社1995年版，第169页。

但在每种文章的表现上，或者用曹丕的不一定十分恰切的说法——‘末’上，却因它们的具体功用的不同而有不同的特点，曹丕还根据这种看法，对文章形式方面的特点作了概括。”① 周勋初先生认为：“什么是文章的‘本’，曹丕没有明言，应当是指文章写作上的一些根本原则吧。什么是文章的‘末’，他却作了说明，并对当时几种主要的文体作了综合的分析。”② 朱恩彬等认为：“他所指的‘本同’，指一切文章在性质和创作规律上的共同要求。”③ 章新建说：“‘文本同’是指文章都是表达作者一定的思想感情的。”④

吴承学认为：“‘本同’指一切创作的共同特征和要求。……‘末’也就是各种文体的特殊性，曹丕认为这种特殊性主要表现在不同文体的不同风格上。”⑤ 张进云：“在曹丕看来，各类文章在本质上是相同的，而在具体表现方面却各异。对于文章本质上的共同性，曹丕没有具体展开论述，可见这不是他论述的重点。挚虞《文章流别论》里所谓‘文章者，所以宣上下之象，明人伦之叙，穷理尽性，以究万物之宜者也’，或看作是对这一问题的探讨。曹丕所要强调的是‘异’，即各类文章的独特性。”⑥

以上关于“文本同而末异”的解释，基本代表了20世纪70年代末到90年代中期一些重要批评史著作和文体学者的相似看法，这与20世纪中叶以来中国文学史和中国文学批评史的编写多从思想内容和艺术形式两方面来论述的模式有关。这样解读可以说是曹丕的本意之一，当然更因为郭绍虞、张少康、敏泽等在文学批评史上的巨大成就和影响，故而这种观点也一直普遍被学界所认同。尤其郭绍虞先生的《中国古代文论选》和张少康的批评史多被用作高校本科生和研究生的中国古代文论课程教材，其传播也极为广泛。

其次，“本同”与“末异”是“质”与“文”的关系。如刘运好先生

① 敏泽：《中国古代文学理论批评史》，人民文学出版社1981年版，第203页。
② 周勋初：《中国文学批评小史》，复旦大学出版社2007年版，第20页。
③ 朱恩彬主编：《中国文学理论史概要》，山东文艺出版社1989年版，第100页。
④ 章新建：《曹丕》，安徽人民出版社1982年版，第57页。
⑤ 吴承学：《文体学源流》，《中山大学学报》1993年第1期。
⑥ 张进：《李清照〈论词〉与曹丕〈论文〉》，《人文杂志》1995年第4期。

在综合学界关于“本”的看法后给出自己的解释：“那么‘本’究竟是什么呢？我认为‘本’就是指传统文学批评中常用的术语‘质’。”① 効天庆同意其看法，并称“在古典文艺学中，‘质’指的是文章的内容，与代表形式的‘文’相对”。同时用陆机的文体学思想进一步比较解读，即“陆机既讨论了‘末异’，即十种文体不同风格，也具体阐释了‘本同’之所在，即‘虽区分之在兹，亦禁邪而制放。要辞达而理举，故无取乎冗长。’在陆机看来，不管是哪一种体裁，文章写作都必须遵循‘禁邪而制放，辞达而理举’的共同准则，显然，陆机对‘本同’的认识是传承了曹丕的想法，仍然把‘本’阐释为内容，陆机用一个‘理举’进行概括，同时，内容与形式还应该符合‘文质彬彬’的要求，即‘辞达而理举’，这就比曹丕的认识完善多了。之后的文学理论家们，比如刘勰更是强调‘理’在文章中的核心作用，强调内容与形式的完善统一。”②

可以看出，二者的观点与前边所列批评家的观点是一致的，可以说大同小异。虽说没有超越，但都开始意识到这已是一个值得研究的学术问题了。刘运好比较诸家之说提出的质与文说，尤其是効天庆用陆机“辞达而理举”加以补充说明，其贡献在试图为前举观点找到理论根据。

20世纪初以来，除了刘、効为主的认同一派，还有一些持完全反对的意见，形成争鸣，推动了这一文体理论的发展和深入，以下两点就较为突出。

第三，“文本同”是说文章的作用是相同的。朱全庆等不同意第一类观点，在综合列举之后，提出了自己新的观点：“从而我们可断定曹丕的文之‘本’绝不会是今人所谓文学的本质。那么，曹丕的‘本’究竟指什么呢？在《典论·论文》中没有作具体说明，这便给我们理解‘本’的含义带来困难。……曹丕的‘本同’是指一切文章作用相同，他视文章的作用为‘本’，而文章的作用便是经国济世，没有超出儒家功利文学观的范畴。”③

① 刘运好：《论曹丕之“本”与“本同”》，《安徽教育学院学报》1994年第2期。

② 効天庆：《曹丕与陆机的文体学思想比较论略——兼及魏晋文学思潮的发展轨迹》，《兰州大学学报》2009年第4期。

③ 朱全庆、王兆才：《曹丕文学观的思想渊源及价值取向》，《东岳论丛》2001年第2期。

第四，“本同”指所有文体都来源于一个本体，即刘勰所谓“天地之心”。“末异”指功能各异、形态有别的各种文体。郭英德《文章的确立与文体的分类》一文中认为：“曹丕《典论·论文》所说的‘文本同而末异’，精确地表达了中国古人的一种文体观念：所有文体的本源和内质是相同的、一元的，由这相同的、一元的本源和内质，派生出功能各异、形态有别的各种文体。易言之，在终极的意义上，所有文体都来源于一个本体，即刘勰所谓‘天地之心’；而文体之所以千姿百态，乃由于不同文体的展现形态及其功能千变万化。”①

第五，胡红梅在《曹丕文体学思想新解》中对“本同与末异”有几层解释，一是“本同”指所有文章的共同之体（即基本规范），包括文章本身的道德教化作用，文学创作的基本法则，以及“文以气为主”；“末异”则指奏议、书论、铭诔、诗赋等各种文类之体，指名种文体的特殊性。二是，在此基础上，她说曹丕所谓的“文本同而末异”，意为所有文章存在着一个共同之“体”，但是作为共同之体具体表现的文类文体却特征各异。因此，“本同而末异”也可看作“体一而用殊”的另一种表述方式。三是进行总结，如其称：“总之，‘本同末异’之论，揭示了文学表现形式的共同性和多样性统一，开创了后世文体论研究。”可以看出，所谓“文学创作的基本法则”和“文章本身的道德教化作用”云云，与第一类观点和朱全庆等的文章作用说相似，并无新意。概括起来，其“新解”有四：一是完全从“文体”的角度来解读“本同”和“末异”，称“本同”指所有文章的共同之体。而之前则普遍以“文体”解释“末异”，而以“文学”或“文章”来对应“本同”。正如其所云，“各家中国文学批评史在谈及曹丕的文体论时”，“很少或者几乎没有从文体的本质与功用角度来解读他的‘文本同而末异’”。二是把“本同”解释为“文以气为主”，她的理由是“主”即“本”，确很独特。三是因为都从“文体”的角度出发，所以对本同、末异的解释便都着眼于“形式”或者说“文体形式”，这与之前从内容和形式两方面解读便有所区别，所以她关于共同性和多样性这一前人

① 郭英德：《中国古代文体学论稿》，北京大学出版社2005年版，第56页。

屡道的结论也新颖，即“本同末异”之论，揭示了文学表现形式的共同性和多样性统一。四是把“本同而末异”看作“体一而用殊”的另一种表述方式。①

以上梳理了近三十多年以来，中国文学批评史上关于曹丕“文本同而末异”这一命题阐释的历史演变和研究现状，正如大多学者所说的，由于《论文》本身文体言论的过于简要，以及曹丕未对“本同”透露出片言信息，所以出现了上述歧见。当然，争议中，也从另一侧面说明了这一问题的丰富内蕴和学术含量。正因如此，仁者见仁，智者见智，我们认为上述观点应该都有其合理之处，都是题中之义，当不必为求新立异而全盘否定之。这也正是中国古代文论或者说所有文学理论之所以魅力无限，引人深思，如哲学问题一样，没有固定答案，而不是科学的一是一、二是二，虽严谨周密却不乏单调枯燥的重要原因。

这样说，并非无判断，笔者认为胡红梅的研究角度有可取之处，即对“本同”也从“文体”角度来看——既然“末异”指四科八体，那么“本同”自然也应以“文体”来对应阐释。胡红梅称之为“所有文章的共同之体”。不过，我们不同意其对这个“共同之体”的多种解释。

当然，笔者最赞同郭英德的分析和结论，尽管他把这个“本体”即“本同”归结为刘勰所谓的“天地之心”，但他接下来的论述称“就文体的本源而言，古人认为所有文体均可溯源于五经，或者说正是五经生成了众多的文体。因此以五经为纲，众多文体便可以同类相聚，形成不同的文类序列”②。则显然具体指出了这个“本同”即所有文体的共同本源就是“五经”，并引用大家所熟悉的刘勰和颜之推关于“文源五经”的著名论断，最后总结道：“刘勰与颜之推在文体的命名与归类方面虽然多有差异，但以四类文体为一组，分别系之于《易》《书》《诗》《礼》《春秋》五经之下，形成井然有序的文类序列，这一本于‘宗经’观念的文体分类思想却是一脉相承的。”③ 我们把刘勰和颜之推的观点列于下面，以见

① 胡红梅：《曹丕文体学思想新解》，《长江学术》2012 年第 3 期。

② 郭英德：《中国古代文体学论稿》，北京大学出版社 2005 年版，第 56 页。

③ 同上。

大概：

> 故论、说、辞、序，则《易》统其首；诏、策、章、奏，则《书》发其源；赋、颂、歌、赞，则《诗》立其本；铭、诔、箴、祝，则《礼》总其端；纪、传、铭、檄，则《春秋》为根。并穷高以树表，极远以启疆，所以百家腾跃，终入环内者也。——刘勰《文心雕龙·宗经》①
>
> 文章者，原出五经：诏、命、策、檄，生于《书》者也；序、述、论、议，生于《易》者也；歌、咏、赋、颂，生于《诗》者也；祭、祀、哀、诔，生于《礼》者也；书、奏、箴、铭，生于《春秋》者也。——颜之推《颜氏家训·文章》②

郭英德先生该文是在总结中国古代文体分类的生成方式提到“文本同而末异”的，不是论曹丕《典论·论文》文体学思想的专题论文，故而容易被忽略。关于曹丕的“本同而末异”，我们同意郭英德所解读的“所有文体都源于五经”说，那么，这种说法有依据吗？以生于其后近两百年的刘勰和颜之推的理论来验证有说服力吗？还有学术思想史上公认曹操、曹丕父子都是打破儒家思想的，这样说来“文源五经”的结论还能站住脚吗？凡此种种，我们需要再结合曹丕相关文献进行进一步的说明和补充。

首先，“本”和“末”之间的关系实则是“源”与“流”的关系，也就是说，后世的所有文体（四科八体代表了所有文体）都有一个共同的本源，即“五经”。这种宗经的主张最早来自于荀子、扬雄和王充等。如荀子云：“……”扬雄《法言吾子》云：“舍五经而济乎道者，末矣。”《汉书扬雄传赞》称其“实好古而乐道，其意欲求文章成名于后世。以为经莫大于《易》，故作《太玄》；传莫大于《论语》，作《法言》……皆斟酌其本，相与放依而驰骋云。”王充《佚文》云：“文人宜遵五经六艺为文，诸子传书为文，造论著说为文，上书奏记为文，文德之操为文。立五文在

① 刘勰著，范文澜注：《文心雕龙注》，人民文学出版社 1958 年版，第 22 页。
② 颜之推著，王利器集解：《颜氏家训集解》，中华书局 1993 年版，第 237 页。

世，皆当贤也。”皆以本、末谈文宗五经，应该会对曹丕产生影响。曹丕之后，刘勰和钟嵘的研究方法都是辨文体源流。刘勰的文体研究方法便是“原始以表末”，所谓“始”“末”即本、末。如《宗经》云：“是以楚艳汉侈，流弊不还。正本归末，不其懿欤?”《诠赋》：“然逐末之俦，蔑弃其本，虽读千赋，愈惑体要。”《序志》篇他写作《文心雕龙》以“振叶以寻根，观澜而索源”之推源溯流方法，正是有感于“去圣久远，文体解散”，“离本弥甚，将遂讹滥”而发的。其所谓“正本”“寻根”“索源”云云，都是主张为文要“宗经”，本、根、源都指五经。当然，荀子、扬雄、刘勰等都是褒本贬末、是本非末的，而曹丕则对本末不作价值判断，只是客观平述而已。这与王充《自纪》：“百夫之子，不同父母；殊类而生，不必相似：各以所禀，自为佳好。”正相一致。

所以，曹丕“文本同而末异”之“文源五经”的文体论，应当是荀、扬到刘勰的一个链条，刘勰应该是对曹丕这点看到并有所继承的。但是刘勰却对其有所指责，如《序志》所云：“详观近代之论文者多矣，至于魏文述典，陈思序书，应玚文论，陆机《文赋》、仲治《流别》、弘范《翰林》，各照隅隙，鲜观衢路。……并未能振叶以寻根，观澜而索源。”认为其主要是“臧否当时之才”，即以品评建安七子之短长为主，这是正确的。的确，曹丕提到“文本同而末异”的理论，却没有具体推源溯流实践，故而责其“并未能振叶以寻根，观澜而索源”也不无道理。但是在文体分类和各种文体都源于五经这点上，刘勰显然受到曹丕的影响。

其次，曹丕精熟五经，亦重视五经。如曹丕《与朝歌令吴质书》云：“既妙思六经，逍遥百氏。”[①]《典论·自叙》云：“上雅好诗书文籍……余是以少诵诗论，及长而备历五经、四部、史汉、诸子百家之言，靡不毕览。”[②] 六臣注《文选》卷五十二《典论·论文》一首，吕向注曰：“文帝《典论》二十篇，兼论古者经典，文事有此篇，论文章之华也。”曹丕诏命王象、缪袭、刘劭等撰集第一部类书《皇览》，《魏志·刘劭传》云：“黄初中，为尚书郎、散骑侍郎。受诏集五经群书，以类相从，作《皇览》。”

① 郁沅、张明高：《魏晋南北朝文论选》，人民文学出版社 1996 年版，第 8 页。

② 同上书，第 12 页。

列此文献以证曹丕“文源五经”说并非空穴来风。

以上我们阐释和论证“文本同而末异”是指曹丕本意为所有文体都源出五经，并说他精熟五经和重视五经，这样说显然是承认曹丕的思想为传统儒家思想为主的。这一下就立刻凸显了我们立论观点的问题性和矛盾性，并引起质疑？——曹氏父子彻底打破了两汉以来的儒家思想传统，这几乎是思想史、学术史以及文学史、批评史尽人皆知、不可更改的定论，你有什么依据敢做翻案文章？

第二节　曹丕的儒家思想

汉末大乱，曾盛极一时的儒学呈衰颓之态，玄学乘势兴起，其中，曹氏父子打破儒家思想传统，而他们相关的政令和言行则为这一思想转关推波助澜。这类观点几乎成为中国现当代思想史、文学史和批评史的通识和定论，简直不容置疑。我们以下列举中国批评史上部分重要学者的主要观点，比较对照，以见大概。例如：

朱东润云：西汉中叶而后，中国社会，完全为儒家思想所支配，迄于汉末，君主屡迁，中国分裂，而儒家尊君大一统之说皆不行，至是其支配社会之势力中衰矣。……开此四百年之局者为建安时代，而曹氏父子兄弟实主持之。曹操《敕有司毋废偏短令》云：“今夫有行之士，未必能进取，进取之士，未必能有行也。陈平岂笃行，苏秦岂守信耶？而陈平定汉业，苏秦济弱燕。由此言之，士有偏短，庸可废乎？”此才行不相掩之论既发，至曹丕始有文行不相掩之说。丕《与吴质书》云：“观古今文人，类不护细行，鲜能以名节自立。”自是而后，文学始与儒术歧途。[①]

刘大杰在论“儒学的衰微与玄学的兴盛”云：儒学在汉代虽盛极一时，到了魏晋，便呈现着极度衰微无力的状态。其原因：一面是因其本身的堕落，无法维持人们的信仰；其次是受了时代动乱的影响，已失去封建统治力量的支持，它既不是利禄之门，也不是养生之道，因此无法维系人

① 朱东润：《中国文学批评史大纲》，上海古籍出版社2001年版，第24页。

心。曹操一当权，便采取法治政策，尚刑名。他所需要的人才，是有治国用兵之术的权谋之士，看不起那些讲德行学问、重礼义名节的儒生，接二连三地下《求贤令》《求逸才令》《举士令》，都是这种思想的表现。“夫有行之士，未必能进取；进取之士，未必能有行也”（《举士令》）；又曹丕《又与吴质书》云：“观古今文人，类不护细行，鲜能以名节自立”，进取之士未必有行、文人不护细行，这都不合于儒家的思想。傅玄在《举清远疏》中说：“近者魏武好法术，而天下贵刑名；魏文慕通达，而天下贱守节。其后纲维不摄，而虚无放诞之论，盈于朝野。”又鱼豢在《儒宗传序》中说：“从初平之元至建安之末，天下分崩，人怀苟且，纲纪既衰，儒道尤甚。……”在这些言论里，正反映出当代思想界变化的实况。由于儒学的衰颓，儒家的原道、宗经的文学观点，就失去了对于文学的指导作用。曹操的文风，尚清峻、通脱，曹丕、曹植的诗文，渐趋华丽，陆机探讨创作规律及修辞技巧，以及葛洪论文不以德行为主，反对贵古贱今等等，都与儒家的文学观念不同。正因如此，文学才能摆脱儒学的束缚，进入自觉的道路。①

张少康云：从曹魏篡汉到刘宋代晋，其间经历了两百年（220—420年），这是中国古代文学创作和文学思想发生重大变化的时期。这个时期的变化是从汉末开始的，它的标志是儒教的衰落。……全国陷入了动乱、分裂、割据的局面，作为大一统思想支柱的儒家学说也丧失了其统治地位，而开始衰落了。……曹操掌权之后，注重刑名法术思想，提倡“唯才是举”，认为只要有真才实学，即使“盗嫂偷金”，道德上有缺点也没有关系。儒家的伦理道德观念发生了动摇，儒家思想一统天下的局面被打破了，思想的解放带来了文学的解放，文学创作开始从儒家经学的桎梏中挣脱出来，获得了较为自由的发展，文学观念也开始有了新的变化。②

敏泽云：东汉末年，曹操在削除“群雄”的过程中，不仅在政治和经济政策上采取了一些具有进步意义的措施，打击了豪强地主阶级的利益，削弱了东汉以来由他们垄断选举、从而垄断政治的腐败局面，反对“德

---

① 刘大杰：《中国文学发展史》（上），上海古籍出版社1982年版，第232页。

② 张少康、刘三富：《中国文学理论批评发展史》，北京大学出版社1995年版，第160页。

行”取士制度，而要求“明扬仄陋，唯才是举”（《三国志·魏志·武帝纪》裴注）。即使“出于贱人”，甚至“负污辱之名，见笑之行，或不仁不孝而有治国用兵之术”，能够“成就王业”的人，都要重用。曹操这些具有进步意义的措施，在一定程度上冲破了儒家思想对于思想文化领域的禁锢，使地主阶级知识分子的思想在一定程度上得到了解放。“从初平之元至建安之末，天下分崩，人怀苟且，纲纪既衰，儒道尤甚”（鱼豢《典略儒宗传序》，《三国志·魏志·王肃传》裴注引），说的正是这种情况。所以鲁迅先生说：“此种提倡影响到文坛，便产生大量想说甚么便说甚么的文章。”“更因思想通脱之后，废除固执，遂能充分容纳异端和外来的思想，故孔教以外的思想源源引入”（《而已集魏晋风度及文章与药及酒的关系》）。因此，汉魏之际就成了我国文化思想史上的一个重要转折之点。它影响到文化思想的各个方面。①

敏泽在谈“文与行”时云：此外，曹丕在《与吴质书》中说：“观古今文人，类不护细行，鲜能以名节自立。”提出“文人”之行，不一定需要“名节”，这正是乃父曹操政治上用人不拘德行（“不孝不仁，而有治国用兵之术”）的选拔人才的思想在文学理论上的一种反映。从反对封建的伦理“名节”来说，这样的看法，在当时的历史条件下，是有其一定的进步意义，因此后来曾经受到许多礼教思想浓厚的人的指斥和非议，如傅玄在《举清远疏》中所说的：“魏武好法术，而天下贵刑名；魏文慕通达，而天下贱守节。其后纲维不摄，而虚无放诞之论，盈于朝野。”②

郁沅、张明高云：曹氏父子都非儒家信徒，傅玄《上晋武帝疏》曰：“魏武好法术，而天下贵刑名；魏文慕通达，而天下贱守节。”曹丕在《典论·论文》中首倡的“文气”说，便是以重视个性自由发展的道家思想为指导的。他撇开“诗言志”的儒家传统理论，把诗赋所要求的艺术美予以突出的强调，提出“诗赋欲丽”而不必强寓教训。……曹丕的文艺思想反映出魏晋南北朝这个“文学的自觉时代”对于文学观念和创作使命的历史更新。③

① 敏泽：《中国古代文学理论批评史》，人民文学出版社1981年版，第171页。

② 同上书，第224页。

③ 郁沅、张明高：《魏晋南北朝文论选》，人民文学出版社1996年版，第20页。

诸如此类，现当代哲学史、思想史、学术史著作亦多持此论，不可枚举。可以看出，诸家批评史在论述时大多首先以曹操的《求贤令》《求逸才令》《举士令》《敕有司毋废偏短令》以及曹丕《与吴质书》中的言论为据，继以魏晋人鱼豢《典略儒宗传序》以及傅玄《举清远疏》中对曹氏父子及时事思想的评价佐证，再以鲁迅《魏晋风度及文章与药及酒的关系》进行强化。这样，便从曹魏统治者曹氏父子的直接言论思想，到同时或稍后的魏晋史学家鱼豢和傅玄的历史总结（按：鱼豢，曹魏末期至晋朝初期的著名学者、史学家，曾撰写纪传体史书《魏略》。傅玄，西晋时期文学家、思想家、政治家，曾撰集《魏书》），再到近现代文学思想家革命领袖鲁迅的旗帜文论，再到众多诸如上述现当代批评史大家的著述传播，形成了一条文献完备、令人信服的证据链，自此这一思想史铁案便告以铸就。果真如此吗?

首先，“文人无行，不重名节”辨。上举诸家批评史在论述曹丕思想时，都举其《与吴质书》中所说：“观古今文人，类不护细行，鲜能以名节自立。”为例，辅以曹操“有行之士，未必能进取；进取之士，未必能有行也”为证，再加之傅玄总结的“魏文慕通达，而天下贱守节”，便自然而然认为曹丕这句话是明确主张文人可以无德行、轻名节的。我们说，从傅玄起就对曹丕之文断章取义了。请看《与吴质书》这句话上下文：“观古今文人，类不护细行，鲜皆能以名节自立。而伟长独怀文抱质，恬淡寡欲，有箕山之志，可谓彬彬君子者矣。著《中论》二十篇，成一家之言，辞义典雅，足传于后，此子为不朽矣。”① 很明显，“观古今文人，类不护细行，鲜皆能以名节自立”是感慨于世风日下的惋惜之言，是为徐干而发的，“而伟长”以下，一个“而”字，转入对徐干具备儒家德行和著述不朽的由衷赞叹。也就是说，曹丕以鲜明对比来说明他是坚决反对文人无行，不立名节的。傅玄作为一个史学家、政治家，在晋初需要树立儒学思想根基的政治诉求下，娴熟运用“赋诗断章，予取所求”的春秋笔法，是完全可以让人理解的。此外《典论·论文》的结语“唯干著论，成一家

---

① 郭绍虞、王文生：《中国历代文论选》第1册，上海古籍出版社1979年版，第165页。

言”也反映了他“盖文章，经国之大业，不朽之盛事”的儒家“三不朽”思想。同样，《与王朗书》亦云：“人生有七尺之形，死为一棺之土。唯立德扬名，可以不朽；其次莫如著篇籍。”① 凡四次，反复申述其儒家“立德、立功、立言”的三不朽思想，那么，是重德还是轻行，是打破还是笃守，已自分明了。

其次，我们再举以曹丕关于崇孔尊圣的儒家仁义道德思想言论，来说明曹丕的思想是以儒家为主的。曹丕除了上文所举的精熟五经和重视五经的文献外，它如《轻刑诏》云：“吾备儒者之风，服圣人之遗教，岂可以目玩其辞，行违其诫者哉?”《追崇孔子诏》云：“昔仲尼资大圣之才，怀帝王之器，当衰周之末，无受命之运……欲屈己以存道。贬身以救世。于是王公终莫能用之，乃退考五代之礼，修素王之事，因鲁史而制《春秋》，就太师而正《雅》《颂》，俾千载之后，莫不宗其文以述作，仰其圣以成谋。咨！可谓命世之大圣，亿载之师表也。”《典论·自叙》云：“所著书论诗赋，凡六十篇。至若知而能愚，勇而知怯，仁以接物，恕以及下，以付后之良史。”② 再如“余观贾谊《过秦论》，发周秦之得失，通古今之滞义，洽以三代之风，润以圣人之化，斯可谓作者矣。”③ 等等。再看卞兰对曹丕的评价，卞兰《赞述太子赋并上赋表》：“伏惟太子，研精典籍，留思篇章……慈孝发于自然，仁恕洽于无外。是以武夫怀恩，文士归德。……怀近服远，非德无施。……学无常师，惟德所在；恩无所私，惟德所亲……德生于性，明出自然。……超古人之遐迹，崇先圣之弘基。……阐善道而广之。道无深而测，术无细而不敷。论古贤以叹息，睹懿德以欢娱……嘉通人之达节……惟凡百之咏德。”④ 曹丕与卞兰虽为君臣，实乃表兄弟。本文虽有阿谀不实之嫌，如曹丕回信《答卞兰教》所谓赋颂应“作者不虚其辞，受着必当其实。兰此赋，岂吾实哉?”，自谦中亦自领受，故嘉兰之义而“赐牛一头”。

① 郁沅、张明高：《魏晋南北朝文论选》，人民文学出版社 1996 年版，第 16 页。
② 同上书，第 12 页。
③ 同上书，第 15 页。
④ 同上书，第 21 页。

至于曹丕在《典论·论文》和《与吴质书》中对建安七子唯一极口称赞的徐干，其德行著述和为人为文以及正统的儒家思想自然正是曹丕所认可和赞赏的。徐干亦精熟五经，"笃行体道"，如汉无名氏《徐干〈中论〉序》："年十四，始读五经，发愤忘食，下帷专思，以夜继日，父恐其得疾，常禁止之。故能未至弱冠，学五经悉载于口，博览传记，言则成章，操翰成文矣。……考其德行文艺，实帝王之佐也，道之不行，岂不惜哉！……统圣人中和之业，蹈贤哲守度之行，……见辞人美丽之文，并时而作，曾无阐弘大义、敷散道教、上求圣人之中、下救流俗之昏者，故废诗、赋、颂、铭、赞之文，着《中论》之书二十二篇。"宋曾巩《徐干〈中论〉目録序》："魏文帝称干'怀文抱质，恬澹寡欲，有箕山之志'，而《先贤行状》亦称干'笃行体道，不耽世荣'。魏太祖特旌命之，辞疾不就。后以为上艾长，又以疾不行。盖汉承周衰，及秦灭学之余，百氏杂家与圣人之道并传，学者罕能独观于道德之要，而不牵于俗儒之说。至于治心养性，去就语默之际，能不悖于理者，固希矣，况至于魏之浊世哉！干独能考六艺，推仲尼、孟轲之旨，述而论之，求其辞，时若有小失者，要其归，不合于道者少矣。"（《元丰类稿》卷十一）最能体现徐干儒家思想的是曹丕赞誉为"成一家之言"《中论》的核心思想，我们择其要者，录于下，以见大概：

《艺纪第七》："艺者以事成德者也，德者以道率身者也；艺者德之枝叶也，德者人之根干也。斯二物者，不偏行，不独立。木无枝叶，则不能丰其根干，故谓之瘣；人无艺则不能成其德，故谓之野。若欲为夫君子，必兼之乎。……既修其质，且加其文，文质着然后体全，体全然后可登乎清庙，……君子者，表里称而本末度者也。……存乎六艺者，着其末节也。……非礼乐之本也。礼乐之本也者，其德音乎？……故孔子曰：'志于道，据于德，依于仁，游于艺。'艺者，心之使也，仁之声也，义之象也。"

《修本第三》："民心莫不有治道，至乎用之则异矣。或用乎己，或用乎人。用乎己者，谓之务本；用乎人者，谓之近末。君子之治也，先务其本，故德建而怨寡；小人之理其末，故功废而仇多。……故古语曰：‘至德之贵，何往不遂；至德之荣，何往不成。……仁义行，不为无人而减其道。’”

《核辩第八》：“不犯礼教，足以相称。……君子之辩也，欲以明大道之中也，是岂取一坐之胜哉！”

《治学第一》：“昔之君子成德立行，身没而名不朽，其故何哉？……故先王立教官，掌教国子，教以六德，曰：智、仁、圣、义、中、和；教以六行，曰：孝、友、睦、姻、任、恤；教以六艺，曰：礼、乐、射、御、书、数；三教备而人道毕矣。学犹饰也，器不饰则无以为美观，人不学则无以有懿德。有懿德故可以经人伦，为美观，故可以供神明。……人虽有美质，而不习道，则不为君子。故学者，求习道也，……圣人之德，非取乎一道。故曰学者所以总群道也。群道统乎己心，……贤者不能学于远，乃学于近，故以圣人为师。……凡学者，大义为先，物名为后，大义举而物名从之。”

《虚道第四》：“人之为德，其犹器欤？器虚则物注，满则止焉。故君子常虚其心志，恭其容貌，不以逸群之才加乎众人之上，视彼犹贤，自视犹不足也。”《贵言第六》：“君子必贵其言，贵其言则尊其身，尊其身则重其道，重其道所以立其教；言费则身贱，身贱则道轻，道轻则教废；……是以君子将与人语大本之源，而谈性义之极者，必先度其心志，本其器量，视其锐气，察其堕衰。”

第三，建安黄初时，桓范等在曹丕诏令下，“受诏集五经群书，以类相从，作《皇览》”。桓范于建安末入丞相府，因为有才学，与王象等共撰《皇览》。而他的三篇文体论则是回应曹丕文体论的典范，其中的儒家思想可以验之于曹丕。桓范《赞象》：“夫赞象之所作，所以昭述勋德，思咏政惠，此盖《诗·颂》之末流矣……上章君将之德，下宣臣吏之忠。”（《群书治要》）《铭诔》：“为臣无忠诚之行而有奸欺之罪，背正向邪，附下罔下，此乃绳墨之所加，流放之所弃。”（《群书治要》）《序作》：“夫著作书论者，乃欲阐弘大道，述明圣教，推演事义，尽极情类，记是贬非，以为法式。当时可行，后世可修。且古者富贵而名贱废灭，不可胜记，唯篇论俶傥之人，为不朽耳。……故作者不尚其辞丽，而贵其存道也。”（《群书治要》）

其他诸如曹操、曹植及建安文人之儒家思想。如曹植《与杨德祖书》：“辞赋小道，固未足以揄扬大义，彰示来世也。昔扬子云，先朝执戟之臣耳，犹称壮夫不为也。吾虽薄德，……若吾志不果，吾道不行，则将采史官之实录，辨时俗之得失，定仁义之衷，成一家之言。”①《王仲宣诔》：“君以淑德，继此洪基。既有令德，材技广宣。”王粲《吊夷齐文》：“守圣人之清概，要既死而不渝。……虽不同于大道，合尼父之所誉。”②

当代学者也早有持此观点的，如孙明君反对傅玄“魏文慕通达，天下贱守节”之论，并引《轻刑诏》和《追崇孔子诏》来说明曹丕的儒家思想。而后云：“它并没有打破儒家传统观念，相反，它要努力使文章成为经治国家的工具。……但是在公开的场合，在社会政治层面，他始终以传统的‘儒者’自我标榜。……至于曹丕的《典论·论文》与其说它是冲破儒家观念的号角，不如说它是号召文士用文章为一统大业鼓与呼，自觉接受认同于原始儒学的思想观念的倡议书。”③

第三节　“四科”为“四分”分类说

曹丕的“四科八体”说是其文体学的核心，而“四科”和“八体”分别代表了两种迥然不同分类方式。“八体”说属于繁杂细密的文体分类，这是中国古代文体分类的主流。“四科”则属于化繁为简的文体“归类”，这以真德秀《文章正宗》“辞命、议论、叙事、诗赋”的“四分法”为代表，当代学者多已注意到，笔者亦有专文论述，其中也涉及曹丕“四科”对真氏“四目”的影响，但还是非常简略。本文在简要论述曹、真四分发的总集分类之外，重点论述孔门四科、类书编纂和目录学四部对曹丕“四

① 郁沅、张明高：《魏晋南北朝文论选》，人民文学出版社1996年版，第26页。

② 同上书，第4页。

③ 孙明君：《曹丕〈典论·论文〉甄微》，《清华大学学报》1998年第2期。

科”的影响。

首先，在总集分类中，曹丕“四科”对真德秀“四目”的影响。在“四科八体”说中，历来学者关注的焦点大都在“八体”之分类，并与陆机《文赋》的“十体”进行比较，称陆机进一步细分为十体，再到《文心雕龙》33类、《文选》38类、《文苑英华》55类、《唐文粹》16类、《宋文鉴》61类、《元文类》43类、《明文衡》38类、《文体明辨》127类等，这显示了文体分类日趋繁复的事实。这种繁杂细密的文体分类一直是中国古代文体分类的主流，学者常常把曹丕“八体”作为这一分类方式的起点。

另一分类法就是化繁为简、由博趋约的文体“合并归类”，最为重要的便是《文章正宗》“辞命、议论、叙事、诗赋”的“四分法”了。真氏“四分法”在繁杂细密的文体分类主流之外，显得格外引人注目，古今学者对其开创之功和深远影响屡有表述。如当代文体学专家钱仓水云：“采取了文体并类办法的，当首推宋代朱熹的再传弟子真德秀的《文章正宗》……就文体分类来讲，却确乎是一个大胆的、极有意义的，甚至是雷电般地令人耳目一新的归并，开了后世分门系类的先例。”① 郭英德先生云：“历代《文选》类总集在诗文中，兼收实用性文体、说理性文体、叙事性文体和抒情性文体。南宋真德秀编纂《文章正宗》，曾将文章归纳为四大类：‘曰辞命，曰议论，曰叙事，曰诗赋’，这是从文体的表现方式（即体式）着眼，对文体形态的宏观把握，应该说基本上概括了中国古代所谓或文或文章的实际构成状况。因此，历代《文选》类总集均兼收这四大类文体。”② 赵逵夫先生也称：“这是我国文体分类上的一个很大的进步，具有开创的意义。……因为像‘议论’‘叙事’这样的完全从形式和反映生活的方式上高度概括的划分，此前确实还没有过。”③ 真德秀《文章正宗》“四分法”在分类上完全打破了以体类体裁划分类目的传统思维方式，而以文体的表达功能或者说表现方式来概括归并文类，从而包尽诸

---

① 钱仓水：《文体分类学》，江苏教育出版社1992年版，第179页。

② 郭英德：《中国古代文体学论稿》，北京大学出版社2005年版，第114页。

③ 赵逵夫：《中国文章分类学研究序》，《西北民族学院学报》2000年第1期。

体，即吴讷所谓“古今文辞，固无出此四类之外者。”也就是说，这种分类方式能“从文章内在因素、本质特征上分析概括”，确实具有“开创意义”。

真氏“四分法”最直接的渊源当属曹丕的文体“四科”之并类模式。曹丕《典论·论文》中说：“夫文本同而末异。盖奏议宜雅，书论宜理，铭诔尚实，诗赋欲丽。此四科不同，故能之者偏也。唯通才能备其体。”[①] 真氏“四目”与曹丕“四科”名异实同，深为契合。在文体类目和数量上，曹丕并非说只认识到上述四科八体，这应该只是他对文体类目的一种简略的概括方式，就像真氏“四目”一样。可以这样说，“奏议”乃朝廷应用文字，也即“辞命”；其“宜雅”也即真氏要求辞命有“深纯温厚”之旨和近于古雅。“书论”也便是“议论”之“谏争论说”和“书记往来”者；“宜理”即“议论”之“发明义理”“或专析治道”也。“铭诔”便是“叙事”之“碑志事状”之属，即碑传墓铭之属。《文心雕龙》也以“诔碑”联名归类，“碑铭”联名都属常见，以叙事为主；“尚实”也正是真氏“叙事”所谓“昉于汉司马氏”，因《史记》之创作原则便是“实录”；而所谓“典则简严”也即“尚实”的意思。“诗赋”则名称全然相同，其“欲丽”也即真氏所云“悠然有自得之趣也”。不难看出，其分类次序都完全相同，沿承之迹宛然[②]。对此，赵逵夫先生已慧眼独具，《中国文章分类学研究》序云：“他（真德秀）立为四目，也可能受到曹丕《典论·论文》的启发，但主要应是他个人创造性思维的结果。”[③] 我们说曹丕的四科就是四分，并对真氏四目法产生影响，那么，曹丕的文体“四科”有什么源头吗？受到学术史上哪些影响呢？我们认为有三个方面。

其次，孔门“四科”对曹丕“四科”的影响。《论文》云：“此四科不同，故能之者偏也；唯通才能备其体。”也就是“文非一体，鲜能备善”，说明了文体四科不同于作家才能短长的关系。这种文体观的出现，有其政治文化学术原因，那就与是当时政治上唯才是举、因材选官和任得

① 郁沅、张明高编选：《魏晋南北朝文论选》，人民文学出版社 1996 年版，第 13 页。

② 详见任竞泽《〈文章正宗〉“四分法”的文体分类史地位》，《北方论丛》2011 年第 6 期。

③ 赵逵夫：《中国文章分类学研究序》，《西北民族学院学报》2000 年第 1 期。

其才、才堪其任的思想背景有关的。对此，张少康云：“《典论·论文》中心在论述作家才性与文体特征之间的关系，这是和汉魏之际政治学术思想的变迁直接联系着的。……曹操掌政之后，鄙弃儒学而提倡名法，在选拔人才上不再以儒家仁义道德为标准，主张‘唯才是举’，强调实际才能。当时的才性之争，即研究人的才能与禀性关系的理论，是研究人君在设官分职时如何使官职与爵位相适应，才能与官职相符合。爵位大小与任职的重要与否能不能一致，官吏的才能与任职的要求是否合适，这是人君能否无为而治的关键所在。为此就要研究人物的才能个性特点与所任职事的特点和需要。于是就有刘劭的《人物志》等著作出现。据《群书治要》辑陆景《典语》中曾说：‘夫料才核能，治世之要也。凡人之才，用有所周，能有偏达，自非圣人，谁能兼资百行，备贯众理乎？故明君圣主，裁而用焉。……若任得其才，才堪其任，而国不治者，未之有焉。’”①

这正继承了“孔门四科”之“各因其材”和“须尽其所长而受其职”的分科思想。孔门四科包括德行、言语、政事、文学。七十二弟子各有所长，分属四科之一。这正如宋文彦博《答奏》所云：“用人之法，当各因其才器。孔门四科，分政事文学之品，须尽其所长而受其职，职乃无旷。”② 明梁潜亦云：“朱子曰：自隋唐专以文章取士，而尚德之举不复见矣。孔门四科，各因其材。为治如成周，为教如孔子，亦云可矣。”③ 清王澍借书法之喻也说明了孔门之分“四科”的道理：“虞得右军之圆，欧得右军之卓，褚得右军之超，颜得右军之劲，柳得右军之坚。正如孔门四科，不必兼擅而各诣所长，皆是尼山血嗣。”④ 其间的关系不言自明。

此外，汤用彤先生《魏晋玄学论稿读人物志》一文中论及刘劭《人物志》之“大义”有八，论其二云：“二曰分别才性而详其所宜。凡人禀气生，性分所殊，自非圣人，才能有偏。就其禀分各有名目。陈群立

---

① 张少康、刘三富：《中国文学理论批评发展史》，北京大学出版社 1995 年版，第 167 页。
② 文彦博：《潞公文集》卷 27，文渊阁四库全书本。
③ 梁潜：《泊菴集》卷 2，文渊阁四库全书本。
④ 王澍：《淳化秘阁法帖考正》卷 12，文渊阁四库全书本。

九品，评人高下，各为辈目。傅玄品才有九。《人物志》言人流之业十有二焉。”① 所谓“陈群立九品，评人高下，各为辈目”云云，说明了曹丕采纳陈群意见制订“九品官人法”亦与“分别才性而详其所宜”“材能有偏”的品评人物风气有关，同时所谓“各有名目”和“各为辈目”当是“四科不同”的反映，当然其源头可能都在“孔门四科”上。

周勋初先生也看到了四科不同与才能偏通及品评人物与选官授职之间的关系。其云：“曹丕提出四科八类，认为一般文人只能各有专长，只有通才才能贯通。这种认识，也是时代思潮的表现。东汉后期品评人物的风气已经形成，而自全国分裂之后，各地军阀竞相网罗人才，他们注意了解各个人的特殊才能，然后授予合适的职位。他们认为一个人的才能往往有所偏长，问题就在发现并利用这种偏至的人才。曹操的《敕有司取士毋废偏短令》代表了这种看法。”② 此外，曹丕“唯通才能备其体”的观点也与兼备孔门四科的说法相似。如黄翰《祭柳侯文》：“世传不朽，文学辞章……孔门四科，达者升堂。公兼得之，光于有唐。”③《翰苑新书》云：“某仰惟某官亲接伊水一脉之传，兼备孔门四科之美。”④ 刘长卿《祭阎使君文》：“盛德茂才，如山如河，班氏九流，孔门四科，总而怀之。”⑤ 明彭大翼“立四科条”：“汉许商从周堪受尚书，著五行论，号其门人林子高为德行，吴章为言语，王吉为政事，齐幼卿为文学，如孔门四科。”⑥

第三，四科之“类从”归纳分类法与诏集编纂类书《皇览》之关系。中国古代的第一部类书是《皇览》，由魏文帝曹丕诏命刘劭、桓范、韦诞、王象和缪袭等人编纂。

王应麟《玉海艺文承诏撰述篇》说：“类事之书，始于《皇览》。”命名之意，即“宜皇王之省览，故曰《皇览》。”内容上，则“包括群言，区

① 转引自张少康、刘三富《中国文学理论批评发展史》，北京大学出版社 1995 年版，第 167 页。

② 周勋初：《中国文学批评小史》，复旦大学出版社 2007 年版，第 21 页。

③ 柳宗元著，宋童宗说注释，张敦颐音辨，潘纬音义：《柳河东集注》附录，文渊阁四库全书本。

④ 不著撰人：《翰苑新书》别集卷 6，文渊阁四库全书本。

⑤ 刘长卿：《刘随州集》卷 11，文渊阁四库全书本。

⑥ 彭大翼：《山堂肆考》卷 104，文渊阁四库全书本。

分义别”。《三国志·魏志·文帝纪》说：“初，帝好学，以著述为务，使诸儒撰集经传，随类相从，凡千余篇，号曰《皇览》。”《三国志·魏志·刘劭传》：“黄初中，为尚书郎、散骑侍郎。受诏集五经群书，以类相从，作《皇览》。”① 中国古代文体分类有“类分”和“类从”两种方式，前者是烦琐细分，以《文选》类总集为代表；后者是合并归类，以《文章正宗》“四目”法为代表。前文已谈过曹丕“四科”对真氏“四目”之文体四分法的影响和关系，那么，曹丕诏命编纂的类书《皇览》之“随类相从”“以类相从”及“区分义别”的类从区分方法，与其文体“四科”的合并归类法有密切关系，应是再自然不过的了。傅刚认为：“（《皇览》）‘以类相从’的体例也影响到总集的编纂。如挚虞《文章流别集》，采取的就是‘类聚区分’的体例，这也是出于诗文总集编纂的事实需要。因为所收作品既多，势必要按类别区分。”②

第四，曹丕之“四科”与目录学“四部”之关系。关于目录学之“四部”类例演变，大体如余嘉熙所言：晋武帝太康二年（281 年），得汲冢古文竹书，以付秘书，于是荀勖撰次之，因郑默《中经》，更著新簿，遂变《七略》之体，分为甲乙丙丁四部，是为后世经史子集之权舆，特其次序子在史前。即《隋书经籍志》所云：“秘书监荀勖又因《中经》更著新簿，分为四部，总括群书。”……迨及东晋，收集散亡，李充作《晋元帝书目》，但以甲乙丙丁四部为次，又将《中经新簿》之乙丙两部先后互换。即《晋书李充传》所云：“于时典籍混乱，充删除繁重，以类相从，分为四部，甚有条贯，秘阁以为永制。”自晋宋至今官撰目录，则皆用四部。③ 也就是说，西晋初年的荀勖和东晋李充的“四部”法之源头在魏郑默《中经》，就如来新夏所分析的：“《新簿》是按四部分类，那么作为它主要依据的魏《中经》大致也是采用的四分法。因此，郑默所撰的《中经》很可能是一部以四部分类的国家图书目录，对我国图书分类学做出了开创四分法的贡献。”④

① 以上转引自胡道静《中国古代的类书》，中华书局 1982 年版，第 53 页。

② 傅刚：《昭明文选研究》，中国社会科学出版社 2000 年版，第 35 页。

③ 余嘉锡：《目录学发微》，中国人民大学出版社 2004 年版，第 96—98 页。

④ 来新夏：《古典目录学浅说》，中华书局 1981 年版，第 87 页。

至此，我们需要注意的是，郑默和荀勖都是由魏入晋。郑默仕魏为秘书郎、司徒左长史，入晋后官至东郡太守、光禄勋。荀勖初仕魏为从事中郎，入晋后，历官中书监、秘书监、尚书令等。郑默《中经》撰在魏时，应是曹丕诏命所制，以“四部”类例也应是曹丕授意，因为“四部”之名最早便出自曹丕。

第四，“四部”之名出自曹丕，其意或为“四科”。余嘉锡云：

> 至荀勖晋《中经新簿》，始分四部，此学者所共知也。然汉、魏之间，实已先有四部之名。孔融文曰：“证案大较，在五经四部书。”魏文帝《自叙》云：“及长而备历五经四部，史、汉诸子百家之言。”以四部置之经子史之外，则非荀勖之四部矣。所指为何等书，无可考证。以意度之，七略中六艺凡九种，而《刘向传》但言“诏向领校中五经秘书”。盖举《易》《书》《诗》《礼》《春秋》立博士者言之，则曰五经；并举乐言之，则曰六艺；更兼《论语》、《孝经》、小学言之，则为九种。汉末人以为于九种之中独举五经，嫌于不备，故括之曰五经四部。四部者，即指六艺略中之乐、《论语》、《孝经》、小学也。此虽未有明证，而推测情事，或当如此。……钱大昕《潜研堂文集》卷十三《答问》十：“魏文帝《典论·自叙》称五经、四部、史、汉、诸子百家之言，靡不毕览。所谓四部者，似在五经诸子之外，亦不知其何所指。”①

钱大昕和余嘉锡都看到曹丕把五经四部连称，其四部不是荀勖、李充之四部，余嘉锡又给出自己的解释。我们认为，所谓“五经、四部、史汉、诸子百家之言”，应是包括经（五经）、史（史汉）、子（诸子百家之言）、集（四部）的。这样说，是把四部理解为其文体“四科”，四科当然属于集。原因是前文所述的文体“四科”是源于“五经”的，故而五经下来便说四部，二者联用是有深意的。我们本文在论四科，故对曹丕“四

① 余嘉锡：《目录学发微》，中国人民大学出版社2004年版，第145页。

部”而言权备一说，在此亦借余氏所言“此虽未有明证，而推测情事，或当如此。”

第五，目录书及总集之“四分法”中，“诗赋”一脉相承，曹丕“四科”之“诗赋”具有承前启后的链条作用。目录书所谓“四部”法，唐以后才明确称经、史、子、集，之前荀勖、李充等皆称甲、乙、丙、丁，具体称谓是：《五经》为甲部，《史记》为乙部，《诸子》为丙部，《诗赋》为丁部。经、史、子之名无异，集部则一直以“诗赋”来统称。如《文选》任彦昇《王文宪集序》注：“臧荣绪《晋书》曰：李充，字弘度，为著作郎。于时典籍混乱，充删除烦重，以类相从，分为四部，甚有条贯，秘阁以为永制。《五经》为甲部，《史记》为乙部，《诸子》为丙部，《诗赋》为丁部。”[①] 赵翼《陔馀丛考》卷二十二：“古书分类，未有经史子集之名。……其名以经史子集者，则唐武德初魏郑公收东都图书，……自此经史子集之为四，一成不变矣。今《隋书经籍志》已分经史子集者，《隋书》本唐人所修也。”[②] 所以说，从刘、班《七略》《汉志》之“诗赋略”，到曹丕“四科”之“奏议、书论、铭诔、诗赋”，再到荀勖、李充等目录书“四部”之“《五经》为甲部，《史记》为乙部，《诸子》为丙部，《诗赋》为丁部”，再到真德秀“四目”之“辞命、议论、叙事、诗赋”，顺序是目录、文体、目录、文体之循环往复，曹丕“四科”和“诗赋”之位置和地位一目了然。

① 余嘉锡：《目录学发微》，中国人民大学出版社 2004 年版，第 150 页。

② 同上书，第 152 页。

第三章　刘勰《文心雕龙》之辨体理论体系[①]

文体论是《文心雕龙》的理论重点之一，相关研究成果包括专著论文和博士、硕士学位论文已颇为丰硕，但针对其专门的辨体理论研究却极为寥落，这不能不说是一个遗憾。而我们知道，“辨体”是中国古代文体学的基点，是贯通其他相关问题的核心问题（吴承学等语）。同样，刘勰也以“辨体”为主线，一脉贯穿于整个《文心雕龙》的各个部分，并形成了系统的辨体理论体系，包括“童子雕琢，必先雅制”“设文之体有常，变文之数无方”和“体乎经，禀经以制式”等。虽然诸如以上《文心雕龙》中的文体文献已为刘勰文体论的研究学者所熟悉和频频引用，但如果我们纯粹从“辨体”的角度来观照和阐释，便会有不同于以往的学术效果和创获。这不但对于重新看待《文心雕龙》的文体学意义提供了一个崭新的视角，可以进一步补充和挖掘刘勰的文体理论内蕴，而且能够借以看到《文心雕龙》的辨体观在中国古代辨体理论批评发展史上的重要地位和深远影响。

第一节　童子雕琢，必先雅制

中国古代辨体批评在宋代蔚成风气，其中最重要的观点便是“文章以体制为先”这一命题。对此，20 世纪 90 年代以来较早、较全面地研究辨

① 本文前三节发表于《学术论坛》2015 年第 6 期。后二节发表于《海南师范大学学报》2016 年第 5 期。

体理论的两位学者吴承学先生和王水照先生，分别在他们的《辨体与破体》[①] 和《尊体与破体》[②] 一文中，不约而同地列举了宋代王安石、张戒、倪思的相关言论，同时把这一辨体命题的源头追溯到隋代的刘善经《论体》，在文体学研究中产生重大影响。我们认为，这一理论的源头当在《文心雕龙》这部文体巨著中，刘勰在《体性》《附会》《总术》《风骨》《知音》等篇中已有明确表述。这一命题不管在他的整个理论结构中还是在他的文体体系中都占有极为重要的地位，并且所涉及的相关文献言论及其章节安排和排列次序也都饱含深意，耐人寻味。

为了更清晰地认识和理解刘勰“务先大体”的这一辨体范畴在全书中的内涵意旨和开风气之先的地位影响，我们首先简单梳理一下隋唐及宋以来这一理论的发展脉络，以见大概。唐代日僧遍照金刚《文镜秘府论论体》最早存录了隋刘善经《论体》一文，称“词人之作也，先看文之大体，随而用心。遵其所宜，防其所失，故能辞成练核，动合规矩。而近代作者，好尚互舛，苟见一途，守而不易，至今摘章缀翰，罕有兼善。岂才思之不足，抑由体制之未该也。”[③]《定位》：“凡制于文，先布其位，犹夫行阵之有次，阶梯之有依也。先看将作之文，体有大小。又看所为之事，理或多少。体大而理多者，定制宜弘，体小而理少者，置辞必局。”[④] 宋黄庭坚云：“荆公评文章，常先体制而后文之工拙。”[⑤] 张戒云：“论诗文当以文体为先，警策为后。”[⑥] 倪思云：“文章以体制为先，精工次之。失其体制，虽浮声切响，抽黄对白，极其精工，不可谓之文矣。”[⑦] 明章潢《图书编》云：“学《易》莫要于玩象，学诗莫要于辨体。……辨体不清则诠义不澈。”[⑧] 明王世懋《艺圃撷余》云“作古诗先须辨体”[⑨]。兹不赘述。要

① 王水照主编：《宋代文学通论》，河南大学出版社 1997 年版，第 63—64 页。

② 吴承学：《辨体与破体》，《文学评论》1991 年第 4 期。

③ 遍照金刚撰，卢盛江校考：《文镜秘府论汇校汇考》，中华书局 2006 年版，第 1464 页。

④ 同上书，第 1480 页。

⑤ 黄庭坚：《豫章黄先生文集》卷 26，四部丛刊本。

⑥ 丁福保：《历代诗话续编》，中华书局 1983 年版，第 459 页。

⑦ 徐师曾著，罗根泽校点：《文体明辨序说》，人民文学出版社 1962 年版，第 80 页。

⑧ 章潢：《图书编》，文渊阁四库全书本。

⑨ 王世懋：《艺圃撷余》，文渊阁四库全书本。

之，自隋、唐、宋、元、明、清，形成了一个清晰的发展脉络。

接下来我们列举阐释《文心雕龙》创作论中的“务先大体”类辨体文献，然后分析其在创作论十九篇之结构体系中的位置和照应关系。

创作论二《体性》篇云：“故童子雕琢，必先雅制。”其后称“沿根讨叶，思转自圆，八体虽殊，会通合数，得其环中，则辐凑相成。故宜摹体以定习，因性以练才，文之司南，用此道也。”[①] 刘勰认为，“孩子学习修辞，一定要先端正体裁”，“作为写作的指南，就指出了这条道路”[②]。这里，“必先雅制”的“雅制”当指“八体”，也即文学的八种风格而言的。其中四组八体是包括内容、形式、风格等综合在一起来说的，也即周振甫所说：“刘勰的四组八体，其中雅正和新奇，是指内容说的；深隐和明显，是指表现手法说的；繁丰和精简，是指内容和形式说的；壮丽和轻靡，是指气象的刚柔说的。”[③]

创作论十九《附会》篇云：“夫才童学文，宜正体制”[④]。可以发现，这与《体性》篇的表述方式完全吻合，而其“体制”也是思想内容和语言形式结合在一起而言，即“必以情志为神明，事义以为骨髓，辞采为肌肤，宫商为声气”，且结语“斯缀思之恒数也”也与《体性》结论之“文之司南，用此道也”相近。

刘勰这样安排这两条重要的辨体文献，不是随意而为的，其中自有深意。我们看一下创作论篇章顺序：第一篇《神思》是讲创作之前构思的，所以第二篇《体性》才是真正进入创作阶段，实则为具体进入创作论的第一篇。最后一篇《总术》是创作论的序言，即周振甫所云：“《总术》相当于创作论的序言，本书把《序志》放在全书的末了，所以也把《总术》放在创作论的末了。创作论承接文体论，文体论论文序笔，所以《总术》一开头就谈文笔问题，承接文体论而转入创作论。”[⑤] 那么创作论十九《附会》篇也就是创作论的最后一篇。或者说，《体性》篇为创作论正数第二

① 刘勰著，周振甫译注：《文心雕龙今译》，中华书局1986年版，第260页。
② 同上。
③ 同上书，第255页。
④ 同上书，第378页。
⑤ 同上书，第383页。

篇，《附会》篇为倒数第二篇，那么这两条重要的辨体言论是首尾照应的，也就是《附会》所说的“制首以通尾”[①]，“惟首尾相援，则附会之体，固亦无以加于此矣”[②]。

我们再看《总术》之“赞曰”及其对刘善经的影响。《文心雕龙总术》：“赞曰：文场笔苑，有术有门。务先大体，鉴必穷源。”[③]《总术》是创作论的序言，而“赞曰”是《总术》的总结，那么可以说，“文场笔苑，务先大体”便是整个创作论及其《体性》和《附会》篇的总纲。更为重要的是，这直接影响了隋刘善经的“词人之作也，先看文之大体”的经典辨体命题。我们比较一下，《论体》篇前后文是如此的：“凡制作之士，祖述多门……凡词人之作也，先看文之大体。”[④] 显然，“文场笔苑”就指“凡制作之士”和“凡词人之作也”，而“有术有门”则对应“祖述多门”，其间关系不言自明。相似的表述还有两处，如创作论四《通变》篇云：“是以规略文统，宜宏大体。”《封禅》篇云：“构位之始，宜明大体。”所谓“规略文统”和“构位之始”都是说文学创作即“词人之作也”，而“宜宏大体”和“宜明大体”无疑便是“务先大体”，也就是刘善经的“先看文之大体”。据此，我们可以言之凿凿地下一结论，即刘善经“词人之作也，先看文之大体”的辨体为先论断直接源于刘勰，且二者时代相去不远，这更容易让人理解和信服。那么，我们本文的意义便有二：其一，把文体学界普遍以隋刘善经为“文章以体制为先”的辨体源头推溯至梁刘勰。其二，对于上述《体性》《附会》《总术》《通变》《封禅》中龙学家熟悉的文体文献可以换一个不同的角度来透视，其文体学上的“辨体”意义和价值亦借此凸现出来。关于这一点，卢盛江先生在注释刘善经的《论体》《定位》时便引用《文心雕龙》的诸如“构位之始，宜明大体”“是以规略文统，宜宏大体”“文场笔苑，有术有门。务先大体，鉴必穷源”等文献[⑤]，颇受启发。

① 刘勰著，周振甫译注：《文心雕龙今译》，中华书局1986年版，第379页。

② 同上书，第381页。

③ 同上书，第390页。

④ 遍照金刚撰，卢盛江校考：《文镜秘府论汇校汇考》，中华书局2006年版，第1450页。

⑤ 同上书，第1470页。

此外，刘善经《论体》："凡作文之道，构思为先……既得所求，然后定其体分。"① 其行文顺序也是借鉴了刘勰的思路，即《神思》为创作论第一篇，即构思"此盖驭文之首术，谋篇之大端"，然后在接下来的《体性》篇中称"童子雕琢，必先雅制"，这正与"既得所求，然后定其体分"之逻辑顺序相同，从中也可以看出二者的继承和影响关系。再如创作论三《风骨》篇云："然文术多门，各适所好……若能确乎正式，使文明以健，则风清骨峻，篇体光华。"② 其"文术多门"与《论体》"祖述多门"之相合，"若能确乎正式"（周振甫译为"倘使能够确立正确的体式"）亦与"先看文之大体"相对应，实则也即"宜先雅制""宜正体制"的不同表述方式而已。

我们再看"辞尚体要"的"务先大体"辨体内涵和重要性。这在《文心雕龙》中屡次出现，如《风骨》篇云："《周书》云：辞尚体要，弗惟好异。"接下来便是"若能确乎正式"云云。《序志》篇："盖周书论辞，贵乎体要""辞训之异，宜体于要"③，所谓"周书论辞"和"辞训之异"都可笼统地看作创作和评论，而"贵乎体要"和"宜体于要"与"宜先雅制"和"宜正体制"无疑是相似的说法。此外，所谓"辞尚体要"，"辞"可看作"为辞"即创作，要以"体要"（大体）为上（尚）、为先，也就是"词人之作也，先看文之大体"；或者说"辞"即文章，"辞尚体要"即"文章以体制为先"。这样来看，刘勰的"文章以体制为先"的辨体观一样是"宗经"即"体乎经"的，如《序志》："盖文心之作也，本乎道，师乎圣，体乎经"④。也因此，我们的"辨体为先"理论之源头又可远溯至先秦儒家经典《尚书》了。再如《奏启》云："是以立范运衡，宜明体要。"⑤ 周振甫译为："因此，树立规范，运用标准，应该明确体制。"⑥ 俱可为证。

---

① 遍照金刚撰，卢盛江校考：《文镜秘府论汇校汇考》，中华书局2006年版，第1470页。

② 刘勰著，周振甫译注：《文心雕龙今译》，中华书局1986年版，第267页。

③ 同上书，第453页。

④ 同上书，第456页。

⑤ 同上书，第215页。

⑥ 同上。

除此之外，刘勰著名的“三准”论和“六观”说同样是“词人之作，先看文之大体”“文章以体制为先”“论文章先体制而后文之工拙”“论诗当以文体为先”等的体现。如《文心雕龙镕裁》云：“是以草创鸿笔，先标三准：履端于始，则设情以位体；举正于中，则酌事以取类；归余于终，则撮辞以举要。”① “草创鸿笔”即“词人之作也”“文章”“论文章”“论诗”云云。接下来“先标三准”，亦突出了一个“先”字，而“三准”第一个即“履端于始”便是“设情以位体”，要求根据情理来决定体制，这显然是“文体为先”的体现了。再如《知音》篇云：“是以将阅文情，先标六观：一观位体，二观置辞，三观通变，四观奇正，五观事义，六观宫商。”② 所谓“知音”和“将阅文情”是指文学批评和鉴赏而言，与“论文章”和“论诗”相似，属文学评论和文体批评。“先标六观”与“先标三准”也一样强调一个“先”字；第一个便是“观位体”，亦与“三准”的第一个为“设情以位体”相似；且都用“位体”一词，突出了“论文章先体制而后工拙”的内蕴。

最后，我们再看这部“体大思精”的文论经典的辨体结构。对于占最大篇幅的文体论二十篇和创作论十九篇来说，将文体论置于创作论之前，之“先”，正体现了宏观的“童子雕琢，宜先体制”的“文章以体制为先”的辨体观。关于文体论和创作论的关系，周振甫先生是这样解释的：“他的创作论就是从文体论里归纳出来的……没有文体论，就没有创作论、鉴赏论等，也没有文之枢纽，没有《文心雕龙》了，所以文体论在全书中是很重要的部分。”③ “刘勰讲了文体论，接下来就讲创作论。他的创作论，是从文体论的‘敷理以举统’的‘敷理’里概括出来。”④ 这样解释刘勰将创作论置于文体论之后或者说将文体论置于创作论之“先”的原因，当然不无道理，但如果用我们“词人之作也”（创作论）“先看文之大体”（文体论）的辨体观来看待，或更简明。

① 刘勰著，周振甫译注：《文心雕龙今译》，中华书局1986年版，第295页。

② 同上书，第438页。

③ 同上书，第49页。

④ 同上书，第243页。

第二节　设文之体有常，变文之数无方

辨体和破体是中国古代文体学的一对对立范畴，这个矛盾体所形成的文学论争在宋代极为激烈，并延展到元明清以来历久不衰，但其源头则在刘勰《文心雕龙》中。

关于辨体和破体之间的关系及其发展演变，以及刘勰作为这一理论源头和开拓意义，吴承学和王水照先生都已有全面论述。如吴承学先生在《辨体与破体》一文中云："宋代以后，文学创作和批评明显存在着两种倾向：辨体和破体。前者坚持文各有体的传统，主张辨明和严守各种文体体制；后者则大胆打破各种文体界限，使之互相融合。"同时强调刘勰是这一理论的源头。如云："我想以刘勰的理论对辨体和破体的关系作一概括，因为体大思精的《文心雕龙》对此已做了十分辨证周密的论述。刘勰在《通变》篇开宗明义：夫设文之体有常，变文之数无方……"① 其后王水照先生在《尊体与破体》一文中也看到这一点，如关于尊体和破体的关系，他称"《通变》篇更提出了'夫设文之体有常，变文之数无方'，确立了文体的有常有变、相反相成、缺一不可的重要观点"。"刘勰的这些基本观点，为后世文体学的发展奠定了良好的基础，以后的文评家大体都是发挥和完善他的论点。如宋以前的《文镜秘府论论体》谓'词人之作也，先看文之大体'，即以辨体尊体为创作要务。"②

上面我们简要介绍了吴承学、王水照二先生关于刘勰《文心雕龙》的辨体破体理论及其开拓意义，但本文还有进一步论述的必要。这是因为，吴、王二先生都是宏观整体论述中国古代辨体破体理论及其发展的专文，而刘勰辨体破体论只是其中的一个链条，故所论都浅尝辄止，文献也只举《风骨》和《通变》篇中二条典型文献，还有深入开掘和全面阐释的空间，从而看到辨体破体这一文体通变观在他整个辨体理论体系中的地位和作用。我们从如下几点展开论述。

---

① 吴承学：《辨体与破体》，《文学评论》1991 年第 4 期。

② 王水照主编：《宋代文学通论》，河南大学出版社 1997 年版，第 63 页。

首先，文献列举及理论阐释。辨体与破体的文体通变观都在创作论的前几篇中。如创作论三《风骨》篇云："若夫熔铸经典之范，翔集子史之术，洞晓情变，曲昭文体，然后能孚甲新意，雕画奇辞。昭体，故意新而不乱，晓变，故辞奇而不黩。若骨采未圆，风辞未练，而跨略旧规，驰骛新作，虽获巧意，危败亦多，岂空结奇字，纰缪而成经矣？《周书》云：'辞尚体要，弗惟好异。'盖防文滥也。然文术多门，各适所好，明者弗授，学者弗师。于是习华随侈，流遁忘反。若能确乎正式，使文明以健，则风清骨峻，篇体光华。"① 主张必须"晓变"和"昭体"相结合，也即破体、尊体和变体、辨体二者不可或缺的辩证观点。

创作论四《通变》云："夫设文之体有常，变文之数无方，何以明其然耶？凡诗赋书记，名理相因，此有常之体也；文辞气力，通变则久，此无方之数也。"② 认为从《明诗》《诠赋》到《书记》二十篇文体论，文体名称和文体规范是一定的，有所继承的，所谓"有常之体"就是说需要尊体辨体。尊体辨体重在体裁体类上，而"文辞气力"属"变文之数"，是变化的，这说明变体重在文体风格上。当然亦不可一概而论，大多时候是综合言之的。

创作论五《定势》："是以括囊杂体，功在铨别，宫商朱紫，随势各配。章表奏议，则准的乎典雅；赋颂歌诗，则羽仪乎清丽；符檄书移，则楷式于明断；史论序注，则师范于核要；箴铭碑诔，则体制于宏深；连珠七辞，则从事于巧艳：此循体而成势，随变而立功者也。虽复契会相参，节文互杂，譬五色之锦，各以本采为地矣。"③ 显然，"括囊杂体，功在铨别"意在要先辨体，辨别（铨别）各种体裁（杂体），包括下面所说的章表奏议赋颂歌诗等，亦偏重在体类体裁；而"宫商朱紫，随势各配"是说变体，因为不同体裁有着各自不同的文体风格，即典雅、清丽、明断、核要、宏深、巧艳之多姿多彩恰如"宫商朱紫"五音五色之令人目眩，所以要"随势各配"，随着文体风格（势）的变化而选择（配）不同的体裁。

① 刘勰著，周振甫译注：《文心雕龙今译》，中华书局 1986 年版，第 206 页。
② 同上书，第 271 页。
③ 同上书，第 280 页。

二者的尊体、变体关系，刘勰则用“循体而成势，随变而立功”作了进一步的阐释：“循体”指要遵循和遵守文体规范，“随变”指在“循体”的基础上，还须顺应文体风格的变化而具有鲜明的变体、破体意识。

其次，辨体和破体之间有主次轻重关系，要“执正以驭奇”。一方面，上述所举《风骨》《通变》《定势》三篇中，都在称二者辩证结合之外，而更看重辨体和尊体，认为这才是基础。如上举《风骨篇》文献接下来称“若骨采未圆，风辞未炼”，即如果不能“曲昭文体”，那么“跨略旧规”即破体，而“驰骛新作，虽获巧意，危败亦多”。接下来称“辞尚体要，弗惟好异”，“辞尚体要”也就是文章以体制为先，辨体为先；“弗惟好异”即不可一味地爱好新变和破体。所以“若能确乎正式”，即先尊体，才能使“文明以健”和“篇体光华”。

《通变》篇也在阐释“夫设文之体有常，变文之数无方”这一辨体破体的文体通变观之结尾强调：“故论文之方，譬诸草木，根干丽土而同性，臭味晞阳而异品。”所谓“根干丽土而同性”是说文体有一定的写作规范这一点是相同的（同性），故而需要辨体尊体，这是根本和基础（根干丽土），是主要的；而所谓“臭味晞阳而异品”是指虽然文体风格（臭味）不同（异品），要有所变化，要变体破体，但这属于外在的表层的枝叶（臭味晞阳），是次要的。刘勰接下来更进一步比喻说明：“夫青生于蓝，绛生于蒨，虽逾本色，不能变化。”① 蓝、蒨为本色，为尊体辨体，为根本，为基础；青、绛为变化，为变体破体，“虽逾本色”，但又为本色所决定和约束，也就是说变体破体终究要受制于尊体辨体。

“执正以驭奇”可以说是处理“辨体和破体”之间矛盾关系的最佳手段和方法。《定势》篇云：“自近代辞人，率好诡巧，原其为体，讹势所变。厌黩旧式，故穿凿取新，察其讹意，似难而实无他术也，反正而已。故文反‘正’为‘乏’，辞反正为奇。……然密会者以意新得巧，苟异者以失体成怪。旧练之才，则执正以驭奇；新学之锐，则逐奇而失正；势流不反，则文体遂弊。”② 简单来说，“正”为尊体辨体，“奇”为变体破体。

① 刘勰著，周振甫译注：《文心雕龙今译》，中华书局1986年版，第273页。

② 同上书，第282页。

“文体遂弊”的原因是“自近代辞人，率好诡巧”，主要在于“原其为体，讹势所变”，也就是说从文体上追究，是因为“厌黩旧式”，不尊体而尚变体和“穿凿取新”，最终才落得“苟异者以失体成怪”。要之，这是“逐奇而失正”即破体过度的结果。所以，如何辩证地协调处理二者关系，最佳的途径就是“执正以驭奇”。关于刘勰“执正以驭奇”这一命题，历代学者从各种角度做过不同的解读，但笔者认为从文体学或者说辨体论的层面来审视当最为符合刘勰原意。

最后，在创作论的篇章结构安排上，亦可看出这种关系。上文已说过，创作论二《体性》篇和创作论十九《附会》篇前后照应，各称“童子雕琢，宜先雅制”和“才童学文，宜正体制”，以及总术篇所云“务先大体”都可看出以尊体辨体为先的思维逻辑。而《风骨》《通变》《定势》三篇辨体破体相结合的文体通变观紧随《体性》篇之后，并处于《附会》和总术之间，亦能明确看出作者“为文之用心”。

第三节　体乎经，秉经以制式

辨析文体源流是刘勰文体批评的最基本方法之一，这一方法在《文心雕龙》中有集中鲜明的提出和论述，后人对此也早已发现和指证。如清《四库全书总目》云：“究文体之源流，而评其工拙。”[①] 宋初孙光宪《白莲集序》亦云：“降自屈宋，逮乎齐梁，穷诗源流，权衡辞义，曲尽商榷，则成格言，其惟刘氏之《文心》乎！后之品评，不复过此。”[②] 辨源流正变在《文心雕龙》中的表述方式不尽相同，其实质则无大区别，主要有诸如“详其本源，莫非经典”“原始以表末”“振叶以寻根，观澜而索源”，以及原道、征圣、宗经等等。

纵观《文心雕龙》全书，其辨析源流最重要的一点，就是从儒家思想的立场出发，认为五经为后世众多文体之源，后世文体不能出其范围，主张创作中要“体乎经”和“秉经以制式”。这就是“文之枢纽”之以

① 王运熙、杨明：《魏晋南北朝文学批评史》，上海古籍出版社1989年版，第329页。
② 同上。

原道、征圣、宗经篇开宗明义，从理论的高度进行概括，也成为全书的总纲。

《原道》《征圣》《宗经》三位一体，认为“道沿圣以垂文，圣因文而明道”，其落脚点在“宗经”。这三篇中的辨体包括辨文质、辨文道、辨体用等，从文体内容和形式相结合的整体风貌上来辨析文体源流，而辨文体之源则是其中尤为重要的一个方面。《宗经》篇云：“故论、说、辞、序，则《易》统其首；诏、策、章、奏，则《书》发其源；赋、颂、歌、赞，则《诗》立其本；铭、诔、箴、祝，则《礼》总其端；纪、传、铭、檄，则《春秋》为其根，并穷高以树表，极远以启疆，所以百家腾跃，终入环内者也。”[①] 文章众体源出五经之说，《汉书·艺文志》已有阐述，班固云：“今异家者，各推所长，穷知究虑，以明其指，虽有蔽短，合其要归，亦六经之支与流裔。”[②] 到了南北朝颜之推则承《文心》之说，稍有不同，《颜氏家训·文章第九》云：“夫文章者，原出五经：诏命策檄，生于《书》者也；序述论议，生于《易》者也；歌咏赋颂，生于《诗》者也；祭祀哀诔，生于《礼》者也；书奏箴铭，生于《春秋》者也。”[③] 所论文体数目名称与《文心》有一定出入，合二者所论各二十种文体，大体包含了六朝《文选》《文心》所论文体。《文心》以二十种文体为代表，只是为论说之方便，其目的是为了说明后世所有文体都不出五经之牢笼，即“百家腾跃，终入环内者也”。颜之推正是从这点出发，遵依刘氏“文源五经”的宗旨，而以其他众体为补充。颜、刘所论文体总计如下：论说辞序述议（易）；诏策章奏命檄（书）；赋颂歌赞咏（诗）；铭诔箴祝祭祀哀（礼）；纪传铭檄书奏箴（春秋）。除奏檄箴三种文体所述源流不同外，其他都一样，所论文体近三十种（二十八种），与刘勰所论三十三种文体基本相同，即：骚、诗、乐府、赋、颂、赞、祝、盟、铭、箴、诔、碑、哀、吊、杂文、谐隐、史传、诸子、论、说、诏、策、檄、移、封禅、章、表、奏、启、议、对、书、记。

① 刘勰著，范文澜注：《文心雕龙注》，人民文学出版社1958年版，第22页。

② 同上书，第29页。

③ 颜之推著，王利器集解：《颜氏家训集解》（增补本），中华书局1993年版，第237页。

需要提出的是，“文体源出五经”说除了辨析文体源流之外，还有尊体辨体的深层内蕴。正如吴承学先生等所云：“古人提出‘文本于经’除了为文体溯源之外，实际上更多的时候是夹杂着宗经或者尊体的理论目的。”“宗经在很多时候也成为一种理论策略：名为宗经，实为尊体。”[①]

章学诚《文史通义》不但从学术研究方法上提出“辨章学术，考镜源流”之辨体方法，可以说是文体辨析源流的理论总结，而且亦认为文备战国，“其源皆出于六艺”，如云：“盖至战国而文章之变尽，至战国而著述之事专，至战国而后世之文体备；故论文于战国，而升降盛衰之故可知也。战国之文……其源皆出于六艺，人不知也。后世之文，其体皆备于战国，人不知；其源多出于《诗》教，人愈不知也。”[②] 对于刘勰这种众体源出五经的说法，《魏晋南北朝文学批评史》云：“春秋战国时代，文化包括文学，已颇为发展，许多文体也已经产生或萌芽，它们被保存在《五经》中间。刘勰列举论说辞序等二十种文体，认为其体制源出《五经》，大致上也是可信的。”[③] 综上所述，刘勰在《原道》《征圣》《宗经》之开篇明义，从辨析源流的角度申述五经是“文章奥府”和“群言之祖”的观点，[④] 从中也可看出辨体在《文心雕龙》中的重要性。

《辨骚》篇以《原道》《征圣》《宗经》为参照，从诗学辨源的角度，来辨别《离骚》之与《诗经》的源流同异。文中首先列举汉代诸如刘安、班固、王逸、汉宣帝、扬雄五人对《诗经》《离骚》的褒贬抑扬，认为俱“鉴而弗精”，进而提出《离骚》之“同于《风》《雅》者”四事，“异乎经典者”四事，进而认为《楚辞》“乃雅颂之博徒，而词赋之英杰也”，也即“自风雅寝声，莫或抽绪，奇文郁起，其《离骚》哉！固已轩翥诗人之后，奋飞辞家之前，岂去圣未远，而楚人之多才乎！”[⑤] 所言都从辨体的角度出发，看到了《离骚》对《诗经》的继承，以及对汉赋的影响。

《文心雕龙》在第一部分“文之枢纽”五篇里的辨析源流之辨体思想，

---

① 吴承学、陈赟：《对“文本于经”说的文体学考察》，《学术研究》2006 年第 1 期。

② 章学诚著，叶瑛校注：《文史通义校注》，中华书局 1985 年版，第 60 页。

③ 王运熙、杨明：《魏晋南北朝文学批评史》，上海古籍出版社 1989 年版，第 349 页。

④ 刘勰著，范文澜注：《文心雕龙注》，人民文学出版社 1958 年版，第 23 页。

⑤ 同上书，第 45—48 页。

与钟嵘《诗品》如出一辙。钟嵘只论五言诗，认为诗学源流有三，即国风、小雅和楚辞，而《文心》兼论文章众体，同样把《诗经》和风骚并论，并用《辨骚》对诗、骚进行更为具体详尽地辨析。可见，辨析源流是当时学术研究和文学批评的共识。他者如任昉《文章原始》，挚虞《文章流别论》等，从书名即可看出这种辨析源流的辨体观念，就如《文心雕龙》“文之枢纽”五篇题目所谓原、征、宗、正、辨等，从标题字眼中亦可看出作者鲜明的辨体理念。

在这个宏观理论指导下，落实到辨体批评操作上，便是第二部分从《明诗》到《书记》二十篇的文体论中，刘勰对各种文体具体而微地通过“原始以表末”来探其源流演变。这样看来，“文之枢纽”之五篇更多地是“辨源”，而文体论二十篇则更多地是就每个文体的“析流”。如《明诗》篇中，首先将诗歌之“源”远溯至葛天氏、黄帝及尧舜歌诗，然后历述诗骚到两汉、建安、正始、两晋及南朝宋初，此为“流”。把五言之源追溯至《诗经》之《召南·行露》和楚民歌《孺子沧浪歌》。最后通过“铺观列代”“撮举同异”，认为“至于三六杂言，则出自篇什；离合之发，则明于图谶；回文所兴，则道原为始；联句共韵，则柏梁余制”[①] 对一些杂体之源亦探究颇严。其他俱如此类，不但对每一种文体具体探源，即溯至五经之外，而且析流，也就是说不但“原始”，更重要的是“表末”，即“析流”，这个流便是某一种文体的发展演变，可看作是一部分体文学史。其他相似的表述还有诸如“赋，古诗之流也”“讨其源流，信兴楚而盛汉矣。”[②] 等等。还有，就是对某个作家风格或某一时代风格之源流进行辨析，这在文体论之“选文以定篇”中的作家作品中有大量的表述，在辨文体源流上的地位并不重要，但也是其中一个方面，兹不赘述。

第四节　括囊杂体，功在铨别

关于刘勰辨文体类别的辨体观念，包括辨不同文体之间即一级文体之

① 刘勰：《文心雕龙今译》，周振甫译，中华书局 1986 年版，第 68 页。

② 同上书，第 76、78 页。

间的界限，同一文体之内二级文体之间的界限，以及不同但相近文体之间的界限。这种“分界线”体现在辨同异上，即辨同中之异和异中之同，或侧重于体裁，或侧重于风格，或从整体风貌上区分。

辨文体类别主要在《辨骚》和《明诗》到《书记》的二十篇文体论中。这二十一篇又可分为三类，第一类是《辨骚》《明诗》《乐府》《诠赋》为一组，每篇论一种文体，即骚、诗、乐府、赋，但这四种文体互相之间又都有千丝万缕的关系，其间同异之辨很细腻也很复杂。第二类是颂赞、祝盟、铭箴、诔碑、哀吊、谐隐、史传、论说、诏策、檄移、章表、奏启、议对、书记等十四篇为一组，每篇兼论两个相近文体之同异。第三类是杂文、诸子、封禅三篇，每篇各论一种文体，这三种文体各有其独特之处。

在这二十篇的文体论中，其辨文体界限首先从音韵学角度，把所有文体分为有韵之文和无韵之笔两类。前十篇为有韵之文，后十篇为无韵之笔，这就是文学批评史上著名的“文笔之辨”。即《序志》所云：“若乃论文叙笔，则囿别区分；原始以表末，释名以章义，选文以定篇，敷理以举统：上篇以上，纲领明矣。”① 这种从“文笔之辨”的角度把各种文体分成两大块的辨体方法，是六朝永明声律论和骈文兴起这一文学思潮的反映，在当时成为一种辨体风气。如刘师培《文心雕龙札记》：“六朝人分文笔大概有二途：其一，以有韵者为文，无韵者为笔；其二，以有文彩者为文，以无文彩者为笔。谓兼二说而用之。”“论文叙笔，谓自《明诗》至《哀吊》皆论有韵之文，《杂文》《谐隐》二篇，或韵或不韵，故置于中，《史传》以下则论无韵之笔。”②

辨析文体间的同异，即同中之异和异中之同是这部分的最大特点，最典型的便是《定势》篇所云：“是以括囊杂体，功在铨别，宫商朱紫，随势各配。章表奏议，则准的乎典雅；赋颂歌诗，则羽仪乎清丽；符檄书移，则楷式于明断；史论序注，则师范于核要；箴铭碑诔，则体制于宏深；连珠七辞，则从事于巧艳：此循体而成势，随变而立功者也。”③ 或四

① 刘勰：《文心雕龙今译》，周振甫译，中华书局1986年版，第456页。
② 转引自刘勰著，范文澜注《文心雕龙注》，人民文学出版社1958年版，第743页。
③ 刘勰：《文心雕龙今译》，周振甫译，中华书局1986年版，第280页。

体或两体为一组，文体不同但相近，重在辨析其异中之同，这种辨体方式最早出现在曹丕《典论·论文》之四科八体中："盖奏议宜雅，书论宜理，铭诔尚实，诗赋欲丽。此四科不同，故能之者偏也。唯通才能备其体。"①可以看到每两种文体之间异中之同，这为刘勰十组两两并举文体所效仿。它如陆机《文赋》所云："诗缘情而绮靡，赋体物而浏亮，碑披文以相质，诔缠绵而凄怆，铭博约而温润，箴顿挫而清壮，颂优游以彬蔚，论精微而朗畅，奏平彻以闲雅，说炜烨而谲狂。虽区分之在兹，亦禁邪而制放。"②曹、陆所谓"四科不同""区分在兹"云云，正为辨析文体类别之异同。其中，陆机论十种文体，学者多以为超出曹丕四种，其实不然。陆机虽分论十种，实则为五科十体，即诗赋、碑诔、铭箴、颂论、奏说，既把两种相近文体前后并列，又指出各自不同写作特征，与曹丕可谓大同小异。比较可以看出，刘勰之两两一组与曹、陆亦大同小异，如诗赋、碑诔、铭箴全同，其他则微异。所以说，曹丕论四组文体之异与每组不同文体之同；《文赋》则论十个不同文体之间的差别，更多注意不同文体之间的区别所在，并暗含五科十体之同异；《文心》论六组文体之间不同与每组四个或两个不同文体之间相同，其间的承传与创新一目了然。

下面我们来逐篇分析其辨析文体界限的辨体思想。首先《辨骚》："自风雅寝声，莫或抽绪，奇文郁起，其《离骚》哉！故已轩翥诗人之后，奋飞辞家之前……《国风》好色而不淫，《小雅》怨悱而不乱，若《离骚》者，可谓兼之……然其文辞丽雅，为词赋之宗……诗人提耳，屈原婉顺，《离骚》之文，依经立义……名儒辞赋，莫不拟其仪表。扬雄讽味，亦言体同《诗雅》……可谓鉴而弗精。""观兹四事，同于风雅者也。""摘此四事，异乎经典者也。""乃雅颂之博徒，而词赋之英杰也。"通篇辨析《诗经》《楚辞》与汉赋之区别和联系，把诗、骚、赋放在一起来谈，辨不同文体之间异同意味甚浓。《明诗》："若夫四言正体，则雅润为本，五言流调，则清丽居宗。"③辨四言五言文体之别。《乐府》："故诗为乐心，声

① 郁沅、张明高：《魏晋南北朝文论选》，人民文学出版社 1996 年版，第 13 页。

② 同上书，第 147 页。

③ 刘勰：《文心雕龙今译》，周振甫译，中华书局 1986 年版，第 62 页。

为乐体"[1]"凡乐辞曰诗，诗声曰歌""昔子政品文，诗与歌别，故略具乐篇，以标区界。"[2] 辨乐府与诗之界限同异，把乐府从诗体中分离出来，独标一体，这与《文选》分类于赋、诗之后独标乐府具有相同的辨体理念。《诠赋》："班固称古诗之流也"[3]，也即"赞曰：赋自《诗》出，分歧异派。"[4] 辨赋与诗之同，即二者的继承关系。"然则赋也者，受命于诗人，拓宇于《楚辞》也。"[5] 申明赋与诗和楚辞的关系，即处于诗和楚辞中间的链条作用。"予是荀况《礼》《智》，宋玉《风》《钓》，爰锡名号，与诗画境，六义附庸，蔚成大国。遂客主以首引，极声貌以穷文，斯盖别诗之原始，命赋之厥初也。"[6] 所谓"与诗画境"，是说"跟诗划清界限"；"斯盖别诗之原始"，是说"这是跟诗分别的开始"[7]，明确辨析赋与诗之异。

以上四篇为纯文学文体，可划归一类。可以看出，骚、诗、乐府、赋四体之间既有明显区别，又有纵横交错的血脉相连关系，这也成为后世学者辨析这几种文体相互之间关系的学术热点。

其次，包括十组两两相近文体，辨析其间的同异。大体先分述各自源流演变，然后在论后一种文体时指出二者同异，并在最后总结二者之间的同异，更着眼于其同，以指导写作，即"敷理以举统"，以下分而论之。《颂赞》。论颂。首先论颂之源于《诗经》赋比兴风雅颂即六义，并辨颂与赋及与风雅之别。如："风雅序人，事兼变正；颂主告神，义必纯美。"[8]"至于班傅之《北征》《西巡》，变为序引，岂不褒过而谬体哉！马融之《广成》《上林》，雅而似赋；何弄文而失质乎？"[9] 辨颂与赋及序引之间的区别。如："原夫颂惟典雅，辞必清铄，敷写似赋，而不入华侈之区；敬慎如铭，而异乎规戒之域。"辨颂与赋及铭之同异。论赞。如："及迁史固

① 刘勰：《文心雕龙今译》，周振甫译，中华书局1986年版，第70页。
② 同上书，第72页。
③ 同上书，第76页。
④ 同上书，第82页。
⑤ 同上书，第77页。
⑥ 同上。
⑦ 同上。
⑧ 同上书，第84页。
⑨ 同上书，第86页。

书……颂体以论辞；又纪传后评，亦同其名；而仲洽《流别》，谬称为述，失之远矣。及景纯注《雅》，动植必赞，义兼美恶，亦犹颂之变耳。"[①]"大抵所归，其颂家之细条乎？"[②]"赞曰：容体底颂，勋业垂赞。"[③]详辨赞与颂这两个文体之间的同异。而所谓"颂体以论辞""亦犹颂之变耳""其颂家之细条乎"云云，则更多着眼于颂、赞两文体之同，这也是把两种文体放在一起论述的原因。以后其他每组两种文体大都依如此顺序和方式来论述。

《祝盟》。论祝。"若夫《楚辞》《招魂》，可谓祝辞之组纚也。"[④]"东方朔有骂鬼之书，于是后之谴咒，务于善骂。"[⑤]辨祝与《楚辞》之咒、骂之别。"而中代祭文，兼赞言行，祭而兼赞，盖引伸而作也。"[⑥]辨祭与赞之别。"又汉代山陵，哀策流文。周丧盛姬，内史执策。然则策本书赠，因哀而为文也。是以义同于诔，而文实告神，诔首而哀末，颂体而祝仪，太史作之赞，因周之祝文也。"[⑦]辨祝文与哀策、诔、颂、赞诸体之间的区别和联系。论盟。如"汉祖建侯，定山河之誓。""刘琨铁誓，精贯霏霜"。[⑧]论盟与誓之关系。

《铭箴》。"朱穆之鼎，全成碑文，溺所长也。"[⑨]辨铭与碑的异同。"夫箴诵于官，铭题于器，名目虽异，而警戒实同。箴主御过，故文资确切；铭兼褒赞，故体贵弘润；……所以箴铭异用，罕施于代。"[⑩]"赞曰：铭实表器，箴惟德轨。"[⑪]详论铭箴文体之同异。

《诔碑》。论诔："观其序事如传"[⑫]"详夫诔之为制，盖选言录行，传

① 刘勰：《文心雕龙今译》，周振甫译，中华书局1986年版，第88页。
② 同上书，第89页。
③ 同上书，第90页。
④ 同上书，第94页。
⑤ 同上书，第95页。
⑥ 同上书，第96页。
⑦ 同上。
⑧ 同上书，第97页。
⑨ 同上书，第103页。
⑩ 同上书，第106页。
⑪ 同上书，第107页。
⑫ 同上书，第110页。

体而颂文，荣始而哀终。”[①] 辨诔与传颂之关系。论碑：“夫属碑之体，资乎史才，其序则传，其文则铭。……夫碑实铭器，铭实碑文，因器立名，事光于诔。是以勒石赞勋者，入铭之域；树碑述已者，同诔之区焉。”[②] 辨析碑文与铭、诔及传体的同异。“赞曰：写实追虚，碑诔以立。”[③] 碑诔并谈以见二者之同。

《哀吊》。论哀，“《黄鸟》赋哀，抑亦诗人之哀辞乎？”“帝伤而作诗，亦哀辞之类矣。”“又卒章五言，颇似歌谣，亦仿佛乎汉武也。”[④] “叙事如传，结言摹诗。”[⑤] 详论哀与诗的联系及与传的关系。论吊，“自贾谊浮湘，发愤吊屈，体同而事核，辞清而理哀，盖首出之作也。及相如之吊二世，全为赋体。”[⑥] “夫吊虽古义，而华辞未造；华过韵缓，则化而为赋。”[⑦] 辨吊与赋之渊源。

《谐隐》。“隐语之用……与夫谐辞，可相表里也。”[⑧] “而君子嘲隐，化为谜语。……荀卿蚕赋，已兆其体。”[⑨] 辨谐与隐及谜语的关系。

《论说》。论论，“详观论体，条流多品：陈政，则与议说合契；释经，则与传注参体，辨史，则与赞评齐行；铨文，则与叙引共纪。故议者宜言，说者说语，传者转师，注者主解，赞者明意，评者平理，序者次事，引者胤辞；八名区分，一揆宗论。论也者，弥纶群言，而研精一理者也。”[⑩] 可见论之文体内蕴和体裁丰富复杂，与八种文体都有密切联系。论说，“范雎之言事，李斯之止逐客……此上书之善说也。”[⑪] 辨说与上书之关系。

《诏策》。诏策难分，故两体并列同述，交错互杂，不像前者所论有先

① 刘勰：《文心雕龙今译》，周振甫译，中华书局1986年版，第112页。
② 同上书，第114页。
③ 同上书，第115页。
④ 同上书，第117页。
⑤ 同上书，第118页。
⑥ 同上书，第120页。
⑦ 同上书，第121页。
⑧ 同上书，第135页。
⑨ 同上书，第137页。
⑩ 同上书，第167页。
⑪ 同上书，第174页。

后顺序之分。“而响盈四表，唯诏策乎？昔轩辕、唐虞，同称为命。……其在三代，事兼诰誓。……降及七国，并称曰令。……秦并天下，改命曰制。汉初定仪则，则命有四品：一曰策书，二曰制书，三曰诏书，四曰戒敕。”① 详论诏策名称、体制之历史沿革，并辨析诏策与命、诰誓、令、制、戒敕之关系。

《檄移》。“檄者……或移露布。”② “故檄移为用，事兼文武。其在金革，则逆党用檄，顺命资移；所以洗濯民心，坚同符契，意用小异，而体义大同，与檄参伍，故不重论也。”辨不同场合檄移文体之同异。

《章表》。“然则敷奏以言，则章表议也……降及七国，未变古式，言事于主，皆称同上。”③ 辨章表名实之别。“秦初定制，改书曰奏。汉定礼仪，则有四品：一曰章，二曰奏，三曰表，四曰议。章以谢恩，奏以按劾，表以陈请，议以执异”④ 辨章表名称沿革及章、表、奏、议之区别。“原夫章表之为用也，所以对扬王庭，昭明心曲。既其身文，且亦国华。章以造阙，风矩应明，表以致禁，骨采宜耀：循名课实，以章为本者也。是以章式炳贲，志在典谟，使要而非略，明而不浅；表体多包，情伪屡迁，必雅义以扇其风，清文以驰其丽。”⑤ 进一步详论章表同异。

《奏启》。论奏，“秦汉之辅，上书称奏。陈政事，献典仪，上急变，劾愆谬，总谓之奏。”⑥ “自汉以来，奏事或称上疏。”⑦ “若乃按劾之奏，所以明宪清国。”⑧ “后之弹事，迭相斟酌。”⑨ 论启，“至魏国笺记，始云‘启闻’。奏事之末，或云‘谨启’。自晋来盛启，用兼表奏。陈政言事，既奏之异条；让爵谢恩，亦表之别干。”⑩ 辨启与表奏之同异。“自汉置八

① 刘勰：《文心雕龙今译》，周振甫译，中华书局1986年版，第178页。
② 同上书，第188页。
③ 同上书，第204页。
④ 同上书，第205页。
⑤ 同上书，第208页。
⑥ 同上书，第212页。
⑦ 同上书，第213页。
⑧ 同上书，第214页。
⑨ 同上书，第215页。
⑩ 同上书，第217页。

仪，密奏阴阳，皂囊封板，故曰‘封事’。”[①] 辨表奏与封事之关系。

《议对》。“迄至有汉，始立驳议。驳者，杂也；杂议不纯，故曰驳也。”[②] “对策者，应诏而陈政也；射策者，探事而献说也……二名虽殊，即议之别体也。”[③] “夫驳议偏辨，各执异见；对策揄扬，大明治道。”[④] “赞曰：议惟畴政，名实相课。……对策王庭，同时酌和。”[⑤] 辨驳议与对策文体之同异。

《书记》。“详总书体……战国以前，君臣同书，秦汉立议，始有表奏；王公国内，亦称奏书……迄至后汉，稍有名品，公府奏记，而郡将奏笺。记之言志，进己志也。笺者，表也，表识其情也。……原笺记之为式，既上窥乎表，亦下睨乎书。”[⑥] 辨书与表奏、奏书、奏记、奏笺、笺记之同异。“夫书记广大，衣被事体，笔札杂名，古今多品。是以总领黎庶，则有谱籍簿录；医历星筮，则有方术占试；申宪述兵，则有律令法制；朝市征信，则有符契券疏；百官询事，则有关刺解牒；万发达志，则有状列辞谚。”[⑦] 根据应用场合、对象以及内容的不同而分体辨体。“观此四条，并书记所总：或事本相通，而文意各异，或全任质素，或杂用文绮，随事立体，贵乎精要。”[⑧] 辨众体之同异，并指出“随事立体”是辨体的关键。

第五节　文能宗经，体有六义

辨文体风格也是刘勰辨体的主要内容。所谓文体风格，是指包括作家个性及作品内容形式相统一的一种整体的文体风貌，如辨文道、辨文质、辨情文（情采）、辨奇正、辨华实、辨风骨丹采（风骨）、辨雅俗、辨丽雅、辨今古等等。其中，辨文质是核心，即辨内容与形式的关系，其他都

① 刘勰：《文心雕龙今译》，周振甫译，中华书局1986年版，第217页。
② 同上书，第223页。
③ 同上书，第225页。
④ 同上书，第227页。
⑤ 同上书，第228页。
⑥ 同上书，第233页。
⑦ 同上书，第234页。
⑧ 同上书，第241页。

是文质的另一种表述方式。辨文体风格可以说是贯穿于整个《文心雕龙》中而有所侧重，主要在“文之枢纽”五篇和文体论二十篇，以及《体性》篇、《序志》篇等。其中，《序志》是全书的总纲，也同样是辨文体风格的核心关键所在。

在“文之枢纽”五篇中，刘勰通过对《原道》《征圣》《宗经》之道、质、雅、正和《正纬》《辨骚》两篇之文、丽、奇之强调，“表达了全书的基本思想”[①]，“提出了指导写作的总原则”，“大致说来，《原道》《征圣》《宗经》是一组，说明了文章的根源是道，圣人的文章（《六经》）体现了微妙的道心，是文章的典范；《正纬》《辨骚》是一组，指出纬书、楚辞虽有背离《六经》之处，但应酌取其奇辞异采。”[②] 刘勰从儒家思想出发，在先哲诸如荀子、淮南子、扬雄，以及道家玄学思想的“文道”观基础上，提出了自己独特的“文道”思想。如《原道》云：“文之为德也大矣；……此盖道之文也。……心生而言立，言立而文明，自然之道也。”“逮及商周，文胜其质……符采复隐，精义坚深……雕琢情性，组织辞令”“故知道沿圣以垂文，圣因文而明道。……辞之所以能鼓天下者，乃道之文也。”反复申说，认为道是文的根源，道决定文。但他重道又不轻文，认为“圣文雅丽，衔华佩实”，提出“情信而辞巧”，如《征圣》云：“然则圣文之雅丽，固衔华而佩实者也。”雅从内容上着眼，丽从文辞形式着眼，即要华实相符。《宗经》篇进一步提出他的辨体六义，即“故文能宗经，体有六义：一则情深而不诡，二则风清而不杂，三则事信而不诞，四则义直而不回，五则体约而不芜，六则文丽而不淫”。“其中情深、事信、义直是指思想内容，风清是指艺术风貌，体约、文丽是指语言风格。文章具有六义之美，就是在内容形式上都达到了完美的境界。在这里，刘勰为文学创作和文学批评树立了六条标准。”[③] 王运熙、杨明二先生在《魏晋南北朝文学批评史》整个第三章“刘勰《文心雕龙》”中，对文章内容和形式之关系分析透辟，虽然未提辨体，但我们认为，刘勰的文道、文质、雅

---

① 王运熙、杨明：《魏晋南北朝文学批评史》，上海古籍出版社1989年版，第339页。

② 同上书，第340页。

③ 同上书，第350页。

丽、华实、情辞、奇正之辨，正是一种辨体批评，而王、杨所谓“文学批评标准”亦应理解为刘勰的辨体批评标准。本节之论在王、杨之论的基础上和启发下，融入了笔者的辨体分析，其中很多观点不一一标注，受惠良多。以下我们把相关的《文心雕龙》此类观点列举出来，以见刘勰之辨体思想。

在《正纬》《辨骚》里，刘勰从偏重形式角度出发，来论述内容形式之关系，即“执正驭奇”，反对逐奇失正，这正是指要有经之内容，纬骚之奇辞异采。刘勰认为“经正纬奇”，但纬书“事丰奇伟，辞富膏腴，无益经典，而有助于文章，是以后来辞人，采摭英华。”《辨骚》云：“若能凭轼以倚雅颂，悬辔以驭楚篇，酌奇而不失其贞，玩华而不坠其实，则顾盼可以驱辞力，咳唾可以穷文致。”王运熙、杨明二先生对此所论颇详，如云：“除奇正这对概念处，《文心》书中还使用了华实、文质这两对概念，意义往往与奇正接近。……要求奇正兼采，华实并重，做到文质彬彬，这是刘勰指导文学创作以至文学批评的总原则或基本思想。它贯穿在《文心》全书中间。”① 可以看出，刘勰《文心雕龙》之辨内容形式，辨文道、文质、情辞、雅丽、华实、奇正等哲学思辨观，是一种从整体风貌上来进行文体辨析，与辨源流、同异有不同之处。这里与钟嵘《诗品》之“体被文质”的辨体批评最高标准是相通的。《诗品》“体被文质”之辨体标准指的是曹植作品体现出来的“骨气奇高，辞采华茂”的创作特征，要求内容与形式并重；而《文心雕龙》的辨体批评标准以诗之“六义”为总的原则，具体来说，就是《风骨》篇所谓“风清骨峻，篇体光华”，也即风骨与丹采并重，这与《诗品》之辨体批评标准是相同的。

其他辨文质、华实等，如《情采》论文质、为情造文和为文造情之关系，云：“故情者文之经，辞者理之纬；经正而后纬成，理定而后辞畅：此立文之本源也。……昔诗人什篇，为情而造文；辞人赋颂，为文而造情。……故体情之制日疏，逐文之篇愈盛。”②

此外，刘勰“文体”论研究方法“原释选敷”之“敷理以举统”中，

---

① 王运熙、杨明：《魏晋南北朝文学批评史》，上海古籍出版社1989年版，第360、362页。
② 刘勰：《文心雕龙今译》，周振甫译，中华书局1986年版，第288页。

即篇尾的"赞曰"，大多都从文、质两方面提出该文体的总体写作规范，这是在辨源流、辨同异的基础上作的总结，这个总结也是辨文质的具体实施。例如：《诠赋》篇云"风归丽则，辞剪荑稗"，《祝盟》篇云"立诚在肃，修辞必甘"，《铭箴》篇云"义典则弘，文约为美"，《诔碑》篇云"观风似面，听辞如泣"，《哀吊》篇云"辞之所哀，在彼弱弄。苗而不秀，自古斯恸。"《论说》篇云"理形于言，叙理成论。词深人天，致远方寸"。《诏策》篇云"腾义飞辞，涣其大号"，《章表》篇云"言必贞明，义则弘伟"，《议对》篇云"断理必刚，摛辞无懦"，等等，俱是。

《诗品》中钟嵘对前人及当时文论著作之弊提出了自己的辨体批评主张，即"掎摭病利，辨彰清浊"，进而"显优劣"和"定品第"。《文心雕龙》亦列举历代文论家之失，从而提出其辨源流的辨体思想。[①]《文心雕龙》之辨源流不但辨文体源流，亦如《诗品》一样辨文体风格，在论述源流的基础上，"选文以定篇"指出作家作品之优劣是非，从而提出自己的辨体批评标准。这一点可以说贯穿全书之中。试举例如下。

《序志》篇便对文论著作之得失进行指摘，从而提出自己的辨体主张。其云："详观近代之论文者多矣：至于魏文述典，陈思序书，应玚文论，陆机《文赋》，仲治《流别》，弘范《翰林》。各照隅隙，鲜观衢路；或臧否当时之才，或铨品前修之文，或泛举雅俗之旨，或撮题篇章之意。魏典密而不周，陈书辩而无当，应论华而疏略，陆赋巧而碎乱，《流别》精而少巧，《翰林》浅而寡要。又君山公干之徒，吉甫士龙之辈，泛议文意，往往间出，并未能振叶以寻根，观澜而索源。不述先哲之诰，无益后生之虑。"[②] 在这里，刘勰既指出了自己的辨体标准是"振叶以寻根，观澜而索源"，同时又在下文中提出了自己的文体研究思路，即"若乃论文序笔，则囿别区分；原始以表末，释名以章义，选文以定篇，敷理以举统：上篇以上，纲领明矣"。这一纲领不但统领贯穿上篇，达全书一半篇幅，而且成为后世以及现当代文学史家和文体学者的治学路径和研究方法，可谓意义重大，影响深远。

---

① 刘勰：《文心雕龙今译》，周振甫译，中华书局1986年版，第454页。

② 同上。

“文之枢纽”五篇从质文角度分别论经骚之得失，认为经正纬奇，要酌经取骚，华实相符，提出了自己的辨体主张。在二十篇文体论中，刘勰在文笔之辨中，主张重文轻笔。《明诗》篇论汉代，贬“严马之徒，属辞无方”，褒古诗乃“五言之冠冕”；论正始，褒“嵇志清峻，阮旨遥深”，而贬“何晏之徒，率多浮浅。”[①] 论晋代，则贬其“采缛于正始，力柔于建安。”《颂赞》篇论“谬体”弄文而失质，“讹体”之论等，以及其他诸如此类的谬体、失体、讹体、得体等等，俱为辨文体之得失和高下优劣。《箴铭》之论得体失体，如云“至于王朗《杂箴》，乃置巾履，得其戒慎，而失其所施；观其约文举要，宪章武铭，而水火井灶，繁辞不已，志有偏也。”辨文体之得失。

要之，《文心雕龙》体大而思精，其文体学成就和地位早已为学界所注意，其辨体理论批评亦自成体系。本文所述不过是“各照隅隙，鲜观衢路”，希望在后续研究中能够进一步挖掘其丰富的辨体理论内涵，以见其系统的辨体思想，从而为《文心雕龙》之文体学研究添砖加瓦。

① 刘勰：《文心雕龙今译》，周振甫译，中华书局1986年版，第60页。

第四章　钟嵘《诗品》之文体学思想[①]

汉魏六朝文体学研究是当下学界研究的热点之一，而“文体辨析一直是汉魏六朝文学批评的主要内容”[②]，人们关注的焦点主要在《典论·论文》《文赋》《文心雕龙》等文体学著作和《翰林论》《文章缘始》《文章流别论》《文选》等文体总集，而专论五言诗的诗学著作《诗品》之文体学则很少有人提及，其辨体批评理论亦未得到人们足够的重视，即便众多的《诗品》专门研究著作也未见有人论述。《诗品》的文体学思想主要表现在以下三个方面，一是《诗品》中丰富的文体概念范畴术语。“文体”范畴的内涵阐释是文体学的基本问题，《诗品》中“文体”一语的集中反复出现尤能见出其文体学价值。二是《诗品》中的辨体理念。三是《诗品》的辨体批评思想对后世文论著作尤其是诗学著作诸如《沧浪诗话》《诗源辩体》等的影响。以下分而述之。

第一节　“文体”范畴之统计阐释

我们知道，“文体”一语的阐释是文体学研究的基本起点，几乎是所有涉足文体学的现当代学人不可回避的以及首先要面对和解决的基本问题，也因此莫衷一是，众说纷纭，如文体学者童庆炳、陶东风、吴承学、郭英德、傅刚、李士彪、姚爱斌等都有阐释。汉魏六朝乃文体学的发生和成熟时期，从当时文论典籍及时人的批评中摘录归类并统一分析“文体”

---

① 本文发表于《云南社会科学》2012 年第 3 期。

② 傅刚：《昭明文选研究》，中国社会科学出版社 2000 年版，第 93 页。

的原本含义，把这些出自原始文献中的“文体”范畴放在当时的语境之中，无疑是“文体”内涵阐释的最佳选择。

经统计，《诗品》一书共提到“体”者二十六处，其中，直接以“文体”为名者十处。《文心雕龙》凡著“体”者一百五十余次，所称“文体”者为八次。其他汉魏六朝文人集中所称“文体”者大约十处。汉魏六朝文集中提到“文体”者凡近三十处，而《诗品》三分其一，甚至较《文心雕龙》还多两处，仅此一项，已足见其文体学价值所在。尤为重要的是，《诗品》仅论五言诗体裁，那么，相对于《文心雕龙》兼论众体，其典型性和特殊意义不言自明。本节中，我们首先分析归类《诗品》中的“文体”范畴内涵，然后与《文心》及六朝文论中其他“文体”含义相比较，从中归纳出中国古代文体学之“文体”内涵，其理论意义便显得很重要。

《诗品》所提十处“文体”可分为三种情况来解释。第一，文体即语体，是指从文体语言风格上表现出来的文体特色。如称“文体华净”“文体省净”“文体剿净”，集中反映在“净”字上，是指诗作文体语言上的简洁明快而不辞累芜杂。钟嵘论张协诗云：“其源出于王粲。文体华净，少病累。”[①]《文心雕龙·才略》评王粲，认为其“文多兼善，辞少瑕累”[②]，故而张协“文体华净，少病累”是指的“辞”少瑕累，即语言不累赘烦冗，也即“词采葱倩”。论陶渊明诗云：“其源出于应璩，又协左思风力，文体省净，殆无长语。”所谓以“殆无长语”来阐释“文体省净”，亦从语言特点上来称其文体省净。许学夷《诗源辩体》卷六云：“靖节诗不为冗语，惟意尽便了，故集中长篇甚少，此韦柳所不及也。”[③]这与元好问《论诗绝句三十首》所云“一语天然万古新，豪华落尽见真淳”一样，都是从语言上来谈其文体省净。论王巾、卞彬、卞铄诗云：“慕袁彦伯之风，虽不宏绰，而文体剿净，去平美远矣。”[④]“剿”义为“绝截也”[⑤]，即经剪裁

① 钟嵘著，吕德申校释：《钟嵘诗品校释》，北京大学出版社1986年版，第85页。

② 刘勰著，范文澜注：《文心雕龙注》，人民文学出版社1958年版，第700页。

③ 许学夷著，杜维沫点校：《诗源辩体》，人民文学出版社1987年版，第102页。

④ 钟嵘著，吕德申校释：《钟嵘诗品校释》，北京大学出版社1986年版，第210页。

⑤ 徐中舒主编：《汉语大字典》（缩印本），湖北辞书出版社、四川辞书出版社1992年版，第149页。

而呈简洁风格，故剿净亦华净之义，就如袁宏诗“辞又藻拔”“缛藻霞焕”（《晋书·文苑传》）[①]，而不落平平无奇之美，即“去平美远矣”。

评张融、孔稚珪云：“思光诗，缓诞放纵，有乖文体，然亦捷疾丰饶，差不局促。”其“缓诞放纵”是指语言风格怪异，即“融文辞诡激，独与众异。”（《南齐书·张融传》）此处文体亦指语体，这种诡激英绝的文辞显然是与钟嵘理想的语体风格相违背的。再如张融《门律自序》：“吾文章之体，多为世人所惊。”自称“吾文体英绝，变而屡奇，既不能远至汉魏，故无取嗟晋宋。”[②] 这种文章之体及文体之奇绝之所以为人所惊，都指其诗因“言辞辩捷”（《南史·刘绘传》）而形成的语言风格。如其《海赋》描写盐云：“漉沙构白，熬波出素。积雪中春，飞霜暑路。”（《南史·张融传》）构思奇特，语言诡异英奇，这与钟嵘所倡导的“自然英旨”和“直寻”精神是相违背的，即“有乖文体”。

钟嵘论诗要求语言风格上达到“净”和自然英旨，故而其所谓文体之“净”是指语言词语特征，这在其评王融、刘绘时所云“元长、士章，并有盛才，词美英净”中给了总结说明，即文体华净、省净、剿净，俱指“词”之“华美”和“英净”，这与苏轼评陶渊明诗“质而实绮，癯而实腴”相似，对宋人崇尚“平淡”这一诗学最高审美理想风貌产生了巨大影响。

第二，《诗品》所称“文体”更多指诗作内容和形式的高度统一，即曹植诗中那种“骨气奇高，词采华茂”而呈现出来“体被文质”的最高形态，“这是钟嵘对五言诗的最高评价，也是他关于诗歌的理想和标准”[③]。在这里，“文体”指诗作从外到内，从语言体制到内容性情，并融合了作者个性风格的一种整体风貌。如称“古诗眇邈，人世难详，推其文体，固是炎汉之制，非衰周之倡也”[④]，显然是通过古诗十九首整体风格特征，既照顾到内容也从形式上着眼，符合汉代特征而与晚周不同。

① 钟嵘著，吕德申校释：《钟嵘诗品校释》，北京大学出版社 1986 年版，第 124 页。

② 同上书，第 206 页。

③ 同上书，第 71 页。

④ 同上书，第 37 页。

如评沈约诗云："观休文之制，五言最优。详其文体，察其余论，固知宪章鲍明远也。所以不闲于经论，而长于清怨。"[①] 所谓"详其文体"，是指从沈约五言诗的整体风貌上来看，他是学习鲍照的。"不闲于经论"，经论指应制、奉诏之作，是说的文体形式，"而长于清怨"则既着眼于风格之"清"，也包括思想内容之"怨"。所以最后称"故当词密于范，意浅于江也"。词、意并称也即从文、质两方面来详细观照他的文体特色。

论齐高帝萧道成、张永五言诗云："齐高帝诗，词藻意深，无所云少。张景云虽谢文体，颇有古意。"[②] 萧道成诗是词意俱佳，文质兼备，不缺少什么，而张景云相对来说，则就"文体"内涵整体上来说，无论是从词还是意或者说文质上都与萧道成，更准确地说是与钟嵘所尊崇的曹植那种"体被文质"的文体理想有一定距离的。所谓"虽谢文体，颇有古意"，是说文体虽有欠缺，尤其是在词和文之艺术形式上，但具有很深厚的思想内容，即"颇有古意"。接下来称王俭"既经国图远，或忽是雕虫"，前者从内容抱负上来说，后者则从语言雕琢上来看，亦同时照顾到文质即内容和形式。

评郭璞诗云："宪章潘岳，文体相晖，彪炳可玩。始变永嘉平淡之体，故称中兴第一。"[③] 此处文体可从两个角度解释。一方面，钟嵘评潘岳诗云："翩翩亦如翔禽之有羽毛，衣被之有绡縠。""潘诗烂若舒锦，无处不佳"，这都是指潘岳诗歌语言之华美，而郭璞诗之语言正与潘岳互相辉映，即"文体相晖"，故而彪炳（意谓文采焕发）可玩。另一方面，接下来称"始变永嘉平淡之体"，是说他从内容上转变了玄言诗"盛道家之言"的"江左风味"，故而《诗品序》称"变创其体"，也即"郭璞举其灵变"（《南齐书·文学传论》）[④]。接下来又称其游仙之作"辞多慷慨""坎壈咏怀"，分别从文辞和质实即内容形式两方面来观照评价其诗。正因这样，才故称中兴第一，评价如此之高，正是因为其文体具备"体被文质"的整

① 钟嵘著，吕德申校释：《钟嵘诗品校释》，北京大学出版社 1986 年版，第 151 页。
② 同上书，第 195 页。
③ 同上书，第 122 页。
④ 同上书，第 123 页。

体风貌特点才能达到的。

评袁宏诗云："彦伯《咏史》，虽文体未遒，而鲜明紧健，去凡俗远矣。"是说其文体从文质两方面都未尽美。关于"遒"，《文选》之魏文帝《与吴质书》云："公干有逸气，但未遒耳。"吕延济注："遒，尽也。言未尽美也。"[①] 虽然文质都有一点缺陷，尽管如此，但风格上也有鲜明紧健的特色。袁宏诗文质皆可观，如《世说新语·文学》称其《咏史诗》"甚有情致"，《续晋阳秋》称其《咏史诗》"是其风情所寄"，《晋书·文苑传》称其诗"辞又藻拔""缛藻霞焕"[②]，或从内容即情致、风情着眼，或从语言形式即辞藻、缛藻观照。尽管文质俱卓出可观，但仍未尽美，即"文体未遒"，而有一定的偏颇缺陷。刘勰也看到这一点，如《文心雕龙·才略》云："袁宏发轸以高骧，故卓出而多偏。"[③]

第三，文体指文章体类、体裁、体制，是文类的通称。如《诗品序》论陆机《文赋》，李充《翰林论》，王微《鸿宝》，挚虞《文章流别志》及颜延之论文，称"观斯数家，皆就谈文体，而不显优劣"。[④] 上述数家俱为通论各种文体，如《文赋》论诗赋碑诔等十种文体，故而这里的文体是指文类体裁。又如："庸音杂体""文通诗体总杂""虽诗体未全""先是郭景纯用隽上之才，变创其体""于是庸音杂体，各各为容"等，所指都为各种文类文体。

第四，文体指风格。如"张公虽复千篇，犹一体耳。"[⑤]"拓体渊雅"[⑥]"其体华艳"[⑦]"举体华美"[⑧]"体裁绮密"[⑨] 等，都是指的文体风格。如论古诗，称"其体源出于国风。陆机所拟十四首，文温而丽，意悲而远"。指由文、意即内容形式体现出来的整体风格。论王粲，称其"文秀而质

① 钟嵘著，吕德申校释：《钟嵘诗品校释》，北京大学出版社 1986 年版，第 125 页。
② 同上书，第 124 页。
③ 刘勰著，范文澜注：《文心雕龙注》，人民文学出版社 1958 年版，第 701 页。
④ 钟嵘著，吕德申校释：《钟嵘诗品校释》，北京大学出版社 1986 年版，第 99 页。
⑤ 同上书，第 109 页。
⑥ 同上书，第 149 页。
⑦ 同上书，第 109 页。
⑧ 同上书，第 79 页。
⑨ 同上书，第 131 页。

嬴，在曹刘间，别构一体”。文、质并列而言，指包括作家个性在内的整体风貌。其他如称谢灵运“杂有景阳之体”“唯此诸人，传颜陆体”，魏文帝诗“颇有仲宣之体则”，等等俱是。

第二节　六朝典籍散见“文体”举隅

要想准确理解《诗品》中“文体”一词的丰富内蕴，我们须把它与《文心雕龙》所提“文体”范畴及汉魏六朝典籍中散见“文体”范畴进行比较，从中亦可概见六朝文体学成熟和兴盛的基本风貌。

《文心雕龙》提文体凡八次，我们逐一分析总结。《梁书·刘勰传》：“《文心雕龙》五十篇，论古今文体，引而次之。”此明确为《文心雕龙》所论三十六种文体，是文类体制体裁。卷三《诔碑》云：“傅毅所制，文体伦序。”是指傅毅之诔作《明帝诔》及《北海王诔》符合诔的写作规范，可以作为诔这种文体创作的体则体式标准，即为“文体伦序”。故此处文体指体式体性。卷七《章句》云：“巧者回运，弥缝文体，将令数句之外，得一字之助矣。”是指语助词用得好，可以弥补文体结构、篇章章句上的漏洞，使之更加浑融完整。故而这里文体是指文章的体式结构。卷九《附会》云：“夫文变多方，意见浮杂，约则义孤，博则辞叛……且才分不同，思绪各异，或制首以通尾，或尺接以寸附，然通制者盖寡，接附者甚众。若统绪失宗，辞味必乱，义脉不流，则偏枯文体。”这里指文章之整体，也即文章之体系结构，是包括内容形式在内的整体风貌，所谓“夫才量学文，宜正体制。必以情志为神明，事义为骨髓，辞采为肌肤，宫商为声气”，也即屡称附文会义、文义、文质以及“总文理，统首尾，定与夺，合涯际，弥纶一篇”的文章整体特色。进一步说，“辞味必乱，义脉不流”中无论“辞”还是“义”之一种情况出现，那么都会令“文体”偏枯，令文体不能尽善尽美，有一定缺陷，也就是钟嵘所谓的“文体未遒”。卷十《序志》云：“唯文章之用，实经典之枝条，五礼资之以成，六典因之致用，君臣所以炳焕，军国所以昭明，详其本源，莫非经典。而去圣久远，文体解散，辞人爱奇，言贵浮诡，饰羽尚画，文绣鞶帨，离本弥甚，将遂讹滥。盖周书论辞，贵乎体要，尼父陈训，恶乎异端；辞训之异，宜体于要。于是搦笔和墨，乃始论文。”此处文体指六典之体，即要求为文要宗经体要，而辞人爱奇、言贵浮诡，都是离本弥甚，此“本”即征圣、宗经之根本。故此处文体当指圣人之经典文本，特指经典文章之体。

可见，《文心雕龙》固然是文体论集大成之作，但从上述对“文体”之义的阐释中发现，其文体之义不够明确，大体来说是指文章的体式结构和整体风貌。

接下来，我们分析汉魏六朝典籍中散见“文体”出处内涵，以进行比较。经统计，大约有八处提到“文体”，这对理解《诗品》《文心雕龙》之“文体”以及整个六朝“文体”的内涵极有帮助。

傅玄《连珠序》云：“所谓连珠者，兴于汉章帝之世，班固贾逵傅毅三子受诏作之，而蔡邕张华之徒又广焉。其文体辞丽而言约，不指说事情，必假喻以达其旨，而贤者微悟，合于古诗劝兴之义。欲使历历如贯珠，易睹而可悦，故谓之连珠也。班固喻美辞壮，文章弘丽，最得其体。蔡邕似论，言质而辞碎，然旨笃矣。贾逵儒而不艳。傅毅有文而不典。”①这里，所谓辞丽言约、假喻达旨、辞碎旨笃、儒而不艳、文而不典等等，都从“文体”是指连珠这一体裁之文质、内容形式、比喻修辞等整体上的风格特征和写作规范，无体裁之意。

陆云《与兄平原书》：“而如兄文者，人不厌其多也。屡视诸故时文，皆有恨，文体成尔，然新声故自难复过《九悲》，多好语，可耽咏，但小不韵耳。皆已行天下，天下人之归高如此，亦可不复更耳。……云再拜，诲前二赋佳，视之，行已复不如初。昔文自无可成，藏之甚密而为复漏显世，欲为益者，岂有谓之不善而不为。……有作文惟尚多，而家多猪羊之徒，作《蝉赋》二千余言，《隐士赋》三千余言，既无藻伟，体都自不似事。文章实自不当多，古今之能为新声绝曲者，无又过兄。兄往日文虽多瑰铄，至于文体，实不如今日。”② 前一文体是指自己的文章风格已经形成，很难再改变。这里指风格，即因作家个性而形成的独特的作家作品风

① 郁沅、张明高编选：《魏晋南北朝文论选》，人民文学出版社 1996 年版，第 108 页。

② 陆云：《陆士龙集》卷 8，四库全书本。

格，是一种从语言形式到情感内容等诸方面所体现出来的整体风貌。后一文体指往日“赋”之内容形式风格尤其是语言上与此次所赠两赋不能相比，即“往日文虽多瑰铄，至于文体，实不如今日”。此“文体”当指《文赋》，亦侧重某一方面的整体风貌。

谢灵运《山居赋》：“扬子云云：诗人之赋丽以则。文体宜兼，以成其美。今所赋既非京都宫观游猎声色之盛，而叙山野草木水石谷稼之事，才乏昔人，心放俗外，咏于文则可勉而就之，求丽邈以远矣。览者废张左之艳辞，寻台皓之深意，去饰取素，傥值其心耳。”① 所谓“文体宜兼”，指赋之文体风格当兼丽与则。丽为文辞修饰，则为体则规范和内容。所谓“艳辞”“深意”，也是从文质两方面来论赋，还包括赋的题材即京都宫观射猎声色之盛和山野草木泉石谷稼之类。

沈约《宋书·谢灵运传论》：“自汉至魏四百余年，辞人才子，文体三变：相如工为形似之言，二班长于情理之说，子建仲宣以气质为体，并标能擅美，独映当时。……正以音律调韵，取高前式。自灵均以来，多历年代，虽文体稍精，而此秘未睹。至于高言妙句，音韵天成，皆暗与理合，匪由思至。”② 所谓“文体三变”，指从西汉司马相如到东汉班彪班固再到魏曹植王粲，文体分别从重语言文辞即形似之言，到重思想内容即情理之说，文质上各有所偏，而到了曹植王粲则以气质为体，为文融入自己的个性气质，丹采风骨并重，故“并标能擅美，独映当时”。即便如此，沈约认为自汉至魏四百余年，虽多历年代，文体稍精，有所进益，但这些作家并未睹四声之秘，在音律上还稍粗，有所欠缺，故而他认为最理想的文体风貌应是不但文质兼备，高言妙句暗与理合，而且应音韵天成，符合他的四声八病之说。

张融《临卒诫子》：“吾文体英绝，变而屡奇。既不能远至汉魏，故无取嗟晋宋，岂吾天挺，盖不聩家声。”③ 所谓“文体英绝”主要指其诗之语言上“言辞诡激”及奇异构思等方面，属于语体范围。梁简文帝《答湘东

---

① 谢灵运：《谢灵运集》卷65，四库全书本。

② 郁沅、张明高编选：《魏晋南北朝文论选》，人民文学出版社1996年版，第297页。

③ 张融：《张融集》卷78，四库全书本。

王和受试诗书》："比见京师文体，懦钝殊常，竞学浮疏，争为阐缓，玄冬修夜，思所不得。既殊比兴，正背风骚。"①，此处"文体"指京师为文之风气，是文章体格之文质所表现出来的整体风貌，即浮疏、阐缓所指。而所谓比兴、风骚云云，尤从修辞音律等艺术表现以及情感内容诸方面来观照。

江淹《杂体三十首序》："夫楚谣汉风，既非一国；魏制晋造，固亦二体。譬犹蓝朱成采，难错之变无穷；宫角为音，靡曼之态不极。故蛾眉岂同貌？而俱动于魄；芳草宁共气？而皆悦于魂。不其然与？至于代之诸贤，各滞所迷，莫不论甘则忌辛，好丹则非素，岂所谓通方广恕，好远兼爱者哉！乃致公干仲宣之论，家有曲直；安仁士衡之评，人立矫抗。况复殊于此者乎？文贵远贱近，人之常情，重耳轻目，俗之恒蔽。是以邯郸托曲于李奇，士季假论于嗣宗，此其效也。然五言之兴，谅非敻古。但关西邺下，既已罕同；河外江南，颇为异法。故玄黄经纬之辨，金碧浮沉之殊，仆以为亦各具美兼善而已。今作三十首诗，效其文体。虽不足品藻渊流，庶亦无乖商榷云尔。"② 此处文体指某一诗人诗作之语言体式特征和修辞方式，亦为文质艺术表现等整体风貌，与某诗人诗作相类。

总结起来，可以发现，无论《诗品》《文心雕龙》还是六朝文集中散见的文体范畴，其含义基本上是指文章（包括诗文赋）之文质艺术等诸方面的整体风貌，其中融合了作家个性等综合性因素，而最为后人首先总结的文类文体之义，却在这里基本体现不出来。如果以风格之义来释，则指整体风格或者是作家作品的独特风格，即由整体文质所体现出来的独特艺术风格。最重要的一点是，这三大块中，《诗品》中所见文体既多，占三分之一强，而且单论诗体中的五言诗，故而其典型性显然最强。这不但对诠释"文体"这一文体学的基本起点的意义价值重大，而且尤能体现出《诗品》的文体学价值和钟嵘的文体学思想。仅此一点，即可证明，作为六朝及中国古代文论经典的双璧，《诗品》与《文心雕龙》在文体学上也堪能相映生辉。

---

① 萧纲：《梁简文帝集》卷82上，四库全书本。

② 郁沅、张明高编选：《魏晋南北朝文论选》，人民文学出版社1996年版，第291页。

第三节 辨体批评之方法标准

辨体批评是钟嵘《诗品》的主要批评方法。主要包括三个方面内容，一个是辨析源流，就是“对许多诗人创作体貌（风格）进行探源溯流的研究”①。另一个是对所选一百二十二位诗人辨优劣，定品第，也就是“辨彰清浊，掎摭病利”。此外，辨雅俗、奇正等亦贯穿终始。辨析流派风格即体派也是其辨体的主要内容和贡献，这包括作家作品的体貌特征。再一个就是辨味批评理论，也是其辨体不可或缺的一个方面。

傅刚先生在《文体辨析与总集的编纂》一文中指出：“文体辨析有三个基本内容，一是辨文体的类别，每一文体都有自己的特性，诗自不同于赋，而颂与赞也各有异；二是辨文体的风格，所谓‘诗缘情以绮靡，赋体物而浏亮’；三是辨文体的源流。”②《诗品》辨体也包含这些内容且有所侧重，并显得更为丰富，我们以下分而述之。

第一，关于辨文体的类别，因为钟嵘《诗品》只品评五言诗，即诗这一文类文体中二级分类已经细化到五言诗，故而对此涉猎颇少。只对四言、五言诗有所分别，以彰显其只录五言的必要。如《诗品序》云：“夫四言，文约易广，取效《风》《骚》，便可多得，每苦文繁而意少，故世罕习焉。五言居文词之要，是众作之有滋味者也，故云会于流俗。”③ 这涉及辨四言五言何者为正体，何者为变体的争论，是六朝诗歌辨体的重要内容之一。晋挚虞和梁刘勰便以四言为正宗，五言为流调。如挚虞《文章流别论》：“古诗率以四言为体，……（五言）于俳谐倡乐多用之。……然则雅音之韵，四言为正；其余虽备曲折之体，而非音之正也。”刘勰《文心雕龙·明诗》云：“四言正体，则雅润为本；五言流调，则清丽居宗。”④ 可见，钟嵘所论四言五言之辨体，正是当时文学思潮的反映。尤其是钟嵘这

① 钟嵘著，吕德申校释：《钟嵘诗品校释》，北京大学出版社 1986 年版，第 7 页。
② 傅刚：《昭明文选研究》，中国社会科学出版社 2000 年版，第 53 页。
③ 钟嵘著，吕德申校释：《钟嵘诗品校释》，北京大学出版社 1986 年版，第 49 页。
④ 刘勰著，范文澜注：《文心雕龙注》，人民文学出版社 1958 年版，第 67 页。

一辨体观点正与《文心雕龙》这一文论巨著针锋相对，更体现出了其辨体的价值所在。刘勰从宗经的观点，以四言为正体，而钟嵘则从文学历史发展的现实出发，看到四言“世罕习也”的文学现状，而提出以五言为正宗的说法，现当代学者也大多给予肯定和评论。当然，钟嵘并不因此而忽略以《诗经》为代表的四言诗，相反，在其辨析源流时，认为五言诗有三大源头，一个是国风，一个是小雅，一个是楚辞，《诗经》居其二，显然是从内容上来高度肯定了风雅之重要，而楚辞也明显是着眼于内容而非语言形式的。

第二，辨味说，包括辨“六义”及辨文体风格。傅刚先生所云“辨文体的风格”，当是指辨诗、赋、颂、赞等文类文体的不同风格。不过，因为《诗品》只录五言诗，故而不涉及文类文体的风格。准确地说，《诗品》中的辨文体风格，是指辨析诗人诗作的体貌艺术特征，既包括从艺术表现如“滋味说”方面的辨味批评，也包括从文质整体上来辨析诗人流派的体貌特征。这与辨诗之“六义”也称“六体”相关。我们知道，六义为风赋比兴雅颂。某种意义上说，钟嵘《诗品》之辨体俱在辨六义上，后来元祝尧《古赋辨体》之辨六义继承了这一点。具体来说，一方面辨文体源流，包括国风、小雅和楚辞三源，这我们下文详述。辨比兴和赋云：“故诗有六义焉：一曰兴，二曰比，三曰赋。文已尽而意有余，兴也；因物喻志，比也；直书其事，寓言写物，赋也。弘斯三义，酌而用之，干之以风力，润之以丹采，使味之者无极，闻之者动心，是诗之至也。”既从艺术表现上也从内容形式上即文质上，也即风力丹采上来辨析诗人诗作之整体风貌。这一辨体内容可归结为一点，即“辨味”，也即所谓“五言居文词之要，是众作之有滋味者也”和“使味之者无极，闻之者动心”云云，这是《诗品》核心观点“滋味论”的主要理论依据，同时也是辨体批评方法之一。关于这一点，张利群先生在《辨味批评论》中称“滋味论奠定辨味批评的基础”，并称“钟嵘的滋味说与赋比兴联系在一起，从这一角度而言，滋味必须依赖于赋比兴方法的运用，或者说滋味是赋比兴追求的目标和境界”①。

① 张利群：《辨味批评论》，广西师范大学出版社2000年版，第72页。

“钟嵘在提出‘滋味说’的同时，也以‘滋味’作为标准评论诗人诗作，将其理论付诸实践，从而影响中国古代诗味论和辨味批评的发展，构成了中国诗学的鲜明特色。”① 辨味批评是辨体批评的重要组成部分，其源头便在钟嵘的“滋味论”，历代批评家包括现当代学人对此都有集中评论，但大多都从艺术特征上着眼，对其辨体批评和辨味批评之方法论和理论意义大多未给予重视。张利群先生对此专著论述，这不但对中国古代文体学和辨体批评都有很大的启示，而且从一个崭新的视角上关注《诗品》，在中国文学批评史具有重大意义。

此外，钟嵘之辨赋比兴三体，可以说是其辨体内涵之辨文质关系的总纲。如云：“若专用比兴，则患在意深，意深则词踬。若但用赋体，则患在意浮，意浮则文散，嬉成流移，文无止泊，有芜漫之累矣。”② 认为诗歌创作中，赋与比兴艺术手法的掌握和运用要兼顾和适度，不可偏废，这样才能使“意与词”或“意与文”也即思想内容与艺术形式结合的完美和谐，从而达到文质彬彬的艺术效果。而这也正是钟嵘推崇曹植诗“体被文质”，为建安之杰，进而对“文体”这一范畴内涵之骨气词采兼备的界定。也就是说，“骨气奇高，词采华茂”和此处所提“弘斯三文，酌而用之，干之以风力，润之以丹采”正是前后呼应，反映了其辨赋比兴三体和辨文质关系的一致性。

第三，辨析诗人诗作之文体源流是《诗品》辨体的另一个主要内容，古今批评家对此给予了极大关注。傅刚先生云：“钟嵘《诗品》品骘古今诗人，也是采用了溯源流的方法。在他品评的一百二十多位诗人中，对其中许多人的创作风格，都追溯其源流。”③ 清代《四库全书总目》诗文评类小序云：“其勒为一书传于今者，则断自刘勰、钟嵘。勰究文体之源流而评其工拙，钟嵘第作者之甲乙而溯厥师承，为例各殊。”④ 虽然说“为例各殊”，但从辨体的角度来看，刘勰“究文体之源流”和钟嵘“溯厥师承”

① 张利群：《辨味批评论》，广西师范大学出版社2000年版，第80页。
② 钟嵘著，吕德申校释：《钟嵘诗品校释》，北京大学出版社1986年版，第49页。
③ 傅刚：《昭明文选研究》，中国社会科学出版社2000年版，第58页。
④ 永瑢等：《四库全书总目》下册，中华书局1965年版，第1779页。

都是辨源流之辨体，而刘勰之“评其工拙”和钟嵘之“第作者之甲乙”都属于辨体之辨优劣高下、是非病利、工拙甲乙，也就是说，辨体是两部文论经典的共同理论基础和批评方法，关于这一点，可以做更深入的比较研究。此外，所谓“为例各殊”，主要指《文心雕龙》辨析众体，而《诗品》只论五言。至于探源溯流是一致的。

后来清代章学诚《文史通义·诗话篇》亦指出：“《诗品》之于论诗，视《文心雕龙》之于论文，皆专门名家勒为成书之初祖也。《文心》体大而虑周，《诗品》思深而意远。盖《文心》笼罩群言，而《诗品》深从六艺溯流别也。”① 不但对两部古代文论或者说文体批评著作评价颇高，屡为后人所引用，而其所谓“深从六艺溯流别也”，也正是看到钟嵘辨“赋比兴风雅颂”之六义之溯流别的辨体批评方法，这也是章氏“辨彰学术，考镜源流”之学术研究方法的源头之一。补充一点，《诗品》专门论五言诗，章氏所谓深从六义溯流别也，即指从《诗经》赋、比、兴、风、雅、颂溯诗之流别，着眼的是艺术表现手法，故而文中“六艺”可理解为六艺之一《诗经》或者说《诗经》之“六义”。从这个角度来看，说《文心雕龙》是深从六艺溯流别，亦属确当，因为《文心》论文主原道征圣宗经，则正是从六艺即诗、书、礼、乐、易、春秋中论文章之源的。

钟嵘《诗品》辨析文体源流有三方面内容。一个是辨五言诗体之源流发展，一个是辨析五言诗人的源流继承，一个是辨析五言诗作的源流继承。首先，关于五言诗源流发展，在《诗品序》中从五言诗之滥觞，到汉李陵之古诗，李都尉、班婕妤、班固，到魏三曹、王粲、刘桢，到西晋太康三张、二陆、两潘、一左、郭璞、刘琨，到东晋玄言诗之孙绰、许询、桓、庾诸公诗，再到南朝宋谢灵运、颜延年，清晰地勾勒出五言诗文学发展的历史，即便现当代文学史家论述古代五言诗之发展脉络时亦不过如此。录全文于下：

昔《南风》之辞，《卿云》之颂，厥义夐矣。夏歌曰：“郁陶乎予

① 章学诚著，叶瑛校注：《文史通义校注》，中华书局1985年版，第559页。

> 心。”楚谣曰：“名余曰正则”。虽诗体未全，然是五言之滥觞也。逮汉李陵，始著五言之目矣。古诗眇邈，人世难详，推其文体，固是炎汉之制，非衰周之倡也。自王、杨、枚、马之徒，词赋竞爽，而吟咏靡闻。从李都尉迄班婕妤，将百年间，有妇人焉，一人而已。诗人之风，顿已缺丧。东京二百载中，惟有班固《咏史》，质木无文。降及建安，曹公父子笃好斯文；平原兄弟郁为文栋；刘桢、王粲为其羽翼。次有攀龙托凤，自致于属车者，盖将百计。彬彬之盛，大备于时矣。尔后陵迟衰微，迄于有晋。太康中，三张、二陆、两潘、一左，勃尔复兴，踵武前王，风流未沫，亦文章之中兴也。永嘉时，贵黄老，稍尚虚谈。于时篇什，理过其辞，淡乎寡味。爰及江表，微波尚传，孙绰、许询、桓、庾诸公诗，皆平典似《道德论》，建安风力尽矣。先是郭景纯用隽上之才，变创其体；刘越石仗清刚之气，赞成厥美。然彼众我寡，未能动俗。逮义熙中，谢益寿斐然继作。元嘉中，有谢灵运，才高词盛，富艳难踪，固已含跨刘、郭，陵轹潘、左。故知陈思为建安之杰，公幹、仲宣为辅；陆机为太康之英，安仁、景阳为辅；谢客为元嘉之雄，颜延年为辅。斯皆五言之冠冕，文词之命世也。①

这里有三点值得注意，一是通过五言诗的源流发展，清晰地勾勒出五言诗的发展历史。这与《文心》文体论于三十六体每体“原始以表末”异曲同工，《文心》之论每个文体可以说就是一部分体文学史。二是品第优劣，对五言文学史的时代发展和兴衰演变都给予揭示，所谓两汉“诗人之风，顿已缺丧”“降及建安，彬彬之盛”“西晋太康，亦文章之中兴也”“永嘉篇什，建安风力尽矣”“郭璞刘琨，隽上清刚”“元嘉谢颜之功就”等，以时代为线索，以作家作品为核心，清晰地勾勒出五言诗的历史嬗变轨迹及其每个朝代的风格特征。三是，流派之分，如称建安之杰，太康之英，元嘉之雄，这种体派之分，现当代文学史著作亦多袭用之。而其所谓

① 钟嵘著，吕德申校释：《钟嵘诗品校释》，北京大学出版社1986年版，第37页。

“为辅”作家，则从整体上确立了全书品第优劣的基调。

关于辨析五言诗的源流继承问题，王运熙先生在《钟嵘诗品》中论诗人的继承关系及其流派云：“钟嵘论诗，着重分析诗人作品的总的体貌特征，并往往指出其渊源所自。”① 这里，“总的体貌特征”即是第一节所论文体之“体被文质”的整体风貌，通过辨体然后辨源。如评古诗“其体源出于国风……文温以丽，意悲而远”。从“文”“意”即古诗之体被文质的总的体貌特征，得出古诗之文体源出于国风。其他如评王粲“其源出于李陵”“文秀而质羸”，亦是从文体文质两方面即总的体貌特征上来论其文体之所渊源。其他如评谢灵运“其源出于陈思”，魏文帝“其源出于李陵”，张华“其源出于王粲”等等，虽未如古诗称其“体源于”，让人一目了然，但本为省略，实则都是指其“体源于”，是典型的文体学上的辨体源流。他处有言“祖袭魏文”，“宪章鲍明远”之类，也显然都是指文体源自的另一种说法。

钟嵘这种辨析源流的辨体批评方法，《诗品》研究大家曹旭先生称之为“历史批评法”②，张伯伟先生称之为“推寻源流法”③。王运熙、杨明先生认为：“钟嵘在《诗品》中根据对各个诗人作品体貌的分析和比较，把诗歌分为源出《国风》，源出《小雅》，源出《楚辞》三系。”“《国风》一系中又分两支：古诗、刘桢等为一支，曹植为一支。《楚辞》系又分三支：班姬一支，王粲一支，魏文一支。”④ 这也是钟嵘辨析“六义”的内容之一。姑且不论其妥当与否，如此一来，便使得五言诗的继承关系和源流派别之发展脉络分明，可谓辨析毫厘。这种探源溯流法也成为中国古代文学批评的方法之一，同时也构成辨体批评方法的主要手段和内容。关于这一点，张伯伟先生在《中国古代文学批评史上“推源溯流法”的成立及其类型》一文中有精彩论述，可参看⑤。曹旭先生在《诗品研究》一书中，

① 王运熙、杨明：《魏晋南北朝文学批评史》，上海古籍出版社 1989 年版，第 200 页。

② 曹旭：《诗品研究》，上海古籍出版社 1998 年版，第 141—169 页。

③ 张伯伟：《钟嵘〈诗品〉的批评方法论》，《中国社会科学》1986 年第 3 期。

④ 王运熙、杨明：《魏晋南北朝文学批评史》，上海古籍出版社 1989 年版，第 191 页。

⑤ 张伯伟：《中国古代文学批评史上“推源溯流法”的成立及其类型》，《中国诗学》第一辑，南京大学出版社 1991 年版。

辟章专论“《诗品》批评方法论”，包括比较批评法、历史批评法、摘句批评法、本事批评法、知人论世批评法、形象喻示批评法等六种批评方法，可谓详尽透辟。从我们本文所论来看，或可再加一种方法，即辨体批评法亦未尝不可。张伯伟先生在《钟嵘诗品研究》一书中也在内篇第五章专论《诗品》之“批评方法”，分为品第高下、推寻源流、较量同异、博喻意象、知人论世、寻章摘句等六种批评方法①。可以看出，钟嵘之品第高下、推寻源流、较量同异这三种批评方法正属于中国古代辨体批评的主要内容，尽管张伯伟先生未提出辨体之说，但已自见出其间的密切关联，可谓意味深长。

《文心雕龙》的文体学研究方法之一，便是其“原始以表末，释名以彰义，选文以定篇，敷理以举统”的著名纲领，这也成为古今包括现当代文体学研究者进行文体形态个案研究的最行之有效的，甚至可以说是学术史通用的手段之一。《诗品》之研究评价五言诗亦不出此路，除了“释名以彰义”以外，“原始以表末”正是上述推源溯流即论五言诗的源流发展和继承。而“选文以定篇”这一环节中，不但选取优秀作家作品，而且分为上中下三品，以定品第，这只有对作家作品进行广泛而深入的研究和比较才能得出结论。“敷理以举统”更为《诗品》之价值所在，钟嵘对五言诗艺术上所应达到和遵循的规范特征都有深刻而独到的见解，诸如自然英旨、直寻、滋味、骨气奇高、辞采华茂，等等，都成了中国诗学批评史上的经典概念范畴，为后世批评家所津津乐道。

第四，辨彰清浊，掎摭病利，即辨优劣、定品第。关于辨体批评之内涵，吴承学先生在《中国古代文体学学科论纲》一文中认为，“辨体”是中国古代文体学的“基本起点”，是“贯通其他相关问题的核心问题”②。文中用“划界限”和“分高下”来概括辨体的内涵。“划界限”就如傅刚先生之辨文体类别和文体风格，而“分高下”既指辨源流正变，同时也指辨析高下尊卑、是非优劣、邪正雅俗、古今名实、贵贱利病、主次轻重、得体失体、文质古律等思辨特征，含有更多的价值评判。这正是钟嵘《诗

① 张伯伟：《钟嵘诗品研究》，南京大学出版社 1999 年版，第 79—98 页。

② 吴承学、沙红兵：《中国古代文体学学科论纲》，《文学遗产》2005 年第 1 期。

品》辨体批评的目的和书名由来，并成为具体操作中用以执行品评诗人诗作的批评标准。这就是《诗品序》中那段著名的论断：

> “陆机《文赋》，通而无贬；李充《翰林》，疏而不切；王微《鸿宝》，密而无裁；颜延论文，精而难晓；挚虞《文志》，详而博赡，颇曰知言；观斯数家，皆就谈文体，而不显优劣。至于谢客集诗，逢诗辄取；张隐《文士》，逢文即书；诸英志录，并义在文，曾无品第。嵘今所录，止乎五言。虽然，网罗今古，词人殆集。轻欲辨彰清浊，掎摭病利，凡百二十人。预此宗流者，便称才子。至斯三品升降，差非定制，方申变裁，请寄知者耳。”①

作为批评家和文体论著作，陆机《文赋》、李充《翰林论》和挚虞《文章流别志》在中国古代文体学史上都占有重要地位，但正如钟嵘所言，无论通而无贬、密而无裁抑或详而博赡、颇曰知言者，即不管是否定还是肯定的，若从文体学的角度着眼，上述诸人都只是就文体而谈文体，而不显示作家作品的优劣高下。至于诸如谢灵运《诗集》和张隐《文士》之类的总集志录也大多逢诗辄取，逢文即书，而不分优劣，亦无品第高下，故认为总集选本作者应有自己的选文标准。通过傅刚先生《六朝文体辨析与总集的编纂》一文，我们便可知道，以《文选》为代表的文章总集之文体学价值和辨体批评的意义之重大了。这样，在显示文体优劣，品第诗人诗作高下的批评思想指导下，钟嵘提出了其“辨彰清浊，掎摭病利”和“三品升降”的诗学理论观点，并在这个辨体批评理论的主张下，著成中国古代文论中与《文心雕龙》同样辉映千古的不朽之作。所以，辨析诗人文体之优劣、清浊、病利、升降、高下，可以说是贯穿《诗品》的主要理论线索和总的批评原则。

《诗品》辨体批评之目的，不但针对当时的批评家、文论家以及总集编纂者之失，而且看到了当时文学批评的不良风气和存在的弊病，即“观

① 钟嵘著，吕德申校释：《钟嵘诗品校释》，北京大学出版社1986年版，第99页。

王公缙绅之士，每博论之余，何尝不以诗为口实。随其嗜欲，商榷不同，淄渑并泛，朱紫相夺，喧议竞起，准的无依。……昔九品论人，七略裁士，校以宾实，诚多为值。”① 正是看到当时批评界之“随其嗜欲”“准的无依”，没有一定的标准，因而导致“淄渑并泛，朱紫相夺”的混乱局面，因此钟嵘才欲通过“辨彰清浊，掎摭病利”以显优劣、定品第，从而三品升降，使自古至今之五言诗人作品的优劣评价有一个具体标准并呈现出一种有序状态。

第五，《诗品》的辨体批评标准。钟嵘在对历朝诗人诗作之内容形式、艺术表现等进行全面考索分析中，形成了一些具有实践意义的文学批评概念术语，主要有体被文质、雅正俚俗、奇异平典、自然英旨、补假直寻，等等。尽管这些概念范畴之内涵并不完全相同，但是若从文体学的角度来看，都可归入其“体被文质”这一辨体批评标准，或侧重思想内容，或侧重艺术形式，或二者兼顾。这在王运熙、杨明所著《魏晋南北朝文学批评史》中所述颇详：

> 综观钟嵘评诗的艺术标准，最主要的是要求风力与丹采结合，即文质兼备，因受时风影响，他往往更重视辞采之美。其次，他重视文雅，看轻俚俗；重视奇警，不赞赏平典。他评价一个作家，大抵综合文与质、雅与俗、奇与平等几个方面进行全面考察与衡量，指出其主要特色与不足，而不是只抓住一点。②

这些在书中颇多例子，兹不赘举。也就是说，钟嵘最为推崇的是曹植诗所具有的那种“体被文质”即“骨气奇高，辞采华茂”，以及古诗那种“干之以风力，润之以丹采”的文质彬彬的内容形式兼备之作。钟嵘辨体批评之辨文质雅俗、奇警平典等，就如其辨源流正变、优劣病利一样，其“体被文质”的辨体批评标准和辨体批评方法构成一条主线，在全书中是一以贯之的。

---

① 钟嵘著，吕德申校释：《钟嵘诗品校释》，北京大学出版社 1986 年版，第 58 页。

② 王运熙、杨明：《魏晋南北朝文学批评史》，上海古籍出版社 1989 年版，第 545 页。

第四节　辨体批评之地位影响

要想全面认识钟嵘《诗品》之文体学地位和意义，必须把它放在六朝这一文学批评发达的时代背景中来考察。上面我们统计了“文体”这一范畴在《诗品》《文心雕龙》以及六朝文集中出现的频度，并逐条解释归类，以见《诗品》之文体学思想和文体内涵在六朝及在中国古代文学批评史和中国古代文体学史上的地位。此外，《诗品》与《文心雕龙》之比较，或《文心雕龙》与《文选》之比较，是古今学者研究上述经典著作的常用学术方法。本文中，我们完全从文体学角度来观照二者，尤其是从“文体”范畴统计阐释和辨体批评的这一角度来进行比较研究，希望可以给这两部经典著作的研究路径增添新的方法。

值得一提的是，诗品辨文体源流的辨体方法对章学诚学术方法的启发和影响。章学诚从学术史之学术研究方法的角度对《诗品》和《文心》给予关注和评价，成为后世论《诗品》和《文心雕龙》之必引文献。《文史通义·诗话》云：

> 《诗品》之于论诗，视《文心雕龙》之于论文，皆专门名家，勒为成书之初祖也。《文心》体大而虑周，诗品思深而意远；盖《文心》笼罩群言，而《诗品》深从六艺溯流别也，论诗论文而知溯流别，则可以探源经籍，而进窥天地之纯，古人之大体矣。此意非后世诗话家流所能喻也。①

章学诚对《诗品》之“溯流别”“辨源流”之文体批评方法给予高度评价，这正与其认为目录校注之学当“辨章学术，考镜源流”以及“条别艺术异同，使人由委溯源”之学术方法吻合。最重要的是，章氏从“溯流别”这一辨体批评角度，把《文心雕龙》和《诗品》放在一起给予高度评

① 章学诚著，叶瑛校注：《文史通义校注》，中华书局1985年版，第559页。

价，从中也可看出《诗品》之文体学地位和价值与《文心雕龙》这一公认的文体学集大成之作的不相上下和并驾齐驱。而钟嵘《诗品》之提出“辨彰清浊，掎摭病利”的辨体批评主张，尤能看出其对章氏“辨章学术，考镜源流”之治学方法和学术主张的启发和影响。

作为中国文学批评史上第一部系统的诗学理论著作，钟嵘《诗品》对后世的影响主要体现在诗学著作的编纂上，如严羽《沧浪诗话》、许学夷《诗源辩体》等。辨体批评方法的影响尤为深远，这主要体现在显优劣和辨源流上。前者于《沧浪诗话》最明显，后者则从《诗源辩体》的书名中便可体现出来，以下分而述之。

首先，对严羽《沧浪诗话》的影响。《沧浪诗话》之辨体批评主要体现在《诗辨》和《答吴景仙书》中。《诗法》云：“辨家数如辨苍白，方可言诗。”《答吴景仙书》云：“作诗正须辨尽诸家体制，然后不为旁门所惑。今人作诗差入门户者，正以体制莫辨也。世之技艺，犹各有家数，市缣帛者，必分道地，然后知优劣，况文章乎？仆于作诗不敢自负，至识则谓有一日之长，于古今体制，若辨苍素，甚者望而知之。……我叔试以数十篇诗，隐其姓名，举以相试，为能别得体制否？”[①] 所谓家数、体制俱指诗人诗作之文体风格、流派风格和体貌特征，也就是辨析诗体源流。钟嵘之《诗品》辨析122位诗人之源流，各源出国风、小雅、楚辞，其下又细分，正是需要辨家数如辨苍白的“识”见，必须具有严羽所谓“于古今体制，若辨苍素，甚者望而知之”的功力，才能明确指出122位诗人之源流所自。

再看严羽辨体批评之“辨白是非”这一观点，显然与钟嵘“辨彰清浊”为同一意思。至于钟嵘所言“掎摭病利”，严羽也有“其间说江西诗病，真取心肝刽子手”的著名说法。《诗品》称“显优劣”，《沧浪诗话》亦称“必分道地然后知优劣”以及“致褒贬”。最后是“辨白是非，定其宗旨”，严羽所谓辨体以后“定其宗旨”是指“以盛唐为法”，而这个“盛唐之法”便是妙悟、兴趣之说。同样，《诗品》在辨六义、辨源流、显

---

① 严羽著，郭绍虞校释：《沧浪诗话校释》，人民文学出版社1961年版，第252页。

优劣的辨体批评之后，也指出了他的理想诗歌艺术便是具有“自然英旨、直寻、滋味、比兴”等美学风貌，而这与《沧浪诗话》之要求诗歌应有“妙悟、兴趣”的艺术理想有相同之处。关于这一点，历代很多学人都有论述，兹略。

具体来说，《沧浪诗话》之《诗体》一开始便叙述诗歌各体的源流发展历史，这与《诗品序》首先论五言诗之起源和发展相似。《诗体》接下来“以时而论”论历代流派体貌，依次是建安体、黄初体、正始体、太康体、元嘉体、永明体、齐梁体、南北朝体到唐宋诸体。可以看出，其所谓建安体、太康体和元嘉体显然袭自《诗品序》所论，而且小字之注如称“建安体”为曹子建父子及邺中七子诗，“太康体”为左思、潘岳、二张、二陆诸人诗，“元嘉体”为颜、鲍、谢诸公之诗等，都与《诗品序》所言无大分别。“以人而论”首提苏李体，次提曹刘体（子建公干也），也正与《诗品》上品之论李陵、曹植和刘桢三人相合。且《诗品》称“公干升堂，思王入室”，也曹、刘并举，足见钟嵘对严羽论诗影响之深。《诗法》中称“学诗先除五俗”，“须本色当行”及“不必多使事也”等，都与《诗品》之辨雅俗、自然英旨、“非由补假，皆为直寻”以及渊明之诗“质而自然”等观点相似。

其次，对许学夷《诗源辩体》之影响，主要在辨源流正变和优劣高下上。辨源流正变，《诗源辩体》卷一云：“诗自三百篇以迄于唐，其源流可寻而正变可考也。学者审其源流，识其正变，始可与言诗矣。古今说诗者无虑数百家，然实悟者少，疑似者多。钟嵘述源流而恒谬，高棅序正变而屡淆，予甚惑焉。”① 虽称“钟嵘述源流而恒谬”，但显然是以钟嵘辨源流观点为参照，受《诗品》辨体批评的启发和影响。此外，许学夷引述钟嵘辨优劣高下之文献亦颇多，如：

钟嵘《诗品》以公干、仲宣处上品，子桓居中品，得之。②

钟嵘云：“曹公古直，甚有悲凉之句。叡不如丕，亦称三祖。”

---

① （明）许学夷著，杜维沫校点：《诗源辩体》，人民文学出版社1987年版，第1页。

② 同上书，第75页。

按：嵘《诗品》以丕处中品，曹公及叡居下品。今或推曹公而劣子桓兄弟者，盖钟嵘兼文质，而后人专其格也。然曹公才力实胜子桓。[①]

建安七子虽以曹刘为首，然公干实逊子建……钟嵘谓“陈思之于文章，譬人伦之有周孔，鳞羽之有龙凤”，信矣。[②]

公干、仲宣，一时未易优劣。钟嵘以公干为胜，刘勰以仲宣为优。……钟嵘谓“陈思以下，桢称独步。”元美谓“二曹龙奋，公干角立。”是也。[③]

钟嵘谓：“景阳雄于潘岳，靡于太冲，风流调达，实旷代之高手。……”此论甚当。[④]

钟嵘云：“永嘉时，贵黄老，尚虚谈，于时篇什，理过其辞，淡乎寡味。……刘越石仗清刚之气，赞成厥美。”云云，此论甚详。[⑤]

如此甚多，兹不赘举。许学夷大体赞同《诗品》之品第高下的辨体思想，而对钟嵘之辨源流不以为然，颇多微词。

① （明）许学夷著，杜维沫校点：《诗源辩体》，人民文学出版社 1987 年版，第 74 页。

② 同上书，第 79 页。

③ 同上书，第 83 页。

④ 同上书，第 91 页。

⑤ 同上书，第 96 页。

第五章 “宫体诗”之辨[1]

作为诗歌庭院里的一朵奇葩，“宫体诗”如既艳且毒的罂粟花儿，为人所瞩目，也为人所厌弃——凡论诗文或治文学史者都无法绕过它而驻足其间，可见它作为诗史中一个链条的重要而不可或缺。却往往在拈出它的同时又极力诋毁它，把它作为发泄的靶子；除了形式上的些微是处之外，余者便被批驳得体无完肤。其中最为淋漓尽致者，莫过于闻一多先生的《宫体诗的自赎》一文了。文中指摘了宫体诗的致命弱点，也用近乎膜拜的虔诚，把同为宫体诗的张若虚的《春江花月夜》推向极致，把诗人的“宇宙意识”推向极致。显然，闻一多先生认为卢照邻、刘希夷、张若虚是“以宫体诗救宫体诗”，是“从蜣螂转丸式的宫体诗一跃而到庄严的宇宙意识”以至“更迥绝的宇宙意识”，不过这“一跃”未免突兀，即便作者已然认为“这可太远了，太惊人了！”然而对此未作更深入的解释。因此，总让人感到，这种“迥绝的宇宙意识”便如凌空而降，缥缈无基。直到傅璇琮先生这样说：“所谓自赎，是一种蜕化，是从松陈的母体中蜕出的新生命。”[2] 我们始有豁然开朗的感觉。这种“蜕化”，无疑是一个“否定之否定的过程”，是批判地继承。“批判”容易理解，也就是“扫除齐梁以来弥漫于诗坛的这种恶浊空气”。说到“继承”，在《宫体诗的自赎》一文中，闻一多先生也似乎只着眼于初唐诗人卢照邻、刘希夷、张若虚之间的演进递嬗，因而从中看不出“宇宙意识”与“宫体诗”的任何联系。但是很明显，《长安古意》《代悲白头翁》绝非母体，至多是蜕化过程中的雏

---

① 本文发表于《云南社会科学》2009 年第 4 期。

② 闻一多著，傅璇琮导读：《唐诗杂论导读》，上海古籍出版社 1998 年版，第 13 页。

形（最终长成宇宙意识）。那么“新生命”《春江花月夜》究竟从“松陈的母体中”，也就是说从“变态堕落”的梁陈宫体诗中接受了什么、吸收了什么呢？笔者不揣浅陋，便以此为切入点，试图寻找从糜烂的“宫体诗”到“迥绝的宇宙意识”二者之间这“一跃”的踏板。结果隐隐觉得：这种“宇宙意识”当源自于汉末六朝以来文人“强烈的生命意识”的渐进升华，而“宫体诗”也是“生命意识”的外化，是生命意识形而下的表现形式之一。这样一来，以“生命意识”为纽带，再来看宫体诗一跃而到庄严的更迥绝的宇宙意识这种现象，同时把它们放到当时政治哲学及文学自身的发展中来作一个历史的观照，好像容易理解了。

第一节　六朝文人生命意识·张若虚宇宙意识

关于“生命意识”，新加坡国立大学王力坚先生在《六朝文人的生命意识与诗歌的唯美倾向》一文中认为“六朝文人强烈的生命意识，则来自兴发于汉末弥漫于六朝的迁逝感。”①

汉末大乱，烽烟四起，阴霾密布。从此，人命如草，暗无天日的历史几绵延四百年。文人朝不虑夕，感叹世事之无常莫测，嗟伤人生之短促易失，发而为诗，便是如下充满悲凉哀郁的迁逝感的文字：

青青陵上柏，磊磊涧中石，人生天地间，忽如远行客。——《古诗十九首》

四顾何茫茫，东风摇百草，所遇无故物，焉得不速老。——《古诗十九首》

对酒当歌，人生几何？譬如朝露，去日苦多。——曹操《短歌行》

惊风飘白日，光景驰西流。盛时不可再，百年忽我遒。——曹植《箜篌引》

常恐时岁尽，魂魄忽高飞。自知百年后，堂上生旅葵。——阮瑀

① 王力坚：《六朝文人的生命意识与诗歌的唯美倾向》，《汉学研究之回顾与前瞻》，中华书局1995年版，第327页。

《失题》

但恐须臾间，魂气随风飘。终身履薄冰，谁知我心焦？——阮籍《咏怀》

人生何所促，忽如朝露凝。辛苦百年间，戚戚如履冰。——陆机《驾言出北阙行》

同尽无贵贱，殊愿有穷伸。驰波催永夜，零露逼短晨。——鲍照《代蒿里行》

乐去哀境满，悲来壮心歇。岁华委徂貌，年霜移暮发。——沈约《却出东西门行》

六朝文人的生命意识，就这样觉醒于忧惧人生如白驹过隙般的吟诵之间。透过这些悲凉沉郁的诗句，千百年之下，我们犹能想见那些在动荡年月里苦苦挣扎的身影。而动荡的年月正如炼狱，折磨着他们，也造就了他们。让他们在哀怨凄厉的呻吟中，幽幽吐出积埋于胸中的“生命意识”。

关于“宇宙意识”，闻一多先生在《宫体诗的自赎》一文中，称刘希夷“今年花落颜色改，明年花开复谁在！……年年岁岁花相似，岁岁年年人不同。”是“从蜣螂转丸式的宫体诗一跃而到庄严的宇宙意识，这可太远了，太惊人了！”① 接下来称张若虚“……江畔何人初见月？江月何年初照人？人生代代无穷已，江月年年只相似，不知江月待何人，但见长江送流水！”是“更迥绝的宇宙意识！一个更深沉，更寥廓，更宁静的境界！”② 可以看出，刘希夷“要感慨青春之不能长驻，红颜之不能永存，而体认的却是万物长在，生生不息的哲理。”③ 张若虚则更“由空间而进入时间，由眼前之感受而进入无限的时间的思索与向往，体认此种纯美境界万古长存的哲理。”④ 我们知道，这种“生命意识”是与那段黑暗的历史息息相关的，而那种“更迥绝的宇宙意识”出现在《春江花月夜》里也绝非偶然，

① 闻一多著，傅璇琮导读：《唐诗杂论导读》，上海古籍出版社 1998 年版，第 17 页。

② 同上。

③ 罗宗强：《隋唐五代文学思想史》，中华书局 1999 年版，第 56 页。

④ 同上。

它与初盛唐之交那个蒸蒸日上的大唐帝国密不可分。那么，我们如何看待体现于诗人或诗中的“意识”从“生命”层面上升到“宇宙”层面呢？这便有必要首先理清“六朝文人生命意识”和“张若虚宇宙意识”之间复杂微妙的关系。

首先，生命意识是时间的、线性的、瞬息的，而宇宙意识是时空的、立体的、永恒的。

生命意识就是意识到生命苦短，觉人生天地间，倏忽而已，是从时间向度上来关注生命的短长，呈现一种时光纵逝的线性流程；宇宙意识则放眼寥廓，置个体于天地古今中来观照，因而具立体意味。

生命意识汲汲于“人生何所促，忽如朝露凝”的瞬息感受；宇宙意识则沉浸在“江畔何人初见月？江月何年初照人?”的永恒思索。生命意识是瞬息的，因此六朝文人诗中多枯萎死亡的意象，如草、露、树、风、冰；宇宙意识是永恒的，故而张若虚诗中多恒久、生生不息的意象：春、江、花、月、夜。即便具死亡象征的“春、花”，也是春去春归，花落花开，是一种永恒意义上的轮回。刘希夷便“从美的暂促性中认识了那玄学家所谓的‘永恒’——一个最缥缈，又最实在，令人惊喜，又令人震怖的存在”——“今年花落颜色改，明年花开复谁在！……年年岁岁花相似，岁岁年年人不同”。①

其次，生命意识是形而下的、外在的、行为的，充满哀伤惊恐的；宇宙意识是形而上的、思辨的、哲学的，绝对无忧无惧的。

生命意识是形而下的，是说六朝文人在诛戮交加，朝代频迭中益感生命短促，于是便用各种各样外在的行为方式来关切生命的价值，表现出了对生命延长的渴望，对生命欲求的张扬。于是，“正始名士服药，竹林名士饮酒”②。陶渊明采菊东篱，在田园野趣中寻求心灵的恬适；谢灵运池塘春草，向山林川石间释放胸中的郁闷。玄言诗想探究人生的本真，不免流于淡乎寡味；宫体诗试填充深邃的欲壑，最终落得沉溺迷失。宇宙意识是形而上的，是说诗人面对大自然的神奇，有着一双思辨的眼睛。正如闻一

① 闻一多著，傅璇琮导读：《唐诗杂论导读》，上海古籍出版社1998年版，第16页。

② 鲁迅：《鲁迅杂文选》（上），上海人民出版社1973年版，第88页。

多先生所说：“自然认识了那无上的智慧，就在那彻悟的一刹那间，恋人也就是变成哲人了。”“只张若虚这态度不亢不卑，冲融和易才是最纯正的，‘有限与无限’，‘有情与无情’——诗人与永恒猝然相遇，一见如故，于是谈开了——‘江畔何人初见？江月何年初照人？……江月年年只相似，不知江月待何人？’对每一问题，他得到的仿佛是一个更神秘的更渊默的微笑，他更迷惘了，然而也满足了。”①

生命意识觉醒于忧惧生命易逝、人生无常的迁逝感，体现了对生命存在的焦虑，诗中“惊、恐、哀、悲、茫茫、戚戚”等字眼比比皆是。宇宙意识则是“一个更深沉、更寥廓、更宁静的境界！在神奇的永恒面前，作者只有错愕，没有憧憬，没有悲伤。”②

要之，生命意识尚“囿于对生命的直观感性体验与认识，而未能向生命更高层次进行理性的自觉超越。因此，六朝文人的生命意识基本上只属于自然生命基型。”③ 只有等到张若虚的出现，把强烈的宇宙意识打并入诗中，方使《春江花月夜》成为“诗中的诗，顶峰上的顶峰”。④

第二节 六朝文人生命意识·宫体诗·诗中的诗

首先，我们看六朝文人生命意识与宫体诗的关系，及其如何步入迷途的。

在《宫体诗的自赎》一文中，闻一多先生以犀利的笔触和诗的语言把宫体诗剥个精光：“但这时期却犯了一桩积极的罪。它不是一个空白，而是一个污点。……人人眼角里是淫荡……我们真要疑心，那是作诗，还是在一种伪装下的无耻中求满足。”⑤ 读此诗意的批评，真令人叹为观止。然而，痛快之余，也不禁想到：其实，六朝文人“生命意识觉醒后产生的现

① 闻一多著，傅璇琮导读：《唐诗杂论导读》，上海古籍出版社 1998 年版，第 18 页。

② 同上书，第 17 页。

③ 王力坚：《六朝文人的生命意识与诗歌的唯美倾向》，《汉学研究之回顾与前瞻》，中华书局 1995 年版，第 328 页。

④ 闻一多著，傅璇琮导读：《唐诗杂论导读》，上海古籍出版社 1998 年版，第 18 页。

⑤ 同上书，第 9 页。

实人生观，便是抓住有限的生命尽情地享乐人生，极力张扬个体生命中的物欲本性。”①

他们的确觉醒了，但是在追求中又陷入另一种沉醉，而且更迷狂，兀然不觉。不过要知道，觉醒，并不都直接步入高尚的殿堂。欧洲的文艺复兴与性解放并肩而行，明末资本主义觉醒伴随性的泛滥蔓延。历史常常就是这样，并具有惊人的相似。觉醒而无出路，因之紧张烦躁，焦虑不安。但凡遇此情形，尤其是文人，总要有发泄的途径。他们有头脑，是时代精英。但时代局限了他们的思想，依其睿智应该思想，若不能，便只有堕落。如此堕落下去，也并没有什么奇怪；但几百年里，几个朝代的整体堕落，并由堕落的文人创造出堕落的诗体，这似乎出人意料。其实，也属意料之中，因为，“魏晋南北朝文学是典型的乱世文学。……敏感的作家们在战乱中最容易感受人生的短促，生命的脆弱，命运的难卜，祸福的无常，以及个人的无能为力，从而形成文学的悲剧性基调，以及作为悲剧性基调之补偿的放达，后者往往表现为及时行乐或沉迷声色”②。

于是，上面的诸力作用直接催生了中国古典诗歌家族中的一个畸形儿——宫体诗。也就是说，“宫体诗在南朝的发生与发展的历程，以追求情感抒发起始，却以情感抒发失落而告终。”③

显然，他们沉溺于女色艳情（也即宫体诗）中不能自拔，“在一种伪装的无耻下求满足”，这不过是某种形式的忘却与消释罢了——忘却潜伏身边的危机，消释内心深处的焦虑。说到忘却，不能不提到“药”与“酒”，尤其是“酒”。“药”与“酒”都是与六朝乱世文学创作中的生死主题息息相关的。袁行霈先生这样定义：“生死主题主要是感慨人生的短促，死亡的不可避免，关于如何对待生，如何迎接死的思考。”④ 故而“药”与“酒”可以说都是生命意识的外化。“正始名士服药”是对生命延长的渴望，“竹林名士饮酒”是“因为他们生于乱世，不得已，才有这

① 王力坚：《六朝文人的生命意识与诗歌的唯美倾向》，《汉学研究之回顾与前瞻》，中华书局1995年版，第328页。

② 袁行霈：《中国文学史》，高等教育出版社1999年版，第9页。

③ 胡大雷：《诗人·文体·批评》，人民文学出版社2001年版，第29页。

④ 袁行霈：《中国文学史》，高等教育出版社1999年版，第9页。

样的行为，并非他们的本态。”① 是行乐中躲避和忘却危机。鲁迅先生曾把“药”与“酒”和魏晋风度与文章联系起来谈，那么，再加上“色”与“南朝宫体”应该会更完整妥帖，也正验了上文之“宫体诗”是生命意识形而下的表现形式之一的论断。

可以这样说，历史之有宫廷诗人和宫体诗，那是时代结出的苦果，而非诗人或诗的罪孽。让诗人或诗去承担这个罪名，是不公正的、残酷的。所以，我们真的不要太苛责了古人，那些聪慧而灵心善感的古人。他们实在已够不幸，我们如何可以再向他们本已风干的伤口上撒盐？我们真的要理解他们那种不甘堕落而堕落的痛苦，并佩服他们的才智——找到了宫体诗这样一个发泄的途径而不致分裂崩溃，并让我们在千百年后仍能体验他们那种无可奈何的“痛楚”和“自暴自弃”。

总之，我们尽可以把宫体诗批驳得一无是处，但不可否认的是，六朝文人挣脱传统儒家名教的束缚，在强烈的生命意识驱动下，选择了一种畸形的方式“宫体诗”来张扬自己。尽管还难以看出宫体诗本身包含多少生命意识，但无疑有一个强大的“生命意识”背景来支撑它坚强而微弱地生存在诗的王国里，并隐隐蜕化出诗的顶峰，张若虚的《春江花月夜》。

其次，我们再看“宫体诗”是如何成为“诗中的诗”且并存一体的。

既然诞生了，便有活下去的理由，因为毕竟也是一种“生命”。就这样，背负着“罪孽”和茫然，宫体诗沉重而“快乐”地走着，并且走得很远。走过分裂，也走过统一；为荒淫而才华横溢的亡国君主所把玩，也为英明而气贯长虹的大唐帝王所青睐。终于，张若虚出现了，路也便到了尽头。“至于那一百年间梁、陈、隋、唐四代宫廷所遗下的那份最黑暗的罪孽，有了《春江花月夜》这样一首宫体诗，不也就洗净了吗?”② 也就是说，从一个流浪百年的卑贱乞儿，宫体诗“一跃”而登上了“顶峰的顶峰”。然而，“这可太远了，太惊人了!”③

带着这种困惑——“诗中的诗”与“变态堕落”的宫体诗并存一体这

① 鲁迅：《鲁迅杂文选》（上），上海人民出版社 1973 年版，第 92 页。
② 闻一多著，傅璇琮导读：《唐诗杂论导读》，上海古籍出版社 1998 年版，第 19 页。
③ 同上书，第 17 页。

令人费解的困惑，我们便需要了解为何人们视《春江花月夜》为宫体诗。“《春江花月夜》是乐府《清商曲辞·吴声歌曲》旧题。曲调创始于陈后主。后主和宫中女学士及朝臣唱和为诗，《春江花月夜》是其中最艳丽的曲调。”① 据此可见，大多文学史及闻一多先生视张若虚的《春江花月夜》为宫体诗，恐怕也主要是因为这个缘故。本文论及六朝文人生命意识宫体诗和宇宙意识之间的关系时，也是如此看待的。其实，大可抛开宫体诗以及《春江花月夜》作为宫体诗这一点来直接看待六朝文人生命意识与《春江花月夜》中宇宙意识的承传关系。此外，可以这样说，我们本就不该把张若虚的《春江花月夜》看作宫体诗。如果说《春江花月夜》的名下曾承担过下流和堕落，那也只应代表她的过去和迫不得已。李香君、柳如是也曾有过难言的过去，但又有谁不对她们刮目相看呢？其实，我们只能承认和钦佩张若虚的智慧和惊人审美力，因为他选了一个妙绝千古的诗题，仅此诗题便诗意盎然，韵味无限——以五字而具包罗宇宙万象之势，再加上诗人超卓的才气和妙悟，那么出现一首“诗中的诗”来压唐人之卷，也就不足为怪了。

需要说明的是，对这一问题，傅璇琮先生这样说“《春江花月夜》算不算宫体诗，学术界还有争论。闻一多先生在《宫体诗的自赎》中，主要并不在于讲述这首诗是否属于宫体诗的范围，而是从历史变迁的角度，着重探讨了唐初将近一百年的时期，诗人们怎样以自己的努力，来扫除齐梁以来的弥漫于诗坛的这种恶浊空气。”② 可谓透辟。本文中，笔者的着力点也在论述六朝文人生命意识与张若虚《春江花月夜》中“宇宙意识”的承接升华关系。至于宫体诗的加入，一则是受闻一多先生妙文的启发，并时时引述，自然避不开；一则宫体诗历经梁陈隋唐四代宫廷近百年的时间，而这正为六朝至张若虚的中间阶段。如果舍去宫体诗不谈，无疑会使论题的研究出现断层。所以，上文论说宫体诗是生命意识形而下的表现形式之一，也是为了体现六朝文人生命意识向《春江花月夜》中宇宙意识渐进升华的连贯性。

---

① 马积高、黄钧：《中国古代文学史》，湖南文艺出版社 1992 年版，第 211 页。

② 闻一多著，傅璇琮导读：《唐诗杂论导读》，上海古籍出版社 1998 年版，第 13 页。

第三节 六朝文人生命意识·升华·张若虚宇宙意识

上面谈了六朝文人生命意识的觉醒及其在诗歌中的表现，如果再回过头来看卢照邻的《长安古意》就会发现，《长安古意》依旧是这种充满迁逝感的生命意识的继续。“昔时金阶白玉堂，即今唯见青松在”不正是“自知百年后，堂上生旅葵”及“盛时不可再，百年忽我遒”的翻版吗？而闻一多先生这样述说“诗中的诗”《春江花月夜》的产生：“从这边回头一望，连刘希夷都是过程了，不用说卢照邻和他的配角骆宾王，更是过程的过程了。”[①] 那么，从“人生何所促，忽如朝露凝。辛苦百年间，戚戚如履冰”到“节物风光不相待，桑田碧海须臾改，昔时金阶白玉堂，即今唯见青松在”，到“今年花落颜色改，明年花开复谁在……年年岁岁花相似，岁岁年年人不同”，再到“江畔何人初见月？江月何年初照人？人生代代无穷已，江月年年只相似”不正是从一个过程到另一个过程再到顶峰上的顶峰吗？至此，我们可以有理由说那种“迥绝的宇宙意识”应该是从六朝文人的生命意识蜕化而来了。

但是，绵绵吟唱了四百年的生命意识，为何迟迟地独独地到了张若虚这里方骤然升华为宇宙意识呢？答案想必在那段风雨飘摇或蒸蒸日上的历史中。也因此，我们需要在历史中感受先人的心灵和脉动，感受他们的惊惧或宁静。

“犹如一日之中有夜，四时中有秋冬”[②]，六朝文人瑟瑟地跋涉在肃杀的冬夜，用“生命意识”温暖着刚刚苏醒的灵魂。黑夜里，生命复活着，诗复活着，同时也被摧残着，落英缤纷。从某种意义上说，六朝文人是活在时间里的，尽管活了几百年，也仅仅是在时间的迁逝中来体验生命的存在和价值。他们没有生存的空间，因为那片天宇始终被浓重的阴云充塞着，令人窒息。所以，他们只能任生命自觉着，然后在惴惴或放纵中凋零，而无法感受自由的思想如何升华飞扬在天空。

① 闻一多著，傅璇琮导读：《唐诗杂论导读》，上海古籍出版社1998年版，第18页。
② 同上书，第36页。

然而，夜再长，太阳也会穿透，磅礴而出。就像冬天再冷，总有春暖花开时候。大唐，那个令人仰视的朝代，不仅结束了一段黑暗的历史，最可敬服的是他还激活了诗人和诗。与六朝文人相比，张若虚无疑是幸运的。不只说他无须再汲汲于生命的忧惧或放纵，重要的是，清明的环境中，他可以向浩瀚的宇宙放飞思想。很自然地，沃润的土壤里，《春江花月夜》悄然绽放。诗中，物我、主客、自然人生一片浑融，这不就是那“庄严的宇宙意识吗?”而这“宇宙意识”不正是中华古老文化的精髓——“天人合一”吗?说到“天人合一”，可以发现，张若虚以前只有人（人之尊严或人欲横流）的亮色，而“天”则一直阴暗着，也因此天人无法合一。于是，生命意识也只有低回着，无法上升为宇宙意识。

上面我们从时代政局的变化及其对士人心态的影响层面上，简要说明了为何四百年生命意识的吟唱到了初唐就发生了升华。现在我们不妨从哲学和文学自身发展的角度看一下，在刘希夷《代悲白头吟》、张若虚《春江花月夜》中的“宇宙意识”产生之前，六朝文人生命意识是如何伴随那个充满哲思和苦难的时代艰难行走的。

汉末礼崩乐坏惊起“文学的自觉”，生死未卜激发了诗人探究生命的本真，诗人也便成了哲人。于是，魏晋玄学、隋唐佛学、东晋南北朝玄佛合流及唐世三教合一等哲学思潮风起云涌，而朝代更迭与政局动荡则像暗夜的海浪，一波未平，一波又起。士子们如临深履薄，生命意识也随哲思和时代跌跌撞撞，浮浮沉沉——有过建安正始的昂扬悲凉和高尚，也有过西晋梁陈的淫靡堕落和卑微；曾用一个世纪苦苦从玄言诗中体认生命的价值并因此让情感失落得淡乎寡味，也曾在田园和山水间寻找心灵的栖息地并因此让陶潜二谢遥远地把宁静和清丽投放给张若虚；“宫体诗在他那中途丢掉了一个自新的机会，……于是庾信的北渡完全白费了”①。没办法，唐初从太宗、虞世南、上官仪到卢照邻、刘希夷、张若虚不得不实行梁陈便开始的又一轮向“宇宙意识”的跋涉。谈到初盛唐对六朝文学自身的承继，不能不提到陈子昂及其那首《登幽州台歌》。关于这点，罗宗强先生

---

① 闻一多著，傅璇琮导读：《唐诗杂论导读》，上海古籍出版社1998年版，第13页。

这样说：“张若虚确实是在一个寥廓宁静的纯美境界中表现他的宇宙意识。他与陈子昂完全不同，陈子昂的《登幽州台歌》同样在一个寥廓的世界中表现他的宇宙意识，不过那是一个苍凉浑茫的寥廓世界，是壮伟；而张若虚的这个寥廓世界却是宁静纯美。”① 同为“宇宙意识”，但风格意境迥然不同——一壮美，一优美，这应该与二者看待六朝文学的着眼点不同有关。陈子昂在《修竹篇序》中慨叹“汉魏风骨，晋宋莫传”②，因而标举建安正始的昂扬悲凉和兴寄刚健；张若虚则恰对晋宋之际的陶潜、二谢独具只眼，于是解读并吸收了他们的明静清丽和自然冲淡。至于“宫体诗”，陈子昂叹惜“齐梁间诗，彩丽竞繁，而兴寄都绝”，以“壮美”轰塌“淫靡”；张若虚则在创作上“一篇压倒全唐”，以优美“挽救”堕落。

综上所述，可以看出：我们谈六朝文人生命意识、谈宫体诗、谈他们如何在初盛唐一跃而成为刘希夷、张若虚的宇宙意识，这其实涉及了中国文学史中一个众所周知的话题，即唐代文学对魏晋南北朝文学的继承和革新。关于这个问题，各种文学史著作无不提及，大多集中在以下几个方面：永明体、庾信与唐律诗的成熟，四杰陈子昂针对唐初沿袭齐梁诗风而标榜“汉魏风骨”“风雅兴寄”的传统，陶潜、二谢对盛唐田园山水诗的影响，唐代大诗人对六朝名作家的继承（如鲍谢之于李白，阴何、庾信之于杜甫等），以及中唐古文运动对六朝骈文的批判，等等。所以，本文希望通过这样一个论题的阐述，能够为魏晋南北朝文学向唐代文学的演进递嬗增加一个新的文学史研究个案和视角。

① 罗宗强：《隋唐五代文学思想史》，中华书局1999年版，第56页。

② 郭绍虞、王文生：《中国历代文论选》第2册，上海古籍出版社1979年版，第55页。

第六章　唐代诗学辨体批评[①]

唐诗是中国诗歌庭院中的一朵奇葩，向来是古今学者批评家研究的焦点，可以说从各个角度、不同侧面都已有深入的论述。但迄今为止，对它的文体学研究却颇为冷落，这与当今文体学成为学界研究的热点很不相称。唐代诗学辨体批评内容极为丰富，主要体现在三个方面，即以皎然《诗式》为代表的全唐五代诗格中的辨体批评、以殷璠《河岳英灵集》为代表的唐人选唐诗中的辨体理念以及司空图的辨味辨体批评。唐代诗学辨体批评继承了钟嵘《诗品》之辨体质素，形成了唐代独特的辨体理论特色，对宋代以严羽《沧浪诗话》为代表的宋代诗学辨体以及元明清包括《诗源辩体》等诗学著作产生了深远影响，在中国诗学辨体批评发展史上有着独特的地位和重大意义。唐代诗学辨体的主要内容包括辨诗体风格、辨优劣高下、辨源流发展、辨诗歌体裁、辨雅俗古律、辨南北诗风异同等。以下详而论之。

第一节　凡为诗者，先须识体格

——以皎然为代表的唐人诗格之辨体批评

唐代诗格创作繁荣，贯穿了全唐五代文学批评史。唐人诗格主要讨论诗的法度规则、家制格式以及创作体式等，其中包蕴了丰富的文体学思

---

① 本文发表于《人文杂志》2013 年第 12 期。

想。皎然《诗式》在唐代诗格中最系统，以此为基础，我们结合其他众多的诗格著作来阐述其辨体理念。

第一，凡为诗者，先须识体格。如徐夤《雅道机要》“叙体格”条云：“诗有十一不：一曰不时态。二曰不繁杂。三曰不质朴。四曰不才调。五曰不囚缚。六曰不沉静。七曰不细碎。八曰不怪异。九曰不浮艳。十曰不僻涩。十一曰不文藻。凡为诗者，先须识体格。未论古风，且约五七言律诗，惟阆仙真作者矣。辞体若淡，理道深奥，不失讽咏，语多兴味，惟知前十一不则得之矣。”① 作诗先须识体格，即为了避免创作中产生的“十一不”中的弊端，诗人必须要辨识古风、律诗，包括风格和诗体，这样才能保证写出“辞体若淡，理道深奥，不失讽咏，语多兴味”的优秀诗作。再如“叙明断”云：“凡为诗须明断一篇终始之意。未形纸笔，先定体面。”② 此类辨体理念还颇多，如僧神彧《诗格》“论诗势”云：“先须明其体势，然后用思取句。”③ 桂林僧景淳《诗评》云：“凡为诗要识体势，或状同山立，或势若河流。”④

上述所谓作诗“先须识体格”“先定体面”“先须明体势”以及“凡为诗要识体势”云云，都是说作诗首先要辨识、判定、明辨诗歌的体裁、风格和体势，要具有鲜明的辨体意识。这种辨体观点，最早源自隋刘善经。如其《论体》云：“故词人之作也，先看文之大体，随而用心，遵其所宜，防其所失，……岂才思之不足，抑由体制之未该也。……凡作文之道，构思为先……既得所求，然后定其体分。”⑤《定位》云：“凡制于文，先布其位，犹夫行阵之有次，阶梯之有依也。先看将作之文，体有大小；又看所为之事，理或多少。体大而理多者，定制宜弘；体小而理小者，置辞必局。”⑥ 隋唐人这种辨体观点，影响所及，成为宋代“文章以体制为先”的先声，并蔚成风气。如黄庭坚云：“荆公评文章，常先体制而后文

① 张伯伟：《全唐五代诗格汇考》，凤凰出版社 2002 年版，第 440 页。
② 同上书，第 448 页。
③ 同上书，第 493 页。
④ 同上书，第 511 页。
⑤ 周祖譔：《隋唐五代文论选》，人民文学出版社 1990 年版，第 4 页。
⑥ 同上书，第 5 页。

之工拙。"[1] 张戒云："论诗文当以文体为先，警策为后。"[2] 倪思云："文章以体制为先，精工次之。失其体制，虽浮声切响，抽黄对白，极其精工，不可谓之文矣。"[3] 宋人此类言论，成为现代学者进行辨体批评研究所频频引用的文献，如王水照《尊体与破体》[4]，吴承学《辨体与破体》《破体之通例》[5] 等，其源头则在上述隋唐辨体批评的大量评述中。到了明代，径以"辨体"为名的评论也逐渐多起来。如明章潢《图书编》云："学《易》莫要于玩象，学诗莫要于辨体。……辨体不清则诠义不澈。"[6] 明王世懋《秇圃撷余》云"作古诗先须辨体"[7]。

第二，"辨体一十九字"。在南北朝，以《诗品》《文心雕龙》为标志的辨体理论批评已极为发达，但文学上"辨体"一词连用则以皎然"辨体一十九字"为最早，这在中国古代辨体批评史上是需要着重提出的。其后，宋代虽然诗学辨体发达，但并不见"辨体"连用。到了元祝尧《古赋辨体》，明《文章辨体》《文体明辨》《诗源辨体》《文章辨体汇选》等辨体总集的繁荣，以及明清文学批评家直接以"辨体"为名之言论才多了起来，这是"辨体"这一中国古代文体学重要理论范畴的主要发展演变线索。

《诗式》"辨体有一十九字"云："评曰：夫诗人之思初发，取境偏高，则一首举体便高；取境偏逸，则一首举体便逸。才性等字亦然。体有所长，故各功归一字。偏高、偏逸之例，直于诗体、篇目、风貌无妨。一字之下，风律外彰，体德内蕴，如车之有毂，众辐归焉。共一十九字，括文章德体，风味尽矣，如《易》之有彖辞焉。今但注于前卷中，后卷不复备举。其比兴等六义，本乎情思，亦蕴乎十九字中，无复别出矣。高、逸、贞、忠、节、志、气、情、思、德、诚、闲、达、悲、怨、意、力、静、远。"[8] 皎然所谓"体"，王运熙、杨明先生认为："作品的体，以思想内

---

① 黄庭坚：《豫章黄先生文集》卷26，四部丛刊本。
② 丁福保：《历代诗话续编》，中华书局1983年版，第459页。
③ 徐师曾著，罗根泽校点：《文体明辨序说》，人民文学出版社1962年版，第80页。
④ 王水照主编：《宋代文学通论》，河南大学出版社1997年版，第50—61页。
⑤ 吴承学：《中国古代文体形态研究》，中山大学出版社2002年版，第408—441页。
⑥ 章潢：《图书编》卷11，文渊阁四库全书本。
⑦ 王世懋：《秇圃撷余》，文渊阁四库全书本。
⑧ 丁福保：《历代诗话续编》上册，中华书局1983年版，第35页。

容为基础，呈现为外部风貌，它是思想内容和艺术形式的综合表现。《诗式》说‘风律外彰，体德内蕴’，也是说体是思想、形式二者的结合。”①所谓“风律外彰，体德内蕴”与其“一十九字括文章德体，风味尽矣”说法一样，体德、德体如同“道”，风律、风味则如同“文”，这与中唐古文运动文道观相似。而十九字排列亦非随便，其中自有深意。“德”居中，显示了“体德内蕴”，德为内容为根本，而前后各九种风格则依次由德向前后两个方向由低向高排列，最外端“高逸”和“静远”是皎然辨体批评的最高标准，尤以“高逸”为最高。如书中屡称“古今逸格，皆造其极矣”（明势），“其体裁如龙行虎步，气逸情高”（品藻），“偏高、偏逸”（辨体）等。这种高逸之格，是因德行内蕴而表现出来的一种外在的气质风流，是远远地超越了道德之外的。故而说这种“偏高偏逸之例，直于诗体、篇目、风貌不妨”，即与诗体、篇目、风貌这类外在形式因素不一样，而是一种由内而外的精神气质，进而反映在文学作品中的艺术风格。此外，这种体（风格）还应是融合、吸收了《诗经》比兴六义之艺术手法在内的整体诗歌风貌，即所谓“其比兴等六义，本乎情思，亦蕴乎十九字中”。

我们知道，唐人诗格之作大多是为了初学者和科举应试者而写的，《诗式》亦不例外。其辨体的目的，就是让初学者先分辨、明了、熟悉诗歌的十九种风格特征，知道这十九种风格的优劣高下，从而以高逸之格为自己学诗写诗的标准，即所谓“夫诗人之思，初发取境偏高，则一首举体便高；取境偏逸，则一首举体便逸。”也就是后来严羽所说的学诗入手处要从高处作起。

诗歌辨体分体在唐代蔚然成风，皎然十九体之外，又有所谓十体、十四体、三体等名目。如王昌龄《诗格》“常用体十四”包括藏锋体、褒贬体、象外语体、象外比体、理入景体、景入理体以及诗辨歌体等十四体②。其中“诗辨歌体”明确指出了诗与歌之间的辨体关系，而歌与诗之间的文体之辨在唐人诗学辨体中也屡屡为批评家所乐道。崔融《唐朝新定诗格》

---

① 王运熙、杨明：《隋唐五代文学批评史》，上海古籍出版社1996年版，第335页。

② 张伯伟：《全唐五代诗格汇考》，凤凰出版社2002年版，第177页。

之“十体”包括形似体、情理体、雕藻体、飞动体、婉转体等[①]。其后旧题李峤《评诗格》因之，对每体有阐释有诗例，更见详赡[②]。僧齐己《风骚旨格》“诗有十体”包括高古、清奇、远近、是非、清洁等[③]。其后徐夤《雅道机要》“明体裁变通”因之，名称顺序略有不同[④]。后来王玄《诗中旨格》有“拟皎然十九字体”，因袭皎然十九字，对每字、每体引诗句为证，且皆强调如“此高字体也”“此逸字体也”“此忠字格也”“此气字格也”等[⑤]，从中也可知当时诸家辨体内涵有相似之处。其他还有如分风、雅、颂三体、南北宗二体等。

值得注意的是，唐人诗格中一些分门、分格、分式之举，亦等如分体、辨体。如僧齐己《风骚旨格》认为诗有四十门，包括皇道、悲喜、惆怅、道情、得意、世情、匡救、忠正、嗟叹、清苦、骚愁、想象、蹇塞、世变、隐悼、清洁等[⑥]。诗有二十式，包括出入、高逸、艰难、失时、进退、兀坐等[⑦]。王昌龄《诗中密旨》称诗有九格，包括重叠用事格、句中比物成意格、句中轻重错缪格等[⑧]。再如五代王梦简《诗格要律》凡二十六门，包括高大门、君臣门、忠孝门、怨刺门、歌颂门、含蓄门、嗟叹门、性情门、高逸门、隐静门、鬼怪门等[⑨]。上官仪《笔札华梁》之八阶包括咏物阶、述志阶、写心阶、和诗阶等[⑩]。上面所列分门、分格、分式等论诗术语，与分体、辨体论诗有相通之处。张伯伟先生认为，“门”是佛学术语，关于门与体之关联，隋吉藏《净名玄论》卷一云：“称门凡有五义：一者至妙虚通，常体为门。”[⑪] 贾岛《二南密旨》中亦可见端倪，全书由论六义、论南北二宗例古今正体、论裁体升降等十五节组成，而全书

① 张伯伟：《全唐五代诗格汇考》，凤凰出版社 2002 年版，第 129 页。
② 同上书，第 142 页。
③ 同上书，第 401 页。
④ 同上书，第 436 页。
⑤ 同上书，第 468 页。
⑥ 同上书，第 407 页。
⑦ 同上书，第 404 页。
⑧ 同上书，第 196 页。
⑨ 同上书，第 475 页。
⑩ 同上书，第 56 页。
⑪ 同上书，第 21 页。

结尾称“以上一十五门，不可妄传。”① 到了宋代诗格之作，则门、体不分，合二为一。如李淑编《诗苑类格》，“中卷叙古诗杂体三十门，下卷叙古人体制别有六十七门。”② 可以看出，唐人诗格著作之辨体方式和内容颇为庞杂繁复，所谓体、格、门、式、阶等名目，或从思想内容、或从艺术风貌、或从题材主题、或从写作手法、或从表现方式等不同侧面来辨析诗体，从而达到指导写作的目的。

第三，人体之喻的辨体意义。贾岛《二南密旨》之“论裁体升降”条云：“诗体若人之有身，人生世间，禀一元相而成体，中间或风姿峭拔，盖人伦之难。体以象显……此以象见体也。”③ 徐夤《雅道机要》之“明体裁变通”云：“体者诗之象，如人之体象，须使形神丰备，不露风骨，斯为妙手矣。”④ 所谓“裁体升降”“明体裁变通”云云，便是辨体，而以辨人体来辨文体之喻，则与辨体最早滥觞于《周礼》之“辨体名肉物”很相似。从文学的角度，则当数北朝颜之推为早。如《颜氏家训》卷四“文章第九”云：“文章当以理致为心肾，气调为筋骨，事义为皮肤，华丽为冠冕。……必有盛才重誉，改革体裁者，实吾所希。”⑤ 诸家所论之“裁体升降”“体裁变通”“改革体裁”云云，都反映了人体之辨与诗学辨体之文体革新的重大意义。吴承学先生《生命之喻》一文论之尤详，可参看⑥。此外，在《全唐诗格汇考》之《赋谱》亦有此论：“凡赋以隔为身体，紧为耳目，长为手足，发为唇舌，壮为粉黛，漫为冠履。苟手足护其身，唇舌叶其度；身体在中而肥健，耳目在上而清明；粉黛待其时而必施，冠履得其美而即用，则赋之神妙也。”⑦ 更为详尽，足见唐人诗格之以人体为喻之辨体理论之丰富及在中国古代辨体批评史上地位之独特。

---

① 张伯伟：《全唐五代诗格汇考》，凤凰出版社 2002 年版，第 383 页。

② 同上书，第 19 页。

③ 同上书，第 382 页。

④ 同上书，第 436 页。

⑤ 颜之推著，王利器集解：《颜氏家训集解》，中华书局 1997 年版，第 267 页。

⑥ 吴承学：《生命之喻》，《文学评论》1994 年第 1 期。

⑦ 张伯伟：《全唐五代诗格汇考》，凤凰出版社 2002 年版，第 563 页。

第四，辨优劣高下，辨是非清浊。《诗式》“分五格品评汉魏至唐代的诗歌。”[①] “诗有五格”条云：“不用事第一，作用事第二，直用事第三，有事无事第四，有事无事，情格俱下第五。”《诗式》卷五卷首序云：“今所撰《诗式》，列为等第，五门互显，风韵铿锵，使偏嗜者归于正气，功浅者企而可及，则天下无遗才矣。”[②] 清卢文弨跋亦注意到并强调：“……从两汉及唐诗人名篇丽句，摘而录之，差以五格，括以十九体，此所以谓之式也。”[③] 王运熙评云：“《诗式》卷一尾部和下面四卷，分五格品诗，每格各举许多诗句为例，藉以通过实例来指示诗格高下之分，为后学取为法式，由此也可窥见皎然评诗的标准。”[④]

皎然这种列等第、分高下的辨体批评方式正是与钟嵘《诗品》“品高下”“显优劣”“辨清浊”的辨体方法前后相承。钟嵘《诗品》以九品品第作家优劣高下，即其序中所云：“一品之中，略以世代为先后，不以优劣为诠次。……观斯数家，皆就谈文体，而不显优劣。……轻欲辨彰清浊，掎摭病利，凡百二十人。预此宗流者，便称才子。至斯三品升降，差非定制，方申变裁，请寄知者尔。”[⑤] 两相比较，可以发现，关于《诗品》所谓“曾无品第”“三品升降”云云，皎然《诗式》云：“评曰：古人于上格分三品等，有上上逸品。今不同此评，但以格情并高，可标上上品，不合分三。”[⑥] 关于《诗品》所谓“不显优劣”之论，《诗式》就“池塘生春草”“明月照积雪”两句诗评曰：“客有问予，谢公此二句优劣奚若？”[⑦] “齐梁诗”条云：“若建安不用事，齐梁用事，以定优劣，亦请论之。”[⑧] 关于《诗品》“辨彰清浊”之说，王昌龄《诗格》识解清浊云：

夫作诗用字之法……但解作诗，一切文章皆如此作法。……今世

① 王运熙、杨明：《隋唐五代文学批评史》，上海古籍出版社1996年版，第350页。
② 张伯伟：《全唐五代诗格汇考》，凤凰出版社2002年版，第331页。
③ 王运熙、杨明：《隋唐五代文学批评史》，上海古籍出版社1996年版，第330页。
④ 同上书，第331页。
⑤ 钟嵘著，吕德申校释：《钟嵘诗品校释》，北京大学出版社1986年版，第93—99页。
⑥ 张伯伟：《全唐五代诗格汇考》，凤凰出版社2002年版，第252页。
⑦ 同上书，第260页。
⑧ 同上书，第304页。

> 间之人，或识清而不知浊，或识浊而不知清。若以清为韵，余尽须用清；若以浊为韵，余尽须浊；若清浊相和，名为落韵。
>
> 凡文章体例，不解清浊规矩，造次不得制作。制作不依此法，纵令合理，所作千篇，不堪施用。但比来潘郎，纵解文章，复不闲清浊；纵解清浊，又不解文章。若解此法，即是文章之士。为若不用此法，声名难得。①

可以说堪为钟嵘“辨章清浊”“掎摭病利”之辨体思想的准确注脚。明辨是非也是如此。如徐夤《雅道机要》“叙分剖”云：“凡为诗须能分剖道理，各得其所，不可凝滞。至于一篇之内，善能分剖，方为作者。不能分剖，不识旨趣，自多凝滞。……焉可不抉择，泛然为之？”②“叙明断”云：“凡为诗须明断一篇终始之意。未形纸笔，先定体面。审其是非，……皆须仔细看详……须精分剖。”③所谓分剖、辨识、抉择、明断、审其是非、仔细看详云云，俱为辨体之方法。而“审其是非”更成为严羽《沧浪诗话》辨体批评之“辨白是非，定其宗旨”的先声。他如《赋谱》所云“当量其体势，乃裁制之。”“慎之在始，必辨乎是非纠纷之类也。”④俱是。

这种列为等第、品评高下的辨体方法，它如白居易《金针诗格》“诗有上中下三等”：“上曰纯而归正者上等也。二曰淡而有味者中等也。三曰华而不浮者下等也。”⑤僧齐己《风骚旨格》“诗有三格”条云：“一曰上格用意。二曰中格用气。三曰下格用事。”⑥桂林僧景淳《诗评》“诗有三体”条云：“一曰诗人之体为上。二曰骚人之体为中。三曰事流之体为下。”⑦都以《诗品》上中下三品为准的，进而辨析诗体，品第高下和辨析优劣。

---

① 张伯伟：《全唐五代诗格汇考》，凤凰出版社 2002 年版，第 171 页。
② 同上书，第 448 页。
③ 同上。
④ 同上书，第 595 页。
⑤ 同上书，第 355 页。
⑥ 同上书，第 415 页。
⑦ 同上书，第 501 页。

第五，辨源流正变、文笔诗笔、南宗北宗等。关于辨源流正变，《诗式》卷一序云："洎西汉以来，文体四变，将恐风雅寖泯，辄欲商较，以正其源。"① "李少卿并古诗十九首"条云："其五言，周时已见滥觞，及乎成篇，则始于李陵、苏武。……盖东汉之文体……以此而论，为汉明矣。"辨源流并进行考辨。再如王毂《炙毂子诗格》"论章句所起"条云："三言起《毛诗》云：摽有梅，殷其雷。四言起《毛诗》云：关关雎鸠。呦呦鹿鸣。五言起《毛诗》云：谁谓雀无角。六言起《毛诗》云：俟我于堂乎而。七言起《毛诗》云：尚之以琼华乎而。八言起《毛诗》云：不知我者谓我何求。九言起于韦孟诗，又始于李白云：古来唯见白骨黄沙田。"② 辨三至九言诗之源流。

关于辨文笔、诗笔之异同。如佚名《文笔式》对于文、笔之区分，上承刘勰文笔之辨，谓"制作之道，唯笔与文。文者，诗、赋、铭、颂、箴、赞、吊、诔等是也；笔者，诏、策、移、檄、章、奏、书、启等也。即而言之，韵者为文，非韵者为笔。文以两句而会，笔以四句而成。"③ 简洁明了。

关于辨南北宗体，王昌龄《诗格》"论文意"条云："乃知司马迁北宗，贾生为南宗，从此分焉。"④ 贾岛《二南密旨》"论南北二宗例古今正体"云："宗者，总也。言宗则始南北二宗也。南宗一句含理，北宗二句显意。南宗例，如《毛诗》云……此皆宗南宗之体也。北宗例，如左太冲诗……此皆宗北宗之体也。"⑤ 它如僧虚中《流类手鉴》"诗有二宗"条云："第四句见题是南宗；第八句见题是北宗。"⑥ 徐夤《雅道机要》"叙句度"条云："北宗则二句见意；南宗则一句见意。"⑦ 此与唐诗格之作多为僧人或与僧人有密切交往者所作有关，故往往以禅喻诗，将诗体括为南

---

① 张伯伟：《全唐五代诗格汇考》，凤凰出版社 2002 年版，第 222 页。
② 同上书，第 385 页。
③ 同上书，第 70 页。
④ 同上书，第 501 页。
⑤ 同上书，第 375 页。
⑥ 同上书，第 418 页。
⑦ 同上书，第 442 页。

北宗体，这对严羽《沧浪诗话》之辨体批评有很大影响。此外，尚有辨古诗、律诗，辨古体、今体，辨雅体、俗体等名目，兹不赘举。

第二节　审鉴诸体，辨彰清浊
——以殷璠为代表的唐人选唐诗之辨体批评

文学总集的编纂体现了编撰者的文体、辨体理念，向来是中国古代文体学研究的重要领域。在众多的唐人选唐诗著作中，我们可以从选本的序跋、体例以及编选者的宗旨、标准、目的等，看出唐代诗学批评的一个侧面。尤为重要的是，以殷璠《河岳英灵集》和高仲武《中兴间气集》为代表的唐人选唐诗蕴含着鲜明的诗学辨体思想，这不但继承了钟嵘《诗品》的辨体批评理念，而且对后世之诗学辨体思想也产生了很大影响。

首先，审鉴诸体，安详所来；定其优劣，论其取舍。殷璠认为，诗集选本的编选者要有明晰的辨体意识，方能使得选文和评文达到一定的理论高度。如《河岳英灵集序》云："夫文有神来、气来、情来，有雅体、野体、鄙体、俗体。编纪者能审鉴诸体，安详所来，方可定其优劣，论其取舍。至如曹、刘诗多直致，语少切对，或五字并侧，或十字俱平，而逸价终存。然挈瓶肤受之流，责古人不辨宫商，词句质素，耻相师范。于是攻乎异端，妄为穿凿，理则不足，言常有余，都无兴象，但贵轻艳。虽满箧笥，将何用之。"① 可以看出，殷璠之"辨体"内蕴，即"审鉴诸体"，一方面是辨"雅体、俗体"之分；另一方面通过审鉴诸体，安详所来，明了各种雅俗之体的源流发展，然后"定其优劣，论其取舍"，进入辨别优劣、品第高下的阶段。同时，通过辨古体、律体，辨宫商音律，以"兴象"和"轻艳"两种截然相反的文体风格为取舍标准。认为只有论其取舍，诠拣精粗，才可称"知音"，成为合格的编纪者、批评家、选家。这与皎然所论极为相似。皎然亦认为诗集编选者要有审鉴识别的辨体思想和诠择标准。如"品藻"云："古来诗集，多有不公，或虽公而不鉴。"故

① 周祖谟：《隋唐五代文论选》，人民文学出版社1990年版，第143页。

而要求编选者应“悬衡于众制之表，览而鉴之，庶无遗矣。”认为这样才能选出“华艳如百叶芙蓉，菡萏照水。体裁如龙行虎步，气逸情高”的优秀诗作[①]。

其次，如同钟嵘《诗品》一样，殷璠历数前代总集选本之得失利病，辨其优劣，指出“玉石相混”这种局面的形成，正是由于选家辨体不够精严而造成的。如《河岳英灵集序》云：“梁昭明太子撰《文选》，后相效著述者十余家，咸自称尽善。高听之士，或未全许。且大同之天宝，把笔者近千人，除势要及贿赂者，中间灼热可尚者，五分无二，岂得逢诗辄赞，往往盈帙？盖身后立节，当无诡随，其应诠拣不精，玉石相混，致令众口销铄，为知音所痛。”[②] 认为自《文选》以来十余家选本，由于“逢诗辄赞，往往盈帙”，也就是“诠拣不精”，即选家不具备辨别优劣高下精粗的眼光和见识，或者说公正的辨体标准，从而致使所选作家及作品出现了“玉石相混”、良莠不分的局面和结果，因此亦为后人“众口销铄”，而众口所讥的正是选家不符合一个合格的批评家，即“知音”所应把持的辨体标准。这里，“诠拣不精”是为关键。所谓“诠拣”，正是辨体、辨作家家数风格及其作品之精粗高下。

高仲武《中兴间气集》亦如此，其云：“暨乎梁昭明，载述以往，撰集者数家，推其风流，正声最备。其余著录，或未至焉。何者？《英华》失于浮游，《玉台》陷于淫靡，《珠英》但纪朝士，《丹阳》止录吴人。此由曲学专门，何暇兼包众善，使夫大雅君子，所以对卷而长叹也。”[③] 高氏指摘诸家之得失，或从选诗风格单一，或从选人偏于一域，故不能“兼包众善”的缺点出发。

殷、高二人所论明显沿自钟嵘《诗品》之辨体思想。如殷璠之整个序言结构都与钟嵘《诗品》指责诸家“逢诗辄取，不显优劣”的弊病一段非常相似。《诗品》云：“陆机《文赋》，通而无贬；李充《翰林》，疏而不切；王微《鸿宝》，密而无裁；颜延论文，精而难晓；挚虞《文志》，详而

① 丁福保：《历代诗话续编》，中华书局1983年版，第35页。

② 周祖谟：《隋唐五代文论选》，人民文学出版社1990年版，第143页。

③ 同上书，第149页。

博赡，颇曰知言。观斯数家，皆就谈文体，而不显优劣。至于谢客集诗，逢诗辄取；张骘《文士》，逢文即书；诸英志录，并义在文，曾无品第。嵘今所录，止乎五言。虽然，网罗今古，词文殆集。轻欲辨彰清浊，掎摭病利，凡百二十人。预此流者，便称才子。至斯三品升降，差非定制，方申鉴裁，请寄知者尔。”① 比较可以发现，钟嵘所谓“逢诗辄取……逢文即书”正为殷璠“逢诗辄赞，往往盈帙”之所出。这在钟嵘的辨体批评理念中，就是要求编选者对古今作家作品“辨彰清浊，掎摭病利”，通过“三品升降”“方申鉴裁”，以“显优劣”“定品第”，“以优劣为诠次”，从而与前人“无贬”“无裁”之“就谈文体”有所区别。

最后，在辨体批评标准上，殷璠以“兴象”“风骨”“气骨”等为最高标准。如评刘眘虚“唯气骨不逮诸公”，评陶翰“历代词人，诗笔双美者鲜矣。今陶生实谓兼之。既多兴象，复备风骨。”② 兼辨诗笔。论高适之“兼有气骨”；论崔颢之“风骨凛然”；论孟浩然之“无论兴象，兼复故实”；论王昌龄，认为“四百年内，曹刘陆谢，风骨顿尽”。其辨体批评的最高标准与钟嵘之风骨、滋味、兴趣之说是有相承之关系的。从中也可看出，“汉魏风骨”之所以与“盛唐气象”有一脉相承之处，正因有辨体批评这一关键线索而贯穿起来。

另外，殷璠和高仲武在具体品评诗人时，也多注重诗人文体特点，且常常与其他诗人互为对照，比较同异，以进行辨体分析。如殷璠评李白“然自骚人以还，鲜有此体调也。”③ 评陶翰“既多兴象，复备风骨。三百年以前，方可论其体裁也”④。评崔颢“晚节忽变常体，风骨凛然”⑤。评孟浩然“文采丰茸，经纬绵密，半遵雅调，全削凡体”⑥。评王昌龄与储光羲“气同体别，而王稍声峻”⑦。高仲武评钱起“体格新奇”⑧，李嘉祐与

① 钟嵘著，吕德申校释：《钟嵘诗品校释》，北京大学出版社 1986 年版，第 99 页。
② 周祖譔：《隋唐五代文论选》，人民文学出版社 1990 年版，第 146 页。
③ 同上。
④ 同上。
⑤ 同上书，第 147 页。
⑥ 同上。
⑦ 同上书，第 148 页。
⑧ 同上书，第 150 页。

钱郎“别为一体”[①]，朱湾“诗体幽远”[②]，郎士元与钱起“两君体调，大抵相同”[③]，刘长卿“诗体虽不新奇，甚能练饰。”[④] 与此同时，形成了一系列诗学文体概念范畴如体裁、得体、体调、常体、凡体、诗体、体格等，可以说从文体学的角度极大地丰富了唐代诗学的理论体系。

要之，殷璠《河岳英灵集》之所以高出众家，正在于他具有鲜明的辨体批评标准。如五代孙光宪《白莲集序》所云：“有唐御宇，诗律尤精。列姓氏，掇英秀，不啻十数家。惟丹阳殷璠，优劣升黜，咸当其分。性之深于诗者，谓其不诬。”[⑤] 再如晚唐郑谷《读前集二首》之一云：“殷璠裁鉴《英灵集》，颇觉同才得旨深。何事后来高仲武，品题《间气》未公心。”[⑥] 都是从辨体的角度，即“优劣升黜”及“裁鉴”“品题”着眼，以见编者的“咸当其分”和“公心”。可见，后人公论《河岳英灵集》高出众多唐人选唐诗，正是都看到了殷璠“优劣升黜”和“审鉴诸体”在编选过程中起到的重要作用。经过仔细对比，可以发现，其他唐人选唐诗确无如此精到的辨体批评思想，这也说明了一个好的选本必然要求编选者具有鲜明的分类辨体思想。

第三节　辨于味而后可以言诗也
——司空图之辨味辨体批评

司空图的意境论一向是学界研究的重点，而对其辨体批评则鲜有论述。其实辨体如一脉红线，几乎贯穿于他的所有文论诸如《二十四诗品》《与李生论诗书》《与王驾评诗书》《题柳柳州集后》等篇章之中的。其中既有辨文体风格，也有辨文体体裁，并把辨味与辨体结合起来，赋予意境论更深内涵，且与皎然《诗式》之辨体有诸多关联。

① 周祖譔：《隋唐五代文论选》，人民文学出版社 1990 年版，第 151 页。
② 同上。
③ 同上书，第 153 页。
④ 同上。
⑤ 同上书，第 239 页。
⑥ 王运熙、杨明：《隋唐五代文学批评史》，上海古籍出版社 1996 年版，第 239 页。

第一，看其“辨味”之辨体批评理论。《与李生论诗书》云：“文之难，而诗之难尤难。古今之喻多矣，而愚以为辨于味而后可以言诗也。江岭之南，凡是资于适口者，若醯，非不酸也，止于酸也；若盐，非不咸也，止于咸而已。华之人以充饥而遽辍者，知其咸酸之外，醇美者有所乏耳。彼江岭之人，习之而不辨也，宜哉！”① 首先进行诗与文之间的辨体，即“文之难，而诗之难尤难”，其后进行文体艺术风格和美学风貌之辨味辨体，指出“辨于味而后可以言诗也”的诗歌辨体批评标准，从而将体裁辨体与风格辨体微妙而完美地结合起来。因为我们知道，辨体之“体”，一指诗的体裁体式，一指诗的风格风貌。在这里，“味”是指诗歌那种“味在酸咸之外”“味外之旨”“韵外之致”“象外之象”“景外之景”“思与境偕”的艺术风貌，是诗歌“言有尽而意无穷”即“余味无穷”的最高艺术境界，这种艺术风貌所体现的是诗歌的总的文体特征。也就是说，辨味即辨体，这里的文体是指诗的艺术风格和美学风貌，司空图认为这种艺术风格是他所心仪的最高理想境界。故而辨味的同时，也标示了他的辨体批评标准。这种辨体标准既是学诗、作诗的标准，也是评价、品鉴、批评、欣赏诗的标准。

有了辨味这一辨体批评标准，司空图对唐代诗人、诗作进行了具体的品评高下优劣，用以实践自己的辨体理主张。如《与王驾评诗书》云：“国初，上好文章，雅风特盛。沈、宋始兴之后，杰出江宁，宏思于李、杜极矣！右丞、苏州，趣味澄敻，若清沇之贯达。大历十数公，抑又其次。元白力勍而气孱，乃都市豪估耳。刘公梦得、杨公巨源，亦各有胜会。浪仙、无可、刘得仁辈，时得佳致，亦足涤烦。厥后所闻，徒褊浅矣。”② 文中他以其“辨味”之辨体批评标准来看国初到中唐大历诗人，则王维、韦应物之诗趣味澄淡，符合他的味外之旨、韵外之致的艺术标准，故而推为最高。《与李生论诗书》在提出他的辨味理论以后，亦称“王右丞、韦苏州澄淡精致，格在其中，岂妨于遒举哉！噫！近而不浮，远而不尽，然后可以言韵外之致耳。”③ 同时，元稹、白居易虽为中唐新乐府运动

① 周祖譔：《隋唐五代文论选》，人民文学出版社 1990 年版，第 348 页。

② 同上书，第 349 页。

③ 同上书，第 348 页。

的领袖，影响巨大，但他们的诗“元轻白俗”，浅显易懂如同白话，“老妪能解”，故而缺少含蓄蕴藉、余味无穷的艺术风貌，也因此遭到司空图的讥贬抨击，称其为“力勍而气孱，乃都市豪估耳。”评价最低。这种理论用于实践的例子在中国古代辨体发展史上很重要。

如前文所述，辨体为先的主张在宋明形成风气，但宋明人多从诗歌体裁着眼，着眼于诸如诗文、诗词、诗赋等体裁之间的不同，以申述其“尊体”的主张。司空图“辨于味而后可以言诗”的观点，则独从艺术风格之辨体着眼，有其独特地位。其辨味理论在中国古代辨体批评史上及辨味批评史上有着不可替代的作用。有学者据此而成专著，如张利群先生《辨味批评论》，就分别从辨味的发生原因、辨味与饮食文化等①，构建起一个庞大的辨味批评理论体系。

第二，辨诗人之文，文人之诗，即诗与文文体之异同。《题柳柳州集后》云：

> 金之精粗，效其声，皆可辨也，岂清于磬而浑于钟哉？然则作者为文为诗，格亦可见，岂当善于彼而不善于此耶？思观文人之为诗，诗人之为文，始皆系其所尚，既专则搜研愈至，故能炫其工于不朽。亦犹力巨而斗者，所持之器各异，而皆能济胜以为勍敌也。
>
> 愚常览韩吏部歌诗数百首，其驱驾气势，若掀雷抉电，撑扶于天地之间，物状奇怪，不得不鼓舞而徇其呼吸也。其次，《皇甫祠部文集》所作，亦为遒逸，非无意于渊密，盖或未遑耳。
>
> 今于华下方得柳诗，味其深搜之致，亦深远矣。俾其穷而克寿，玩精极思，则固非瑑瑑者轻可拟议其优劣。又尝观杜子美《祭太尉房公文》，李太白佛寺碑赞，宏拔清厉，乃其歌诗也。张曲江五言沈郁，亦其文笔也。岂相伤哉？噫！后之学者褊浅，片词只句，未能自辨，已侧目相诋訾矣。痛哉！因题柳集之末，庶裨后之诠评者，无或偏说以盖其全工②。

① 张利群：《辨味批评论》，广西师范大学出版社2002年版，第14页。
② 周祖谟：《隋唐五代文论选》，人民文学出版社1990年版，第350页。

诗文体裁不同，写作特点、表现方式及艺术风格都有差别。而“文非一体，鲜能备善”（《典论·论文》），作家学者或长于为文，或长于为诗，如李白、杜甫以诗名家，韩愈、皇甫湜则是中唐古文运动的领袖。所以，李杜为文也会不自觉融入其作诗方法，韩愈写诗亦会不自觉以文为诗，即“宋人把韩愈与杜甫分别当作以文为诗和以诗为文的代表。”[①] 在宋代，此论颇多。如陈师道《后山诗话》云：“诗文各有体，韩以文为诗，杜以诗为文，故不工尔。”[②] 陈善《扪虱新话》云：“韩以文为诗，杜以诗为文，世传以为戏。”[③] 都指出了韩诗、杜文的不够本色当行。

这种诗与文之辨，诗人之文与文人之诗之辨，大多以杜甫、韩愈之创作为代表。不过看到这一点并加以评论的，显然最早当以司空图为滥觞。当然，司空图所论较其后宋人更见公允。如《题柳柳州集后》一文中，他首先以辨金之精粗与音之清浑为喻，认为作者为文为诗，可以兼善。故而对于那些认为“文人之为诗”和“诗人之为文”“岂当善于彼而不善于此耶?”的怀疑之声给予反驳，进而对韩愈、皇甫湜等以文名家之诗，以及杜甫、李白、张九龄等以诗名家的散文都给予充分肯定，认为诗文并不“相伤”。同时又指出，学者及评论家是此非彼，横议诗人之文与文人之诗之优劣，是因为学识“褊浅”“未能自辨”，故而侧目相诋，开文坛评论不良风气。诗文之辨是当时批评界品评的热门话题，司空图针对当时批评有失公允的弊端，有感而发，故而具有重要意义。惜乎宋人未能窥其公允之论，反而悉数落入极端偏颇之说。对于这个问题，吴承学“以文为诗和以诗为文”论述颇详，可参看其《破体之通例》一文[④]。

第三，《二十四诗品》与《诗式》之辨体比较。王运熙、杨明先生已经看到并强调《二十四诗品》之分别、区别文体风格的辨体特征：“中国古代文学批评，一直重视风格的特征、区别等的探讨，形成了悠久的传

① 吴承学：《中国古代文体形态研究》，中山大学出版社 2002 年版，第 435 页。
② 何文焕：《历代诗话》，中华书局 1981 年版，第 303 页。
③ 吴文治主编：《宋诗话全编》，凤凰出版社 1998 年版，第 5555 页。
④ 吴承学：《中国古代文体形态研究》，中山大学出版社 2002 年版，第 436—438 页。

统。司空图《诗品》对诗的风格作了详细的分别，又运用形象化的笔法和四言韵语来加以表述。"① 关于这一点，清人已有表述，如《四库全书总目》云："各以韵语十二句体貌之。所列诸体毕备，不主一格。"② 许印芳云："所造既深，始成家数。分门别户，加以品题。"③（《二十四诗品跋》）都看到了司空图《诗品》之辨体功能和特征。

皎然《诗式》和《二十四诗品》的辨体、分体有相似之处。《诗式》之"辨体一十九字"尚大多从思想内容上着眼，如王运熙、杨明先生云："但从十九字的标目看，大抵都从作者的思想感情和品德修养着眼；从其解释语句看，除高、逸、贞、德、怨、意、力诸体从形式角度立论外，其他各条也都从思想感情和品性修养进行描述。"④ 司空图《二十四诗品》则主要从诗歌的艺术风貌来分诗为二十四体的，如"雄浑、冲淡、纤秾、沉著、高古、典雅、洗炼、劲健、绮丽、自然、含蓄、豪放、精神、缜密、疏野、清奇、委曲、实境、悲慨、形容、超诣、飘逸、旷达、流动。"⑤ 两两对照，其中高古对应高、飘逸对应逸、旷达对应达、悲慨对应悲、劲健对应力（体裁劲健曰力）、含蓄对应思（含蓄曰思），对皎然艺术风格上的"体"大多包罗进去，而于思想内容为主的如"贞、忍、节、志、气、情、德、诫、怨、意"等则未加重视。《二十四诗品》中其他风格在《诗式》中也大多以不同方式提到过，如"至丽而自然"⑥ 对应绮丽、自然；"以虚诞而为高古，以缓慢而为冲淡……以诡怪而为新奇"⑦ 对应高古、冲淡、清奇；风流、飞动对应流动；典丽对应典雅；等等，虽语不尽相同，而意则无大出入。

它们这种以一字或二字来评诗体风格的批评方法，首先继承了曹丕《典论·论文》"诗赋欲丽"和陆机《文赋》"诗缘情而绮靡"的辨体批评

① 王运熙、杨明：《隋唐五代文学批评史》，上海古籍出版社1996年版，第698页。
② 司空图著，郭绍虞集解：《诗品集解》，人民文学出版社1963年版，第58页。
③ 同上书，第73页。
④ 王运熙、杨明：《隋唐五代文学批评史》，上海古籍出版社1996年版，第335页。
⑤ 何文焕：《历代诗话》，中华书局1981年版，第338页。
⑥ 张伯伟：《全唐五代诗格汇考》，凤凰出版社2002年版，第28页。
⑦ 何文焕：《历代诗话》，中华书局1981年版，第28页。

方式。到了刘勰《文心雕龙》亦把文体风格分为两两相对的四对八体："若总其归途，则数穷八体：一曰典雅，二曰远奥，三曰精约，四曰显附，五曰繁缛，六曰壮丽，七曰新奇，八曰清靡……故雅与奇反，奥与显殊，繁与约舛，壮与轻乖。"① 而隋刘善经《论体》之"文体各异"云："有博雅焉，有清典焉，有绮艳焉，有宏壮焉，有要约焉，有切至焉。"② 也以两字来概括将众体文章分为"六体"。可以看出，历代批评家的这种文体风格分类辨体，无论从形式到内容都有一脉相承之处。

上面通过对唐人诗格、唐人选唐诗以及司空图《与王驾评诗书》等文中的辨体思想的分析，庶几可以透视出唐代诗学辨体批评的整体风貌。这样说是因为，据笔者陋见，综观隋唐五代文学批评史，除了杜甫《戏为六绝句》之"别裁伪体"之辨体，以及元稹《叙诗寄乐天书》《乐府古题序》《白氏长庆集序》《唐故工部员外郎杜君墓系铭并序》和白居易《与元九书》等篇当中，通过对各自的诗歌进行分类辨体，进而突出了"元和体"这一著名诗体之外，其余相关论述并不多。本文的研究或有如下启示：第一，唐人诗格尤其是皎然《诗式》、唐人选唐诗尤其是殷璠《河岳英灵集》和高仲武《中兴间气集》以及司空图之相关研究，学术成果丰硕。但翻检文献可以发现，并未发现有从文体学角度进行专门研究的论文。此外，皎然、殷璠与司空图之间意境论的关系早已为学界所关注，如果从诗学辨体的角度把三者联系起来进行观照，当不失为一种独特的研究方法。第二，中国古代文体学研究已成为当下学界研究的热点，先秦两汉、魏晋南北朝、宋代、明清已都有专著问世，但对唐代文体学进行系统研究的还没有，而作为中国古代文体学发展史上的重要一环，这显然是一大缺憾。本文期望能有抛砖引玉之效，引起学界的足够重视，同时也可为唐代诗学体系之建构添加瓦石。

① 刘勰著，范文澜注：《文心雕龙注》，人民文学出版社1958年版，第505页。

② 周祖谟：《隋唐五代文论选》，人民文学出版社1990年版，第3页。

第七章　宋人诗话之辨体批评及文体文献学价值①

郭绍虞先生在注释《沧浪诗话》“诗体”章时称：“论诗辨体亦是宋人风气。”② 宋人诗话是宋代文学理论批评的渊薮，宋代文体批评在那里有集中的体现。而辨体是宋代文体学思想的核心内容，宋人丰富的辨体批评思想可以说俱能从繁多的宋人诗话中得到汇聚和体现。本文我们以清何文焕《历代诗话》和丁福保《历代诗话续编》中所收的二十四部宋人诗话为基础，从中勾辑出相关的辨体批评言论，然后进行分类归类，阐述分析。这样把散见的宋人辨体文献综合起来，既反映了宋人诗话的文体文献史料价值，可以让从事文体学研究的学人有所借鉴，又在此基础上构建出宋代辨体理论批评的框架体系，从而显示出它在中国古代辨体理论批评发展史上的重要地位。这与吴承学先生等研究明代诗话中的文体史料与文体批评方法很相似，他们便“以学界较少注意的六部明代诗话为例，从一个侧面揭示系统挖掘、整理明代文体学史料对于推进明代文体学和文学批评研究的重要意义”③。

第一节　以体制为先，须当行本色

宋代辨体批评蔚成风气，其中最重要的观点便是“文章以体制为先”这一经典命题。元祝尧对此总结并提出了“宋时名公于文章必辨体”的著

---

① 本文发表于《学术论坛》2014 年第 4 期。

② 严羽著，郭绍虞校释：《沧浪诗话校释》，人民文学出版社 1961 年版，第 68 页。

③ 吴承学、何诗海：《明代诗话中的文体史料与文体批评》，《文艺理论研究》2008 年第 4 期。

名论断①。第一，先体制而后文之工拙，辨的是文类文体界限。在宋人诗话中，第一个独立提出来的是张戒，其《岁寒堂诗话》云：“论诗文当以文体为先，警策为后。”② 这个说法，严羽《沧浪诗话》也提到，其《诗法》云：“辨家数如辨苍白，方可言诗。”其下小字注曰：“荆公评文章，先体制而后文之工拙。”③ 而关于王安石的这个重要言论，最早出自黄庭坚《书王元之〈竹楼记〉后》：“荆公评文章，常先体制而后文之工拙。盖尝观苏子瞻《醉白堂记》，戏曰：‘文词虽极工，然不是《醉白堂记》，乃是韩白优劣论耳’。”④ 荆公讥子瞻不守“记”体以描写、叙述为主的体制规范，而杂以议论，遂出现了名“记”实“论”的弊端。后来这一文献及观点也被祝尧《古赋辨体》加以引用云：

> 王荆公评文章，尝先体制。观苏子瞻《醉白堂记》，曰：“韩白优劣论尔！”后山云：“退之作记，记其事尔。今之记，乃论也。”少游谓：“《醉翁亭记》亦用赋体。范文正公《岳阳楼记》用对句说景。尹师鲁曰‘传奇体尔’。”宋时名公于文章必辨体，此诚古今的论。然宋之古赋，往往以文为体，则未见其有辨其失者⑤。

祝尧的贡献是他把“王荆公评文章，尝先体制”这一文体观念明确界定为“辨体”范畴，同时看到这已成为有宋一代的普遍批评风气。需要提出的是，“荆公评文章，常先体制而后文之工拙”这一著名命题，容易引起误会，就是它给人的感觉往往会想当然地认为这属于王安石的理论（当然王安石文集中从未有此文献），这与后人引用时也多会不提黄庭坚有关。实际上，很明显这是黄庭坚针对王安石的具体文学批评而提炼出的理论主张，可以说黄庭坚是宋代这一辨体批评思想的第一人，其重要地位不言而喻。南宋后期与之齐名的是倪思，倪思云：“文章以体制为先，精工次之。

---

① 祝尧：《古赋辨体》卷8，文渊阁四库全书本。

② 丁福保：《历代诗话续编》，中华书局1983年版，第459页。

③ 何文焕：《历代诗话》，中华书局1981年版，第695页。

④ 黄庭坚：《豫章黄先生文集》卷26，四部丛刊本。

⑤ 祝尧：《古赋辨体》卷8，文渊阁四库全书本。

失其体制，虽浮声切响，抽黄对白，及其精工，不可谓之文矣。”① 其后，黄、倪之论不断为元明以来著名文体学者诸如祝尧、吴讷、徐师曾等所引用，影响所及，明代径以“辨体”为名的评论遂多起来。如明章潢云：“学诗莫要于辨体。”② 明王世懋云“作古诗先须辨体”等等③。

这种辨体观点，最早源自隋唐。如刘善经《论体》云：“故词人之作也，先看文之大体。”④ 刘善经之后，唐人诗格中的“辨体为先”的文学思想便蔚成风气。如唐徐夤《雅道机要》“叙体格”条云：“凡为诗者，先须识体格。”⑤“叙明断”云：“凡为诗须明断一篇终始之意。未形纸笔，先定体面。”⑥ 僧神彧《诗格》“论诗势”云：“先须明其体势，然后用思取句。”⑦ 桂林僧景淳《诗评》云：“凡为诗要识体势。”⑧ 吴承学先生《辨体与破体》一文对此总结道：“古人的辨体理论主张文各有体，以体制为先的主张是合理的。”⑨

第二，辨尽诸家体制，辨的是作家文体风格。严羽辨体批评内蕴之一，便是“辨尽诸家体制”。《诗法》云：“辨家数如辨苍白，方可言诗。”《答吴景仙书》则更为集中、鲜明：“作诗正须辨尽诸家体制，然后不为旁门所惑。今人作诗差入门户者，正以体制莫辨也。世之技艺，犹各有家数，市缣帛者，必分道地，然后知优劣，况文章乎？仆于作诗不敢自负，至识则谓有一日之长，于古今体制，若辨苍素，甚者望而知之。来书又谓‘忽被人捉破发问，何以答之？’仆正欲人发问而不可得者，不遇盘根，安别利器。我叔试以数十篇诗，隐其姓名，举以相试，为能别得体制否？”⑩ 这里，“辨体制、辨家数”就是辨析《诗体》章的“以人而论”和“以时

① 吴讷著，于北山校点：《文章辨体序说》，徐师曾著，罗根泽校点《文体明辨序说》，人民文学出版社1962年版，第14页。

② 章潢：《图书编》卷11，文渊阁四库全书本。

③ 王世懋：《秇圃撷余》，文渊阁四库全书本。

④ 周祖谟：《隋唐五代文论选》，人民文学出版社1990年版，第4页。

⑤ 张伯伟：《全唐五代诗格汇考》，凤凰出版社2002年版，第440页。

⑥ 同上书，第448页。

⑦ 同上书，第493页。

⑧ 同上书，第511页。

⑨ 吴承学：《辨体与破体》，《文学评论》1991年第4期。

⑩ 何文焕：《历代诗话》，中华书局1981年版，第707页。

而论”之中的各种诗体风格。

第三，须是本色当行，强调的是尊体和得体。严羽《诗法》云：“须是本色，须是当行。”① 胡应麟《诗薮·内编》卷一云：“文章自有体裁，凡为某体，务须寻其本色，庶几当行。”② 王水照先生对此解释道：“强调的‘本色’即是文体的质的规定性”。“尊体，要求遵守各类文体的审美特性、形制规范，维护其‘本色’‘当行’。”③ 严羽《诗辨》中以韩愈、孟浩然作比论“妙悟”一段，集中体现了他关于对“诗”体如何方具“本色”“当行”之审美规定的主张和见解。《诗辨》云：“大抵禅道惟在妙悟，诗道亦在妙悟。且孟襄阳学力下韩退之远甚，而其诗独出退之之上者，一味妙悟而已。惟悟乃为当行，乃为本色。”韩愈“以文为诗”，故虽学力深湛，仍难比孟浩然之“妙悟”得诗之“本色当行”④。严羽还有许多此类评论，如：“诗难处在结裹，譬如番刀，须用北人结裹，若南人便非本色。”⑤ “韩退之《琴操》极高古，正是本色，非唐贤所及。”⑥ 其他诗话中此论尤多，列次如下：

东坡之文妙天下，然皆非本色，与其他文人之文、诗人之诗不同。文非欧曾之文，诗非山谷之诗，四六非荆公之四六，然皆自极其妙⑦。（《艇斋诗话》）

后山地位去豫章不远，故能师之。若同时秦晁诸人，则不能为此言矣。此惟于诗者知之。文师南丰，诗师豫章，二师皆极天下之本色，故后山诗文高妙一世⑧。（《江西诗派小序》）

刘后村克庄云：唐文人皆能诗，柳尤高，韩尚非本色。迨本朝，则文人多，诗人少，三百年间，虽人各有集，集各有诗，诗各自为

① 何文焕：《历代诗话》，中华书局 1981 年版，第 693 页。
② 胡应麟：《诗薮》，上海古籍出版社 1958 年版，第 11 页。
③ 王水照：《宋代文学通论》，河南大学出版社 1997 年版，第 77 页。
④ 何文焕：《历代诗话》，中华书局 1981 年版，第 686 页。
⑤ 同上书，第 694 页。
⑥ 同上书，第 698 页。
⑦ 丁福保：《历代诗话续编》，中华书局 1983 年版，第 323 页。
⑧ 同上书，第 479 页。

体，或尚理致，或负才力，或逞辨博，要皆文之有韵者尔，非古人之诗也①。(《对床夜语》)

元祐间，有旨修上清储祥宫成，命翰林学士苏轼作碑纪其事。坡叙事既得体，且取道家所言与吾儒合者记之，大有补于治道②。(《庚溪诗话》)

《诗眼》曰："黄鲁直谓文章必谨布置。以此概考古人法度……此诗布置最得正体，如官府甲第，厅堂房室，各有定处，不可乱也。"③(《杜工部草堂诗话》)

《琴操》非古诗，非骚词，惟韩退之为得体。退之琴操，柳子厚不能作；子厚《皇雅》，退之亦不能作④。(《唐子西文录》)

所列文献皆针对韩愈、苏轼、黄庭坚、陈师道等唐宋"以文为诗"的经典作家，并分别以"皆非本色"或"本色得体"来宣示各自或褒或贬的鲜明观点。这种由辨体风气所引发的广泛争辩议论，在带动宋代文学思潮涌动和文学批评繁荣的同时，也对元明以来辨体的兴盛产生了巨大影响。我们在本文所辑录宋人诗话之辨体文献及其观点提炼中，可以说处处都能感受到这种蓬勃激烈的文艺争鸣。

第二节　诗文之辨与诗词之辨

宋代关于辨文类文体之界限，大体包括诗文之辨、诗词之辨、古律之辨等等，实际上是辨体与破体之争，这是中国古代文体学上一组辩证的对立范畴。吴承学先生在《破体之通例》一文中云："传统的文学创作与批评十分重视'辨体'……然而宋代以后，破体为文成为一种风气：以文为赋、以文为四六、以文为诗、以诗为词、以古为律等在在可见。"⑤

① 丁福保:《历代诗话续编》，中华书局1983年版，第416页。
② 同上书，第182页。
③ 同上书，第196页。
④ 何文焕:《历代诗话》，中华书局1981年版，第44页。
⑤ 吴承学:《中国古代文体形态研究》，中山大学出版社2002年版，第429页。

在宋人诗话中，这种关于“破体”的文体之辨，文献极为丰富，观点也复杂多变。

首先，诗文之辨。韩愈的“以文为诗”影响了整个宋诗的风貌，以苏黄为代表的江西诗派之“以文为诗”的文体观念便是其体现，宋人诗话中对此争论最为激烈。大体有如下几种意见。一是反对以文为诗。宋人通过对韩愈以文为诗、杜甫以诗为文的认识和评论，认为诗文各有体，韩之诗、杜之文皆不得体，尤其对韩“以文为诗”最为反对，进而指摘以苏、黄为代表的宋诗“以议论为诗”之弊端。如：

> 黄鲁直云：“杜之诗法出审言，句法出庾信，但过之尔。杜之诗法，韩之文法也。诗文各有体，韩以文为诗，杜以诗为文，故不工尔。”[①]（《后山诗话》）
>
> 后山陈无已《诗话》曰：“杜之诗法，韩之文法也。诗文各有体，韩以文为诗，杜以诗为文，故不工耳。”[②]（《杜工部草堂诗话》）
>
> 子瞻以议论作诗，鲁直又专以补缀奇字，学者未得其所长，而先得其所短，诗人之意扫地矣……苏黄习气净尽，始可以论唐人诗[③]。（《岁寒堂诗话》）
>
> 又谓盛唐之诗“雄深雅健”，仆谓此四字但可评文，于诗则用“健”字不得。不若《诗辨》“雄浑悲壮”之语为得诗之体也。毫厘之差，不可不辨。坡谷诸公之诗，如米元章之字，虽笔力劲健，终有子路未事夫子时气象。盛唐诸公之诗，如颜鲁公书，既笔力雄壮，又气象浑厚，其不同如此。只此一字，便见我叔脚跟未点地处也[④]。（《沧浪诗话》）

二是肯定以文为诗。认为拓展了诗歌的表现手法，是一种文体革

① 何文焕：《历代诗话》，中华书局1981年版，第303页。
② 丁福保：《历代诗话续编》，中华书局1983年版，第199页。
③ 同上书，第455页。
④ 何文焕：《历代诗话》，中华书局1981年版，第304页。

新。如：

退之笔力，无施不可，而尝以诗为文章末事，故其诗曰："多情怀酒伴，余事作诗人"也。然其资谈笑，助谐谑，叙人情，状物态，一寓于诗，而曲尽其妙。此在雄文大手，固不足论，而余独爱其工于用韵也[①]。(《六一诗话》)

诗有实字而善用之者，以实为虚……有用文语为诗句者，尤工……有用法家吏文语为诗句者，所谓以俗为雅[②]。(《诚斋诗话》)

三是折中之论。或认为以文为诗和以诗为文都无不可，二者并无轩轾之分；或争辩起来各持己见，褒贬优劣不一。如：

《扪虱新话》云："韩以文为诗，杜以诗为文，世传以为戏。然文中要自有诗，诗中要自有文，亦相生法也。文中有诗，则句语精确，诗中有文，则词调流畅。谢玄晖曰：'好诗圆美流转如弹丸。'此所谓诗中有文也。唐子西曰：'古文虽不用偶俪，而散句之中，暗有声调，步骤驰骋，亦有节奏。'此所谓文中有诗也。"[③]（《杜工部草堂诗话》）

有明上人者，作诗甚艰，求捷法于东坡……乃知作诗到平淡处，要似非力所能。东坡尝有书与其侄云："大凡为文，当使气象峥嵘，五色绚烂，渐老渐熟，乃造平淡。"余以不但为文，作诗者尤当取法于此[④]。(《竹坡诗话》)

明允诗不多见，然精深有味，语不徒发，正类其文[⑤]。(《石林诗话》)

沈括存中、吕惠卿吉父、王存正仲、李常公择，治平中，同在馆下谈诗。存中曰："韩退之诗乃押韵之文尔，虽健美富赡，而格不近

① 何文焕：《历代诗话》，中华书局1981年版，第272页。
② 丁福保：《历代诗话续编》，中华书局1983年版，第148页。
③ 同上书，第205页。
④ 何文焕：《历代诗话》，中华书局1981年版，第348页。
⑤ 同上书，第430页。

诗。”吉父曰：“诗正当如是，我谓诗人以来未有如退之者。”正仲是存中，公择是吉父，四人交相诘难，久而不决。公择忽正色谓正仲曰：“君子群而不党，公何党存中也？”正仲勃然曰：“我所见如是，顾其党邪？以我偶同存中，遂谓之党，然则君非吉父之党乎？”一坐大笑。予每评诗，多与存中合①。（《临汉隐居诗话》）

四是认为诗文各有体，故有善文不善诗者，有善诗不善文者，“鲜能备善”。但自其善者来看，比如杜甫之诗、韩愈之文等则都达到了最高成就。也就是说这并不是一个缺点，反而成为一种优势。这包括创作和批评两个方面。如：

苏子瞻云：“子美之诗，退之之文，鲁公之书，皆集大成者也。”②（《中山诗话》）

黄诗韩文，有意故有工，夫左杜则无工矣③。（《中山诗话》）

此韩退之之文，曹子建杜子美之诗，后世所以莫能及也④。（《岁寒堂诗话》）

六经已后，便有司马迁，三百五篇之后，便有杜子美。六经不可学，亦不须学，故作文当学司马迁，作诗当学杜子美⑤。（《唐子西文录》）

此别一李翺尔，而习之不能诗也。吏部读皇甫湜诗，亦讥其掎摭粪壤。梅圣俞谓尹师鲁以古文名而不能诗⑥。（《中山诗话》）

杜甫善评诗……亦善评文者。若白居易殊不善评诗，……禹锡自有可称之句甚多，顾不能知之尔⑦。（《中山诗话》）

① 何文焕：《历代诗话》，中华书局 1981 年版，第 323 页。
② 同上书，第 304 页。
③ 同上书，第 305 页。
④ 丁福保：《历代诗话续编》，中华书局 1983 年版，第 450 页。
⑤ 何文焕：《历代诗话》，中华书局 1981 年版，第 443 页。
⑥ 同上书，第 293 页。
⑦ 同上书，第 326 页。

秦少游《诗话》曰：“曾子固文章妙天下，而有韵者辄不工。杜子美长于歌诗，而无韵者几不可读。”梦弼谓无韵者若《课伐木诗序》之类是也[1]。（《杜工部草堂诗话》）

其次，诗、词之辨。大体有两种不同的意见：一个是推尊词体，认为词与诗是两种截然不同的体裁，有各自不同的文体规范，故而风格也不同，一个重言志，一个重抒情。最著名的就是陈师道《后山诗话》所云：“退之以文为诗，子瞻以诗为词，如教坊雷大使之舞，虽极天下之工，要非本色。今代词手，惟秦七黄九尔，唐诸人不迨也。”[2] 认为词当如秦观所作，含蓄婉约，这方得词之体，方为本色当行。如果如苏轼那般以诗为词，豪放怒张，必须“关西大汉执铁板，唱大江东去浪淘尽”方可，便失去了词体须“要眇宜修”的婉约本色。这是宋人及至明清学者推尊词体的共同主张。如沈祥龙《论词随笔》、王国维《人间词话》等都有详尽的论述和辨析。对此，可参见吴承学《文体学源流》一文[3]。

另一个是，认为诗词只是一理，并对东坡“以诗为词”大为欣赏，采取一种兼容并包的态度。如王若虚就针对陈师道的著名言论，在《滹南诗话》中提出了他的不同意见：

陈后山云：“子瞻以诗为词，虽工非本色。今代词手，唯秦七黄九耳。”予谓后山以子瞻词如诗，似矣，而以山谷为得体，复不可晓。晁无咎云：“东坡词小不谐律吕，盖横放杰出，曲子中缚不住者。”其评山谷则曰：“词固高妙，然不是当行家语，乃著腔子唱和诗耳。”此言得之[4]。

陈后山谓子瞻以诗为词，大是妄论，而世皆信之，独茅荆产辨其不然，谓公词为古今第一。今翰林赵公亦云此，与人意暗同。盖诗词只是一理，不容异观[5]。

---

① 丁福保：《历代诗话续编》，中华书局1983年版，第198页。

② 何文焕：《历代诗话》，中华书局1981年版，第309页。

③ 吴承学：《中国古代文体形态研究》，中山大学出版社2002年版，第390—406页。

④ 丁福保：《历代诗话续编》，中华书局1983年版，第516页。

⑤ 同上书，第517页。

其他论及诗、词之辨的还有如《石林诗话》云：张先郎中，字子野，能为诗及乐府，至老不衰……遂掩其诗声，识者皆以为恨云。”①《艇斋诗话》云：“晏元献小词为本朝之冠，然小诗亦有工者。”②《藏海诗话》云：“晚唐诗失之太巧，只务外华，而气弱格卑，流为词体耳。”③

除了上面主要关于诗文、诗词之间的文体之辨外，还有辨赋、诗、书、记等文体之间的界限。如《彦周诗话》云：“蜀道观中，凿井得一碑，刻文似赋似赞。”④《后山诗话》所论更多：

退之作记，记其事尔；今之记乃论也。少游谓《醉翁亭记》亦用赋体。

国初士大夫例能四六，然用散语与故事尔。杨文公刀笔豪赡，体亦多变，而不脱唐末与五代之气。又喜用古语，以切对为工，乃进士赋体尔。欧阳少师始以文体为对属，又善叙事，不用故事陈言而文益高，次退之云。

范文正公为《岳阳楼记》，用对语说时景，世以为奇。尹师鲁读之曰：“传奇体尔。”《传奇》，唐裴铏所著小说也。

龙图孙学士觉，喜论文，谓退之淮西碑，叙如书，铭如诗⑤。

最后，辨古诗与律诗。关于古诗与律诗，李东阳云：“古诗与律诗不同体，必各用其体，乃为合格。”⑥ 故而一些作家或擅长古体，而律体不工；或律体称善，而古体不逮；或古体律体相称，二者兼美。宋诗话中如：

韦应物古诗胜律诗，李德裕、武元衡律诗胜古诗，五字句又胜七

① 何文焕：《历代诗话》，中华书局1981年版，第430页。
② 同上书，第324页。
③ 丁福保：《历代诗话续编》，中华书局1983年版，第331页。
④ 何文焕：《历代诗话》，中华书局1981年版，第402页。
⑤ 同上。
⑥ 丁福保：《历代诗话续编》，中华书局1983年版，第1369页。

字。张籍、王建诗格极相似，李益古律诗相称，然皆非应物之比也①。（《临汉隐居诗话》）

律诗难于古诗，绝句难于八句，七言律诗难于五言律诗，五言绝句难于七言绝句②。（《沧浪诗话》）

韩吏部古诗高卓，至律诗虽称善，要有不工者，而好韩之人，句句称述，未可谓然也③。（《中山诗话》）

李义山诗，字字锻炼，用事婉约，仍多近体，惟有《韩碑诗》一首是古体④。（《彦周诗话》）

《因话录》载，吴兴僧皎然工律诗，尝谒韦苏州于舟中，抒思作古体十数篇为贽。韦全不称赏。皎然极失望，明日写旧制献之。苏州吟讽，大加叹味，因语皎然云："几至失声名。何不但以所工见投，而猥希老夫意?"……则知其诗名于未识前矣，岂览其乍学古体，即疑其不逮所闻邪?⑤（《巩溪诗话》）

这都体现了曹丕"文非一体，鲜能备善"的文体观念，这种优劣之辨，正是宋代批评家对唐人诗歌中古、律之辨的最佳阐释。以上大多是在辨某一作家作品中古体、律体之优劣之辨上，此外，古体、律体两种文体本身也有优劣之分。如吴承学先生《破体之通例》云："唐代律诗形成以后，便有古体与律体优劣之分。古人普遍认为古诗品位高于律诗。"⑥ 但古体、律体又不是截然分开的，创作时二者互有渗透，时有"破体"的情况发生，如"以古入律"和"以律入古"两种情况。"两者相较，古人明确指出以古入律的审美价值高于以律入古。"⑦ 宋人诗话中，张戒《岁寒堂诗话》对此所论最为详尽。如：

① 何文焕：《历代诗话》，中华书局1981年版，第326页。
② 同上书，第694页。
③ 同上书，第285页。
④ 同上书，第391页。
⑤ 丁福保：《历代诗话续编》，中华书局1983年版，第397页。
⑥ 吴承学：《中国古代文体形态研究》，中山大学出版社2002年版，第429页。
⑦ 同上书，第433页。

世人作篆字，不除隶体，作古诗不免律句，要须意在律前，乃可名古诗耳。

韦苏州律诗似古，刘随州古诗似律，大抵下李、杜、韩、退之一等，便不能兼。

世以王摩诘律诗配子美，古诗配太白，盖摩诘古诗能道人心中事而不露筋骨，律诗至佳丽而老成。

李义山、刘梦得、杜牧之三人，笔力不能相上下，大抵工律诗而不工古诗，七言尤工，五言微弱，虽有佳句，然不能如韦、柳、王、孟之高致也。义山多奇趣，梦得有高韵，牧之专事华藻，此其优劣耳①。

张戒以书法为喻，来论述他的古、律之辨，启发清沈德潜，如《说诗晬语》卷下云："乐府中不宜杂古诗体，恐散朴也。作古诗正须得乐府意。古诗中不宜杂律诗体，恐凝滞也。作律诗正须得古风格。与写篆、八分不得入楷法，写楷书宜入篆、八分同意。"② 但二者观点不同，张戒较融通，认为若"作古诗不免律句"，提出了他的标准，即有律句可以，但"要须意在律前"，要有古意，这是主要的，律句的形式是次要的，这样才不失古诗之特征，"乃可名古诗耳"。当然，这一点在明清以后都是被否定的，即以律入古是不可取的，以古入律方为高格。其实，张戒也提到了这一点，如"韦苏州律诗似古"，说明了韦应物的以古入律，刘长卿的以律入古，并无高下之分，但都不能兼善如李、杜、韩愈。对于以古入律和以律入古，张戒认为王维能兼顾，二者并无轩轾，关键是要做到"古诗能道人心中事而不露筋骨"，即以律入古而不伤古，不露筋骨。而律诗若能做到以古入律，即"律诗至佳丽而老成"，就是说有律诗之"佳丽"同时又兼有古诗之"老成"，这样，便能做到古、律兼美，王维即有此特点，这一点应是比较研究王维古诗、律诗的一个很好视角。

---

① 丁福保：《历代诗话续编》，中华书局1983年版，第454—460页。

② 转引自吴承学《中国古代文体形态研究》，中山大学出版社2002年版，第434页。

第三节　诗体特异，酸咸殊嗜

在辨作家文体风格之同异、时代风格之变迁等辨体实践中，宋代形成了诸如郊寒岛瘦、元轻白俗、文如其人、酸咸之嗜、鲜能备善以及唐诗宋诗之争等丰富多变的辨体范畴。首先，关于辨作家文体风格同异，最典型的便是郊寒岛瘦、元轻白俗、苏梅不同和李杜优劣等。大多指同时代齐名作家之中，二者经历相似或者关系要好，并同时为文坛领袖的原因，其文体风格有相似之处和微妙差别，这往往成为批评家的比较对象，遂辨析其文体风格同异，并成为后来文学史家所常常引用的经典术语。如论“元轻白俗”“郊寒岛瘦”。《彦周诗话》云：“东坡《祭柳子玉文》：‘郊寒岛瘦，元轻白俗。’此语具眼。”[①] 新乐府运动领袖元稹、白居易常常被人拿来进行比较，最经典的提法便是“元轻白俗”之说了。元、白新乐府的题材主要在爱情和唱和之作及长篇歌行，爱情之作谓之“轻”，即轻薄，这方面元稹所作为多，故称元轻；新乐府语言通俗，谓之俗，这方面白居易所作为多，故称白俗。总体来说，元轻白俗之辨有所侧重和特指，但更多的是一种互文见义，指元白之轻俗，辨体之同异而微有区别。《六一诗话》云：“孟郊、贾岛皆以诗穷至死，而平生尤自喜为穷苦之句……人谓其不止忍饥而已，其寒亦何可忍也。”[②] 孟郊、贾岛皆一生生活窘困潦倒，故而这种穷困饥寒的生存状态和情景也不免于反映在诗篇创作中，从而形成了郊寒岛瘦的风格。可见，郊寒岛瘦既指诗歌的内容，也指诗歌的风格；既辨二者之同，同时寒与瘦又有微妙的差异。

再如论“苏梅不同”，《六一诗话》云：“圣俞子美齐名于一时，而二家诗体特异。子美笔力豪隽，以超迈横绝为奇；圣俞覃精微，以深远闲淡为意。各极其长，虽善论者不能优劣也。余尝于《水谷夜行诗》略道其一二云：‘子美气尤雄，万窍号一噫，有时肆颠狂，醉墨洒滂霈。譬如千里马，已发不可杀。盈前尽珠玑，一一难拣汰。梅翁事清切，石齿漱寒濑。

① 何文焕：《历代诗话》，中华书局1981年版，第384页。

② 同上书，第266页。

作诗三十年，视我犹后辈。文词愈精新，心意虽老大。有如妖韶女，老自有余态。近诗尤古硬，咀嚼苦难嘬。又如食橄榄，真味久愈在。苏豪以气轹，举世徒惊骇。梅穷独我知，古货今难卖。'语虽非工，谓粗得其彷佛，然不能优劣之也。"① 这里，既辨风格同异，亦提及优劣之辨。苏舜钦、梅尧臣同为欧阳修所赏识的著名诗人，所谓"二家诗体各异"，是指二者一个笔力豪隽、超迈横绝，一个则覃思精微、深远闲淡，是两种截然不同的风格。欧阳修所谓"粗得其仿佛"，正说明了其辨体眼光识见之高，风格概括之难，甚为自负，也看出欧阳修对二人了解之深。所谓"虽善论者不能优劣也"，"然不能优劣也"，当然是对风格多样性的包容。但欧阳修对李白、杜甫之优劣褒贬，则让人看到辨体尤其是辨经典作家之间风格高下优劣的矛盾和困惑。

再如论杜诗韩笔、李杜不同。对于前者，《巩溪诗话》云："谢玄晖善为诗，任彦升工于笔，又云'任笔沈诗'。刘孝绰称弟仪与威云'三笔六诗'。故牧之云：'杜诗韩笔愁来读，似倩麻姑痒处抓。'近人兼用之。临川云：'闲中用意归诗笔，静定安身比泰山。'坡云：'水洗禅心都眼净，山供诗笔总眉愁。'"② 六朝"文笔之争""文笔之辨"开中国古代辨体批评风气之先河，波荡所及，宋人辨体亦多有谈论。文中作者所云"谢诗任笔""沈诗任笔""三笔六诗"云云，即注意到了这种诗笔之争。同时，更说明了每一个作家才性、个性、兴趣不同，故而或擅长某种体裁，或独喜欢某种体裁。这一方面是从某作家某文体之作远远多于其他文体，或者专作某体而其他体裁付之阙如，或者是某体写的优异，但另一体写的相对来说却绝少佳作。当然，这两点是互文见义的，这也是中国古代文论史上的一大论争。所谓"近人兼用之"，则是说明了王安石和苏东坡各自"诗笔"兼通，也确符合实际。与此相关，韩杜、李杜以及韩李杜之间诗文风格之同异及高下之别，是宋人辨体批评的重要主题之一。如《岁寒堂诗话》云：

韩退之诗，爱憎相半。爱者以为虽杜子美亦不及，不爱者以为退

① 何文焕：《历代诗话》，中华书局1981年版，第267页。

② 丁福保：《历代诗话续编》，中华书局1983年版，第358页。

之于诗本无所得，自陈无已辈皆有此论。然二家之论俱过矣。以为子美亦不及者固非，以为退之于诗本无所得者，谈何容易邪？退之诗，大抵才气有余，故能擒能纵，颠倒崛奇，无施不可。放之则如长江大河，澜翻汹涌，滚滚不穷；收之则藏形匿影，乍出乍没，姿态横生，变怪百出，可喜可愕，可畏可服也。苏黄门子由有云："唐人诗当推韩杜，韩诗豪，杜诗雄，然杜之雄亦可以兼韩之豪也。"此论得之。诗文字画，大抵从胸臆中出，子美笃于忠义，深于经术，故其诗雄而正。李太白喜任侠，喜神仙，故其诗豪而逸。退之文章侍从，故其诗文有廊庙气。退之诗正可与太白为敌，然二豪不并立，当屈退之第三①。

文中所谓韩豪、杜雄、李逸，即豪、雄、逸这三种风格有相同之处，都属"刚健"一类风格，但三者又有区别，张戒分别挖掘了他们各自风格形成的原因，并对三者优劣高下进行次第排名，认为杜诗最高，李白次之，屈韩愈第三。这是宋人辨风格同异又同时辨优劣高下最典型的例子。这种辨体，不但是一种文学批评，而且更重要的是，这也是宋人学唐诗进而分析评价和观照唐诗的一种创作实践。而李杜优劣论自宋人发端，也成为中国文学批评史上千年争论不休却难以定论的一个学术命题。这种辨体批评，不但使得李杜的研究得以深化，影响得以扩大，地位得以提高，而且丰富了辨体批评这一中国古代文学批评方法的内涵，意义重大。而严羽称"太白不能为子美之沉郁，子美不能为太白之飘逸"云云，也正说明了二者在中国文学史上双峰并峙，正是因为二者风格不同，而这种风格不同也正是因才性之不同，是难以也不能强求改变的。

其次，论文如其人和酸咸之嗜。关于"文不类其为人"，欧阳修《六一诗话》曾提到："龙图学士赵师民，以醇儒硕学名重当时。为人沈厚端默，群居终日，似不能言，而于文章之外，诗思尤精，如'麦天晨气润，槐夏午阴清。'前世名流，皆所未到也。又如'晓莺林外千声啭，芳草阶前一尺长'，殆不类其为人矣。"② 欧阳修所谓"殆不类其为人矣"，这里

① 丁福保：《历代诗话续编》，中华书局1983年版，第458页。

② 何文焕：《历代诗话》，中华书局1981年版，第272页。

一方面指诗之风格风貌与性格品德的关系，即赵师民清灵自然、活泼有趣的诗风与其“沈厚端默”的庄重德性完全是两个样子。另一方面指赵师民诗思泉涌，能文能诗，这是一种挥洒自如、下笔千言的一种创作状态，与其“群居终日，似不能言”的沉默寡言是完全不同的两种形象。

关于酸咸殊嗜，这一点在宋人诗话中所论更多，如《巩溪诗话》云：“作诗固难，评诗亦未易。酸咸殊嗜，泾渭异流。浮浅者喜夸毗，豪迈者喜遒警，闲静之人尚幽眇，以至嫣然华媚无复体骨者，时有取焉，而非君子之正论也。”[①] 这种“酸咸殊嗜”的风格之辨，既反映在创作之中的取法对象上，也反映在批评鉴赏方面的不同标准上。此外，这种“酸咸殊嗜”，有时可以归纳出其原因，但有时也让人很难理解。最让人难以理解的便是“欧阳永叔不喜杜诗”这一命题了，这在宋人便曾引发了众多争论与猜疑。如：

> 杨大年不喜杜工部诗，谓为村夫子。乡人有强大年者，续杜句曰“江汉思归客”，杨亦属对，乡人徐举“乾坤一腐儒”，杨默然若少屈。欧公亦不甚喜杜诗，谓韩吏部绝伦。吏部于唐世文章，未尝屈下，独称道李杜不已。欧贵韩而不悦子美，所不可晓；然于李白而甚赏爱，将由李白超趠飞扬为感动也[②]。（《中山诗话》）
>
> 欧阳永叔不好杜诗，苏子瞻不好司马《史记》，余每与黄鲁直怪叹，以为异事[③]。（《后山诗话》）
>
> 世谓六一居士欧阳永叔不好杜少陵诗。观《六一诗话》载……六一于杜诗既称其虽一字人不能到，又称其格之豪放，又取以证碑刻之真伪，岂可谓六一不好之乎？后人之言，未可信也[④]。（《庚溪诗话》）

《中山诗话》《后山诗话》都以为“所不可晓”“以为异事”，《庚溪诗

① 丁福保：《历代诗话续编》，中华书局1983年版，第344页。
② 何文焕：《历代诗话》，中华书局1981年版，第288页。
③ 同上书，第303页。
④ 丁福保：《历代诗话续编》，中华书局1983年版，第168页。

话》则从《六一诗话》中对欧阳修关于贬低杜诗的态度进行反驳，这一则说明了杜甫、李白、韩愈、欧阳修之于唐诗和宋诗在中国诗学史上的崇高地位，稍有不同便引人注目；一则也看出“酸咸之嗜”这一辨体批评之复杂的理论问题，即让刘攽、陈师道及黄庭坚这些大家都难以理解。杜甫为江西派之一祖，而三宗最尊之，故而黄庭坚、陈师道对此自然应该理解最深，但是却也不能给出一个合理的解释和答案。尽管黄、陈二人都不知其原因而发出“怪叹”，但“欧阳永叔不喜杜诗”和“苏子瞻不好司马《史记》”无疑是两个极具价值的学术课题，值得深入研究，这对于“酸咸殊嗜”这一辨体批评个案研究也大有必要。

第三，就是论某某作家长于某体或短于某体，即曹丕所谓“文非一体，鲜能备善”。因为才性不同，某一作家大多擅长某种体裁，而短于其他文体。如《后山诗话》云：“苏明允不能诗，欧阳永叔不能赋。曾子固短于韵语，黄鲁直短于散语。苏子瞻词如诗，秦少游诗如词。”① 所谓不能或短于某体，大抵专工一体，但因其所长取之耳云云，也就是“鲜能备善”，正是因为与曹丕所言一样，在于“人之材力，信自有限”“计是非其所长，故不多作耳”，也就是“才有所限乎”云云。如：

> 人之材力，信自有限，李翱、皇甫湜皆韩退之高弟，而二人独不传其诗，不应散亡无一篇存者，计是非其所长，故不多作耳。……魏晋间人诗，大抵专工一体，如侍宴从军之类，故后来相与祖习者，亦但因其所长取之耳②。(《石林诗话》)
>
> 乐天云：“近世韦苏州歌行，才丽之外，颇近兴讽。其五言诗文，又高雅闲淡，自成一家之体，今之秉笔者，谁能及之。”故东坡有“乐天长短三千首，却爱韦郎五字诗”之句。然乐天既知韦应物之诗，而乃自甘心于浅俗，何耶？岂才有所限乎？③（《观林诗话》）
>
> 有大才，作小诗辄不工，退之是也。子苍然之。刘禹锡、柳子厚

① 何文焕：《历代诗话》，中华书局1981年版，第312页。
② 同上书，第432页。
③ 丁福保：《历代诗话续编》，中华书局1983年版，第131页。

小诗极妙，子美不甚留意绝句。子苍亦然之。子苍云："绝句如小家事，句中著大家事不得。若山谷《蟹》诗用'与虎争'及'之解'字，此家事大，不当入诗中。如'虎争'诗语亦怒张，乏风流蕴藉之气。"①《藏海诗话》

这种"材力、才力所限"，不但是指个人才力不足而不能或不善于某种体裁，而且某一类体裁作品也对它的才之大小提出不同要求。如大才不能为小诗，绝句小诗要求风流蕴藉，题材也要随之而小。故而忧国忧民之大事情、大题材，如韩杜所常关注的社会历史现实政治等重大事件，就不宜入于绝句，故退之、子美绝句不工或少也。所以这两个问题是相辅相成、互为前提的。

最后一点，就是唐宋诗之辨，这也是古今学者的焦点话题。其中，既有风格同异之辨，也有优劣高下的评判，而优劣高下的辨析，也正是因为风格不同引起的。最为集中的是严羽《沧浪诗话》所云："盛唐诸人，惟在兴趣，……近代诸公乃作奇特解会，遂以文字为诗，以才学为诗，以议论为诗；夫岂不工，终非古人之诗也，盖于一唱三叹之音，有所歉焉。"②这种唐宋诗优劣高下之辨，可以说是贯穿《沧浪诗话》全书，如：

国初之诗，尚沿袭唐人，王黄州学白乐天，杨文公、刘中山学李商隐，盛文肃学韦苏州，欧阳公学韩退之古诗，梅圣俞学唐人平淡处。至东坡山谷始自出己意以为诗，唐人之风变矣。山谷用工尤为深刻，其后法席盛行，海内称为江西宗派。近世赵紫芝翁灵舒辈，独喜贾岛姚合之诗，稍稍复就清苦之风。江湖诗人多效其体，一时自谓之唐宗，不知只入声闻、辟支之果，岂盛唐诸公大乘正法眼者哉？大历以前，分明别是一副言语；晚唐分明别是一副言语，本朝诸公分明别是一副言语。如此见，方许具一只眼。

唐人与本朝人诗，未论工拙，直是气象不同。

① 丁福保：《历代诗话续编》，中华书局1983年版，第337页。

② 何文焕：《历代诗话》，中华书局1981年版，第688页。

或问“唐诗何以胜我朝”？唐以诗取士，故多专门之学，我朝之诗所以不及也。

诗有词理意兴。南朝人尚词而病于理，本朝人尚理而病于意兴，唐人尚意兴而理在其中。汉魏之诗，词理意兴，无迹可求①。

严羽首先从整体时代着眼，认为唐诗、宋诗风格不同，故而优劣自见，即“唐诗胜我朝”。并在多方辨体观照下，指出“唐诗何以胜我朝”的各种原因。其原因或在制度方面，即唐“以诗取士”，或从“词理意兴”各方面进行比较，或从“气象”着眼，或从师法渊源，或从命题言语等方面寻找原因，进行优劣高下之辨。这也使得严羽成为唐宋诗之辨的集大成者，影响也远及明清。这类言论在宋人诗话中也时有闪现，如：

本朝人与唐世相亢，其所得各不同，而俱自有妙处，不必相蹈袭也。至山谷之诗，清新奇峭，颇造前人未尝道处，自为一家，此其妙也②。(《庚溪诗话》)

问余何意栖碧山……此李太白诗体也。“麒麟图画鸿雁行……”此杜子美诗体也。明月易低人易散……此东坡诗体也。风光错综天经纬……此山谷诗体也③。(《诚斋诗话》)

学诗当以杜为体，以苏黄为用，拂拭之则自然波峻，读之铿锵。盖杜之妙处藏于内，苏黄之妙发于外，用工夫体学杜之妙处恐难到。用功而效少④。(《藏海诗话》)

陈岩肖所谓“本朝人与唐世相亢”云云，认为唐、宋诗各有其妙，并无优劣之分，反映出与严羽截然不同的观点。这是唐、宋诗之争的两个趋向，其后贯穿宋元明清，基本如此。杨万里、吴可所言则可以看出，李、

① 何文焕:《历代诗话》，中华书局1981年版，第695页。

② 丁福保:《历代诗话续编》，中华书局1983年版，第182页。

③ 同上书，第137页。

④ 同上书，第331页。

杜和苏、黄在宋代便已成为唐、宋诗不同风貌的代表诗人，批评家往往因之进行多方辨体比较，从而深化了唐、宋诗之辨。它处颇多，兹不赘述。

第四节　优劣李杜，品藻是非

“辨彰清浊，掎摭病利”以及“显优劣”“品高下”是钟嵘《诗品》的辨体批评方法之一[①]。宋人诗话继承了这一点，并形成广泛而热烈的学术争鸣，最著名的就是“李杜优劣”。自中唐便开始的李杜优劣论，到宋人愈演愈烈，越辨越明，大多认可韩愈“李杜文章在，光焰万丈长”之“不当优劣”和“不可以优劣”的公平说法，而对元稹之《李杜优劣论》之褒贬不公提出批评，也见出宋人辨体观上认为多种风格应当并存共生的融通的文体学思想。也就是说，李杜各有所长，风格本身并无优劣高下之分。这以严羽《沧浪诗话》中所论最多也最为经典，为后世文人所经常引用并津津乐道。如：

> 李杜二公，正不当优劣。太白有一二妙处，子美不能道，子美有一二妙处，太白不能作。
>
> 子美不能为太白之飘逸，太白不能为子美之沉郁。
>
> 太白《梦游天姥吟留别》《远别离》等，子美不能道；子美《北征》《兵车行》《垂老别》等，太白不能作。论诗以李杜为准，挟天子以令诸侯也。
>
> 少陵诗法如孙吴，太白诗法如李广，少陵如节制之师。
>
> 少陵诗，宪章汉魏而取材于六朝。至其自得之妙，则前辈所谓集大成者也。
>
> 观太白诗者，要识真太白处。太白天材豪逸语，多率然而成者。学者于每篇中，要识其安身立命处可也。太白发句，谓之开门见山[②]。

① 任竞泽：《钟嵘〈诗品〉之文体学思想》，《云南社会科学》2012年第3期。

② 何文焕：《历代诗话》，中华书局1981年版，第685—708页。

关于李杜优劣论，宋人其他诗话中也在在皆是，如：

余评李白诗，如张乐于洞庭之野，无首无尾，不主故常，非墨工椠人所可拟议。吾友黄介读《李杜优劣论》曰："论文正不当如此。"余以为知言[①]。（《后山诗话》）

元微之作《李杜优劣论》，谓太白不能窥杜甫之藩篱，况堂奥乎？唐人未尝有此论，而稹始为之。至退之云："李杜文章在，光焰万丈长。不知群儿愚，那用故谤伤。"则不复为优劣矣。洪庆善作《韩文辨证》，著魏道辅之言，谓退之此诗为微之作也。微之虽不当自作优劣，然指稹为愚儿，岂退之之意乎？[②]（《竹坡诗话》）

李太白杜子美诗皆掣鲸手也。余观太白《古风》、子美《偶题》之篇，然后知二子之源流远矣……则知李之所得在雅……则知杜之所得在骚。然李不取建安七子，而杜独取垂拱四杰何邪？[③]（《韵语阳秋》）

莆阳郑景韦《离经》曰："李谪仙，诗中龙也，矫矫焉不受约束。杜子美则麟游灵囿，凤鸣朝阳，自是人间瑞物。二豪所得，殆不可以优劣论也。"[④]（《杜工部草堂诗话》）

李杜优劣之外，其他唐宋作家之间的优劣高下比较，也是宋代批评家所津津乐道的。如：

东坡豪，山谷奇，二者有余，而于渊明则为不足，所以皆慕之[⑤]。（《藏海诗话》）

退之铭墓，其词约，子厚铭墓，其词丰，各炫其长也[⑥]。（《对床夜语》）

① 何文焕：《历代诗话》，中华书局1981年版，第312页。
② 同上书，第355页。
③ 同上书，第502页。
④ 丁福保：《历代诗话续编》，中华书局1983年版，第212页。
⑤ 同上书，第339页。
⑥ 同上书，第435页。

往年过华清宫，见杜牧之、温庭筠二诗，俱刻石于浴殿之侧，必欲较其优劣而不能[①]。(《岁寒堂诗话》)

杨诚斋序《千岩摘稿》云："余尝论近世之诗人，若范石湖之清新，尤梁溪之平淡，陆放翁之敷腴，萧千岩之工致，皆余之所畏者。"姜白石《诗稿自序》："尤延之先生为余言：近世人士喜言江西，温润有如范至能者乎？痛快有如杨廷秀者乎？高古如萧东夫，俊逸如陆务观，是皆出自机杼，亶有可观者。又奚以江西为？"[②]（《娱书堂诗话》）

李杜数公，如金鳷擘海，香象渡河，下视郊岛辈，直虫吟草间耳。……《九章》不如《九歌》，《九歌》《哀郢》尤妙。……前辈谓《大招》胜《招魂》，不然。……唐人惟柳子厚深得骚学，退之李观皆所不及。若皮日休《九讽》，不足为骚[③]。(《沧浪诗话》)

国朝诸人诗为一等，唐人诗为一等，六朝诗为一等，陶阮、建安七子、两汉为一等，风骚为一等，学者须以次参究，盈科而后进，可也。……退之于李杜但极口推尊，而未尝优劣，此乃公论也[④]。(《岁寒堂诗话》)

柳柳州诗，东坡云在陶彭泽下，韦苏州上……陶彭泽诗，颜谢潘陆皆不及者，以其平昔所行之事，赋之于诗，无一点愧词，所以能而……东坡海南诗、荆公钟山诗，超然迈伦，能追逐李杜陶谢。……孟浩然王摩诘诗，自李杜而下，当为第一。老杜诗云"不见高人王右丞"，又云"吾怜孟浩然"，皆公论也。……宋颜延之问己与灵运优劣于鲍照，照曰："谢五言如初发芙蓉，自然可爱；君诗铺锦列绣，亦雕绘满眼。"此明远对面褒贬，而人不觉，善论诗也，特出之[⑤]。(《彦周诗话》)

三谢诗，灵运为胜，当就《文选》中写出熟读，自见其优劣也[⑥]。

① 丁福保：《历代诗话续编》，中华书局 1983 年版，第 461 页。
② 同上书，第 493 页。
③ 何文焕：《历代诗话》，中华书局 1981 年版，第 685—708 页。
④ 同上书，第 451 页。
⑤ 同上书，第 388—390 页。
⑥ 同上书，第 443 页。

(《唐子西文录》)

潘邠老亦有《浯溪》诗，思致却稍深远，吕东莱甚喜此诗。予以为邠老诗虽不敢望山谷，然当在文潜之上矣[①]。(《艇斋诗话》)

往年过华清宫，见杜牧之、温庭筠二诗，俱刻石于浴殿之侧，必欲较其优劣而不能[②]。(《岁寒堂诗话》)

余以古文为三等：周为上，七国次之，汉为下。周之文雅；七国之文壮伟，其失骋；汉之文华赡，其失缓；东汉而下无取焉[③]。(《后山诗话》)

迤逦列出，宋人极辨优劣高下之辨体思想可以说尽收眼底，读者当自得之。可以看出，所谓苏黄、韩柳、杜温之辨，大多都是着眼于辨别同时代之并肩齐名的作家之风格同异。这种辨体不但深化了经典作家作品研究，而且有助于学者创作取法。此外，苏黄、韩柳、杜温以及尤杨范陆等名号也因此得以加强，并为古今学界或文学史家所认可和称道引用。

与此相关，辨白是非、品藻是非、泾渭工拙等也是宋人辨体常用的名词术语。其中最为系统的当属严羽的观点了。《答吴景仙书》开篇云："仆意谓辨白是非，定其宗旨，正当明目张胆而言。"[④] 其中，"辨白是非"扼要而明确地道出了《诗辩》一章以"诗辨"为名的本意。再如《韵语阳秋》云："自汉魏以来，诗人篇咏，咸参稽抉摘，以品藻其是非，不以名取人，亦不以人废言，质事揆理，而惟当之为贵……又岂若世之评诗者，徒揣其句语之工拙，格律之高下，而屑屑于月露风云、花木虫鱼形状之间而已哉!"[⑤]"凡诗人句义当否，若论人物行事，高下是非，辄私断臆处而归之正……言口绝臧否，而心存泾渭，余之为是也，其深愧于斯人哉!"[⑥] 可见，宋人之辨体理论批评之发达，以至形成一股强劲的文学思潮，是众

① 丁福保:《历代诗话续编》，中华书局1983年版，第296页。
② 同上书，第461页。
③ 何文焕:《历代诗话》，中华书局1981年版，第305页。
④ 同上书，第706页。
⑤ 同上书，第481页。
⑥ 同上书，第482页。

人合力作用的结果。

第五节　论其源流，亦不难辨

辨文体、作家之源流正变是钟嵘《诗品》另一个重要的辨体批评方法，而刘勰《文心雕龙》文体论之研究方法的首要观点就是“原始以表末”，这种推源溯流的辨体方法也成为中国文学批评史中重要的批评方法之一。影响之下，宋人诗话中关于辨源流正变的辨体批评言论也极为丰富。列次如下：

季父仲山，先大夫同祖弟也。读书精苦，作诗有源流[①]。（《彦周诗话》）

始知文字渊源有所自来，亦不难辨，恨不得多见之也[②]。（《石林诗话》）

潘阆字逍遥，诗有唐人风格[③]。（《中山诗话》）

鲁直谓荆公之诗，暮年方妙，然格高而体下……然学二谢，失于巧尔。……苏诗始学刘禹锡，故多怨刺，学不可不慎也。晚学太白，至其得意，则似之矣。然失于粗，以其得之易也[④]。（《后山诗话》）

夏均父称张彦实诗出江西诸人[⑤]。（《紫薇诗话》）

魏晋间人诗，大抵专工一体，如侍宴从军之类，故后来相与祖习者，亦但因其所长取之耳。谢灵运《拟邺中七子》与江淹《杂拟》是也。梁钟嵘作《诗品》，皆云某人诗出于某人，亦以此。然论陶渊明乃以为出于应璩，此语不知其所据[⑥]。（《石林诗话》）

梅圣俞《寄题欧公醉翁亭诗》云……全体欧公《醉翁亭记》而

① 何文焕：《历代诗话》，中华书局1981年版，第380页。
② 同上书，第424页。
③ 同上书，第286页。
④ 同上书，第306页。
⑤ 同上书，第369页。
⑥ 同上书，第433页。

作。余谓滁之山水，得欧文而愈光；欧公之文，得梅拟而愈重[①]。（《韵语阳秋》）

诗有出于风者，出于雅者，出于颂者。屈宋之文，风出也；韩柳之诗，雅出也；杜子美独能兼之[②]。（《白石道人诗说》）

客有谓立方言：后山诗，其要在于点化杜甫语尔……如此类甚多，岂非点化老杜之语而成者！[③]（《杜工部草堂诗话》）

韩退之之文，得欧公而后发明。陆宣公之议论，陶渊明柳子厚之诗，得东坡而后发明。子美之诗，得山谷而后发明[④]。（《岁寒堂诗话》）

所谓“作诗有源流”“渊源有所自来，亦不难辨”云云，最能直观地体现推源溯流之辨体特征。刘克庄《江西诗派小序》于山谷、后山等十八人也皆论其源流。如“山谷”条云：“国初诗人，如潘阆魏野，规规晚唐格调，寸步不敢走作。杨刘则又专为昆体，故优人有寻扯义山之诮。苏梅二子，稍变以平淡豪俊，而和之者尚寡。至六一坡公，巍然为大家数，学者宗焉……豫章稍后出，会萃百家句律之长，究极历代体制之变，搜猎奇书，穿穴异闻，作为古律，自成一家，虽只字半句不轻出，遂为本朝诗家宗祖……顷见赵履常极宗师之，近时诗人惟赵得豫章之意，有绝似之者。”“后山”条云：“后山树立甚高，其议论不以一字假借人，然自言其诗师豫章公。或曰：‘黄陈齐名，何师之有？’……后山地位去豫章不远，故能师之。若同时秦晁诸人，则不能为此言矣。此惟深于诗者知之。文师南丰，诗师豫章，二师皆极天下之本色，故后山诗文高妙一世。”“韩子苍”条：“子苍蜀人，学出苏氏，与豫章不相接。”“潘邠老”条云：“东坡文潜先后谪黄州，皆与邠老游，其诗自云师老杜，然有空意无实力。”“二谢”条云：“吕紫微评无逸诗似康乐，幼槃诗似玄晖。”[⑤] 分析可以发现，辨源流正变的辨体术语大致有如下特征，如往往称作“学、拟、师、体、得、

① 何文焕：《历代诗话》，中华书局1981年版，第589页。
② 同上书，第681页。
③ 丁福保：《历代诗话续编》，中华书局1983年版，第221页。
④ 同上书，第463页。
⑤ 同上书，第478页。

体、宗、似、祖习、出于、点化、规规、学出、渊源所自、论其源流、诗家宗祖”等等，体现了文学理论发展中的继承及影响关系。

此外，还有辨文类文体，也就是分类分体辨体。由于唐诗的繁荣，使诗体大备，而宋人编录唐人总集时，便于诗歌之分类辨体极为详尽。如明胡震亨《唐音癸签》卷一云：“诗至唐，体大备矣！今考唐人集录，所标体名，概名为‘律诗’，为‘近体’……又或名‘歌行’。举其大凡，不过此三者为之区分而已。至宋、元编录唐人总集，始于古、律二体中备析五、七等言为次；于是流委秩然，可得具论……”① 对此，吴承学先生云：“明人胡震亨指出在诗体分辨上，宋元以后与唐以前区别很大。……这说明宋代以后，人们对文体的分类辨体，比唐以前要精微细致得多。”② 这一点不但在宋人总集、别集编纂中如此，宋人诗话中也能充分体现出来。如：

守法度曰诗，载始末曰引，体如行书曰行，放情曰歌，兼之曰歌行。悲如蛩螿曰吟，通乎俚俗曰谣，委曲尽情曰曲。③

元稹微之《乐府古题序》云：“诗之为体，二十四名：赋、颂、铭、赞、文、诔、箴、诗、行、咏、吟、题、怨、叹、篇、章、操、引、谣、讴、歌、曲、辞、调，皆诗人六义之余。”④

余近作《示客》云：刺美风化，缓而不迫谓之风；采摭事物，摛华布体谓之赋；推明政治，庄语得失谓之雅；形容盛德，扬厉休功谓之颂；幽忧愤悱，寓之比兴谓之骚；感触事物，托于文章谓之辞；程事较功，考实定名谓之铭；援古刺今，箴戒得失谓之箴；猗迁抑扬，永言谓之歌；非鼓非钟，徒歌谓之谣；步骤驰骋，斐然成章谓之行；品秩先后，叙而推之谓之引；声音杂比，高下短长谓之曲；吁嗟慨叹，悲忧深思谓之吟；吟咏情性，总合而言志谓之诗；苏李而上，高

① 胡震亨：《唐音癸签》卷 1，四库全书本。
② 吴承学：《中国古代文体形态研究》，中山大学出版社 2002 年版，第 400 页。
③ 姜夔：《白石道人诗说》，清何文焕《历代诗话》下册，中华书局 1981 年版，第 681 页。
④ 许顗：《彦周诗话》，清何文焕《历代诗话》下册，中华书局 1981 年版，第 395 页。

简古淡谓之古；沈宋而下，法律精切谓之律；此诗之语众体也。

帝王之言，出法度以制人者谓之制；丝纶之语，若日月之垂照者谓之诏；制与诏同，诏亦制也；道其常而作彝宪者谓之典；陈其谋而成嘉猷者谓之谟；顺其理而迪之者谓之训；属其人而告之者谓之诰；即师众而申之者谓之誓；因官使而命之者谓之命；出于上者谓之教；行于下者谓之令；时而戒之者敕也；言而喻之者宣也；谘而扬之者赞也；登而崇之者册也；言其伦而析之者论也；度其宜而揆之者议也；别嫌疑而明之者辨也；正是非而著之者说也；记者，记其事也；纪者，纪其实也；纂者，缵而述焉者也；策者，条而对焉者也；传者，传而信之也；序者，绪而陈之也；碑者，披列事功而载之金石也；碣者，揭示操行而立之墓隧也；诔者，累其素履，而质之鬼神也；志者，识其行藏，而谨其终始也；檄者，激发人心，而喻之祸福也；移者，自近移远，使之周知也；表者，布臣子之心，致君父之前也；笺者，修储后之问，申宫闻之仪也；简者，质言之而略也；启者，文言之而详也；状者，言之于公上也；牒者，用之于官府也；捷书不缄，插羽而传之者，露布也；尺牍无封，指事而陈之者，劄子也；青黄黼黻，经纬以相成者，总谓之文也，此文之异名也。

客有问古今体制之不一者，劳于应答，乃著之篇以示焉。①

杂体诗：古今诗体不一，太师之职，掌教六诗，风、赋、比、兴、雅、颂备焉。三代而下，杂体互出。汉唐以来，铙歌鼓吹，拂舞矛渝，因斯而兴。晋宋以降，又有回文反复，寓忧思展转之情；双声叠韵，状连骈嬉戏之态。郡县药石名六甲八卦之属，不胜其变。古有采诗官，命曰“风人”，以见风俗喜怒好恶。皮日休云：“疏杉低通洞，冷鹭立乱浪。”此双声也。陆龟蒙尝曰：“肤愉吴都姝，眷恋便殿宴。”此叠韵也……又戏作俳优体二首，纯用方语云……亦风人类也。②

① 张表臣：《珊瑚钩诗话》，清何文焕《历代诗话》下册，中华书局1981年版，第475页。
② 同上。

作为宋人诗话中辨体最为系统之作，严羽《沧浪诗话》之“诗体”一节所论最详：

> 又有古诗，有近体（即律诗也），有绝句，有杂言，有三五七言，有半五六言，有一字至七字，有三句之歌，有两句之歌，有一句之歌，有口号，有歌行，有乐府，有楚词，有琴操，有谣，曰吟，曰词，曰引，曰咏，曰曲，曰篇，曰唱，曰弄，曰长调，曰短调。有四声，有八病。又有以叹名者，以愁名者，以哀名者，以怨名者，以思名者，以乐名者，以别名者。有全篇双声叠韵者，有全篇字皆平声者，有全篇字皆仄声者。有律诗上下句双用韵者，有辘轳韵者，有进退韵者，有古诗一韵两用者，有古诗三韵六七用者，有古诗重用二十许韵者，有古诗旁取六七许韵者，有古诗全不押韵者，有律诗至百五十韵者，有律诗止三韵者。有律诗彻首尾对者，有律诗彻首尾不对者。有后章字接前章者，有四句通义者。有绝句折腰者，有八句折腰者。有拟古，有连句，有集句，有分题。有分韵，有用韵，有和韵，有借韵，有协韵，有今韵，有古韵。有古律，有今律。有颔联，有颈联，有发端，有落句。有十字对，有十字句，有十四字对，有十四字句。有扇对，有借对，有就句对。①

对此，郭绍虞先生所谓“诗体之辨”及其“论诗辨体亦是宋人风气”之论最为精到，可以为此作结。其云：“案论诗辨体亦是宋人风气。注中所引李之仪、张表臣、姜夔以及郭茂倩《乐府诗集》所言，均为沧浪辨体所资。吴曾《能改斋漫录》卷十引《西清诗话》谓蔡元长尝语条须知歌行吟谣之别，且言：‘近人昧此，作歌而为行，制谣而为曲者多矣。虽有名章秀句，若不得体，如人眉目娟好，而颠倒位置，可乎！’更足证在当时学古风气之下，诗体之辨，有其需要。”②

---

① 严羽著，郭绍虞校释：《沧浪诗话校释》，人民文学出版社 1961 年版，第 71 页。

② 同上书，第 98 页。

第八章　严羽《沧浪诗话》之辨体批评[①]

20世纪严羽及其《沧浪诗话》的研究堪称硕果累累。研究的焦点基本不出“妙悟”“兴趣”“熟参”“别材别趣”及“尊李杜还是崇王孟”等传统学术主题上[②]，对于其辨体批评的探讨则甚为寥落。这种冷清的局面，明显与辨体批评在其理论体系中的重要地位很不相称。其重要性在于：首先，严羽的辨体批评，不但受宋人辨体风气的熏染，对时人习见之论如“尊体得体，诗文各有体，本色当行”等有所沿袭，而且独辟蹊径，以“辨白是非，定其宗旨”这一独特的辨体批评方法为主线，一脉贯穿于其整个理论体系，并在辨体批评的理论构建、运用上与“文学价值观念体系”这一文学基本原理契合无间，显示了强烈的理论意识。其次，严羽的辨体批评理念贯通于他的整个理论体系之中，在“辨体”理念的笼罩之下，诸如“熟参、妙悟、兴趣、以盛唐为法、以禅喻诗”等重要概念范畴都被聚拢在它的周围，互为参照印证，从而使辨体批评成为理解这些概念范畴及整个理论体系的关键。更为重要的是，我们在对严羽辨体批评的剖析、整理过程中，对“以禅喻诗”和“诗之宗旨”这两个重要论题的界定，与传统主流学术的观点出现了一定分歧；并在严羽对其“辨体”的“自负”和“以禅喻诗”的“自矜”问题上，也与某些学者有不同的看法。对此，我们运用全面、辩证的观点来分析观照，庶几可以澄清这种分歧和差异，令其圆融自洽了。

---

① 本文发表于《北方论丛》2007年第5期。

② 参见程国赋《二十世纪严羽〈沧浪诗话〉研究》，《文献》1999年第2期。

第一节　辨体批评的内涵

作为中国古代诗歌批评史上第一位真正意义上的成熟的批评家,[①] 严羽最主要的批评方法便是辨体批评。严羽的辨体批评主要体现在《诗辨》和《答吴景仙书》两章中。前者是严羽《沧浪诗话》的理论总纲，后者则是对《诗辨》中主张的补充和重申，二者互文见义，参照印证，同为我们走进并观照其辨体理论的门窗。纵剖两文，可析其辨体内涵为二：其一，辨白是非，定其宗旨。主张“辨尽诸家体制，辨家数如辨苍白”，重在诗歌本身体制之间的优劣、高下界分。这里辨的是文体风格。其二，尊体得体，本色当行。主张“诗文各有体，当以体制为先”，重在诗、文两种体裁各自体制规范不同的强调。这里辨的是文类文体。二者不可混为一谈，又有相通之处。以下分而论之。

首先，辨白是非，定其宗旨。严羽辨体批评内蕴之一，便是“辨尽诸家体制”。《诗法》云：“辨家数如辨苍白，方可言诗。”[②]《答吴景仙书》则更为集中、鲜明：

> 作诗正须辨尽诸家体制，然后不为旁门所惑。今人作诗差入门户者，正以体制莫辨也。世之技艺，犹各有家数，市缣帛者，必分道地，然后知优劣，况文章乎？仆于作诗不敢自负，至识则谓有一日之长，于古今体制，若辨苍素，甚者望而知之。来书又谓“忽被人捉破发问，何以答之？”仆正欲人发问而不可得者，不遇盘根，安别利器。我叔试以数十篇诗，隐其姓名，举以相试，为能别得体制否？

这里，“辨体制、辨家数”就是辨析《诗体》章的“以人而论”和“以时而论”之中的各种诗体风格。理解其含义可以由表及里：浅层是辨

---

① 参见蒋寅《作为批评家的严羽》，《文艺理论研究》1998 年第 3 期。

② 严羽：《沧浪诗话》，清何文焕《历代诗话》下册，中华书局 1981 年版，第 685—708 页。按后面引述严羽《沧浪诗话》之语均本此，不再出注。

别诸家体制的不同界限，其目的重在从体貌特点的不同上区分开来就行，不必分优劣、高下。如“我叔试以数十篇诗，隐其姓名，举以相试，为能别得体制否?”；深层则是示学者以门径，使学者“不为旁门所惑”，避免“差入门户”，目的是“知优劣”，这可精练为“辨白是非，定其宗旨”来概括。《答吴景仙书》开篇云：

> 仆之《诗辨》，乃断千百年公案，诚警世绝俗之谈，至当归一之论。其间说江西诗病，真取心肝刽子手，以禅喻诗，莫此清切。……高意又使回护，毋直致褒贬。仆意谓辨白是非，定其宗旨，正当明目张胆而言，使其词沉着痛快，深切著明，显然易见，所谓不直则道不见，虽得罪于世之君子，不辞也。

其中，“辨白是非，定其宗旨”，扼要而明确地道出了《诗辩》一章以“诗辨”为名的本意，即“辨白诗之是非”，以“定其宗旨”，准确地说，是“辨尽诸家体制之是非、优劣、高下”，以“定诗之宗旨”；这显然也是《诗辨》一章的总纲。那么，“其宗旨”是什么呢？饶有意味的是，这段文字可以说是《诗辨》最后一席话的重复和强调。《诗辨》文末总结道：

> 故余不自量度，辄定诗之宗旨，且借禅以为喻，推原汉魏以来，而截然谓当以盛唐为法后舍汉魏而独言盛唐者，谓古律之体备也。虽获罪于世之君子，不辞也。

比较两段话发现，短短数言，便有“以禅喻诗，借禅以为喻”“辨白是非，定其宗旨；辄定诗之宗旨”及“虽得罪于世之君子，不辞也；虽获罪于世之君子，不辞也”三处相同的论断。不管作者有意或无意，都不可否认它们在严羽理论体系尤其是辨体批评中的重要位置。可以看出，严羽论“诗之宗旨”，是“以盛唐为法”，并且是通过“借禅以为喻，推原汉魏以来（诸家体制优劣）”而“定”的。正如蒋凡先生所云：“由于辨体的结果，严羽不仅接触了诗歌的流变，进一步又看到了诗歌的历史发展。他定诗之宗旨，‘截然谓当以盛唐为法’。”① 这就是说，“以盛唐为法”的这一“诗之宗旨”的确立，是经“辨白是非”和“借禅以为喻，推原汉魏以来”而得出的结论。二者关联密切，功能相似。也就是说“以禅喻诗”的所谓“大乘正法眼，声闻、辟支之果”“大乘禅，小乘禅”“悟第一义，落第二义”“透彻之悟，一知半解之悟”等“禅宗”之“邪正、大小、南北”之分，与“辨白是非”，也即“辨白诸家体制之是非、高下、优劣”相似，正是为了说得透彻，以见“汉魏盛唐”大乘正法眼之“是”，“近代诸公”及“江西、四灵、江湖”声闻辟支之果之“非”，从而“以盛唐为法”来定“诗之宗旨”的。

“辨白是非，定其宗旨”这一总纲体现并贯穿于《诗辨》全文中，我们下面便根据这样的总纲形式规律来重新观照《诗辨》的行文和主旨，并作深入地批判解析。我们知道，《诗辨》可分两部分，一以“禅家者流”开头，一以“夫诗有别材”为首。研究发现，这两部分如一个循环，各自实践了一次“借禅以为喻；辨白是非，定其宗旨；以盛唐为法”这一总纲程序。

先看前者——“禅家者流”。这部分开首便称“论诗如论禅”，并以禅宗“大乘正法眼与声闻、辟支果”类的“邪正、大小、第一义、第二义”等来喻诗体之是非、高下、优劣。结果称“是”者为“汉魏晋盛唐”，“非”者为“大历以还之诗，晚唐之诗”。接下来以禅道之“妙悟”来喻诗道之“妙悟”，以“透彻之悟”与“一知半解之悟”的深浅分限来喻诗体之是非。结果，“是”者为“谢灵运至盛唐诸公”，“非”者为“他虽有悟者，皆非第一义也。”接下来说：“若以为不然，则是见诗之不广，参诗之不熟耳。”言外之意，作者上述“以禅喻诗”得出的结论，即肯定了“汉魏晋盛唐”或“谢灵运至盛唐诸公”，那是作者本人“见诗之广，参诗之熟”而得出的。所以，任何人都必须“熟参”与“辨尽诸家体制”，才能“辨白是非”，从而“定其宗旨”。也就是：

① 蒋凡：《严羽〈沧浪诗话〉》，顾易生、蒋凡、刘明今《宋金元文学批评史》上册，上海古籍出版社 1996 年版，第 411 页。

试取汉魏之诗而熟参之，次取晋宋之诗而熟参之，次取南北朝之诗而熟参之，次取沈宋王杨卢骆陈拾遗之诗而熟参之，次取开元、天宝诸家之诗而熟参之，次独取李杜二公之诗而熟参之，又取大历十才子之诗而熟参之，又取元和之诗而熟参之，又尽取晚唐诸家之诗而熟参之，又取本朝苏黄以下诸家之诗而熟参之，其真是非自有不能隐者。

不难看出，“熟参”就是“辨尽”，熟参之后，“其真是非自有不能隐者”，便是“辨尽诸家体制”、“辨白是非”。这样，通过熟参汉魏至本朝苏黄以下诸家之诗，进而来辨识诸家体制之是非、优劣、高下，“其真是非”便水落石出了。辨白的结果，“是”者为汉魏晋盛唐之诗，“非”者为开元、天宝以下人物。于是，下文接下来“辄定诗之宗旨”为“以汉魏晋盛唐为师，不作开元天宝以下人物”。接下来说：

学诗者以识为主，入门须正，立志须高，以汉魏晋盛唐为师，不作开元、天宝以下人物。若自退屈，即有下劣诗魔入其肺腑之间，由立志之不高与。行有未至，可加工力。路头一差，愈骛愈远，由入门之不正也。

在上文熟参、辨识汉魏以下诸家体制后，再言“入门须正，立志须高；由立志之不高也；由入门之不正也。”云云，正与上引《答吴景仙书》中所说“作诗正须辨尽诸家体制，然后不为旁门所惑。今人作诗差入门户者，正以体制莫辨也。”同一个意思。

再看后者——“夫诗有别材”。此段开首从诗之本质出发，先点出“是”，即“盛唐诸公，惟在兴趣”；次点出“非”，即“近代诸公”之“以文字为诗，以才学为诗，以议论为诗”。其后，“借禅以为喻”，称“盛唐诸公”为“大乘正法眼者”，此为“是”；称东坡、山谷、江西宗派、四灵、江湖诗人只入“声闻辟支之果”，此为“非”。“是非”既清，“辄定诗之宗旨”而截然“谓当以盛唐为法”。

总之，“辨白是非，定其宗旨”这一《诗辨》总纲，其重要性在于：严羽为了定其论诗之宗旨，一方面把“辨白是非”也即“辨体”作为重要的手段和方法——在此手段方法的运用过程中，其他概念范畴如“以禅喻诗、熟参、妙悟、兴趣”等，或因此而产生，并与之相伴而行；或因此而深化，并越发透明清朗。一方面让“辨体”一脉贯穿，环环相扣——《沧浪诗话》是一部旨在救时弊并示学者以途径的著作，这需要首先熟参、辨识汉魏晋盛唐以至苏黄等近代诸公诗歌体制之是非、优劣、高下而取其“是”者、“优”者、“高”者作为学者入门之正路。“辨体”的结果，认为汉魏盛唐为“是”，但汉魏“不假悟”，无法学，遂“以盛唐为法”作为学诗者的“宗旨”。

其次，尊体得体，本色当行。“宋人生唐后，开辟真难为”（蒋心余《忠雅堂诗集》卷十三）王水照先生云：“唐诗的灿烂辉煌反而激活了宋人自成一家的创新意识……‘以文为诗’正是他们突破唐贤、自成宋调的一大法门。赵翼《瓯北诗话》卷五云：‘以文为诗，自昌黎始，至东坡益大放厥词，别开生面，成一代之大观。’”① 黄庭坚及“江西诗派”则最终使“以文为诗”的宋调完全确立。但是，伴随着苏黄“破体”的成就斐然，提倡“尊体”的反对之音也呼声不断，尤其“在南宋，强化诗体特征、辨析诗文体制差异的诗学批评进一步发展。”② 严羽《沧浪诗话》正是欲矫学昌黎“以文为诗”的苏黄及“江西宗派”之弊，以实现他的“尊体”主张的。这里，“辨体”即“尊体”，意为“坚持文各有体的传统，主张辨明和严守各种文体体制，反对以文为诗，以诗为词等创作手法。”③。严羽的“尊体”论大致有以下几种表述方式和内容：

第一，先体制而后文之工拙。《诗法》云：“荆公评文章，先体制而后文之工拙。”黄庭坚之语更详细：“荆公评文章，常先体制而后文之工拙。盖尝观苏子瞻《醉白堂记》，戏曰：‘文词虽极工，然不是《醉白堂记》，

---

① 王水照：《尊体与破体》，王水照主编《宋代文学通论》，河南大学出版社1997年版，第71页。

② 邓新跃：《论宋代的诗学辨体理论》，《江淮论坛》2005年第1期。

③ 吴承学：《辨体与破体》，《中国古代文体形态研究》，中山大学出版社2002年版，第408页。

乃是韩白优劣论耳'"[1] 荆公讥子瞻不守"记"体以描写、叙述为主的体制规范，而杂以议论，遂出现了名"记"实"论"的弊端。可见，严羽之"先体制而后文之工拙"，正是要求"尊体"之意，也即严守各种文体体制规范。补充一句，《诗法》中这句话除了在《诗人玉屑》中是作为正文出现的外[2]，他本均作为"辨家数如辨苍白，方可言诗。"的小字自注出现的。若依此，则两句话意义相同。其实，二者虽有关联，但依照上述辨体内涵的两层含义，我们更倾向于将其分开来谈，故而认同《诗人玉屑》的版本。

其他论及此意的，如《诗法》首条："学诗先除五俗：一曰俗体，二曰俗意，三曰俗句，四曰俗字，五曰俗韵。"《诗辨》云："诗之法有五：曰体制，曰格力，曰气象，曰兴趣，曰音节。"二说均"以体制为先"。对于前一条，唐殷璠《河岳英灵集序》云："夫文有神来、气来、情来，有雅体、野体、鄙体、俗体。编纪者能审鉴诸体，安详所来，方可定其优劣，论其取舍。"[3] 其所谓"雅体俗体，审鉴诸体，定其优劣，论其取舍"云云，既是严羽"辨尽诸家体制优劣"的辨体滥觞，又可作为其"以体制为先"的说明；对于后一条来说，钱锺书先生的解释可以加深我们对严羽"先体制而后文之工拙"的理解。《谈艺录》之六"神韵"条云：

> 而按《沧浪诗辨》，则曰："诗之法有五：体制、格力、气象、兴趣、音节"……胡元瑞《诗薮》内编卷五曰："作诗大要，不过二端：体格声调、兴象风神而已。体格声调，有则可循；兴象风神，无方可执。"惜抱本此意，作《古文辞类纂序目》云："所以为文者八，曰：神理、气味、格律、声色。神理、气味者，文之精也；格律、声色者，文之粗也。然苟舍其粗，则精者亦胡以寓焉。"此沧浪说之注脚也。[4]

① 黄庭坚：《书王元之〈竹楼记〉后》，《豫章黄先生文集》卷26，四部丛刊本。

② 参见魏庆之《诗人玉屑》卷1，上海古籍出版社1987年版。

③ 殷璠：《河岳英灵集序》，周祖譔编选《隋唐五代文论选》，人民文学出版社1990年版，第143页。

④ 钱锺书：《谈艺录》，中华书局1984年版，第40—42页。

显然，依据严羽“体制、格力、气象、兴趣、音节”说法的顺序，沧浪“兴趣”说的提出应是先“辨体”的结果；而且，作诗之法应“先体制、格力”等“有则”和“文之粗者”，以达“气象、兴趣”等“无方”和“文之精者”。故所谓“精、粗、有则、无方”云云，确实可作沧浪“先体制而后文之工拙”的注脚。

第二，得诗之体。《答吴景仙书》云：

> 又谓盛唐之诗“雄深雅健”，仆谓此四字但可评文，于诗则用“健”字不得。不若《诗辨》“雄浑悲壮”之语为得诗之体也。毫厘之差，不可不辨。坡谷诸公之诗，如米元章之字，虽笔力劲健，终有子路未事夫子时气象。盛唐诸公之诗，如颜鲁公书，既笔力雄壮，又气象浑厚，其不同如此。只此一字，便见我叔脚跟未点地处也。

这里，严羽以讥吴氏评“诗”一字之差，表明他严辨“诗、文”文体规范的态度，而且再次从贬斥坡、谷“破体”而“以文为诗”，肯定了盛唐诸公的“兴趣”之作为“得诗之体”。“书法”之喻也反映了他的辨体、破体观。吴承学先生云：

> 破体，原是书法术语。书法上的“破体”指不同正体的写法。《书断》谓“王献之变右军行书，号曰破体”。指行书的变体。戴叔伦《怀素上人草书歌》云：“始从破体变风姿”。中见破体的特点是“变”，是对正体的突破，也是一种有创造性的字体。①

也就是说，王右军行书为“正体”，王献之行草、怀素草书为“破体”。我们知道，米元章“行草得力于王献之”②；颜真卿以楷书、行书这

① 吴承学：《辨体与破体》，《中国古代文体形态研究》，中山大学出版社2002年版，第424页。

② 王大亨、欧阳恒忠：《刘熙载〈书概〉签注》，广西师范大学出版社、漓江出版社1990年版，第223页。

种正体名家。依此可以得出，坡、谷“以文为诗”即“破体”，而盛唐诸公的“兴趣”之作则为“正体”、“得诗之正体”了，这都是为了说明吴景仙不懂“先体制而后文之工拙”这种诗文辨体的理论乃评论诗文的基础，足见其“脚跟未点地处也”。

第三，本色当行。严羽《诗法》云：“须是本色，须是当行”。胡应麟《诗薮·内编》卷一云：“文章自有体裁，凡为某体，务须寻其本色，庶几当行。”① 王水照先生对此解释道：“强调的‘本色’即是文体的质的规定性”。② “尊体，要求遵守各类文体的审美特性、形制规范，维护其‘本色’‘当行’”。③ 严羽《诗辨》中以韩愈、孟浩然作比论“妙悟”一段，集中体现了他关于对“诗”体如何方具“本色”“当行”之审美规定的主张和见解。《诗辨》云：“大抵禅道惟在妙悟，诗道亦在妙悟。且孟襄阳学力下韩退之远甚，而其诗独出退之之上者，一味妙悟而已。惟悟乃为当行，乃为本色。”韩愈“以文为诗”，故虽学力深湛，仍难比孟浩然之“妙悟”得诗之“本色当行”。其“兴趣”说之所以与“妙悟”说一样精彩绝妙，影响深远，便是因为其同样道出了诗歌要“本色当行”这一审美特性的质的规定性。学术界对盛唐诗歌风貌的“妙悟”“兴趣”及其苏黄近代诸公“以文字、才学、议论”为诗的褒贬是非乃最为着力之处，此不赘述。

要之，将严羽辨体内涵一分为二，是为了清晰起见；二者既不可混为一谈，又有相通之处，实际是一个问题的两个方面。不可混为一谈，是因为前者“辨白是非”，要求“熟参”进而辨识汉魏至近代诸公体制，尤其是看到了苏黄诸公、江西宗派、江湖、四灵虽号为“宗唐”，实则宗唐走上邪路，令大乘正法眼无传，故而大声呼吁“以盛唐为法”这一学诗门径的“入门之正”“立志之高”；其所面对的是苏黄、江西、江湖、四灵等入宗唐邪径的众多宗派；而后者“尊体破体”，在讲究“诗文各有体”这一严守诗文体制规范的宋代辨体大环境下，看到苏黄诸公对诗之独特审美规

① 胡应麟：《诗薮》内编卷1，上海古籍出版社1958年版，第11页。

② 王水照主编：《宋代文学通论》，河南大学出版社1997年版，第63页。

③ 同上书，第77页。

定性作奇特解会，遂有“以文字为诗，以才学为诗，以议论为诗”的“破体”之弊，因而振臂一呼，高举“盛唐”之“兴趣”“透彻之悟”“言有尽而意无穷”的大纛以矫之；其所面对的主要是苏黄与江西宗派。前者重在诗体之间的辨识，是对《诗体》章中诸家体制从整体风貌上来把握其特征，区分是非优劣，进而针对江湖、四灵宗唐之“入门不正”时弊，遂定“诗之宗旨”为“以盛唐为法”；后者“尊体得体”，则重在诗、文两种文体个性特征的界分，要求对诗文各自独特稳定的体制规范严格遵守，是针对苏黄、江西宗派等“以文为诗”而违背诗歌本质、混同诗文界线的时弊，进而归纳出诗歌审美本质之“妙悟”“兴趣”特性。此外，前者重体制中的综合因素，如时代、个人等文体外部规律；后者则更重诗、文各自的审美特性、文体规范等文体内部规律。

二者又有相通之处，是说严羽在构建、实践其辨体理论时，上述两义往往是互相包容、相伴而行的。我们上文对“辨白是非，定其宗旨”在《诗辨》中分两个段落、两次循环的贯穿作用作过交代分析，而“妙悟”和“兴趣”这两个通过“诗、文辨体”而得出的范畴分别镶嵌在“辨白是非”的两次循环过程中，从中也可看出严羽之“辨体”两义是相辅相成的。“辨白是非”之“是”即“尊体得体”，“尊”盛唐诗体之“妙悟”“兴趣”审美特质而得诗之体；“非”即“破体失体”，指苏黄、江西宗派等“以文为诗”，打破了诗歌的文体规范。此外，“诗、文”文类文体之辨是诗体风格之辨的基础。正是针对宋人“以文为诗”的时弊，看到诗文审美特性的不同并严辨、严守诗、文文体规范，才使得“辨白”诸家体制之优劣是非，进而“以盛唐为法”这一“诗之宗旨”得以确立。

然而，二者是否便不分轩轾呢？从严羽辨体批评的价值和沿革上来看，当有分别。前者是沧浪“实证实悟者，自家凿破田地者”，后者则是“傍人篱壁，拾人涕唾得来者。”这在本文第三部分有详细论述。这样，如果着眼于对中国古代文体理论批评的独创性贡献这一层面上，严羽这两种辨体内涵已高下分明了。

第二节　辨体批评的运用

我们在阐释严羽辨体内涵的过程中，对“以禅喻诗”“诗之宗旨”以及严羽在其“辨体”的“自负”和“以禅喻诗”的“自矜”等重要论题的界定上，与传统主流学术的观点出现了一些分歧。对此，如果运用我们对严羽辨体内涵的不同定义来重新观照，便可以澄清这种分歧和差异，令其圆融自洽了。是为笔者的运用。此外，严羽的辨体批评不但主要构建和实践于《诗辨》和《答吴景仙书》两章中，而且还使其辨体批评一脉贯穿，具体运用于整个理论体系之中。是为严羽的运用。

首先，澄清学术分歧。包括两个方面：第一个方面，就是以禅喻诗。在谈到严羽的“以禅喻诗”时，大多学者都将目光聚焦在“参、熟参”“悟、妙悟”两个范畴上。如郭绍虞先生云：“《沧浪诗话》之重要，在以禅喻诗，在以悟论诗。”[①]“大抵沧浪以禅喻诗之旨，不外妙悟”[②] 蒋凡亦云：“《沧浪诗话》论诗方式的一个特点是‘以禅论诗’，它成了后代诗论家议论的热门话题。……宋代禅学在知识分子中盛行，禅宗术语也成为不少人的口头语言，‘悟’‘参’等佛学用语经常借来论诗。”[③] 随后列举了苏轼、黄庭坚、李之仪、韩驹、吴可等人以“参”“悟”喻诗的大量言论，并对“参”“悟”作了细致的解释。这大体可为学界的代表。

然而，我们在阐释严羽的辨体理论过程中却发现，在确立“以盛唐为法”这一诗之宗旨时，“借禅以为喻”与“辨白是非”的作用与功能是相似的，即“借禅以为喻”是借禅宗之“大乘正法眼、声闻辟支果”类的邪正、大小之分来比喻和服务于“辨白是非”的。也就是说，“以禅喻诗”的目的是“辨白是非”，其重心在“大乘正法眼”和“声闻辟之果”的邪正、大小、第一义、第二义的辨析上，而非“熟参”和“妙悟”。我们有

---

① 郭绍虞：《中国文学批评史》，上海古籍出版社 1979 年版，第 268 页。

② 严羽著，郭绍虞校释：《沧浪诗话校释》，人民文学出版社 1961 年版，第 20 页。

③ 顾易生、蒋凡、刘明今：《宋金元文学批评史》上册，上海古籍出版社 1996 年版，第 405 页。

两个理由可以证明。

其一，从上下文语境中来获得。书中论及“以禅喻诗”的地方有三处，分别以“论诗如论禅”“借禅以为喻”和“以禅喻诗”的表述方式出现。现引列于下作比较，并与“辨白是非”对照来看：

禅家者流，乘有大小，宗有南北，道有邪正，学者须从最上乘，具正法眼，悟第一义。若小乘禅，声闻、辟支果，皆非正也。论诗如论禅，汉魏晋与盛唐之诗，则第一义也。大历以还之诗，则小乘禅也，已落第二义矣。晚唐之诗，则声闻、辟支果也。学汉魏晋与盛唐诗者，临济下也。学大历以还之诗者，曹洞下也。(《诗辨》)

至东坡、山谷始自出己意以为诗，唐人之风变矣。山谷用工尤为深刻，其后法席盛行，海内称为江西宗派。近世赵紫芝翁灵舒辈，独喜贾岛姚合之诗，稍稍复就清苦之风。江湖诗人多效其体，一时自谓之唐宗，不知只入声闻、辟支之果，岂盛唐诸公大乘正法眼者哉？嗟乎！正法眼之无传久矣，唐诗之说未唱，唐诗之道或有时而明也。今既唱其体曰唐诗矣，则学者谓唐诗诚止于是耳，得非诗道之重不幸邪！故余不自量度，辄定诗之宗旨，且借禅以为喻，推原汉魏以来，而截然谓当以盛唐为法，虽获罪于世之君子。不辞也。(《诗辨》)

仆之《诗辨》，乃断千百年公案，诚警世绝俗之谈，至当归一之论。其间说江西诗病，真取心肝刽子手，以禅喻诗，莫此清切。是自家实证实悟者，是自家闭门凿破此片田地，即非傍人篱壁，拾人涕唾得来者。高意又使回护，毋直致褒贬。仆意谓辨白是非，定其宗旨，正当明目张胆而言。(《答吴景仙书》)

不难发现，“论诗如论禅”与“借禅以为喻”两段上下文中的“禅喻”均是诸如“大乘正法眼，声闻辟支果”类的禅宗邪正、大小之分，且其后分别有“诗之宗旨”，即“以汉魏晋盛唐为师，不作开元天宝以下人物”和“推原汉魏以来，而截然谓当以盛唐为法”作结论。而第三段之“以禅喻诗，莫此清切”，无疑最能代表严羽“以禅喻诗”的真谛。这在文中是与“说江西诗病”为上下文的。通观《诗辨》，我们发现，“说江西诗病”处有二，一处为“近代诸公乃作奇特解会……诗而至此，可谓一厄也。”这明显非“以禅喻诗”。另一处是“至东坡山谷始自出己意以为诗，唐人之风变矣。山谷用公尤为深刻，其后法席盛行，海内称为江西宗派”。其中“法席、宗派”云云均为禅宗术语。而“辟支，梵语独觉之义，谓并无师承，独自悟道也”①。这正与“至东坡山谷始自出己意以为诗，唐人之风变矣”契合。也因此，严羽认为江西宗派遂“只入声闻、辟支之果，岂盛唐诸公大乘正法眼者哉?”并且最后结论一归“辨白是非，定其宗旨”。可见，三段引文如出一辙，均以“大乘正法眼和声闻辟支果”来喻诗之是非，且均未涉“参”“悟”两术语。

需要说明的是，“论诗如论禅”后只隔数语，便接道：“大抵禅道惟在妙悟，诗道亦在妙悟。”其后大谈“悟”与“参”。这也屡屡成为研究者将“参”“悟”作为“以禅喻诗”之主旨的依据。笔者以为，这里谈“悟”最终归结为“谢灵运至盛唐诸公之透彻之悟”与“但得一知半解之悟”的“悟”之浅深分限方面，其目的仍是为了对“大乘正法眼，声闻辟支果”之喻的补充强调。

其二，从严羽的“自负”和“自矜”中获得。严羽在《答吴景仙书》中曾两次“自吹自擂”：

> 仆之《诗辨》，乃断千百年公案，诚警世绝俗之谈，至当归一之论。其间说江西诗病，真取心肝刽子手，以禅喻诗，莫此清切。是自家实证实悟者，是自家闭门凿破此片田地，即非傍人篱壁，拾人涕唾得来者。
>
> 仆于作诗不敢自负，至识则自谓有一日之长，于古今体制，若辨苍素，甚者望而知之。

对于他的“自矜”和“自负”，郭绍虞先生言辞犀利：

① 严羽著，郭绍虞校释：《沧浪诗话校释》，人民文学出版社 1961 年版，第 14 页。

> 沧浪此书，虽自矜为实证实悟、非傍人篱壁得来，实则任何人都不能不受时代影响，更不能不受阶级的限制，故于注释文中，特别重在沧浪以前之种种理论，以说明沧浪诗说之渊源所自。①
>
> 我诠释《沧浪诗话》每为代找出处，证明是宋时习见之论，亦因沧浪过于自负，似是独出流俗，丝毫不受时代影响，故特为找出来源，证明其言之妄。②

现在，需要澄清的是：严羽的“自负”和“自矜”并无不实之处，或许由于看问题视角的偏颇，郭先生的指责“其言之妄”实则背离了作者“自负”和“自矜”的本意。从上面引文中看出，郭先生所指责严羽的“自负”和“自矜”都是本着他的注释体例而从全书着眼的，即认为“沧浪此书”中所有观点都是宋人习见之论。但他注释中并未注出的，也即不属于宋人习见之论的地方，恰恰是严羽“自负”和“自矜”的真意所在。

先看“自负”。根据上引《答吴景仙书》中两段话的行文逻辑，严羽颇为“自负”者只在“于古今体制，若辨苍素”这一点上，并非就全书而言；并且其“自负”者仅在辨体内涵之“辨白是非，定其宗旨”“辨尽诸家体制”这一方面上，而不是“尊体得体，本色当行”。因为前者郭氏并未有注释，前人也绝少论述，严羽的“自负”不无道理。而“尊体得体”则确是宋人习见之论，郭先生对此注释极为丰富，本文后面“辨体的价值”部分也有充分论述。

再看“自矜”。根据引文，严羽“自矜”者也非如郭先生所言的沧浪全书，而是仅指《诗辨》中的“以禅喻诗”，即仅指其“以禅喻诗”中的“大乘正法眼和声闻辟支果”，而非“熟参”和“妙悟”。这我们可用反向思维来证明。严羽声称其“以禅喻诗”为“实证实悟”者，对照看过郭绍虞、蒋凡等对宋时习见的以“参”“悟”言诗的大量作家言论后，不得不承认，若“参”“悟”确为严羽以禅论诗之原意和主旨，那他确实是狂妄呓语了。然而，事实果真如此吗？作为一个有见地的文学理论家，面对此

① 严羽著，郭绍虞校释：《沧浪诗话校释》，人民文学出版社1961年版，第2页。

② 同上书，第68页。

前众多的大家诸如苏轼、黄庭坚、李之仪、韩驹、吴可、陆游等等均曾以“悟”“参”喻诗而浑然不觉、视而不见，仍大言不惭地吹嘘是“自家闭门凿破”者，无疑是欺人以自欺的狂妄呓语了，显然这于情于理是很难讲得通的。想其也绝不至如此糊涂盲目！然而，借禅宗之“大乘正法眼，声闻辟支果”的邪正、大小之辨来辨白诗体之是非、优劣、高下，前人的确绝少提过，故而称其为“非傍人篱壁，拾人涕唾得来者”，确实是严羽的独得之见。

当然，我们上面论证了严羽“以禅喻诗”的主旨是“大乘正法眼和声闻辟支果”而非“参和悟”，但并不是说就因此否定了“熟参”和“妙悟”这种通行的提法。它们都是严羽“以禅喻诗”中独具意义和特色的因子，只不过严羽有所侧重而已。

第二个方面，就是关于诗之宗旨。“妙悟”“兴趣”说向为研究《沧浪诗话》的重点，大多研究者也将其作为严羽论诗之宗旨。如许志刚先生云：“在提出‘兴趣’说以确立论诗宗旨的同时，严羽还探讨了实现其宗旨的门径问题，于是提出了诗识和妙悟这两个理论范畴。”① 蒋凡云：严羽苦心追求并坚持不懈的“诗之宗旨”是什么？一是“别材别趣”说，也即“兴趣”说，阐述了诗的艺术本质及其基本特征。……另一是以禅喻诗的“妙悟”说。②

前面我们在论“辨体”之“辨白是非，定其宗旨”内涵时，曾提到严羽论“诗之宗旨”是“以盛唐为法”，那么，“妙悟”“兴趣”说与“以盛唐为法”这两种说法有何不同呢？哪种说法更合理呢？其实，两种说法虽然不无区别，但根本上是相通的，只是观察问题的角度不同而已。一则，出现不同说法，是由于辨体内涵不同所致。“辨白是非”的结果，看到了苏黄、江西、江湖、四灵等“宗唐”非“入门之正”，遂截然“以盛唐为法”以端正学者门径；尊体得体的结果，看到了苏黄、江西宗派“以文为诗”的“破体”之弊，遂标举盛唐诸公合于诗之审美本质的“妙悟”“兴

---

① 许志刚：《严羽评传》，南京大学出版社 1997 年版，第 191 页。

② 顾易生、蒋凡、刘明今：《宋金元文学批评史》上册，上海古籍出版社 1996 年版，第 379 页。

趣”宗旨以矫之。这可参见辨体内涵之结语部分。“以盛唐为法”为宗旨，侧重辨白是非，即辨识汉魏以来诸家体制的优劣高下，认为“谢灵运至盛唐诸公，透彻之悟也”“盛唐诸公惟在兴趣”，也就是肯定了“妙悟兴趣”说是辨体内涵之“辨尽诸家体制”的结果；以“妙悟”“兴趣”为宗旨，侧重严辨诗、文体裁的不同规范，看到“以文字为诗，以才学为诗，以议论为诗”这一宋诗尤其是苏黄近代诸公的弊端，进而提倡“言有尽而意无穷”的盛唐诸公“兴趣”之作，是主张“尊体得体、诗文各有体”的结果。

另外，说二者是相通的，因为严氏通过“辨白是非”而确立“以盛唐为法”为其论“诗之宗旨”，在此过程中，正是由于“辨体”的结果，看到了盛唐诸公诗体“妙悟”“兴趣”之审美特征的“是”处，也就是说，“以盛唐为法”即是以“妙悟”“兴趣”为法。从对后世的影响上，二者不分轩轾；后人取其一面，发扬光大，便成文学思潮而流派俨然——明“前后七子”在学诗门径上重拟古复古，便生吞其“以盛唐为法”一面；清王士祯、袁枚重视诗与非诗的审美特性上，故以“妙悟”“兴趣”为圭臬。

不过，《沧浪诗话》一书主要是为了“示学者以门径”，故“以盛唐为法”为“诗之宗旨”更合适些，而从文中“辄定诗之宗旨，且借禅以为喻，推原汉魏以来，而截然谓当以盛唐为法。”的语意逻辑也如此。这可以张少康先生的话作结：“严羽重在兴趣，以妙悟言诗，其最终落脚点是在‘以盛唐为法’。”①

其次，辨体一脉贯穿。“《沧浪诗话》具有较为完整的理论体系。……《诗辨》是全书第一部分，也是严羽集中阐述自己的理论观点的核心部分。……后四个部分基本是对第一部分所提出的理论在各个不同方面的直接运用。”② 蒋凡也云：“开篇《诗辨》是全书的总纲，阐述作者的基本理论主张。……《诗辨》从具体文学材料中抽绎出理论原则，阐明诗歌的本质，然后纲举目张；其他章节则分别从文体风格、创作方法、构思特

① 张少康、刘三富：《中国文学理论批评发展史》下册，北京大学出版社 1995 年版，第 122 页。

② 许志刚：《严羽评传》，南京大学出版社 1997 年版，第 164 页。

色、历史发展各个不同的角度和层次，围绕着《诗辨》的理论主轴旋转，从而构行一个统一的理论体系。”① 我们已知，《诗辨》既是严羽“辨体”理论的策源地，也是它的具体运用，这在“辨体内涵”中已作详细阐述，即“辨白是非，定其宗旨”这一总纲体现并贯穿于《诗辨》全文中。我们知道，《诗辨》可分两部分，一以“禅家者流”开头，一以“夫诗有别材”为首。我们根据这样的总纲形式规律来重新观照《诗辨》的行文和主旨，很容易发现，这两部分如一个循环，各自实践了一次“借禅以为喻；辨白是非，定其宗旨；以盛唐为法”这一总纲程序。下面我们对其余四部分逐章分析，看严羽是如何使其辨体批评一脉贯穿的。

《诗体》。严羽的辨体理论主要在《诗辨》中构建形成，接下来便以《诗体》紧随其后，作为其“辨体”理论的落实和体现。蒋凡云：“由于辨体的结果，他以时论诗，把唐诗分为唐初体、盛唐体、大历体、元和体、晚唐体。”② 当然还包括“以人论诗”，郭绍虞在注释《诗体》中云：“案沧浪《诗法》谓‘辨家数如辨苍白，方可言诗’。以上所谓‘以时’‘以人’诸体，即是家数之辨。”③ 可见，郭、蒋均视《诗体》章乃“辨体”的结果。统计发现，在《诗辨》及《答吴景仙书》这两章中以各种方式出现的“诗体”，均能从《诗体》章“以时而论”和“以人而论”中一一对应起来。将“诗体”分为“以时而论”和“以人而论”，昭示了严羽“辨体”的独特目光，即他未将目光局限于传统的以严守文体形制规范为主的思维方式上，而是挖掘并开拓了文体形成的“时代”“个人”因素，更注重辨体的全面综合视角和艺术个性特征。而且，由于辨体的结果，他“以时而论”与“以人而论”划分诗体，既体现了他的文学史观，同时也影响至巨，即便现代的大多文学史著作，也未脱这种既从纵向上论时代、政治、文化等背景（以时而论），又横向上讲作家作品及文学流派（以人而论）的框架。此外，这也可以说是辨体的另一内涵，可作专文研究。

---

① 顾易生、蒋凡、刘明今：《宋金元文学批评史》上册，上海古籍出版社 1996 年版，第 373 页。

② 同上书，第 411 页。

③ 严羽著，郭绍虞校释：《沧浪诗话校释》，人民文学出版社 1961 年版，第 68 页。

《诗法》。此章首尾皆论辨体，足见其在“诗法”中的重要。合计共有五条，其中“学诗先除五俗”“须是本色，须是当行”及“辨家数如辨苍白，方可言诗。荆公评文章，先体制而后文之工拙。”三条前已论述，兹略。首先阐释“看诗须着金刚眼睛，庶不眩于旁门小法。禅家有金刚眼睛之说。”条。很清楚，这便是所谓“学诗者以识为主，入门须正，立志须高，以汉魏晋盛唐为师，不作开元天宝以下人物。”（《诗辨》）《答吴景仙书》说得更透彻：“作诗正须辨尽诸家体制，然后不为旁门所惑。今人作诗差入门户者，正以体制莫辨也。”再看“诗之是非不必争，试以己诗置之古人诗中，与识者观之而不能辨，其真古人矣。”条。这与“我叔试以数十篇诗，隐其姓名，举以相试，为能别得体制否？”（《答吴景仙书》）有异曲同工之妙，反映了严羽对古今诗体风格特点的烂熟于心和辨体的极端自信。似乎也有自相矛盾之嫌。不过也不难理解。前者之“己诗”与“识者”皆不必坐实为严羽本人，其意仅指“以汉魏晋盛唐为法”之“拟古”之作要酷肖古人而已，即所谓“拟古江文通最长，拟渊明似渊明，拟康乐似康乐，拟左思似左思，拟郭璞似郭璞……”后者则是其自负“识”力，即“仆于作诗不敢自负，至识则自谓有一日之长，于古今体制若辨苍素，甚者望而知之”。

《诗评》。严羽“评诗”的方式方法有几种，但均不离“由辨而评”这一中心。有时仅辨家数苍白，别体制界限，于“优劣、高下”未置可否，如“大历以前，分明别是一副言语；晚唐分明别是一副言语；本朝诸公分明别是一副言语。如此见，方许具一只眼”；“五言绝句，众唐人是一样，少陵是一样，韩退之是一样，王荆公是一样，本朝诸公是一样”。诸如此类，虽于“优劣、高下”未置可否，但在《诗辨》中实已“明辨是非”了。有时又以“气象、词理意兴、自然、风骨、高古、飘逸、沉郁、自得、集大成、豪逸、率然、金鳷擘海、香象渡河、尤妙、真味、本色、浑然天成、绝无痕迹、如肺肝间流出、能感动激发人意”及“粗拙、野狐外道、浅俗、虫吟草间、憔悴枯槁、局促不伸、和韵”等语词“直致褒贬”，如：

唐人与本朝人诗，未论工拙，直是气象不同。

诗有词理意兴。南朝人尚词而病于理，本朝人尚理而病于意兴，唐人尚意兴而理在其中。汉魏之诗，词理意兴，无迹可求。

顾况诗多在元白之上，稍有盛唐风骨处，冷朝阳在大历才子中为最下。

等等，于诸家体制家数（包括以人而论和以时而论）之优劣高下辨析毫厘，下语狠辣，不惧“获罪于世之君子”。其中所谓“气象、词理意兴、风骨”与“唐人、本朝人”之类的辨识和褒贬是非，显然是以由辨体来定诗之宗旨，即用“妙悟、兴趣”与“以盛唐为法”的标准来“评”的。此外，或“以时而评”，或“以人而评”，上举例子中亦能见分晓。而无论“时”“人”，重点皆在“唐宋”两朝间，且既分细微，亦辨大概。如“盛唐人诗，亦有一二滥觞晚唐者，晚唐人诗，亦有一二可入盛唐者，要当论其大概耳。”“李杜二公，正不当优劣。太白有一二妙处，子美不能道；子美有一二妙处，太白不能作。”上举例子仅是其荦荦大者，实则“以辨评诗”贯穿于整个《诗评》章中。

《考证》。“考证”即考辨，或依据辨识诸家体制的整体风貌及某方面突出特点的差异，来考辨是非和识分真伪。如：

《西清诗话》载：晁文元家所藏陶诗，有问来使一篇云：“尔从山中来，早晚发天目？我屋南山下，今生几丛菊？蔷薇叶已抽，秋兰气当馥。归去来山中，山中酒应熟。”余谓此篇诚佳，然其体制气象与渊明不类，得非太白逸诗，后人漫取以入陶集耳。

《文苑英华》有太白《代寄翁参枢先辈》七言律一首，乃晚唐之下者。又有五言律三首集本皆无之，其家数在大历贞元间，亦非太白之作。

“迎旦东风骑蹇驴”绝句，决非盛唐人气象，只似白乐天言语。今世俗图画以为少陵诗，渔隐亦辨其非矣，而黄伯思编入杜集何也？

或以“古律、雅俗”等体制贵贱优劣来“辨白是非”，如：

> 《木兰歌》最古，然“朔气传金柝，寒光照铁衣”之类，已似太白，必非汉魏人诗也。
>
> 太白集中《少年行》，只有数句类太白，其他皆浅近浮俗，决非太白所作，必误也。

如此等等，不一而足。结论虽或有商榷之处，甚至为后人所诟病，但其有意识地用辨别体制的方法来考辨真伪是非并一以贯之，正表明了“辨体”在严羽诗论体系中的方法论意义。我们知道，由体制、体貌特征的不同来辨别、考证作品的真伪，这在唐宋以来的诗话、笔记杂著中不乏其例，但像严羽这样自觉地以辨体批评为考证方法，并有意识地把这种“辨章学术”的方法纳入理论体系中，作为其理论体系的一部分，当属独创，仅此一点，其理论意义便非同凡响。至于这种方法是否科学，结论是否正确，原非本文话题，可以姑置不论。

第三节　辨体批评的价值

根据批评主体的不同，可从两个层面来观照和评估严羽辨体批评的价值。一是严羽作为批评主体，这需要将严羽辨体批评纳入“文学价值观念体系”中来，从理论的高度更深入地把握其理论价值。一是我们作为批评主体，这需要将严羽辨体批评“放在历史发展的链条中加以考察，看他在哪些方面承继、沿袭了前人的话语，哪些方面提供了自己的话语，为文论史增添了新的内容，从而在文论史上给他一个准确的历史定位”①。

首先看其理论价值。我们知道，《沧浪诗话》是宋人诗话中最具理论体系之作，这不仅表现在其结构严谨（五章加一书），宗旨明确（以盛唐为法），方法独特（以辨体批评为手段），主线突出（辨体一脉贯穿）等；

① 党圣元：《主导多元，综融创新》，《文学评论》2003 年第 4 期。

更重要的是，辨体批评本身的构建便符合“文学价值观念体系”这一文学基本原理，从而成为严羽理论体系的内核。在《文学价值论》一书中，党师圣元先生这样界定文学价值观念及其相关范畴：

> 接受主体在反复认知、反映与评价文学价值的过程中必然形成一系列对于文学价值的总观点、总看法，并且以较为固定的形态在主体的意识中呈现出来，这便是文学价值观念。文学价值观念一旦形成，就会在一定意义上成为评价的标准，反过来影响和制约主体进一步的文学接受活动和文学价值评价活动。①
>
> 其（文学价值观念）特点是对客体对象有无价值以及价值品位高下作出区分，具有一定的稳定性、模式性，实质上成为文学价值认知活动中主体内在性的评价标准、价值尺度、评价的思维框架。文学价值观念体系从其内在结构来看，是以价值思维方式为基础，以基本评价标准为“硬核”，包括许多要素在内的一个观念体系。②

对照前文所述可以发现：严羽所谓“熟参”汉魏至近代诸公之优劣、是非杂陈的诸家体制，便是“反复认知、反映与评价文学价值的过程”；准确地说，“评价文学价值的过程”便是“辨白是非”的过程；而“定其宗旨”便是“形成一系列对于文学价值的总观点、总看法”；这个“以较为固定的形态在主体的意识中呈现出来的文学价值观念”便是“以盛唐为法”“妙悟”“兴趣”，这“在一定意义上成为了评价的标准”；这样，作为一个文学价值观念体系的严羽辨体批评，其特点正是通过“辨白是非”、“辨尽诸家体制之优劣、是非、高下”，而得出“以盛唐为法”以及“妙悟”“兴趣”等评价标准、价值尺度为“硬核”，并反过来影响和制约主体对“客体对象有无价值以及价值品位高下作出区分”；如此等等，皆足以验证严羽的辨体批评与此“文学价值观念体系”之契合。此外，党先生还指出：

① 敏泽、党圣元：《文学价值论》，社会科学文献出版社1999年版，第264页。

② 同上书，第269页。

> 在文学接受过程中，主体往往对一些优秀的文学作品的价值特点加以概括，将其中非常成功的、具有典范意义的文学价值创造事实转化为心理现实而形成一种参照模式，并进一步用来作为评价其他文学作品的标准和依据。①

接下来以宋人“将杜诗作为一种楷模，一种文学价值的参照物，就是说作为一种价值标准或尺度，来评价他人的作品”② 为例，也与严羽所谓“论诗以李杜为准，挟天子以令诸侯也。”（《诗法》）相吻。而“论诗以李杜为准”正是对“以盛唐为法”的具体概括，也就是以盛唐之“妙悟”“兴趣”之作为标准来辨白诸家体制之优劣、是非、高下。以上仅仅作一下粗略的分析，已自见出严羽辨体批评的理论品格及价值所在了。

其次看其创新价值。《沧浪诗话》产生于宋人“诗话”兴盛的土壤之中并更具理论体系，同样，其“辨体”批评也是宋人辨体风气的结果。他将零散的辨体观点提升整合，成为宋代辨体的集成之作。当然，严羽的辨体批评有沿袭，也有创获，并分别体现在他的两个辨体内涵上。其中，“尊体得体，本色当行”完全受宋人辨体风气的熏染，“傍人篱壁，拾人涕唾得来者”是为沿袭；而“辨白是非，定其宗旨”则为前人所未道，令作者颇为自负，显然是“自家斷破田地者”。是为变革。在这个意义上，严羽无疑为文体批评史做出了不可磨灭的贡献，为“文论史增添了新的内容”，这也是其辨体批评的独特价值所在。

我们先看沿袭。正如郭绍虞在注释《诗体》时所言：

> 案论诗辨体亦是宋人风气。注中所引李之仪、张表臣、姜夔以及郭茂倩《乐府诗集》所言，均为沧浪辨体所资。吴曾《能改斋漫录》卷十引《西清诗话》谓蔡元长尝语条须知歌行吟谣之别，且言：“近人昧此，作歌而为行，制谣而曲者多矣。虽有名章秀句，若不得体，如人眉目娟好，而颠倒位置可乎！”更足证在当时学古风气之下，诗

① 敏泽、党圣元：《文学价值论》，社会科学文献出版社 1999 年版，第 275 页。

② 同上。

体之辨，有其需要。[①]

从郭氏引吴曾语知其“辨体”是指严氏所谓“须是本色，须是当行”之意，也即尊体得体。“尊体与破体之争贯穿于整个宋代诗学批评的始终。”[②] 对此，王水照、吴承学、邓新跃等学者均有过深入的论述，此不赘言。严羽是“尊体”论的坚定拥护者之一，即“强调诗文体性之辨，要求文学创作应该遵循特定的文体特征与规范，也就是‘当行本色’。”[③] 为了明晰严羽辨体理论的渊源所在，我们择其要者罗列于下：

存中曰：“韩退之诗乃押韵之文尔，虽健美富赡，然格不近诗。”[④]

诗文各有体，韩以文为诗，杜以诗为文，故不工尔。……退之作记，记其事尔；今之记乃论也。少游谓《醉翁亭记》亦用赋体。……退之以文为诗，如教坊雷大使之舞，虽极天下之工，要非本色。[⑤]

诗非文比也。必诗人为之，如攻玉者必得玉工焉，使攻金之工代之琢，则窳矣，而或者挟其深博之学，雄隽之文，于是隐括其伟辞以为诗，五七其句读而平上其音节，夫岂非诗哉……谁敢违之乎?[⑥]

论诗文当以文体为先，警策为后。[⑦]

文章以体制为先，精工次之。失其体制，虽浮声切响，抽黄对白，极其精工，不可谓之文矣。[⑧]

迨本朝则文人多而诗人少。三百年间，虽人各有集，集各有诗，诗各自为体，或尚理致，或负才力，或呈辨博，少者千篇，多至万

---

① 严羽著，郭绍虞校释：《沧浪诗话校释》，人民文学出版社 1961 年版，第 98 页。

② 邓新跃：《论宋代的诗学辨体理论》，《江淮论坛》2005 年第 1 期。

③ 同上。

④ 魏泰：《东轩笔录》卷 12，中华书局 1983 年版，第 141 页。

⑤ 陈师道：《后山诗话》，清何文焕《历代诗话》上册，中华书局 1981 年版，第 303—309 页。

⑥ 杨万里：《黄御史集序》，陶秋英编选、虞行校订《宋金元文论选》，人民文学出版社 1984 年版，第 259 页。

⑦ 张戒：《岁寒堂诗话》，丁福保《历代诗话续编》上册，中华书局 1983 年版，第 459 页。

⑧ 倪思：《经钽堂杂志》，吴讷《文章辨体序说》，人民文学出版社 1962 年版，第 14 页。

首，要皆经义策论之偶韵者尔，非诗也。①

以上不避烦冗，将人们耳熟能详之文献迤逦列出，是为了与前论严羽辨体内涵之“尊体得体”作比较，以见“沧浪尊体所资”。很清楚，倪思之“文章以体制为先，精工次之”及张戒之“论诗文当以文体为先，警策为后”显与严羽“荆公评文章，先体制而后文之工拙”同一机杼；吴曾之“若不得体”与倪思之“失其体制”则为沧浪“得诗之体”先声；而沈存中、黄山谷、陈后山、杨万里、刘克庄等所谓“韩退之以文为诗，诗文各有体，要非本色，深博之学，尚理致、负才力、逞辨博”云云，更是严羽论“韩退之学力、孟襄阳妙悟”，进而强调“当行本色”与反对苏黄诸公“以文字为诗，以才学为诗，以议论为诗”之滥觞。不难发现，严羽这一“尊体得体，本色当行；诗文各有体”的辨体内涵，实为沿袭时人的熟腔滥调，为“傍人篱壁，拾人涕唾得来者”。

再看“创获”。《答吴景仙书》云：“仆于作诗不敢自负，至识则自谓有一日之长，于古今体制，若辨苍素，甚者望而知之。”很明显，严羽颇为自负之处正在于“于古今体制，若辨苍素”，即“辨白是非，定其宗旨”这一辨体内涵上。而这的确未见前人论述，且在郭绍虞先生的注释中也未作说明，故可以称之为“自家实证实悟者”。此外，“以禅喻诗”之“熟参”“妙悟”是沿袭时人成说，而“大乘正法眼和声闻辟支果”则为严羽首创，是其“自家实证实悟者”，这在前面已经说过，此不赘言。还有，“辨体”论虽发源极早，并在宋代蔚为风气，但以“辨体制”、辨家数这种径以“辨体”为名的，严羽当是首创。其后，元明以“辨体”名篇的文体著作才多起来。如元祝尧的《古赋辨体》，明许学夷的《诗源辩体》、吴讷的《文章辨体》、徐师曾的《文体明辨》等，不能说不是受严羽的影响。严羽辨体批评理论上承钟嵘《诗品》、殷璠《河岳英灵集序》，下启明许学夷《诗源辩体》。如蒋寅先生云：“许学夷《诗源辩体》为明代诗学集成之作。其学远宗严羽，近承胡应麟二家，而独树一帜者……论诗以兴趣、造

① 刘克庄：《竹溪诗序》，《后村先生大全文集》卷94，四部丛刊本。

旨为主，先正变而后深浅，先体制而后工拙。”① 在中国古代辨体批评史上具有承前启后的重要地位和作用。

要之，某种意义上说，严羽《沧浪诗话》是以“辨体”为中心的诗论著作，诸如“妙悟”“兴趣”“以禅为喻”“以盛唐为法”等核心概念范畴，或服务于“辨体”，或在“辨体”的构建、运用过程中产生。只因这些概念范畴对后人影响（如明高棅、前后七子；清王士祯、袁枚）之光环越来越大，反而遮蔽了严羽初创时的本来面目和初衷，令“辨体”在其理论体系中的主导地位渐趋黯淡。现在重提以彰其重，并希望通过对其辨体批评理论的论述，能换一个视角来重新观照这部重要的诗学著作。

① 蒋寅：《金陵生小言》，广西师范大学出版社2004年版，第132页。

第九章　祝尧《古赋辨体》之辨体理论体系[①]

魏晋南北朝是中国古代文体学的成熟时期，以《文心雕龙》和《诗品》为代表的经典文论中的辨体批评理念也极为丰富，并形成一定的体系。但是，这一时期辨体之概念范畴以及以辨体为名的表述尚不明显。唐代诗学辨体批评也颇发达，但也仅皎然提出了“辨体一十九字”，最早在文学上形成并出现了“辨体”这一文学批评范畴术语，可谓弥足珍贵。到了宋代，“宋代名公于文章必辨体”[②]（祝尧语），辨体成了一时文坛风气，出现了王安石、倪思、张戒等文体批评名家，并出现了诸如“文章以体制为先”的经典批评命题。尤其是众多的宋人诗话更是记载了丰富的辨体批评文献史料，如果掇拾摘抄而进行分析阐述，颇具一定的理论体系。但是，除了严羽《沧浪诗话》中的辨体批评较为集中而外，其他辨体言论更多是散见在浩瀚的文献典籍之中，即便严羽也非有意识地构建出辨体理论体系。而且据笔者所见，在祝尧《古赋辨体》之前，明确提出以“辨体”为名的言论唯见皎然一次。也就是说，在中国古代辨体批评发展史上，只有到了元代祝尧《古赋辨体》，不但以“辨体”名书，而且书中遍布“辨体”一语且辨体批评贯穿终始。即此一点，也足以看出祝尧是有意识、有目的地构建其辨体理论批评体系的。以下详而论之。

---

① 本文发表于《安徽大学学报》2014 年第 4 期。

② 祝尧：《古赋辨体》，四库全书本。

第一节　源流正变，言之详矣

《古赋辨体》之辨体批评思想之一，便是辨赋体之源流正变。如《御定历代赋汇提要》称："祝尧作《古赋辨体》，于源流正变言之详矣。"① 《四库全书总目》于此言之更详：

> 其书自楚词以下，凡两汉、三国、六朝、唐、宋诸赋，每朝录取数篇，以辨其体格。凡八卷。其外集二卷，则拟骚琴操歌等篇，为赋家流别者也，采摭颇为赅备。其论司马相如《子虚》《上林》赋，谓问答之体，其源出自《卜居》《渔父》，宋玉辈述之，至汉而盛。首尾是文，中间是赋，世传既久，变而又变。其中间之赋，以铺张为靡而专于词者，则流为齐梁唐初之俳体；其首尾之文，以议论为便而专于理者，则流为唐末及宋之文体。于正变源流，亦言之最确。何焯《义门读书记》尝讥其论潘岳《籍田赋》分别赋、颂之非，引马融《广成颂》为证，谓古人赋、颂通为一名。然文体屡变，支派遂分，犹之姓出一源而氏殊百族。既云辨体，势不得合而一之。焯之所言，虽有典据，但追溯本始，知其同出异名，可矣；必谓尧强生分别，即为杜撰，是亦非通方之论也。②

四库馆臣看到了其辨体之功，所谓"于正变源流，亦言之最确""然文体屡变，支派遂分，犹之姓出一源而氏殊百族。既云辨体，势不得合而一之""但追溯本始，知其同出异名"云云，对其辨源流正变大加肯定。大体来说，有如下表现：

首先，楚辞和诗经为赋体之祖源，辨诗、骚、赋之间的微妙关系。如卷一楚辞体上之序云：

① 《御定历代赋汇提要》卷首，四库全书本。
② 永瑢等：《四库全书总目》下册，中华书局1965年版，第1708页。

宋景文公曰：《离骚》为词赋之祖，后人为之，如至方不能加矩，至圆不能过规，则赋家可不祖楚骚乎？然骚者，诗之变也；诗无楚风，楚乃有骚，何邪？愚按：屈原为骚时，江汉皆楚地，盖自文王之化，行乎南国，《汉广》《江有汜》诸诗，已列于二南、十五国风之先，其民被先王之泽也深。风雅既变，而楚狂凤兮之歌，沧浪孺子清兮浊兮之歌，莫不发乎情，止乎礼义，而犹有诗人之六义，故动吾夫子之听。但其歌稍变于诗之本体，又以兮为读，楚声萌糵久矣。原最后出，本诗之义以为骚。凡其寓情草木，托意男女，以极游观之适者，变风之流也；其叙事陈情，感今怀古，不忘君臣之义者，变雅之类也；其语祀神歌舞之盛，则几乎颂矣。至其为赋，则如骚经首章之云；比，则如香草恶物之类；兴，则托物兴辞，初不取义，如《九歌》沅芷、沣兰以兴“思公子而未敢言”之属。但世号楚辞，初不正名曰赋，然赋之义实居多焉。自汉以来，赋家体制大抵皆祖原意，故能赋者，要当复熟于此，以求古诗所赋之本义，则情形于辞，而其意思高远，辞合于理，而其旨趣深长，成周先王二南之遗风，可以复见于今矣。

首先指出“《离骚》为词赋之祖”，“则赋家可不祖楚骚乎”，“自汉以来，赋家体制大抵皆祖原意”云云，但也看到，“骚者，诗之变也”，屈原“本诗之义以为骚”，把屈原之作与《诗经》风、雅、颂、赋、比、兴之“六义”对应起来，称为风体、雅体、颂体、赋体、比体、兴体，尤其“赋体”影响最大。也就是说，自汉以来，赋家体制皆祖楚骚，并与诗之六义、六体密不可分，诗、骚为赋之同源异流。在祝尧的辨体思想里，楚骚为赋体直接源头，而在具体的辨体方法和评价时，则以诗之“六义”尤其以“赋”为代表来评论作家作品，这一理念贯穿全书。可以说，这篇序是祝尧全书辨体之总纲，其中辨体标准之情、辞、理、味都在此序中提出来。辨赋比兴风雅颂“六义”“六体”是祝尧最重要的辨体方法之一，这显然与祝尧认为赋源于《诗经》的辨体思想有关。关于这些，下文将辟专节论述，兹略。

关于赋体源祖于楚骚之论，他者如评《远游》云："……大抵用赋体也，后来赋家为阐衍巨丽之辞者，莫不祖此，司马相如《大人赋》尤多袭之。"评《卜居》云：

> 洪景庐云："自屈原词赋假为渔父日者问答之后，后人作者悉相规仿，司马相如《子虚》《上林》以子虚乌有先生亡是公，扬子云《长杨赋》以翰林主人子墨客卿，班孟坚《两都赋》以西都宾东都主人，张平子《两京赋》以冯虚公子安处先生，左太冲《三都赋》以西蜀公子、东吴王孙、魏国先生，皆改名换字，蹈袭一律，无复超然新意稍出于规矩法度者。"愚观此言，则知词赋之作，莫不祖于屈原之骚矣！

分别从人物用辞和结构形式上，或借他人之言，或出之己论，来辨析赋体源于楚骚。再如：评《渔父》云：

> 赋也，格辙与前篇同。……篇中句末用乎字疑辞，亦与前篇义仝，其即荀卿句末者邪、者与等字之体也。古今赋中或为歌，固莫非以骚为祖，他有谇曰、重曰之类，即是乱辞中间作歌，如《前赤壁》之类，用倡曰、少歌曰体；赋尾作歌，如齐梁以来诸人所作，用此篇体。

所谓"格辙与前篇同""即……之体也""用……体""用此篇体""固莫非以骚为祖"云云，或同类篇章文体比较，或将屈赋与荀赋对照，或将宋体和齐梁体追溯与此，都显示了祝尧鲜明的辨析源流正变的文体观念。

论宋玉总序引司马迁、扬雄及宋黄庭坚语，以证诸家以宋玉之楚辞篇章为赋作的名称，以见赋与楚辞的关系，如云：

> 玉赋颇多，然其精者莫精于《九辨》，昔人以屈、宋并称，岂非

于此乎得之？太史公曰："屈原之后，楚有宋玉、唐勒、景差之徒，皆以赋见称。"或问扬子云曰："景差、唐勒、宋玉、枚乘之赋也善乎？"曰："必也谣，诗人之赋丽以则，词人之赋丽以淫。"审此，则宋赋已不如屈，而为词人之赋矣。宋黄山谷云："作赋须以宋玉、贾谊、相如、子云为之师，略依仿其步骤，乃有古风。"

将汉赋名家贾谊、枚乘、司马相如、扬雄之赋与宋玉、屈原之作联系起来看，进一步阐明汉赋与楚骚之间的源流继承关系。《后骚总序》之论赋源于诗、骚却又不同诗、骚云：

楚臣之骚，即后来之赋，愚于前已屡辨之。然愚载屈、宋之骚，而未及于后来之为骚者，则以赋虽祖于骚，而骚未名曰赋，其义虽同，其名则异。若自首至尾，以骚为赋，混然并载，诚恐学者徒泥图骏之间，而不索骊黄之外。骚为赋祖，虽或信之，赋终非骚，亦或疑之矣。故先以屈、宋之骚，载之为正赋之祖，而别以后来之骚。录之为他文之冠，有源有委，而因委知源；有祖有述，而因述知祖。则古赋之体，或先或后，同源并祖。于此乎辨之，其可也！盖其意实与续骚及楚辞后语之意同，然不敢自并前修，故少异其号，谓之后骚焉。

楚辞体于屈宋之后录荀卿赋篇，而荀卿赋篇之作早于屈原楚骚，对此"先屈后荀"有乖时代顺序之举，祝尧有其自己独到的辨源流正变理论，如云：

但以屈子之骚，赋家多祖之，卿赋措辞工巧，虽有足尚，然其意味终不能如骚章之渊永。若欲置之于首，恐误后学。……不以世次之先后为嫌也。狂愚不揆，窃自附于圣人之义，览者亦毋以世次之先后为拘，则幸矣。

体例不拘一格，不以世次为先后。评《礼》赋云：

纯用赋体，无别义，后诸篇同。卿赋五篇，一律全是隐语，描形写影，名状形容，尽其工巧，自是赋家一体，要不可废。然其辞既不先本于情之所发，又不尽本于理之所存，若视风骚所赋，则有间矣。吁！此楚骚所以为百代词赋之祖也与？

荀卿《礼》《智》《云》《蚕》《箴》五赋，“自是赋中一体”，按时间先后，当在屈原之前，但祝氏却“不以世次为先后”，而置其作品于屈宋之后，这正是符合其辨体批评标准的具体体现，即在编选体例及辨源流标准上，“不以世次为先后”，而唯以“情味”渊永为准则。相反，荀卿之赋辞理工巧有余，而情味不足，恐误后学。故而从后人学习实际出发，认为楚骚所以为百代词赋之祖也。

至于赋与《诗经》的关系，书中处处以“六义”“六体”即赋、比、兴、风、雅、颂来评论作家作品，或以《诗经》之讽谏之义，或以“发乎情，止乎礼义”之传统儒家思想来观照赋家赋作。此外，如《两汉体总序》引《汉书·艺文志》云：

荀卿及楚臣屈原离谗忧国，皆作赋以风，咸有恻隐古诗之义……然犹有古诗之义……骚人所赋有古诗之义者……汉兴，赋家专取诗中赋之一义以为赋，又取骚中赡丽之辞以为辞……故古诗之义未免没……故古诗之义犹有存。

他者如云“孟坚因作《两都赋》以风，其自序云：或曰赋者，古诗之流也。”“《二京》《三都》等赋大抵祖此。”此外，卷九《外录上总序》云：“然后知后代之赋本取于诗之义，以为赋名，虽曰赋义，实出于《诗》。故汉人以为古诗之流。故晁氏亦以为古赋之流。所谓流者，同源而殊流尔。如是，赋体之流固当辩其异，赋体之源又当辩其同。”《后骚总序》之论赋源于诗、骚却又不同诗、骚云：

楚臣之骚，即后来之赋，愚于前已屡辨之。然愚载屈、宋之骚，而未及于后来之为骚者，则以赋虽祖于骚，而骚未名曰赋，其义虽同，其名则异。若自首至尾，以骚为赋，混然并载，诚恐学者徒泥图骏之间，而不索骊黄之外。骚为赋祖，虽或信之，赋终非骚，亦或疑之矣。故先以屈、宋之骚，载之为正赋之祖，而别以后来之骚。录之为他文之冠，有源有委，而因委知源；有祖有述，而因述知祖。则古赋之体，或先或后，同源并祖。于此乎辨之，其可也！

再如《三国六朝体总序》引梁昭明太子《文选序》云："诗有六义，二曰赋。今之作者，异乎古诗之体，今则全取赋名。"它如：

《天台山赋》，赋也……其源亦出于《离骚》《远游》。尝谓世之学仙者以离情为宗……。

《赭白马赋》，赋也……此赋句意皆出于汉《天马歌》，至唐李杜咏马之作，则双出于此矣。

《雪赋》，赋也，二歌及乱，涉风比兴义，意味近古，二歌仿《招魂》语意，乱辞别为一体，又骚之变者。……此赋中间极精丽，后人咏雪皆脱胎焉。盖琢句练字，抽画细腻，自是晋宋间所长，其源亦自荀卿《云》《蚕》诸赋来。

《月赋》，与《雪赋》假梁王邹枚相如同格。……赋也，先叙事，次咏景，次咏题，次咏游赏，而终之以歌，从首至尾全用《雪赋》格，自是咏景物一体所当效仿。然荀卿咏物，但于句上求工，已自深刻。晋宋间人又于字上求工，故精刻过之。篇末之歌，犹有诗人所赋之情，故隔千里兮共明月之辞，极为当世人所称赏。

《芜城赋》，赋也，而亦略有风兴之义，此赋虽与《黍离》《哀郢》同情……，求其源则于诗骚中求其源出。

《舞鹤赋》，赋也……正用《啸赋》格。

《野鹅赋》，比而赋也……此赋从祢正平《鹦鹉赋》中来，可与并看。

《别赋》，赋也……然遣辞犹未脱颜谢之精工，用事亦未如徐庚之堆垛。

其次，论历代赋体源流，在关注其与诗经、楚辞和汉代古赋之间的源流关系之外，也看到后世作家赋体之间的承传关系。如《唐体总序》中辨古、律之别，俳体、律体之源始及俳、律之别，其云：

尝观唐人文集及《文苑英华》所载唐赋，无虑以千计，大抵律多而古少。夫古赋之体，其变久矣，而况上之选进士以律赋，诱之以利禄耶。盖俳体始于两汉，律体始于齐梁；俳者，律之根，律者，俳之蔓。后山云："四律之作，始自徐庾。俳体卑矣而加以律，律体弱矣而加以四六，此唐以来进士赋体所由始也……李太白天才英卓，所作古赋差强人意，但俳之蔓虽除，律之根故在。虽下笔有光焰，时作奇语，只是六朝赋尔。惟韩柳诸古赋一以骚为宗，而超出俳律之外。韩子之学自言其正葩之诗，而下逮于骚，柳之学自言其本之诗以求其恒，参之骚以致其幽，要皆是学古者。"

从声律音韵的角度，将兴于六朝之俳体追溯至两汉，兴于唐代的律体追源于齐梁，并辨俳、律之间的源流，认为"俳者，律之根；律者，俳之蔓"。贬低李白古赋，是因为其"俳之蔓虽除，律之根故在"，故而"是六朝赋尔"；扬韩柳古赋，是因为韩柳之学俱从诗、骚中来，故高下判然分矣。评骆宾王《萤火赋》，认为唐初王、杨、卢、骆专学徐、庾之秾纤妖媚，"惟此赋犹有发乎情之旨，得《鹦鹉》《野鹅》之微者，故特辨之"。辨时代风格不同，可谓辨析毫芒，在众多唐人主流律体赋作中，独见此赋有汉魏古风。论李白《大鹏赋》云："……赋家宏衍巨丽之体，楚骚《远游》等作已然，司马班扬尤尚此。此显出于庄子寓言，本自宏阔，而太白又以豪气雄文发之，事与辞称，俊迈飘逸，去骚颇近。然但得骚人赋中一体尔，若论骚人所赋全体，固当以优柔婉曲者为有味，岂专为宏衍巨丽之一体哉？后人以庄比骚，实以庄骚皆是寓言，同一比义，岂知骚中比兼风兴，岂庄所及？庄文是异端，荒唐缪悠之说，骚文乃有先王盛时发乎情止乎礼义之遗风，学者果学庄学骚乎？”认为《明堂赋》“实从司马扬班诸人之赋来”，《惜余春赋》“只是江文通《别赋》等篇步骤”，《愁阳春赋》正是“学《九辨》第一首语意，及至若乃以下则又只是梁陈体”。《剑阁赋》是“擎敛《上林》《两都》铺叙体格而裁入小赋”。论韩愈《别知赋》，称“宋王介甫《书山石辞》……正与此赋”语相似。论柳宗元《梦归赋》，认为“中含讽与怨意，其有得于变风之余者，中间意思全是就《离骚》中脱出”。

再如论杜牧《阿房宫赋》，认为“前半篇造句犹是赋，后半篇议论俊发，醒人心目，自是一段好文字，赋之本体恐不如此，以至宋朝诸家之赋，大抵皆用此格。潘子真载曾南丰曰：牧之赋宏壮巨丽，驰骋上下，累数百言，至楚人一炬，可怜焦土，其论盛衰之变，判于此，然南丰亦只论其赋之文而未及论其赋之体。后山谈丛云：曾子固短于韵语，若韵语是其所短，则其以文论赋而不以赋论赋，毋怪焉。”评杜牧《阿房宫赋》，认为后半“议论俊发”，有违“赋之本体”。认为北宋曾巩和陈师道是“以文论赋而不以赋论赋”，可见，北宋人已看到以议论为特征的“文赋”特征，而这正是宋代“文赋”的源流，即祝尧所谓“以至宋朝诸家之赋大抵皆用此格”，也足见杜牧《阿房宫赋》对宋人“文赋”的巨大影响。诸公指下文宋体总序中所云欧阳修、苏轼之《秋声》《赤壁》等赋，现当代学人大多都看到这一点，并在文学史及赋学著作中每每提及，可以说受祝尧的影响很大。接下来便论“宋体”之“以文为体”的特征，更见杜牧“文赋”与宋体的承传之迹。

论“宋体”中，评欧阳修《秋声赋》云：“此等赋实自《卜居》《渔父》篇来。迨宋玉赋《风》与《大言》《小言》等，其体遂盛，然赋之本体犹存。及子云《长杨》纯用议论说理，遂失赋本真。欧公专以此为宗，其赋全是文体，以扫积代俳律之弊，然于三百五篇吟咏情性之流风远矣。”论苏轼《屈原庙赋》：“虽不规规于楚辞之步骤”，论《前赤壁赋》云：“谢叠山云此赋学庄骚文法，无一句与庄骚相似。”论秦观《黄楼赋》：“子由《黄楼赋》，其汉赋之流与？少游《黄楼赋》，楚辞之流与？”论张耒《病暑赋》：“全用《招魂》《大招》意脉，邻于骚人之赋矣。张平子

《四愁诗》亦用此体。”论《大礼庆成赋》：“杂出于雅颂，其间多步骤相如子云孟坚诸作，脱其意而异其辞。”论洪舜俞《老圃赋》“亦得鲍谢之祖者也”。

此外，卷九《外录上总序》云：

> 尝观晁氏《续骚》，以陶公《归去来辞》为古赋之流，疑其诗流为赋，赋又流为他文，何其愈流愈远邪？又观唐元微之曰《诗》讫于周，《离骚》讫于楚，是后诗人流而为二十四名……然后知后代之赋本取于诗之义，以为赋名，虽曰赋义，实出于《诗》。故汉人以为古诗之流。后代之文，间取于赋之义，以为文名，虽曰文义，实出于赋。故晁氏亦以为古赋之流。所谓流者，同源而殊流尔。如是，赋体之流固当辩其异，赋体之源又当辩其同。异同两辩，则其义始尽，其体始明。此古赋外录之辩所以继于古赋辩体之辩也欤！……论诗之体，必论诗之义。诗之义六，惟风、比、兴三义，真是诗之全体。至于赋、雅、颂三义，则已邻于文体……以此，赋之源出于《诗》，则为赋者，固当以诗为体，而不当以文为体。后代以来，人多不知经纬之相因，正葩之相须，吟咏无所因而发情性无所缘。而见问其所赋，则曰“赋者，铺也。”如以铺而已矣，吾恐其赋特一铺叙之文尔。何名曰赋？是故为赋者不知赋之体而反为文者，不拘文之体而反为赋。赋家高古之体不复见于赋，而其支流轶出，赋之本义乃有见于他文者，观楚辞于屈宋之后，代相祖述。《续骚》《后语》等编中所载如《二招》《惜誓》以下，至王荆公《寄蔡氏女》、邢敦夫《秋风三迭》，皆本于《骚》，犹曰于赋之体无以异。他如《秋风》《绝命》《归去来辞》等作，则号曰辞，《吊田横苌弘》等作则号曰文，《易水》《越人》《大风》等作则号曰歌，虽异其号，然取于赋之义则同。盖于其同而求其异则赋中之文，诚非赋也；于其异而求其同，则文中之赋，独非赋乎？必也分赋中之文，而不使杂吾赋；取文中之赋，而可使助吾赋。分其所可分，吾知分非赋之义者尔。不以彼名曰赋而遂不敢分。取其所可，取吾知取有赋之义者尔。不以彼名他文而遂不敢取，

此正鲁男子学柳下惠法也。赋者，其可泥于体格之严，而又不知曲畅旁通之义乎？今故以历代祖述楚语者为本，而旁及他有赋之义者，因附益于辨体之后，以为外录，庶几既分非赋之义于赋之中，又取有赋之义于赋之外，严乎其体，通乎其义，其亦赋家之一助云尔。

其他如评柳子厚《享罗池》，认为“其体自九歌中来”，陶渊明《归去来兮辞》“得汉魏赋体”，柳子厚“三吊古文皆本于骚”等皆是。在辨赋体之正变得失上，祝尧以楚辞体和两汉体古赋为正体，以三国六朝体、唐体、宋体为变体。以情辞理味及丽则丽淫为辨体标准，比较古赋与俳赋、律赋、文赋之优劣高下和得体失体，从而明确自己的复古主张，指学者以门径。

第二节　五代四体，脉络分明

祝尧《古赋辨体》最鲜明的辨体思想，就是将古今之赋按赋体的特征及其时代的发展演变来进行分类，依次分为楚辞体、两汉体、三国六朝体、唐体、宋体五个时段，与时代对应的文体特征之赋体分类便是古赋（楚辞两汉）、俳赋（三国六朝体）、律赋（唐体）、文赋（宋体），并指出各体之间的源流继承及嬗变关系，以各时代和古、俳、律、文体的代表作家作品来印证自己的分类辨体理论，从中体现了祝尧鲜明的赋学辨体分类观及赋史观。

论楚辞体与两汉体之古赋。如楚辞体上之总序云：

宋景文公曰：《离骚》为词赋之祖，后人为之，如至方不能加矩，至圆不能过规，则赋家可不祖楚骚乎！然骚者，诗之变也，……原最后出，本诗之义以为骚……但世号楚辞，初不正名曰赋，然赋之义实居多焉。自汉以来，赋家体制大抵皆祖原意，故能赋者要当复熟于此，以求古诗所赋之本义。

以诗、骚作为赋家之祖，其下屈原之《远游》《卜居》《渔父》等作中亦屡屡提到，认为后来赋家“莫不祖此”，“词赋之作莫不祖于屈原之骚矣”，“古今赋中或为歌，莫非以骚为祖”。宋玉序中引黄山谷语云：“作赋须以宋玉、贾谊、相如、子云为之师，略依仿其步骤，乃有古风。”以屈、宋之楚辞作为古赋的源头。

祝尧推崇古赋，以屈、宋之作为古赋之源，是有其原因的。一方面，二者兼具古诗之“六义”，此外对学者而言，不但要着眼于屈、宋之辞古，而更重要的是，因为屈宋之作“有无穷之意味”，“粲然出于情”，从内容和形式两方面都给予高度肯定，进而认为二者乃赋家之祖述楷模的，即前举屈宋之作跋语所云。

论及两汉古赋时，“两汉体”总序云：“则古今言赋，自骚之外，咸以两汉为古，已非魏晋以还所及心乎！古赋者，诚当祖骚而宗汉，去其所以淫而取其所则可也。今故于此备论古今之体制而发明扬子丽则丽淫之旨，庶不失古赋之本义云。”

论及“三国六朝体”之“俳赋”云：

> ……此古今诗人、辞人之赋所以异也。尝观古之诗人，其赋古也，则于古有怀；其赋今也，则于今有感；其赋事也，则于事有触；其赋物也，则于物有况。情之所在，索之而愈深，穷之而愈妙，彼其于辞，直寄焉而已矣。又观后之辞人，刊陈落腐，而惟恐一语未新；搜奇摘艳，而惟恐一字未巧；抽黄对白，而惟恐一联未偶；回声揣病，而惟恐一韵未协。辞之所为，罄矣，而愈求妍矣而愈饰。彼其于情，直外焉而已矣。是故古人所歌，情至而辞不至，则嗟叹而不自胜；辞尽而情不尽，则舞蹈而不自觉。三百五篇所赋，皆弦歌之，以此尔。后来春秋朝聘燕享之所赋，犹取于工，歌之声诗。楚骚乱倡少歌之所赋，亦取于乐歌之音节，奈之何？汉以前之赋出于情，汉以后之赋出于辞，其不歌而诵，全取赋名，无怪也。盖西汉之赋，其辞工于楚骚；东汉之赋，其辞又工于西汉；以至三国六朝之赋，一代工于一代。辞愈工则情愈短，情愈短则味愈浅，味愈浅则体愈下。建安七

子独王仲宣辞赋有古风。归来子曰：仲宣《登楼》之作，去楚骚远，又不及汉，然犹过曹植、陆机、潘岳众作，魏之赋极此矣。诚以其《登楼》一赋，不专为辞人之辞，而犹有得于诗人之情，以为风比兴等义。晋初陆士衡作《文赋》有曰："立片言以居要，乃一篇之警策。"吕居仁曰："文章无警策，则不能动人。但晋宋间人专致力于此，故失于绮靡而无高古气味。"吁！士衡以辞为警策尔，故曰"立言居要"；居仁以辞能动人尔，故曰"绮靡无味"。殊不知辞之所以动人者，以情之能动人也。何待以辞为警策，然后能动人也哉！且独不见古诗所赋乎？出于小夫妇人之手，而后世老师宿傅不能道。夫小夫妇人亦安知有所谓辞哉？特其所赋，出于胸中一时之情，不能自已，故形于辞而为风比兴雅颂等义，其辞自深远矣。然指此辞之深远也？情之深远也？至若后世老师宿傅，则未有不能辞者，及其见之于赋，反不能如古者小夫妇人之所为，则以其徒泥于纸上之语而不得其胸中之趣，故虽穷年矻矻，操觚弄翰，欲求一辞之及于古，亦不可得。又观士衡辈《文赋》等作，全用俳体，盖自楚骚"制芰荷以为衣，集芙蓉以为裳"等句便已似俳，然犹一句中自作对。及相如"左乌号之雕弓，右夏服之劲箭"等语始分两句作对，其俳益甚。故吕与叔曰："文似相如，殆类俳流。"至潘岳首尾绝俳，然犹可也。沈休文等出，四声八病起，而俳体又入于律。为俳者则必拘于对之必的，为律者则必拘于音之必协，精密工巧，调和便美，率于辞上求之。《郊居赋》中尝恐人呼"雌霓作倪"，不复论大体意味，乃专论一字声律，其赋可知。徐、庾继出，又复隔句对联，以为骈四俪六，簇事对偶，以为博物洽闻，有辞无情，义亡体失，此六朝之赋所以益远于古，然其中有士衡《叹逝》、茂先《鹪鹩》、安仁《秋兴》、明远《芜城》《野鹅》等篇，虽曰其辞不过后代之辞，乃若其情，则犹得古诗之余情。愚于此益叹古今人情如此其不相远，古诗赋义如此其终不泯。《诗》云："中心藏之，何日忘之？"六义藏于人心，自有不能忘者。吾乌乎而忘吾情？

指出三国六朝俳体是在骈文盛行之流风下，作者为赋时，唯求辞之骈四俪六、用事偶对、新奇工巧，即“惟恐一联未偶”“为俳者必拘于对之必的”。而齐永明体声律论提出四声八病之说后，由俳而入律，兴于唐代科举的律赋又起源于此。律赋更多的指拘于协韵，即“回声揣病而惟恐一韵未协”“为律者则必拘于音之必协，精密工巧，调和便美，率于辞上求之。”指出赋体之发展随时代由古入俳，由俳入律，愈变愈衰。

论唐体律赋。唐体总序云：

尝观唐人文集及《文苑英华》所载唐赋，无虑以千计，大抵律多而古少。夫古赋之体，其变久矣，而况上之人选进士以律赋，诱之以利禄耶？盖俳体始于两汉，律体始于齐梁，俳者，律之根，律者，俳之蔓。后山云：“四律之作，始自徐、庾。俳体卑矣而加以律，律体弱矣而加以四六，此唐以来进士赋体所由始也。雕虫道丧，颓波横流，光芒气焰，埋铲晦蚀。风俗不古，风骚不今。后生务进干名，声律大盛。句中拘对偶，以趋时好，字中揣声病，以避时忌，孰肯学古哉！”退之云：“时时应事作俗语，下笔令人惭，及以示人，大惭，以为大好，小惭，以为小好。不知古文真何用于今世。”斯言也，其伤今也夫？其怀古也夫？是以唐之一代，古赋之所以不古者，律之盛而古之衰也。就有为古赋者，率以徐庾为宗，亦不过少异于律尔。甚而或以五七言之诗为古赋者，或以四六句之联为古赋者，不知五七言之诗、四六句之联，果古赋之体乎？宋广平，大雅君子也。其为《梅花赋》，皮日休尚称其“清便富艳，得南朝徐庾体，殊不类其为人。”他可知矣。且古赋所以可贵者，诚以本心之情，有为而发，六义之体，随寓而形，如云之行空，风之行水，百态横生，为变不测，纵横颠倒，不主故常，委蛇曲折，略无留碍，有不齐之齐，焉用俳？有不调之调，焉有律？及为俳体者，则不然。骈花俪叶，含宫泛商，如无盐辈膏沐为容而又与西施斗美。然天下之正色，终自有在。子美诗云“词赋工无益”，其意殆为俳律者发。李太白天才英卓，所作古赋，差强人意，但俳之蔓虽除，律之根故在，虽下笔有光焰，时作奇语，只是六朝赋尔。惟韩柳诸古赋，一以骚为宗，而超出俳律之外。韩子之学，自言其正葩之诗而下逮于骚；柳之学，自言其本之诗以求其恒，参之骚以致其幽，要皆是学古者。唐赋之古莫古于此。至杜牧之《阿房宫赋》，古今脍炙，但大半是论体，不复可专目为赋矣。毋亦恶俳律之过，而特尚理以矫其失与？或疑诗序谓“发乎情，止乎礼义”，言情、言理而不言辞，岂知古人所赋，其有理也，以其有辞，其有辞也，以其有情。其情正，则辞合于理而正，其情邪，则辞背于理而邪。所谓辞者，不过以发其情而达其理。故始之以情，终之以礼义。虽未尝言辞而辞实在，其中盖其所赋，固必假于辞而有不专于辞者，去古日远，人情为利欲所汩，而失其天理之本。然情涉于邪而不正，则以游辞而释之；理归于邪而不正，则以强辞而夺之。易系六辞、轲书四辞，固不出于理之正，而亦何莫不从心上来？吁！辞者，情之形诸外也；理者，情之有诸中也。有诸中故见其形诸外，形诸外故知其有诸中。辞不从外来，理不由他得，一本于情而已矣。若所赋专尚辞、专尚理，则亦何足见其平时素蕴之怀、他日有为之志哉？方今崇雅黜浮，变律为古，愚故极论律之所以为律，古之所以为古赋者。知此，则其形一国之风，言天下之事，当有得古人吟咏情性之妙者矣。

极论律赋之始及与俳赋之关系。唐体特指律体进士赋，与六朝律赋有所不同。谈“律之盛古之衰也”，正因科举士子“务进干名”以致“声律大盛”。

论宋体文赋及论文与赋之辨。宋体总序云：

王荆公评文章，尝先体制。观苏子瞻《醉白堂记》，曰：“韩白优劣论尔！”后山云：“退之作记，记其事尔。今之记，乃论也。”少游谓：“《醉翁亭记》亦用赋体。范文正公《岳阳楼记》用对句说景。尹师鲁曰‘传奇体尔’。”宋时名公于文章必辨体，此诚古今的论。然宋之古赋，往往以文为体，则未见其有辨其失者。晦翁云：“东汉文章渐趋对偶，汉末以后只做属对文字。韩文公尽扫去，方成古文。”

当时信他者少，亦变不尽，及欧公一向变了，亦有欲变而不能者。所以做古文自是古文，四六自是四六，却不衮杂。后山又云："宋初士大夫例能四六，杨文公笔力豪赡，体亦多变，而不脱唐末五代之气。喜用方语，以切对为工，乃进士赋体尔。欧阳少师始以文体为对属。"愚考唐宋间文章，其弊有二：曰俳体，曰文体。为方语而切对者，此俳体也。自汉至隋，文人率用之。中间变而为双关体，为四六体，为声律体，至唐而变深，至宋而变极，进士赋体又其甚焉。源远根深，塞之非易。晦翁又谓："文章到欧阳曾苏，方是畅然。所谓'欲变不能者，岂特四六也哉！'"后山谓"欧公以文体为四六"，但四六对属之文，也可以文体为之。至于赋，若以文体为之，则专尚于理，而遂略于辞，昧于情矣。俳律卑浅固可去，议论俊发亦可尚，而风之优柔，比兴之假托，雅颂之形容，皆不复兼矣。非特此也，赋之本义，当直述其事，何尝专以论理为体邪？以论理为体，则是一片之文，但押几个韵尔，赋于何有？今观《秋声》《赤壁》等赋，以文视之，诚非古今所及，若以赋论之，恐坊雷大使舞剑，终非本色。学者当以荆公、尹公、少游等语为法，其曰论体、赋体、传奇体，既皆非记之体，则文体又果可为赋体乎？本以恶俳，终以成文，舍高就下，俳固可恶，矫枉过正，文亦非宜。俳以方为体，专求于辞之工；文以圆为体，专求于理之当。殊不知专求辞之工，而不求于情工，则工矣。若求夫言之不足与咏歌嗟叹等义，有乎？否也。专求理之当而不求于辞当，则当矣。若求夫情动于中与手舞足蹈等义，有乎？否也。故欲求赋体于古者，必先求之于情，则不刊之言，自然于胸中流出，辞不求工而自工，又何假于俳？无邪之思，自然于笔下发之，理不求当而自当，又何假于文？胸中有成思，笔下无费辞，以乐而赋，则读者跃然而喜；以怨而赋，则读者愀然以吁；以怒而赋，则令人欲按剑而起；以哀而赋，则令人欲掩袂以泣。动荡乎天机，感发乎人心，而兼出于风比兴雅颂之义焉。然后得赋之正体，而合赋之本义。苟为不然，虽能脱于对语之俳，而不自知，又入于散语之文。渡江前后人，能龙断声律，盛行赋格、赋范、赋选粹，辩论体格，其书甚众。至于古赋之

> 学，既非上所好，又非下所习，人鲜为之。就使或为，多出于闲居暇日，以翰墨娱戏者，或恶近律之俳，则遂趋于文，或恶有韵之文，则又杂于俳。二体衮杂，迄无定向，人亦不复致辨。近年选场，以古赋取士，昔者无用，今则有用矣。尝考春秋之时，觇国盛衰，别人贤否，每于公卿大夫士所赋知之。愚不知今之赋者，其将承累代之积弊，嚘咻咿嘤，而使天丑其行邪，抑将侈太平之极观，和其声而鸣国家之盛邪！则是赋也，非特足以见能者之材知，而亦有关吾国之轻重，学者可不自勉？

极论赋之文体特征，认为其文体之弊在于“精于义理而远于情性”。祝尧按时代先后分为楚辞、两汉、三国六朝、唐、宋之体，但又颇为通达，不拘于此。如荀卿按时代早于屈宋而列于屈宋之后，即“先屈后荀”，是因为祝尧认为荀赋“措辞工巧”，但“意味”不足，“故欲置之首，恐误后学”，故而“不以世次先后为嫌也”，并希望“览者亦毋以世次之先后为拘，则幸矣”。由此可见，祝尧在辨时代赋体上的客观公正而不拘于体例，不惜打破体例的通变观。

第三节　复古变今，六义为准

祝尧撰写《古赋辨体》的宗旨和目的便是提倡他的复古主张，这与元代中后期复古主义文艺思潮的兴起，以及元中期恢复科举而科举以古赋取士之时代背景和文学风气有直接关系。对此，顾易生等已有所论述。《宋金元文学批评史》云：

> 元代中期师古之风已盛，人们不但好写古诗、古乐府、古文，作赋亦务期于古。宋代科举取士用律赋，元祐复科后便用古赋。祝尧云：“近年选场以古赋取士，昔者无用，今则有用矣。……尝圪春秋之时，觇国盛衰，别人贤否，每欲公卿大夫士所赋知之。愚不知今之赋者，其将承累代之积弊，嚘咻咿嘤而使天丑其行邪？抑将侈太平之

极观，和其声而鸣国家之盛邪？则是赋也，非特足以见能者之材知，而亦有关吾国之轻重，学者可不自勉？嗟夫！谁谓华高企其齐而古体高乎哉？谁谓河广一苇航之，古体远处哉？”故其自序撰书之宗旨云：“其意实欲因时代之高下而论其述作之不同，因体裁之沿革而要其指归之当一，庶几可以由今之体以复古之体云。”①

充分肯定科举以古赋取士的重要作用，即“别贤否”和“知盛衰”，鼓励学者自勉，认为古赋虽历经三国、六朝、唐、宋累代之弊，但也非高远不可企及，通过自己的著述辨体以及学者努力，仍旧可以达到复古之目的。可见，祝尧撰述之宗旨意在复古，即“由今之体以复古之体云”，目的则在于使“能赋者”“学赋者”“作赋者”即所谓当今士人举子作为应试的楷模。如云：

自汉以来，赋家体制大抵皆祖原意，故能赋者要当复熟于此，以求古诗所赋之本义，则情形于辞而其意思高远，辞合于理而其旨趣深长，成周先王二南之遗风可以复见于今矣。——楚辞体上序

方今崇雅黜浮，变律为古，愚故极论律之所以为律，古之所以为古，赋者知此，则其形一国之风，言天下之事，当有得古人吟咏情性之妙者矣。——唐体总序

正是在时代文学风气之下，即“方今崇雅黜浮，变律为古”，才促使祝尧辨析古体、律体，以使“赋者”在复古中有所创获，即“成周先王二南之遗风可以复见于今矣”及“得古人吟咏情性之妙者”。

祝尧认为，庄子之文是异端荒唐缪悠之说，祖骚是因为骚文“乃有先王盛时发乎情止乎礼义之遗风”，那么，就对学者提出了一个问题，即“学者果学庄乎学骚乎？”就是说，同为古人古文，但庄、骚之内容不同，故而复古的对象也因而不同。也因此，祝尧复古有他自己的标准，即“发

① 顾易生、蒋凡、刘明今：《宋金元文学批评史》下册，上海古籍出版社 1996 年版，第 1009 页。

乎情”“吟咏情性”。如评李白《惜余春赋》所云：“愚谓后代之赋但咏景物而不咏情性，并此废之，而况他义乎？欲复古者当何如哉?”在此复古标准之衡量之下，诗、骚正为古赋之源，学者当学骚祖诗，如《外录上总序》云：“赋之源出于诗，则为赋者固当以诗为体……是故为赋者不知赋之体……因附益于辨体之后……其亦赋家之一助云尔。”

要之，祝尧在时代政治及文学思潮的影响下，其古赋辨体之目的在于，以儒家思想为封建统治者服务，严辨古赋今赋之源流正变、优劣高下，从而为学者指出一条正确的复古变今的学赋途径。

祝尧《古赋辨体》有其具体的一贯的辨体方法和手段，就是以诗之“六义”即赋、比、兴、风、雅、颂评判辨析每一篇选列的作品。其中，尤以“赋”为基础，结合风、比、兴、雅、颂，给予每篇作品以艺术形式（赋、比、兴）和情感内容（风、雅、颂）上的全面分析，条理清晰，行之有效，使整个著作显示出了一种系统有序、整齐划一的统一体例和理论规范。

祝尧以《诗经》“六义”以及《诗大序》“发乎情止乎礼义”为辨体批评方法，这与时代政治及他个人思想息息相关。我们知道，由北宋兴起的理学，到了元代有所变异，首先是程朱理学开始成为官学，元人把与程朱观点相近的两宋理学人物都列入孔孟以后的儒学道统中。[①] 尤其是元祐开科禁以后，朱学在元代列为科场程式，儒家经典更为士子举人所尊崇。祝尧之儒家思想可从他的以诗之“六义”辨古赋之体中体现出来。其中，“发乎情止乎礼义”的儒家道统思想在书中凡出现八次，是他辨体的终极标准。而书中所引历代名家言论尤以朱子（晦翁）为最，共出现三十次，其他引用文献也多以宋代理学家诸如定斋、吕居仁、陈师道、洪迈等的言论为代表，从中都可以看出当时哲学思想对文学评论的重大影响，并在文学理论著作中反映出来。

下面我们具体分析来看祝尧是如何以“六义”评判作品的。祝尧首选楚辞体上下两卷，在总序及作品序中多次提到“《离骚》为词赋之祖”

① 参见侯外庐、邱汉生、张岂之《宋明理学史》(上)，人民出版社 1984 年版，第 681 页。

“赋家可不祖楚骚乎?”这是因为他认为:

> 骚者,诗之变也……风雅既变,而楚狂凤兮之歌,沧浪孺子清兮浊兮之歌,莫不发乎情止乎礼义……而犹有诗人之六义,故动吾夫子之听。但其歌稍变于诗之本体,又以兮为读,楚声萌蘖久矣。原最后出,本诗之义以为骚,凡其寓情草木,托意男女,以极游观之适者,变风之流也;其叙事陈情,感今怀古,不忘君臣之义者,变雅之类也;其语祀神歌舞之盛,则几乎颂矣。至其为赋,则如骚经首章之云;比则如香草恶物之类;兴则托物兴辞,初不取义,如《九歌》沅芷沣兰以兴“思公子而未敢言”之属。但世号楚辞,初不正名曰赋,然赋之义实居多焉。自汉以来赋家体制大抵皆祖原意,故能赋者,要当复熟于此,以求古诗所赋之本义。

祝尧以楚辞冠首,认为自汉以来赋家体制皆祖原意,正是因为他认为离骚楚辞“莫不发乎情止乎礼义”“犹有诗人之六义”,将变风、变雅、颂、赋、比、兴分别与楚辞对应起来,从而“以求古诗所赋之本义”。这一观点在选列屈宋作品之后又重申之,如云:

> 右屈宋之辞,家传人诵,尚矣。删后遗音,莫此为古者,以兼六义焉尔。赋者,诚能隽永于斯,则知其辞所以有无穷之意味者,诚以舒忧泄思,粲然出于情,故其忠君爱国,隐然出于理,自情而辞,自辞而理,真得诗人“发乎情止乎礼义”之妙,岂徒以辞而已哉?如但知屈宋之辞为古,而莫知其所以古,及其极力摹放,则又徒为艰深之言,以文其浅近之说,摘奇难之字,以工其鄙陋之辞,汲汲焉以辞为古,而意味殊索然矣!夫何古之有,能赋者必有以辨之。

楚辞为赋家之祖,祝尧在楚辞体序中两次提到“六义”和“发乎情止乎礼义”,这也成为《古赋辨体》之辨体方法和理论总纲,并一脉贯穿于整个著作十卷之中,使儒家思想成为了一条主线。

两汉体是古赋的代表，班固称“赋者，亦古诗之流也”，故而祝尧在论两汉体古赋时，尤以“古诗之义”“诗之六义”及“发乎情，止乎礼义”反复申说，从中更能看出他于“诗之六义”“古诗之义”之重视，并以此为辨体方法手段进行评论批评。两汉体序通篇俱论此，我们标注出来：

汉《艺文志》曰：古者诸侯卿大夫交接邻国揖让之时，必称《诗》以喻意，以别贤不肖而观盛衰焉。春秋之后，聘问咏歌不行于列国，学《诗》之士逸在布衣，而贤士失志之赋作矣。大傅荀卿及楚臣屈原，离谗忧国，皆作赋以风，咸有恻隐古诗之义。其后宋玉、唐勒、枚乘、司马相如、扬子云竞为侈丽闳衍之辞，没其风喻之义。子云悔之，曰“词人之赋丽以淫”。愚谓骚人之赋与词人之赋虽异，然犹有古诗之义，辞虽异而义可则，故晦翁不敢直以词人之赋视之也。至于宋唐以下，则是词人之赋，多没其古诗之义，辞极丽而过淫伤，已非如骚人之赋矣，而况于诗人之赋乎？何者？诗人所赋，因以春秋赋诗是也。如所云，则骚即风也，如荀卿《佹诗》《成相》并赋也，所谓古诗之义在是，吟咏情性也。骚人所赋有古诗之义者，亦以其发乎情也。其情不自知而形于辞，其辞不自知而合于理，情形于辞，故丽而可观，辞合于理，故则而可法，然其丽而可观，虽若出于辞而实出于情，其则而可法，虽若出于理而实出于辞，有情有辞，则读之者有兴起之妙趣，有辞有理，则读之者有咏歌之遗音。如或失之于情，尚辞而不尚意，则无兴起之妙，而于则乎何有？后代赋家之俳体是已。又或失之于辞，尚理而不尚辞，则无咏歌之遗，而于丽乎何有？后代赋家之文体是已。是以三百五篇之诗，二十五篇之骚，莫非发乎情者，为赋为比为兴而见于风雅颂之体，此情之形乎辞者，然其辞莫不具是理，为风为雅为颂而兼于赋比兴之义，此辞之合乎理者，然其理本不出于情，理出于辞，辞出于情，所以其辞也丽，其理也则，而有风比雅兴颂诸义也与！汉兴，赋家专取诗中赋之一义以为赋，又取骚中赡丽之辞以为辞，所赋之赋为辞赋，所赋之人为辞人，一则曰辞，二则曰辞，若情若理有不暇及，故其为丽已异乎风骚之丽，而则之与淫遂判矣。……要之，皆以不发于情故尔。所以渔猎捃摭，夸多斗靡，而每远于性情；哀荒亵慢，希合苟容，而遂害于义理。间如《上林》《甘泉》，极其铺张，终归于讽谏，而风之义未泯；《两都》等赋，极其眩曜，终折以法度，而雅颂之义未泯。《长门》《自悼》等赋，缘情发义，托物兴辞，咸有和平从容之意，而比兴之义未泯，一代所见，其与几何？诚以其时经焚坑之秦，故古诗之义未免没而或多淫，近风雅之周，故古诗之义犹有存而或可则，古今言赋，自骚之外，咸以两汉为古，已非魏晋以还所及。心乎古赋者，诚当祖骚而宗汉，去其所以淫而取其所以则，可也。今故于此备论古今之体制，而发明扬子丽则丽淫之旨，庶不失古赋之本义云。

它处对此六义论之详细的，如《离骚》之评《九歌》云："原既放而感之，故更其辞以寓其情，因彼事神不荅而不能忘其敬爱，比吾事君不合而不能忘其忠赤。故诸篇全体皆赋而比，而赋比之中又兼数义。晦翁云：'比其类，则宜为三颂之属；论其辞，则反为《国风》再变之郑卫矣。'读者详之。"评《长门赋》云：

以赋体而杂出于风比兴之义，其情思缠绵，敢言而不敢怨者，风之义。篇中如"天飘飘而疾风"及"孤雌峙于枯杨"之类者，比之义。上下兰台、遥望周步、援琴变调、视月精光等语，兴之义。盖六艺中，惟风兴二义，每发于情，最为动人而能发人之才思。长卿之赋甚多，而此篇最杰出者，有风兴之义也。故晦翁称"此文古妙"，归来子亦曰"此讽也，非《高唐》《洛神》之比。"愚尝以长卿之《子虚》《上林》较之，《长门》如出二手，二赋尚辞，极其靡丽而不本于情，终无深意远味。《长门》尚意，感动人心，所谓情动于中而形于言，虽不尚辞而辞亦在意之中。由此观之，赋家果可徒尚辞而不尚意乎？尚意，则古之六义可兼，是所谓诗人之赋，而非后世词人之赋矣。

评扬雄《甘泉赋》云：

> 虽曰取天地百神等物以为比，然涉奇狂而非博雅，比之义变甚矣。虽曰陈古者帝王之迹以含讽，然近谀佞而非柔婉，风之义变甚矣。虽曰称朝廷功德等美以仿雅颂，然多文饰而非正大，雅颂之义又变甚矣。但风比兴雅颂之义虽变，而风比兴雅颂之义终未泯。至于三国六朝以降，辞益侈丽，六义变尽而情失，六义泯尽而理失。噫！于此可以观世变矣。

对楚辞体和两汉体之古赋的肯定，是因为二者符合古诗之义、诗之六义，而对三国六朝体、唐体、宋体之俳赋律赋文赋之贬斥和否定，亦从他们不符合古诗之义和诗之六义来着眼的。如三国六朝体总序云：

> 梁昭明《文选序》云：诗有六义，二曰赋，今之作者异于古诗之体，今则全取赋名……建安七子独王仲宣辞赋有古风，归来子曰：仲宣《登楼》之作去楚骚远，又不及汉，然犹过曹植、陆机、潘岳众作，魏之赋极此矣。诚以其《登楼》一赋不专为辞人之辞，而犹有得于诗人之情，以为风比兴等义。……古诗所赋乎出于小夫妇人之手，而后世老师宿傅不能道，夫小夫妇人亦安知有所谓辞哉？特其所赋出于胸中一时之情，不能自已，故形于辞而为风比兴雅颂等义，其辞自然深矣。

祝尧认为，三国六朝之赋大多无可取者，唯王粲《登楼赋》有古风，是因为它“有得于诗人之情，以为风比兴等义”，并认为古诗所赋虽然出于卑贱无识的小夫妇人之手，但“形于辞而为风比兴雅颂等义，其辞自然深矣”。接下来，通过情与辞之关系来阐述六朝陆机等俳体律赋“有辞无情，义之体失，此六朝之赋所以益远于古”，其中陆机《叹逝赋》、张华《鹪鹩赋》、潘岳《秋兴赋》、鲍照《芜城赋》《野鹅赋》等篇有可取之处，正是因为这些赋作“虽其辞不过后代之辞，乃若其情则犹得古诗之余情。

愚于此益叹古今人情如此其不相远，古诗赋义如此其终不泯。《诗》云：中心藏之，何日忘之？六义藏于人心，自有不能忘者，吾乌乎而忘吾情？”仍以“六义”为辨体批评标准。

所以，祝尧在整体上标榜古赋，贬斥六朝俳律之赋之情势下，仍选录了陆、张、潘、鲍等人的符合“六义”之作，并在具体作家选篇中也体现出了他的这一主张。如论陆机，在批驳其《文赋》“又岂知古人之文哉”的同时，认为《叹逝赋》“此作虽未能止乎礼义而发乎情，犹于变风之义有取焉”。

论唐体，总序称“唐之一代古赋之所以不古者，律之盛而古之衰也。……古赋所以可贵者，诚以本心之情，有为而发，六义之体，随寓而形……有不齐之齐，焉用俳，有不调之调，焉有律”。认为李白古赋差强人意，正是由于其“俳之蔓虽除律之根故在”，只是六朝赋耳。而韩柳古赋令人称道，在唐体中独树一帜，也正是因为二者俱宗学诗骚，即“惟韩柳诸古赋一以骚为宗，而超出俳律之外。韩子之学，自言其正葩之诗而下逮于骚，柳之学，自言其本之诗以求其恒，参之骚以致其幽，要皆是学古者。唐赋之古莫古于此。……诗序谓‘发乎情止乎礼义’，言情言理而不言辞，岂知古人所赋？”以情辞理之关系证韩柳古赋“发乎情止乎礼义”，以贬今赋唐体之非。在作家作品中，肯定骆宾王《萤火赋》，认为“惟此赋犹有发乎情之旨，得《鹦鹉》《野鹅》之微者，故特辨之”。

论宋体，《总序》称：“唐宋间文章，其弊有二，曰俳体，曰文体。……俳律卑浅固可夫，议论俊发亦可尚，而风之优柔，比兴之假托，雅颂之形容皆不复兼矣。……动荡乎天机，感发乎人心，而兼出于风比兴雅颂之义焉，然后得赋之正体而合赋之本义。”在选列作家作品中，肯定苏辙《屈原庙赋》，认为其“赋而杂出于风比兴之义，反复优柔，沉着痛快，以古意而为古辞，何患不古？”

外录总序言之尤详，云：“论诗之体，必论诗之义。诗之义六，惟风比兴三义，真是诗之全体。至于赋雅颂三义，则已邻于文体。何者？诗所以吟咏情性，如风之本义，优柔而不直致，比之本义，托物而不正言，兴之本义，舒展而不刺促。得于未发之性，见于已发之情，中和之气，形于言语，其吟咏之妙，真有永歌嗟叹舞蹈之趣。此其所以为诗而非他文所可混。人徒见赋有铺叙之义，则邻于文之叙事者，雅有正大之义，则邻于文之明理者，颂有褒扬之义，则邻于文之赞德者，殊不知古诗之体，六义错综，昔人以风雅颂为三经，以赋比兴为三纬，经其诗之正乎？纬其诗之葩乎？经之以正，纬之以葩，诗之全体始见，而吟咏情性之作有非复叙事明理赞德之文矣。诗之所以异于文者，以此。赋之源出于诗，则为赋者，固当以诗为体而不当以文为体。”选列《歌》序云：“盖歌者，乐家之音节，与诗赋同出而异名尔。今故载历代本谓之歌，而有六义可以助赋者。”歌因有“六义”之助，故而为赋。

以上是祝尧在时代各体总序及作家作品中对辨古诗之义的集中论述。不但在总序中有集中的理论阐述，在具体的选录评论作品操作实践中，最能体现他的这一辨体方法和辨体思想。他在所选列的历朝作家作品中，每篇都以《诗经》赋比兴六义来详加辨析，我们可以列一个总表见其整体。通过列表可以看出，每体每代作家数量作品数量以及作品的经典化，同时也能分析出祝氏之褒贬批评的公正与偏颇，并可比较祝氏的独特见解在哪里，以及与现当代文学史或赋史的主流观点有何不同。

第四节　情辞理味，丽则丽淫

在诗之六义这一辨体方法总纲的指导下，祝尧《古赋辨体》的批评标准便是《诗大序》所谓的“发乎情止乎礼义”这一儒家评判文学的标准和极则，体现出忠君爱国、讽谏哀怨等特征。反映出了元代程朱理学成为官学、开科禁以古赋取士及以朱子为科场程式和祝尧的儒家思想等时代和个人因素。在此基础上，祝尧并不拘泥于道学思想的束缚，或者说并不以道学家的面孔出现，他还提出了他的“情、理、辞、味”的辨体标准，丽与则及丽与淫即诗人之赋和词人之赋的辨体标准，情与景之辨体标准，这样便在诗之六义这一主线辨体方法之外，又以情、理、辞、味四方面，从思想内容到艺术形式上结合起来辨体，进而给予高下优劣的评判，提出自己丰富的辨体思想和主张，可以说是贯穿全书的另一条辨体主线，在中国古代文论之关于内容与形式、文与质、情与辞之关系上，做出很大贡献。尤其是他提出的“味”包括“趣”的美学范畴，在中国美学史上也具有重要意义。以下分而述之。

首先看情、辞、理、味（趣）之关系。这在开篇楚辞体之总序中便作为总结性结论被提出来。《离骚》之所以为“词赋之祖”，致使自汉以来赋家体制皆祖原意，就是要求“能赋者”熟悉诗之六义，即古诗所赋之本义，“则情形于辞而其意思高远，辞合于理而其旨趣深长”，也就是说，作赋只有情形与辞与辞合于理，方为古赋最高境界，方能“意思高远，旨趣深长”，所谓意思、旨趣这种美学风范在他处多以情味、意味、趣味来表示。这是情、辞、理三者关系的最佳状态，这种关系下方能出现“意思高远和旨趣深长”的理想美学境界。可以说是开篇明义，显然是作为全书的总纲性主张出现的。

屈宋之赋之所以“莫此为古者”并“隽永”而有“无穷之意味”的原因，是因其“诚以舒忧泄思，粲然出于情，故其忠君爱国，隐然出于理，自情而辞，自辞而理，真得诗人发乎情止乎礼义之妙，岂徒以辞而已哉？如但知屈宋之辞为古，而莫知其所以古，及其极力摹仿，则又徒为艰深之言，以文其浅近之说，摘奇难之字以工其鄙陋之辞，汲汲焉以辞为古，而意味索然矣，夫何古之有？能赋者必有以辨之”。

可见，《古赋辨体》亦辨情、辞、理、味，祝尧之所以所推重古赋者，在于古赋之“出于情”和“舒泄忧思”，“情”真为根本基础，当然这个“情”是指忠君爱国之情，“发乎情止乎礼义”之情，辞是为表达情的需要的，即“自情而辞”，这才是古赋的真谛。如果极力摹仿，仅从言辞上拟古复古，“徒为艰深之言，以文其浅近之说，摘奇难之字以工其鄙陋之辞，汲汲焉以辞为古”，那么只会使得赋作变得“意味索然”，那显然并不是真正的古赋。这里，自情而辞，自辞而理，终于达到有无穷意味的境界，也重申了情、辞、理、味四者的关系，前后照应，结构绵密严整，颇具一定的理论体系。

接下来，祝尧以反证来说明措辞与情味的关系。称荀卿五赋“措辞工巧虽有足尚”，然其意味终不能如骚章之渊永，故而虽早于屈宋却列于屈宋之后，恐误后学。

不但在楚辞体总序中如此，而且在两汉体、唐体、宋体总序中都极为详尽地阐述了情、辞、理、味之间的关系，并以具体作家作品中的情理辞味之间的表现来进行佐证，从而使得《古赋辨体》成为中国古代文论中情辞理味、内容与形式、文与质之间关系的集大成者。摘录如下，以见全貌。两汉体总序云：

> 骚人所赋有古诗之义者，亦以其发乎情也。其情不自知而形于辞，其辞不自知而合于理，情形于辞，故丽而可观，辞合于理，故则而可法，然其丽而可观，虽若出于辞而实出于情，其则而可法，虽若出于理而实出于辞，有情有辞，则读之者有兴起之妙趣，有辞有理，则读之者有咏歌之遗音。如或失之于情，尚辞而不尚意，则无兴起之妙，而于则乎何有？后代赋家之俳体是已。又或失之于辞，尚理而不尚辞，则无咏歌之遗，而于丽乎何有？后代赋家之文体是已。是以三百五篇之诗，二十五篇之骚，莫非发乎情者，为赋为比为兴而见于风雅颂之体，此情之形乎辞者，然其辞莫不具是理，为风为雅为颂而兼于赋比兴之义，此辞之合乎理者，然其理本不出于情，理出于辞，辞出于情，所以其辞也丽，其理也则，而有风比雅兴颂诸义也，与汉兴赋家专取诗中赋之一义以为赋，又取骚中赡丽之辞以为辞，所赋之赋为辞赋，所赋之人为辞人，一则曰辞，二则曰辞，若情若理有不暇及，故其为丽已异乎风骚之丽，而则之与淫遂判矣。……要之，皆以不发于情故尔。所以渔猎掊摭，夸多斗靡，而每远于性情；哀荒亵慢，希合苟容，而遂害于义理。间如《上林》《甘泉》，极其铺张，终归于讽谏，而风之义未泯；《两都》等赋，极其眩曜，终折以法度，而雅颂之义未泯。《长门》《自悼》等赋，缘情发义，托物兴辞，咸有和平从容之意，而比兴之义未泯，一代所见，其与几何？

其下选评作品时，如论贾谊云：“然《吊屈原赋》用比义，《鹏赋》全用赋体，无他义，故同死生、齐物我之辞，虽有逸气，而其理未免涉于荒忽恢幻，若较之《吊屈》，于比义中发咏歌嗟叹之情，反复抑扬，殊觉有味。"论司马相如《子虚赋》云："此两赋及《两都》《二京》《三都》等作皆然，盖又别为一体，首尾是文，中间乃赋，世传既久，变而又变。其中间之赋以铺张为靡而专于辞者，则流为齐梁唐初之俳体；其首尾之文以议论为驶而专于理者，则流为唐末及宋之文体。"论《上林赋》云："愚谓子云以为戏者，则以其驾辞多尚虚，而理或至于不实。艾轩以为圣者，则以其运意犹自然，而辞未失于太过。若于此体会，则古人之赋固未可以铺张侈大之辞为佳，而又不可以刻画斧凿之辞为工。亦当就情与理上求之。"论《长门赋》云："愚尝以长卿之《子虚》《上林》较之《长门》，如出二手。二赋尚辞，极其靡丽而不本于情，终无深意远味。《长门》尚意，感动人心，所谓情动于中而形于言，虽不尚辞而辞亦在意之中。由此观之，赋家果可徒尚辞而不尚意乎？尚意，则古之六义可兼。是所谓诗人之赋，而非后世词人之赋矣。"

论扬雄，序云："愚谓自楚骚已多用连绵字及双字，长卿赋用之尤多。至子云好奇字，人每载酒从问焉。故赋中全喜用奇字，十句而八九矣。厥后《灵光》《江海》等赋，旁搜遍索，皆以用此等字为赋体，读者苦之。然赋之为古，亦观六义所发何如尔。若夫雾縠组丽，雕虫篆刻，以从事于侈靡之辞，而不本于情，其体固已非古，况乎专尚奇难之字以为古？吾恐其益趋于辞之末而益远于辞之本也。"论《甘泉赋》云："《甘泉赋》，赋也，全是仿司马长卿，真所谓同工异曲者与。盖自长卿诸人，就骚中分出侈丽之一体以为辞赋，至于子云，此体遂盛。不因于情，不止于理，而惟事于辞。……至于三国六朝以降，辞益侈丽，六义变尽而情失，六义泯尽而理失。"论《长杨赋》云："盖赋之为体，固尚辞，然其于辞也，必本之于情而达之于理。文之为体，每尚理，然其于理也，多略乎其辞而昧乎其情。故以赋为赋，则自然有情有辞而有理；以文为赋，则有理矣而未必有辞，有辞矣而未必有情。此等之作虽名曰赋，乃是有？之文，并与赋之本义失之，噫！"论祢衡《鹦鹉赋》云："凡咏物题，当以此等赋为法。其为辞也，须就物理上推出人情来。直教从肺腑中流出，方有高古气味。如但赋之以辞，则流于后代之体，以字句之巧为用工，而不知其漠然无情，以体贴之切为着题，而不知其涣然无理，视之虽如织锦，味之乃如嚼蜡，况望其可高古耶？此赋宜与鲍明远《野鹅赋》并看。”

论三国六朝体，总序云：

……情之所在，索之而愈深，穷之而愈妙，彼其于辞，直寄焉而已矣。又观后之辞人，刊陈落腐，而惟恐一语未新；搜奇摘艳，而惟恐一字未巧；抽黄对白，而惟恐一联未偶；回声揣病，而惟恐一韵未协。辞之所为，罄矣，而愈求妍矣而愈饰。彼其于情，直外焉而已矣。是故古人所歌，情至而辞不至，则嗟叹而不自胜；辞尽而情不尽，则舞蹈而不自觉。三百五篇所赋，皆弦歌之，以此尔。后来春秋朝聘燕享之所赋，犹取于工，歌之声诗。楚骚乱倡少歌之所赋，亦取于乐歌之音节，奈之何？汉以前之赋出于情，汉以后之赋出于辞，其不歌而诵，全取赋名，无怪也。盖西汉之赋，其辞工于楚骚；东汉之赋，其辞又工于西汉；以至三国六朝之赋，一代工于一代。辞愈工则情愈短，情愈短则味愈浅，味愈浅则体愈下。建安七子独王仲宣辞赋有古风。归来子曰：仲宣《登楼》之作，去楚骚远，又不及汉，然犹过曹植、陆机、潘岳众作，魏之赋极此矣。诚以其《登楼》一赋，不专为辞人之辞，而犹有得于诗人之情，以为风比兴等义。晋初陆士衡作《文赋》有曰：“立片言以居要，乃一篇之警策。”吕居仁曰：“文章无警策，则不能动人。但晋宋间人专致力于此，故失于绮靡而无高古气味。”吁！士衡以辞为警策尔，故曰“立言居要”：居仁以辞能动人尔，故曰“绮靡无味”。殊不知辞之所以动人者，以情之能动人也。何待以辞为警策，然后能动人也哉！且独不见古诗所赋乎？出于小夫妇人之手，而后世老师宿傅不能道。夫小夫妇人亦安知有所谓辞哉？特其所赋，出于胸中一时之情，不能自已，故形于辞而为风比兴雅颂等义，其辞自深远矣。然指此辞之深远也？情之深远也？至若后世老师宿傅，则未有不能辞者，及其见之于赋，反不能如古者小夫妇人之所为，则以其徒泥于纸上之语而不得其胸中之趣，故虽穷年矻矻，操觚弄翰，欲求一辞之及于古，亦不可得。……徐、庾继出，又复隔句对联，以为骈四俪六，簇事对偶，以为博物洽闻，有辞无情，义亡体失，此六朝之赋所以益远于古，然其中有士衡《叹逝》、茂先《鹪鹩》、安仁《秋兴》、明远《芜城》《野鹅》等篇，虽曰其辞不过后代之辞，乃若其情，则犹得古诗之余情。愚于此益叹古今人情如此其不相远，古诗赋义如此其终不泯。《诗》云："中心藏之，何日忘之？"六义藏于人心，自有不能忘者。吾乌乎而忘吾情？

王仲宣《登楼赋》："……则兼风比兴义，犹有古味，以此知诗人所赋六义，其妙处皆从情上来，情之不可已已如是夫。"可见，以六义为辨体方法，最终落脚点却到情味之上。张华《鹪鹩赋》："……比而赋也。凡咏物之赋，须兼比兴之义，则所赋之情不专在物，特借物以见我之情尔。盖物虽无情，而我则有情，物不能辞，而我则能辞，要必以我之情推物之情，以我之辞代物之辞，因之以起兴，假之以成比，虽曰推物之情而实言我之情，虽曰代物之辞而实出我之辞，本于人情，尽于物理，其词自工，其情自切，使读者莫不感动，然后为佳。此赋盖与《鹦鹉》《野鹅》二赋同一比兴，故皆有古意。但《鹦鹉》《野鹅》二赋尤觉情意缠绵，词语凄惋，则其所以兴情处异故也。"潘岳《秋兴赋》："……《秋兴赋》，赋也。赋虽以兴名篇，而全体多是赋义，但其情尚觉春容，其辞未费斧凿，盖汉魏流风犹有存者。夫安仁本躁者也，而篇末一段乃强为静者之辞，要岂其真情也哉？篇中慕徒感节，惜老嗟卑，深情莅于辞表，所谓躁人之辞多是已。若因人之辞而观人之情，手指目视，自有不能掩者。"

颜延年《赭白马赋》："《赭白马赋》，赋也，辞极精密。晋宋间赋，辞虽太工丽，要是赋中所有者，赋家亦不可不察乎此。若使辞出于情，情辞两得，尤为善美兼尽，但不可有辞而无情尔。愚故尝谓：赋之为赋，与有辞而无情，宁有情而无辞。盖有情而无辞，则辞虽浅而情自深，其义不失为高古。有辞而无情，则辞虽工而情不及，其体遂流于卑弱。"谢惠连《雪赋》："《雪赋》，赋也。二歌及乱涉风比兴义，意味近古。二歌仿《招魂》语意，乱辞别为一体，又骚之变者。且歌者，诗人所赋之妙，实以其情，非辞能尽，故形于声而为歌。《雪》《月》二赋篇末之歌，犹是发乎情本义。若《枯树赋》簇事为歌，何情之可歌哉？"

鲍照《芜城赋》："《芜城赋》，赋也，而亦略有风兴之义。此赋虽与《黍离》《哀郢》同情，然《黍离》《哀郢》情过于辞，言穷而情不可穷，故至今读之犹可哀痛。若此赋，则辞过于情，言穷而情亦穷矣。故辞虽哀切，终无深远之味。诗云：知我者谓我心忧，不知我者谓我何求。古人之情，岂可于辞上穷之邪！"论《舞鹤赋》云："《舞鹤赋》，赋也……盖六朝之赋，至颜谢工矣。若明远，则工之又工者也。其所以工者，尽辞之妙，而惟其辞之不尽。岂知古人之赋，宁不能尽其辞，而使之工哉？每留其辞而不使之尽哉！诚欲有余之情溢于不尽之辞，则其意味深远，不在于辞之妙而在于情之妙也。"论《野鹅赋》云："《野鹅赋》，比而赋也。此赋虽亦尚辞，而其凄惋动人处，实以其情使之然尔。遐想明远当时赋此，岂能无慨于其中哉！以六朝之时而有赋若此，则知辞有古今而情无古今。但习俗移人，虽贤者失其情而不自觉。"

论唐体，总序云：

> ……诗序谓"发乎情，止乎礼义"，言情、言理而不言辞，岂知古人所赋，其有理也，以其有辞，其有辞也，以其有情。其情正，则辞合于理而正，其情邪，则辞背于理而邪。所谓辞者，不过以发其情而达其理。故始之以情，终之以礼义。虽未尝言辞而辞实在，其中盖其所赋，固必假于辞而有不专于辞者，去古日远，人情为利欲所汩，而失其天理之本。然情涉于邪而不正，则以游辞而释之；理归于邪而不正，则以强辞而夺之。易系六辞、轲书四辞，固不出于理之正，而亦何莫不从心上来？吁！辞者，情之形诸外也；理者，情之有诸中也。有诸中故见其形诸外，形诸外故知其有诸中。辞不从外来，理不由他得，一本于情而已矣。若所赋专尚辞、专尚理，则亦何足见其平时素蕴之怀、他日有为之志哉？方今崇雅黜浮，变律为古，愚故极论律之所以为律，古之所以为古赋者。知此，则其形一国之风，言天下之事，当有得古人吟咏情性之妙者矣。

论宋体，总序云：

> 至于赋，若以文体为之，则专尚于理而遂略于辞、昧于情矣。俳律卑浅固可去，议论俊发亦可尚，而风之优柔，比兴之假托，雅颂之形容，皆不复兼矣。非特此也，赋之本义，当直述其事，何尝专以论理为体邪？以论理为体，则是一片之文，但押几个韵尔，赋于何有？今观《秋声》《赤壁》等赋，以文视之，诚非古今所及，若以赋论之，恐坊雷大使舞剑，终非本色，学者当以荆公、尹公、少游等语为法。其曰论体、赋体、传奇体，既皆非记之体，则文体又果可为赋体乎？本以恶俳，终以成文，舍高就下，俳固可恶，矫枉过正，文亦非宜。俳以方为体，专求于辞之工；文以圆为体，专求于理之当。殊不知专求辞之工而不求于情，工则工矣，若求夫言之不足与咏歌嗟叹等义，有乎？否也。专求理之当而不求于辞，当则当矣，若求夫情动于中与手舞足蹈等义，有乎？否也。故欲求赋体于古者，必先求之于情，则不刊之言自然于胸中流出，辞不求工而自工，又何假于俳？无邪之思自然于笔下发之，理不求当而自当，又何假于文？胸中有成思，笔下无费辞。以乐而赋，则读者跃然而喜；以怨而赋，则读者愀然以吁；以怒而赋，则令人欲按剑而起；以哀而赋，则令人欲掩袂以泣。动荡乎天机，感发乎人心，而兼出于风比兴雅颂之义焉。然后得赋之正体而合赋之本义。

以文体为例，从辞、理、情关系之反面的角度来论证情之重要，即发乎情止乎理义，关键在此。论及具体作家作品，宋子京《圆丘赋》："语极工丽，犹是强追古躅者。若视当时《五凤楼》等作，则又浅陋于此矣。盖宋赋虽稍脱俳律，又有文体之弊，精于义理而远于情性，绝难得近古者。"这与宋诗以议论为诗，以文字为诗，即严羽反江西派弊端同一机杼。欧阳修《秋声赋》："及子云《长杨》，纯用议论说理，遂失赋本真。欧公专以此为宗，其赋全是文体，以扫积代俳律之弊，然于三百五篇吟咏情性之流风远矣。"指出宋代文赋之弊。虽文赋有其功，扫六朝唐体俳体律体之弊，但矫枉过正，扫其辞但入于理，终归无情，故"遂失赋本真"。

其次，辨丽与则与丽与淫。这是辨体之辨情辞理味的另一种形式和说法。楚辞体论宋玉赋时引扬雄之语：“诗人之赋丽以则，词人之赋丽以淫”，“审此则宋赋已不如屈，而为词人之赋矣”。两汉体总序云：

> 大傅荀卿及楚臣屈原，离谗忧国，皆作赋以风，咸有恻隐古诗之义。其后宋玉、唐勒、枚乘、司马相如、扬子云竞为侈丽闳衍之辞，没其风喻之义。子云悔之，曰“词人之赋丽以淫”。愚谓骚人之赋与词人之赋虽异，然犹有古诗之义，辞虽丽而义可则，故晦翁不敢直以词人之赋视之也。至于宋唐以下，则是词人之赋，多没其古诗之义，辞极丽而过淫伤，已非如骚人之赋矣，而况于诗人之赋乎？何者？诗人所赋，因以春秋赋诗是也。如所云，则骚即风也，如荀卿《佹诗》《成相》并赋也，所谓古诗之义在是，吟咏情性也。骚人所赋有古诗之义者，亦以其发乎情也。

可见，辨诗人之赋丽与则，是指诗人之赋义可则，义指内容，其下以情代义，即其情义。丽而则是指古诗有讽喻之义；而词人之赋丽与淫则指“辞”之淫，即辞之“侈丽闳衍”，铺张扬厉，但是“劝百而讽一”，辞虽淫侈，但却无讽喻之义，其情性不见于赋中。

接下来，两汉体总序又提到：“汉兴，赋家专取诗中赋之一义以为赋（笔者按而非六义），又取骚中赡丽之辞以为辞，所赋之赋为辞赋，所赋之人为辞人，一则曰辞，二则曰辞，若情若理，有不暇及，故其为丽也异乎风骚之丽，而则之与淫遂判矣。”可见，所谓辞人之赋，是指汉代大赋之竞为赡丽之辞，只取诗中赋之一义，而非诗之六义比兴风雅兼顾。取诗六义之“赋”之一义，则赋只重辞，而与“情”关联的比兴风雅之“义”则不见于赋中，故而则与淫之判正是情与辞之关系。所以最后认为“心乎古赋者，诚当祖骚而宗汉”，但宗汉要“去其所淫而取其所以则可也”。也就是说，在两汉体总序中，祝尧称“今故于此备论古今之体制，而发明扬子丽则丽淫之旨，庶不失古赋之本义云。”也从中说明了丽与则及丽与淫是祝尧古赋辨体的一个重要标准和手段。

祝尧在论两汉体班固之京都大赋《两都赋》中，借机对丽则与丽淫，诗人之赋与辞人之赋进行了详细阐说："昌黎曰诗正而葩，子云曰诗人之赋丽以则，愚谓先正而后葩，此诗之所以为诗，先丽而后则，此赋之所以为赋。自汉以来，赋者多知赋之当丽而少知赋之当则。苟有善赋者，以诗中之赋而为赋，先以情而见乎辞，则有正与则之意为骨，后以辞而达于理，则有葩与丽之辞为肉，庶几葩丽而不淫，正则而可尚，发乎情止乎礼义，是独非诗人之赋与？何词人之赋是言也。此赋涉雅颂，犹有正与则之余风，愚故于此意言之。"扬雄所谓诗人之赋丽与则，正是韩愈所谓诗葩而正，则与正指"情"之则与正，丽与葩指"辞"之丽与葩，故而说"先以情而见乎辞，则有正与则之意为骨，后以辞而达于理，则有葩与丽之辞为肉"。也就是说，诗人之赋情见乎辞，词人之赋则见辞不见情。这在宋体论苏辙《黄楼赋》中亦云："尝谓自汉以来，赋者知赋之当丽而不知赋当则，自宋以来赋者虽知赋之当则，而又不知赋之当丽，故各堕于一偏，正所谓矫枉过正者也。此篇却有丽则意思。"

由于扬雄赋创作和理论上的巨大贡献，关于他对赋的经典评论，历代赋家莫不争相引用，包括现当代文学史都是必引之言，但对其丽则、丽淫的解释则大多语焉不详。祝尧在他的"诗之六义"辨体方法，"情辞理味"之辨体标准，以及楚辞、两汉古赋与三国六朝、唐体宋体之俳、律、文赋分类辨体的综合基础之上，对丽与则与丽与淫，诗人之赋与辞人之赋进行了详尽而令人信服的辨体，让人豁然开朗。在进行理论阐释的同时，并将其作为自己的辨体标准之一，应用于具体的辨体实践中，这无疑要在中国文学批评史上写上浓重的一笔，对中国古代文论也作出了不可磨灭的贡献。

在辨论古赋、俳赋、律赋、文赋之历朝赋体中，祝尧引入情与辞及丽则丽淫之关系作为辨体标准，也就是文与质、思想内容与艺术形式的关系，在批驳今赋即俳、律、文赋的时候，指出其"辞"之丽淫的同时，还批驳了俳、律之根源在于语言文辞之工巧新奇和偶对韵律等。如三国六朝体总序中认为，古之诗人之赋"彼其于辞直寄焉而已矣"，而后之辞人之赋则"刊陈落腐而惟恐一语未新，搜奇摘艳而惟恐一字未巧，抽黄对白而惟恐一联未偶，回声揣病而惟恐一韵未协。辞之所为馨矣，而愈求妍矣而愈饰，彼其于情，直外焉而已矣”。“……沈休文等出。四声八病起而俳体又入于律。为俳者，则必拘于对之必的，为律者则必拘于音之必协，精密工巧，调和便美，率于辞上求之。”

可见，俳赋、律赋之弊在于“率于辞上求之”，“辞之所为”，则只重新巧偶韵和妍饰，尽管调密工巧，调和便美，但“有辞无情，义之体失”，这正是祝氏辨古今赋得失的要义。祝氏贬六朝江淹《别赋》“淫靡已极”，遣词精工，用事堆垛，“流于巧巧而华华而弱矣”，而提倡陈师道所言“宁拙无巧，宁朴无华”之论。在这种辨体思想指导下，从“辞”之角度出发，祝氏在骆宾王《萤火赋》中提出了他的“辞进于古”之古赋创作鉴赏四标准，即“盖古人所赋，篇简而不繁，何待俳事之碎；句质而不华，何待对偶之巧；字通而不怪，何待琢眼之工；韵宽而不狭，何待协律之切。赋家必知此四者，则其辞进于古矣。”具体从辩证的角度，对篇句字韵提出了他的要求和标准。正因如此，他极力反对追求文章好奇之病，如论李白云：“王荆公尝谓太白才高而识卑，山谷又曰好作奇语自是文章之病。建安以来好作奇语，故其气象衰萧，愚谓二公所言太白病处正在许里。”

此外，文中还提到情与物、情与景之关系，其中亦论到情辞理以及比兴六义之关系，颇有新意。如论张华《鹪鹩赋》云：“凡咏物之赋，须兼比兴之义，则所赋之情不专在物，特借物以见我之情尔。盖物虽无情而我则有情，物不能辞而我则能辞，要必以我之情推物之情，以我之辞代物之辞，因之以起兴，假之以成比，虽曰推物之情，而实言我之情，虽曰代物之辞，而实出我之辞，本于人情，尽于物理，其词自工，其情自切。”对主观之情与客观外物之关系，对人情物理，对作者之创作、读者之欣赏，即创作论与接受论颇与西方之“移情说”及王国维“物我之说”即以我观物、以物观我相契合，亦当有启发，令人叹服。其理论色彩极为浓重，在中国文论史上堪称里程碑式的大事。尤其对咏物诗赋文学理论意义重大。关于咏物赋，祝尧在谢庄《月赋》中也有所论述：“《月赋》，赋也。先叙事，次咏景，次咏题，次咏游赏，而终之以歌。从首至尾，全用《雪赋》格，自是咏景物一体所当效放。然荀卿咏物，但于句上求工，已自深刻。晋宋间人，又于字上求工，故精刻过之。篇末之歌，犹有诗人所赋之情。

故‘隔千里兮共明月’之辞，极为当世人所称赏。”在情景关系上，批判“后代之赋但咏景物而不咏情性”，要求情景交融。

第五节　古今高下，天渊之隔

针对当时的文学思潮，根据自己的评判标准和价值尺度，祝尧在《古赋辨体》中对历代具有代表性的作家作品进行优劣高下、是非利病的辨析品评，从而表明自己的著作宗旨和目的，树立旗帜和榜样，为学者指出一条正确的、行之有效的学习途径，这也可以说是中国古代传统经典文论著作和文体著作的共同追求和旨归。如《文心雕龙》《诗品》《沧浪诗话》等俱是。《文心雕龙》文体篇自不必说，对每一文体指出源流正变，对典型的作家作品指出其优缺点和在文体史上的地位，从而凸显自己的价值评判。作为某一种文体的文论，严羽《沧浪诗话》亦“辨白是非”，辨尽诸家体制之优劣高下，辨别汉魏唐宋，尤其唐宋诗之利病是非，从而“以盛唐为法”。《诗品》更是明确提出自己的辨体主张是“辨彰清浊”“掎摭病利”，以上中下三品品第一百二十二个诗人之高下优劣，让人可以看出辨优劣高下和是非利病的辨体价值所在。

《古赋辨体》亦不例外，在“复古”的鲜明旗帜指导下，祝尧对历代赋家赋作之优劣高下、是非利病条分缕析，娓娓道来，形成自己一套独特的辨体标准，从而为当时的复古思潮张目和推波助澜。大体来说，推尊楚辞体、两汉体，即古赋古体，贬斥六朝体、唐体、宋体，即俳赋、律赋、文赋之今体。这是总的方向，但在具体的评析之中，又从实际出发，不一概而论，显得灵活多变，公正合理，颇为通达。如楚辞体、两汉体亦非全是，六朝体、唐体、宋体亦非全非，又各有其优劣高下，以下分别述之。

先看对历代赋的褒贬是非。如褒扬楚辞体、两汉体古赋。如云“《离骚》为词赋祖”，“自汉以来，赋家体制大抵皆祖原意”云云，“则古今言赋，自骚之外，咸以两汉为古，已非魏晋以还所及，心乎古赋者，诚当祖骚而宗汉”，等等。贬斥三国六朝之俳体，则云：“以至三国六朝之赋，一代工于一代，辞愈工则情愈短，情愈短则味愈浅，味愈浅则体愈下”“此六朝之赋所以益远于古”云云。贬斥唐体律赋，则云：“尝观唐人文集……孰肯学古哉？……是以唐之一代古赋之所以不古者，律之盛而古之衰也。”“方今崇雅黜浮，变律为古，愚故极论律之所以为律，古之所以为古”，极辨古律之别并崇古黜律。贬斥宋体文赋，则云：“然宋之古赋往往以文为体，则未见其有辨其失者……愚考唐宋间文章，其弊有二：曰俳体，曰文体……至唐而变深，至宋而变极，进士赋体又其甚焉……至于赋，若以文体为之，则专尚于理……以论理为体，则是一片之文，但押几个韵尔，赋于何有；今观《秋声》《赤壁》等赋，以文观之，诚非古今所及，若以赋论之，恐坊雷大使舞剑，终非本色……则文体又果可为赋体乎？……愚不知今之赋者，其将承累代之积弊。”

再看辨正变得失。祝尧以楚辞体和两汉体古赋为正体，以三国六朝体、唐体、宋体为变体。同时辨散文与赋这两种文体的不同，辨得体失体。通过用辞理情味关系之标准，比较古赋与俳赋、律赋、文赋之优劣高下，从而明确自己的复古主张，指学者以门径，极辨赋之时代文体之高下。

祝尧辨体之客观融通之处在于，他对历朝赋体的评价并不片面地武断地一概而论，而是具体问题具体分析，褒中有贬，贬中有褒，客观公正，颇有说服力。如论楚辞体时，对屈原、宋玉进行比较，云：“昔人以屈宋并称，岂非于此乎得之……诗人之赋丽以则，辞人之赋丽以淫，审此，则宋赋已不如屈，而为辞人之赋矣……宋黄山谷云作赋……但其言自宋玉以下而不及屈子，岂以骚为不可以及邪!”最典型的是，荀子早于屈原，但在楚辞体中列于其后，是因为“愚今先屈而后荀”，“但以屈子之骚，赋家多祖之，卿赋措辞工巧虽有足尚，然其意味终不能如骚章之渊永，若欲置之于首，恐误后学”。论两汉体，首先认为两汉之赋已难与楚辞体《离骚》相比，因为“汉兴，赋家专取诗中赋之一义……而则之与淫遂判矣。贾马扬班，赋家之升堂入室者，至今尚推尊之”。楚骚以后，两汉体当以贾谊为冠，如云：

> 晦翁云：自原之后，作者继起，独贾生以命世英杰之材，俯就骚

> 律，非一时诸人所及。定斋云：赋则漫衍其流，体亦丛杂。长卿长于叙事，渊云长于说理，林艾玄云：扬子云、班孟坚只填得腔子满，张平子辈竭尽气力，又更不及。如是，则贾生之非所及，毋论也。张平子辈之更不及，不论也。

即使在贾谊所录两篇赋中亦有高下，即“然《吊屈原赋》用比义，《鹏赋》全用赋体，无他义，故同死生齐物我之辞，虽有逸气，而其理未免涉于荒忽恠幻，若较之《吊屈》，于比义中发咏歌嗟叹之情，反复抑扬，殊觉有味。”《吊屈原赋》之所以较《鹏赋》为高，在于前者之情、味胜于后者之辞、理。论司马相如则以《长门赋》“以赋体而杂出于风比兴之义”，故为其众作之最，即：

> 长卿之赋甚多，而此篇最杰出者，有风兴之义也。故晦翁称“此文古妙”，归来子亦曰“此讽也，非《高唐》《洛神》之比。”愚尝以长卿之《子虚》《上林》较之，《长门》如出二手，二赋尚辞，极其靡丽而不本于情，终无深意远味。《长门》尚意，感动人心，所谓情动于中而形于言，虽不尚辞而辞亦在意之中。

论三国六朝体，建安七子中以王粲赋最佳。如云“魏文帝尝作《典论·论文》，称仲宣长于词赋，如《初征》《登楼》《槐赋》，虽张蔡不足过，盖建安七子中惟仲宣长于赋云。”

将陆机《叹逝赋》与江淹《恨赋》进行比较，认为“此赋与江文通《恨赋》同一哀伤，而此赋尤动人”。论张华《鹪鹩赋》，认为“此赋盖与《鹦鹉》《野鹅》二赋同一比兴，故皆有古意。但《鹦鹉》《野鹅》二赋犹觉情意缠绵，词语凄婉”。这里，将同类咏物赋进行比较，以决高下。论鲍照则云“六朝之赋至颜谢工矣，若明远则工又工者也”。

极贬江淹《别赋》，云：“《别赋》，赋也。赋至齐梁，淫靡已极，其曲家小石调、画家没骨图与观，此篇可见。然遣辞犹未脱颜谢之精工，用事亦未如徐庾之堆垛。但月露之形，风云之状，江左末年，日甚一日，宜为昔人所厌弃。陈后山曰：凡作文，宁拙无巧，宁朴无华，宁粗无弱，如此等赋，岂复有拙朴粗之患邪？殊不知已流于巧巧而华华而弱矣。”极贬庾信，云：“文并绮艳，世号‘徐庾体’。盖自沈休文以平上去入为四声，至子山尤以音韵为事，后遂流于声律焉。晋宋间赋，虽辞胜体卑，然犹句精字选。徐庾以后，精工既不及，而卑弱则过之，就六朝之赋而言，梁陈之于晋宋，又天渊之隔矣。”

论唐体，辨太白之病，如云：“王荆公尝谓‘太白才高而识卑’。山谷又曰‘好作奇语，自是文章之病。建安以来，好作奇语，故其气象衰薾。’愚谓二公所言太白病处正在许里。晦翁云：‘白有逸才，尤长于诗，而其赋乃不及魏晋。’斯言信矣。”论宋体，评苏辙《黄楼赋》云：“《黄楼赋》，赋也。虽不及他义，然无当时文体之病。尝谓自汉以来，赋者知赋之当丽而不知赋之当则；自宋以来，赋者虽知赋之当则而又不知赋之当丽。故各堕于一偏，正所谓矫枉过正者也。此篇却有丽则意思。”论汉宋之利弊。论苏迈《飓风赋》云：“小坡此赋，尤为人脍炙。若夫文体之弊，乃当时所尚。然此赋前半篇犹是赋，若其《思子台赋》则自首至尾有韵之论尔。文意固不害其为精妙，而去六义之赋远矣。”论其文体之弊，并比较《飓风赋》与《思子台赋》之高下利病。

第六节　渊源有自，流波遂远

祝尧《古赋辨体》有系统的文体学思想和严整的辨体批评理念，这与他继承和吸取前人的理论经验，尤其是钟嵘《诗品》和宋代辨体思想是密不可分的。祝尧之辨体理念在中国古代文体学发展史上占有重要地位并产生了深远影响，特别是对明代辨体总集的繁荣意义重大。

《诗品》的辨体思想前文已述，他对祝尧的影响主要体现在辨源流正变，品第高下、辨彰清浊、掎摭病利，以及辨味论滋味论三个方面。首先看辨源流正变。《诗品》极力推尊《诗经》和《楚辞》，并以《国风》《小雅》《楚辞》为后世诗歌之源头，论后世诗歌不出此三脉，都与其一一对应起来。同样，祝尧也极为注重赋体的源流发展，在将历朝之赋按时代划分为楚辞体、两汉体、三国六朝体、唐体、宋体的同时，将楚辞作为古赋之最，为赋体之源。同时对所选历代名家赋作俱与诗之六义尤其是赋比兴联系起来评论，认同“赋者古诗之流”的经典论断。也就是说，《古赋辨体》同样把《诗经》《楚辞》作为历代赋的源头，这与当时的复古思潮和理学的发达有直接关系。《诗经》自不必说，《离骚》在宋元亦称为《经》，即文中所谓《骚经》云云，在文中屡屡提到，这与祝尧对朱子的心仪推崇并频频引用朱子《诗经集注》和《楚辞集注》等文献言论是分不开的。

其次，《诗品》辨体思想最重要的一点便是“品第高下”和“辨彰清浊，掎摭病利”，祝尧继承了这一点。祝尧整个著作有自己的辨体标准和价值评判尺度，进而对历代赋作赋家及古赋今赋辨别优劣高下、是非利病，在这一点上，宋代严羽《沧浪诗话》辨体之“辨白是非”和“辨家数如辨苍素”的辨体理念也对其不无影响。

最后，钟嵘之“滋味论”提出后，唐代司空图《诗品》亦提出他的“味在酸咸之外”的滋味美学范畴，宋代诸如严羽“兴趣说”都与此有关。祝尧正是在上述诸家美学理论基础上，提出了自己的“情理辞味”辨体标准，在文中屡屡提到，要求在情辞俱佳的基础上达到“味”这个最高的美学标准。

宋代辨体批评发达，这对祝尧的辨体思想启发最大。如其在宋体总序中所称“宋代名公于文章必先辨体”，其以辨体名书就是这一影响的体现。撮录于下：

> 王荆公评文章尝先体制，观苏子瞻《醉白堂记》曰：韩白优劣论尔。后山云：退之作记，记其事尔。今之记乃论也。少游谓《醉翁亭记》亦用赋体。范文正公《岳阳楼记》用对句说景，尹师鲁曰“传奇体尔”。宋时名公于文章必辨体，此诚古今的论。

现当代文体学者如王水照、吴承学、郭英德等先生在论辨体破体尊体等问题时，可以说毫无例外地都以上述祝尧所论宋代辨体名家王安石、陈师道、尹师鲁、倪思等人之言论开篇明义。可以说，元代祝尧是最早注意到宋代辨体风气之盛及辨体理论之发达，这无疑在中国古代文体学史上很重要。此外，祝尧书中所引前代名家言论大多以宋人为主，尤朱熹为重，共引三十次，这既与宋元理学的承传有关，更多的还是宋代辨体风气的深刻影响。

祝尧辨体思想对明清以来辨体批评产生了深远影响。虽然六朝至唐宋文体学已极其成熟，钟嵘、刘勰辨体批评理念也颇具体系，但是直接以“辨体”为名的并不多，可以说仅仅有唐代皎然《诗式》提出过“辨体有一十九字”。宋代名公虽于文章必辨体，但亦不直接以“辨体”二字为名。只有祝尧在宋代辨体风气影响下，直接以“辨体”名书，让人一眼就知道其著作的意图和目的，知道“辨体”是贯穿全书的中心思想和主要线索，进而形成自己独具完整体系的辨体批评思想。其后，到了明代，以“辨体”为名的文体总集及理论著作便多了起来，如许学夷《诗源辩体》、吴讷《文章辨体》、徐师曾《文体明辨》、贺复征《文章辨体汇选》等，从而让明代的辨体成就在六朝辨体成就之后，成为了又一个集大成的时代。其中，许学夷《诗源辩体》对“辨体”范畴频频提到，如《诗源辩体凡例》就反复申述：

> 此编以“辨体”为名，非辨意也，辨意则近理学矣。
>
> 此编以“辨体”为主，与选诗不同。故汉、魏、六朝、初、盛、中、晚唐，盛衰悬绝，今各录其时体，以识其变。
>
> 此编凡六朝、唐代拟古等作不录。盖此编以辨体为主，拟古不足以辨诸家之体也。
>
> 此编或疑元和诸子纂录过多，不免变浮于正。然此编以辨体为主，元和诸子，一一自立门户，既未可缺，其篇什恒数倍于初、盛，则又不可少，正欲学者穷极其变，始知反正耳。①

同时，文论家直接以“辨体”为名的批评言论也多起来，如：

① 许学夷撰，杜维沫校点：《诗源辩体》，人民文学出版社 1987 年版，第 1 页。

学《易》莫要于玩象，学诗莫要于辨体。……辨体不清则诠义不澈。①

是以二南无分音，列国无辨体，两雅可小大而不可差异，三颂可今古而不可选列。② ——刘绘《答乔学宪三石论诗书》

诗文各有体，不辨体而能有得者，未之前闻也。③ ——车大任《又答友人书》

作古诗先须辨体。④

文胡可以无体？抑胡可以弗辨也？⑤

文莫先于辨体——明人陈洪谟语。⑥

尽管如此，明代之辨体成就仍旧不能与祝尧《古赋辨体》相比，如顾易生等《宋金元文学批评史》就云："明代吴讷撰《文章辨体》、徐师曾撰《文体明辨》，其中关于赋的序说几乎全本与此书。"⑦ 的确，尽管吴讷、徐师曾被罗根泽、徐北山先生誉为继六朝之后又一个文体集大成的时代，但是对比可以发现，吴讷《文章辨体》之"赋体"可以说全部袭自祝尧，而徐师曾虽有创变，如将历来赋明确分为古赋、俳赋、律赋、文赋，但显然是对祝尧辨体分类的一个总结。可惜，后来评论家大多以吴、徐之论为准的，显然淹没了祝尧的独创之功，不能说不是一个遗憾。

更重要的是，祝尧《古赋辨体》在著作体例上的完备，即在文体总集体例上承前启后的作用。其体例上，有总序，每个作家有简要介绍和简单评论即小序，然后选列作品并全部录出，有理论有作品，这一点在挚虞的《文章流别论》已开先例，可惜全书已亡佚，仅存遗篇，难见全貌。其后，《文心雕龙》以文体理论著称，二者的结合显然是中国文学理论的最佳组

① （明）章潢：《图书编》卷11，四库全书本。

② （明）黄宗羲：《明文海》卷160，四库全书本。

③ （明）黄宗羲：《明文海》卷161，四库全书本。

④ （明）王世懋：《秇圃撷余》，四库全书本。

⑤ （明）余孟麟：《文章辨体序》，贺复征《文章辨体汇选》卷首，四库全书本。

⑥ 徐师曾撰，罗根泽校点：《文体明辨序说》，人民文学出版社1962年版。

⑦ 顾易生、蒋凡、刘明今：《宋金元文学批评史》下册，上海古籍出版社1996年版，第1009页。

合。历代总集包括唐人选唐诗，虽然前面也有序作理论阐述，但总嫌简略。到了宋代，这种情况有所改观，就是以王应麟《辞学指南》为代表的兔园册子科举应试指南，亦有总序，对所选十二体有小序，其后选文，已具文体总集的规模。但是因为其兔园册子的缘故，并不为历代学者所注意，且所序大多为引前人言论，自己的声音并不多，影响也不大。元代陈仁子《文选补遗》也已具备这种形制，但亦过于简略。所以说，祝尧《古赋辨体》不但总序篇幅加长，而且大多为自己独到的见解，且序文中频频提到“辨体”这一范畴概念，从而其文体学理论意义更大。而明代辨体虽蔚为风气，但即便吴讷、徐师曾也多为引述前人之论，创新的东西并不多，难与祝尧比肩。

综上所述，祝尧的文体学思想体现在，首先，他把先秦到宋代的赋按时代划分为楚辞体、两汉体、三国六朝体、唐体、宋体，又根据各时代内容和形式的不同将赋分为古赋、俳赋、律赋、文赋，即古体、俳体、律体、文体，脉络极为清晰。其次，书中有丰富的文体概念范畴术语，此不备述，从中可见其丰富的文体学思想。尤其是，不但以“辨体”名书，而且书中也频频提到辨体，如“要必辨此而后辞义可寻”（卷一）“夫何古之有，能赋者必有以辨之”（卷二）“愚故特存此篇，以辨梁陈之作”（卷六）“故特辨之”（卷七）“王荆公评文章……宋时名公于文章必辨体，……未见其有辨其失者……辨论体格……人亦不复致辨”（卷八）“如是赋体之流，固当辨其异……辨其同，异同两辨……此古赋外录之辨，所以继古赋辨体之辨也……因附益于辨体之后……愚于前已屡辨之……辨之其可以。”（卷九）等等，这里仅仅是举其明标辨体之荦荦大者，而鲜明的辨体理念则贯穿于全书十卷之中。

本文主要从以下几方面对祝尧之辨体批评思想进行总结分析：首先，辨源流正变，包括辨赋与骚诗的继承关系，时代赋风的流变，古体、俳体、律体、文体之间的源流发展嬗变规律，以及具体所选的历代作家作品的承传演变等。这一点继承了钟嵘《诗品》辨源流正变的辨体批评思想。其次，辨优劣高下、褒贬是非，即对各时代赋体包括楚辞体、两汉体、三国六朝体、唐体、宋体，换一种说法就是包括古赋、俳赋、律赋、文赋即古体、俳体、律体、文体等四体以及所选作家作品等给出自己明确的评价和定位。主要观点是扬古抑今，褒楚辞和古赋而贬俳、律、文赋之作，也即辨古律，进而提出自己的复古主张。这一点继承了宋人辨体主张尤其是严羽《沧浪诗话》之辨体批评。再次，祝尧之辨体批评方法和辨体批评标准。辨体方法是以《诗经》之“六义”评论作家作品，辨体标准则以情辞关系、情辞理味及是否有情味为最高标准。这个辨体批评标准实则就是辨文质关系，这一点上，主要继承了朱熹及钟嵘、司空图、严羽的批评方法和艺术标准。最后，《古赋辨体》之辨体批评之渊源继承和地位影响。祝尧继承了前人诸如《文心雕龙》《诗品》等辨体成就，最直接的则是深受宋代辨体风气之影响。在著述体例上，全书按总序、时代总序、作家总序、作品的顺序，显然受真德秀《文章正宗》、王应麟《辞学指南》及陈仁子《文选补遗》的影响，并极大地影响了明人辨体总集的编纂，在中国古代辨体批评发展史上具有承上启下的地位和意义。

第十章　许学夷《诗源辩体》的辨体理论体系[①]

明代是继魏晋南北朝又一个文体集大成的时代（罗根泽语），最典型的标志就是，以“辨体”为名的文体著作和总集选本相继涌现，诸如吴讷《文章辨体》、徐师曾《文体明辨》、贺复征《文章辨体汇选》以及许学夷《诗源辩体》等。其中《诗源辩体》则成为中国古代诗学辨体理论的终结者和总结者，自具体系，对钟嵘《诗品》、严羽《沧浪诗话》及其唐代诗学辨体批评都有所继承而更具系统性，在中国古代辨体理论发展史上是不可或缺的一环，其地位和意义可谓重大。

第一节　先其体制，辨其纯杂

许学夷以“辨体”名书，在凡例和自序中“辨体”这一范畴反复出现，并贯穿于全书之中，可见他是以“辨体为主”的。他的“辨体”理论内涵有相互关联的几层，或者说我们可以从几个角度来进行审读和观照，但无疑自宋以来兴起的“先体制而后文之工拙”的辨体理论当是其首要的和核心的意蕴，并成为他具体评价历代诗人诗作的批评方法和准则。

这一辨体论在书中凡出现七次，其出现的时代位置和频次都有深意。其辨体总纲出现在卷三十四的“总论”之始，可以说是对辨体的一个全面总结，从中可以看到其重要性。“总论”第四则称“予作《辩体》，自谓有功于诗道者六”[②]，其三为“论汉魏五言，而先其体制”，其四为“论初、

① 本文发表于《甘肃社会科学》2015 年第 3 期。

② 许学夷著，杜维沫校点：《诗源辩体》，人民文学出版社 1987 年版，第 314 页。

盛唐古诗，而辨其纯杂”[①]。他把“先其体制”和“辨其纯杂”离为二，其实二者的含义是相同的。我们着重谈“先其体制”，因为另六条文献都是与此相关的，最后对“辨其纯杂”进行简要解读。

总论第五则便对“先其体制”作了进一步的阐发，称“不读三百篇，不可以读汉魏；不读汉魏，不可以读唐诗。尝观论汉魏五言者，多不先其体制，由不读三百篇也。又观选唐人五言古，多不辨其纯杂，由不读汉魏也。”[②] 他认为评论汉魏五言古诗，应该“先其体制”，先看到它的文体源头在三百篇，所谓“由不读三百篇也”，不但点出论诗者的症结，而且为学诗者指出门径。

最先提到的三处辨体文献出现在隋及初唐中。其一，卷十一隋的第九则云：“或问：‘唐末之纤巧，与梁陈以后之绮靡，孰为优劣？’曰：‘诗文俱以体制为主，唐末语虽纤巧，而律体则未尝亡；梁陈以后，古体既失，而律体未成，两无所归，断乎不可为法。’”[③] 他认为，唐末诗“纤巧”，梁陈以后诗“绮靡”，纤巧和绮靡，二者之低劣难分伯仲，那么要辨其优劣，其批评标准唯有以“诗文俱以体制为主”这一辨体批评方法。具体来说，唐末语纤巧，已无古诗体制，但虽纤巧，“律体”尚存；而梁陈以后古体、律体“两无所归”，无体制可循，故而唐末诗应优于梁陈以后之诗。

其二，卷十二初唐第十一则云：“诗，先体制而后工拙。王、卢、骆七言古，偶俪虽工，而调犹未纯，语犹未畅，实不得为正宗，此自然之理，不易之论。然不能释众人之惑者，盖徒取其工丽而不识正变之体故也。故予论初唐七言古为破第二关。学者过此无疑，其他不难辨矣。”[④] 他认为王勃、卢照邻、骆宾王的七言古诗，虽然有偶俪的工巧之长，但这已是杂以律诗之法，而非语调纯畅的古体诗正宗了。但当时人不能秉持“先体制而后工拙”的辨体准则，正相反，是“先工拙”即“徒取其工丽”而“后体制”即“而不识正变之体”也。也就是说，在辨体、正体和破体、

① 许学夷著，杜维沫校点：《诗源辩体》，人民文学出版社 1987 年版，第 314 页。

② 同上。

③ 同上书，第 137 页。

④ 同上书，第 142 页。

变体这一对立的概念范畴之间，他是辨体为先，主张尊体，遵守正体正宗的体制规范，反对古体中杂有律体，因为这已是“破体”了，也即其“故予论初唐七言古为破第二关”，也就是“破”体的第二阶段。所以“学者”若知道这一点，“其他不难辨矣”。

其三，卷十四初唐第九则云：“初唐五言，古、律混淆，古诗既多杂用律体，而排律又多失粘，中或有散句不对者，此承六朝余弊，盖变而未定之体也。……尝观刘伯温《春秋明经》，虽近时义，而首尾不同，盖亦变而未定之体也，今举业家安得复仿之耶？故诗虽尚气格而以体制为先，此余与元美诸公论有不同也。”① 初唐五言因“古律混杂”，已是破体，但由古到律之变体还在形成阶段，真正的律体诗尚未定型，即“盖变而未定之体也”，所以他着眼于当时科举考试律诗这一实际，并指出刘基《春秋明经》诗“盖亦变而未定之体”，因其虽似科举时文之体，但是又有“首尾不同”的违背律诗文体体制规范的缺陷，因而指出“今举业家安得复仿之耶”。虽然初唐诗有气格，但不能只看到气格而忽略了初唐诗非正宗律体，即这不符合“以体制为先”的辨体准则。

后集纂要卷一宋元第五十二则云：“吴复序云：‘诗先性情而后体格。……’予谓：《国风》体制既定，故专论性情，即所谓认性、认神也。学汉魏而下，不先体制而先性情，所以去古日远耳。”② 首先批判了吴复所云“诗先性情而后体格”这个与“先其体制”相违背的论断，认为从《国风》开始，便是先定体制而后才能专论性情，也因此“学汉魏而下，不先体制而先性情，所以去古日远耳”。

“先体制而后性情”这个论断很大胆，与“先体制而后工拙”又有所不同，因为“体制”和“工拙”都属于语言艺术形式方面的，这从宋代王安石、黄庭坚和倪思以来，差无异议。但是主张“先体格而后性情”却可以说是犯了自古以来先质后文、为情而造文、道为根本文为枝叶的理论大忌。这种理论不胜枚举，仅以第一个提出“辨体”概念且偏重风格意境的唐代诗僧皎然为例，他在“辨体有一十九字”中也是称“风律外彰，体德

① 许学夷著，杜维沫校点：《诗源辩体》，人民文学出版社1987年版，第153页。

② 同上书，第393页。

内蕴”，“共一十九字，括文章德体风味尽矣”[①] ——所谓体德、德体指以德为根本，为“内”；“风律”指体制风貌风味，为“外”，二者的主次关系已是分明了，这正如“德体、风味”的先后顺序一样。再如《诗式文章宗旨》称“真于情性，不顾词彩”[②]，他认为古人如《诗经》虽然重视“丽词”体制等语言艺术形式，“但古人后于语，先于意”[③]，也就是应该意在语先和先情而后文。许学夷为了强调他的“先其体制”的辨体理念，不惜冒古今之大不韪，在“先体制而后工拙”的基础上，进一步提出“先体制而后性情”的主张，可谓石破天惊，其正确与否当然是值得商榷的，但我们从中可以看出他强调“体制为先”的辨体观在他整个理论体系中的核心地位和重要作用。

后集纂要卷二明代第三十五则云：“予谓：诗先体制而后气格，仲默、昌谷、君采、用修诸人多学六朝、初唐，似过而实不及也。”[④] 他针对明代诗歌复古者如仲默、昌谷、君采、用修等人学六朝、初唐体制，未看到六朝、初唐皆非古体之正、古律混杂、律体又未定型的特征，违背了“诗先体制而后气格”的学诗顺序和原则。

需要指出的是，本则中“诗先体制而后气格”可以说又是许学夷对辨体理论的一个创举。如前所述，在论初唐时他也提出了“诗虽尚气格而以体制为先”的主张，这在“先体制而后工拙”和“先体制而后性情”的语言工拙形式和思想情感内容这一质文观念之外，又提到“气格”这一综合了质文的诗歌风格美学风貌，这就把“先其体制”的重要性抬高到文学的各个方面。而且更为重要的是，“先体制而后气格”显然是对曹丕以来“文以气为主”这一命题的反拨和背离，其理论革新意义是不言而喻的。

以上我们列举分析了许学夷“先其体制”的文献言论的内涵和理论价值，值得注意的是，这七条文献在书中所处位置颇有深意，也能从中看出他的理论宗旨。“总论”开始便提出他有功于诗道者六，其中两条就是“先其

① 张伯伟：《全唐五代诗格汇考》，凤凰出版社 2002 年版，第 407 页。

② 郭绍虞、王文生：《中国历代文论选》第 2 册，上海古籍出版社 2001 年版，第 74 页。

③ 同上书，第 88 页。

④ 许学夷著，杜维沫校点：《诗源辩体》，人民文学出版社 1987 年版，第 407 页。

体制”和“辨其纯杂”，接下来一则又对这两个辨体理论进行了具体的解释，这无疑说明了“先其体制”在全书理论体系中的总纲意义和总结作用。此外，另外三则都集中出现在隋及初唐，我们亦能从中看出隋及初唐在中国诗学史和中国古代辨体理论发展史上的关键地位：如上文所述，隋及初唐正处在由古体向律体转变的过渡时期，古体渐趋消亡，律体尚未定型，所以这时学诗论诗者都需要具有一定的辨体眼光和视野，方能不入迷途，走向正轨。此外，后集纂要两卷，卷一宋元列一条，卷二明代列一条，其意在使这一辨体观念能够成为一条主要线索贯穿终始。此外，明代以同时代诗坛大家为反面例证，亦能看出他的“先其体制”理论并非蹈空之谈，是与当时的创作风气和理论实践相结合的，具有很强的现实针对性，其价值不可小觑。

最后，我们再看一下许学夷自诩所谓“有功于诗道者”之言是否言过其实，其功绩在哪里。可从三个方面来看：其一，“先体制而后工拙”这一辨体理论自刘勰，刘善经，唐人诗格，宋王安石、黄庭坚、陈师道、张戒、倪思到元祝尧、郝经等，论者已多，其演变脉络颇为清晰，具体可参见本书刘勰《文心雕龙》的辨体理论体系、唐代诗学辨体批评、曹雪芹的文体学思想等章节，兹不赘述。显然，如果仅从此层面来看，许学夷称自己“有功于诗道”显然是难以令人信服的。其二，他在“先体制而后工拙”这一传统的为人熟知的命题之下，又提出“先体制而后气格”和“先体制而后性情”这两个相联系而又颇为不同的主张，这当是功绩之一。其三，与明代以“辨体”为名的文体著作诸如《文章辨体》《文体明辨》《文章辨体汇选》等相比，《诗源辩体》可以说是始终把“先其体制”及其辨体破体作为线索贯穿于整个著作中唯一的文体著作，这继承了祝尧《古赋辨体》的做法，当是其另一个功绩。以此来看，其所言非虚。

关于“辨其纯杂”是以锦帛为喻，属于辨体尊体中的“本色”“当行”论。如卷三十六第七则云：“王昌龄体虽近古，而未尽善；储光羲格虽出奇，而不合古；其他体制未纯，声韵多杂，未若李、杜、岑参滔滔自运，体既尽纯，声皆合古耳。”① 显然，许学夷是以古体、正体、源头等为

① 许学夷著，杜维沫校点：《诗源辩体》，人民文学出版社 1987 年版，第 354 页。

纯体，而近体、变体、流变为杂体的。这种“本色”论如卷三十四所云：“今之学者，或先平正而后诡诞，或先藻丽而堕庸劣，盖识见不足，以诡诞为新奇，以庸劣为本色耳。”[①] 宋明以来文论中本色、当行的说法颇为流行，如宋严羽《沧浪诗话》《诗法》云：“须是本色，须是当行。”[②]《诗辨》云：“惟悟乃为当行，乃为本色。”[③] 胡应麟《诗薮内编》卷一云：“文章自有体裁，凡为某体，务须寻其本色，庶几当行。”[④] 何为本色？王水照先生解释道：“强调的‘本色’即是文体的质的规定性。”[⑤]“尊体，要求遵守各类文体的审美特性、形制规范，维护其本色、当行。”[⑥] 这种以布帛本色为喻的辨体主张，严羽称作“辨家数如辨苍白”，即《答吴景仙书》所云：“作诗正须辨尽诸家体制，然后不为旁门所惑。今人作诗，差入门户者，正以体制莫辨也。世之技艺，犹各有家数。市缣帛者，必分道地，然后知优劣，况文章乎？仆于作诗，不敢自负，至识则自谓有一日之长，于古今体制，若辨苍素，甚者望而知之。”以缣帛苍素苍白为喻尊体和本色，这最早当源于刘勰，《文心雕龙·定势》云：“是以括，……粘贴上面”[⑦] 以五色之锦为喻来铨别杂体，认为节文互杂，要以“本采为地”，正如吴承学所云：“他指出各种文体的体制可以互相融合，互相吸收……刘勰既承认文体的相参，又强调文体的本色，辩证地论述了文体风格的多样化与统一性。”[⑧]

第二节　以古入律和以律入古

辨体和破体是中国古代文体学一对辩证对立的概念范畴。辨体是尊体，是对经过历代积淀而形成的文体规范的继承和遵守，而破体则是对传

① 许学夷著，杜维沫校点：《诗源辩体》，人民文学出版社1987年版，第318页。
② 严羽著，郭绍虞校释：《沧浪诗话校释》，人民文学出版社1961年版，第111页。
③ 同上书，第12页。
④ 胡应麟：《诗薮》，上海古籍出版社1958年版，第11页。
⑤ 王水照主编：《宋代文学通论》，河南大学出版社1997年版，第63页。
⑥ 同上书，第77页。
⑦ 刘勰著，范文澜注：《文心雕龙注》，人民文学出版社1958年版，第530页。
⑧ 吴承学：《辨体与破体》，《文学评论》1991年第4期。

统旧有的文体写作要求之束缚的突破和革新，二者之间应是辩证和平衡的关系，但自刘勰以来历代大多都是以“体制为先”的辨体观独尊，二者有主次轻重的地位不同。许学夷便全面提倡辨体尊体而对破体变体持反对态度，当然在具体论述破体时也会出现不同的立场倾向。许学夷的这种“破体”观体现在文体之间的融合，主要是古体和律体之间的渗透相参，包括“以古入律”或“以律入古”及其对二者的褒贬态度和价值倾向，当然还提到“以文为诗”等问题。

关于“破体”之中的文体融合问题，吴承学先生在《破体之通例》一文中所论颇详，他称：“传统的文学创作和批评十分重视‘辨体’。各种文体经过长期的历史发展，已形成自己相对独立和稳定的艺术特征和总体风貌，古人称之为‘体’‘体制’‘体格’等。……然而宋代以后，破体为文成为一种风气：以文为赋、以文为四六、以文为诗、以诗为词、以古为律等在在可见。于是出现了一种破体的通例——尽管没有人公然标举——这一通例和文体正变高下的观念大有关系……更为具体地说，以文为诗胜于以诗为文，以诗为词胜于以词为诗，以古入律胜于以律为古，以古文为时文胜于以时文为古文。”①

古律之辨及以古入律和以律入古的破体观是《诗源辩体》的重要线索，贯穿终始。吴承学先生在《破体之通例》一文中的“以古入律与以律入古”这一部分便三引其文献说明这一问题。关于以古入律和以律入古这两种文体渗透的高低优劣问题，吴承学先生云：“这里的古诗是相对于律诗而言的，泛指乐府、歌行和古体诗。以古入律就是在律诗中用古诗句法、气势，打破格律的规范，使之具有古意；而以律入古就是在古诗中运用合乎格律的句式或体制。两者相较，古人明确指出以古入律的审美价值高于以律入古。”并进一步解释“为什么古可入律而律不可入古?”，是因为“古诗品位高，故可提高律诗的意趣；律诗品位低于古诗，故降低了古诗的格调。其道理颇似高度酒与低度酒的互相调配”②。

在说明这个问题时，吴先生引用了明代几个批评家的言论。如李东阳

① 吴承学：《破体之通例》，《学术研究》1989 年第 5 期。

② 同上。

《麓堂诗话》云："古诗与律不同体，必各用其体，乃为合格，然律犹可间出古意，古不可涉律。"胡震亨《唐音癸签》卷三引王世贞语："古乐府、选体、歌行，有可入律者，有不可入律者，句法、字法皆然。惟近体必不可入古耳。"[①] 其后，吴先生引许学夷《诗源辩体》卷二十："初唐七言古，句皆入律，此承六朝余弊，钱、刘七言古亦多入律，此是风气渐漓也。"卷二十八："乐天五言古，语既率易，中复间用律句，是厥体中所短……学乐天者最宜慎之。"并总结道："这些批评家都是一致把以律入古作为诗病对待的。"关于以古为律，吴先生引《诗源辩体》卷二十："盛唐高岑五言、子美七言，以古入律，虽是变风，然气象风格自胜。"

可见，在明代，这个问题的讨论已是非常普通，许学夷的相关批评可以说是这种文学思潮的反映。在前所论"先其体制"的文献中，我们已经看到他往往是以古律之辨来说明他的观点的。《诗源辩体》中相关的古律之辨文献极为丰富，我们通过全面的搜罗摘录和分类辨析，可从古律之辨和诗文之辨来分别阐述。

首先，以古入律和以律入古。他认为这两种破体观在唐代很普遍，且在他的辨体尊体主导思想下，认为二者都有缺陷，过犹不及。如卷十七盛唐："古律之诗虽各有定体，然以古为律者失之过，以律为古者失之不及。唐人长于律而短于古，故既多以古为律，而又多以律为古也。"[②] 当然，他对这两种破体观的褒贬态度和价值取向又是极为鲜明的，并且符合前所举吴承学先生所云"破体之通例"。

一方面，极力反对"以律入古"和"以近体入古"，如卷十七盛唐："五言古至于唐，古体尽亡，而唐体始兴矣。然盛唐五言古，李、杜而下惟岑参、元结于唐体为纯，尚可学也；若高适、孟浩然、李颀、储光羲诸公，多杂用律体，即唐体而未纯，此必不可学者。王元美谓'惟近体必不可入古'。……若今人作散文而杂用四六俳偶，亦是文体之不纯也。"[③] 引用王世贞之论，如上所言，可以看出在明代这已成为风气。再如卷三十四

① 转引自吴承学《破体之通例》，《学术研究》1989 年第 5 期。

② 许学夷著，杜维沫校点：《诗源辩体》，人民文学出版社 1987 年版，第 178 页。

③ 同上书，第 177 页。

总论云："诗有本末。体气，本也；字句末也。本可以兼末，末不可以兼本。予少学古诗，于汉魏主体，于李杜主气，故于元嘉以后之诗，多所不喜，而于唐人以律为古者，尤所痛疾。"①

另一方面，肯定以老杜为代表的"以古入律"和"以歌行入律"。关于以古入律，如卷二十中唐："以古入律，气格亦近高岑。"②"盛唐高岑五言、子美七言，以古入律，虽是变风，然气象风格自胜。"③ 关于以歌行入律，如卷十九盛唐："子美七言律……沉雄含蓄，是其正体……以歌行入律，是为大变。"④"王元美云：'老杜以歌行入律，亦是变风，不宜多作，多作则伤境。'愚按：子美七言以歌行入律，虽是变风，然豪旷磊落，乃才大而失之于放，盖过而非不及也。"⑤ 卷三十晚唐："子美七言以歌行入律，豪旷磊落，乃才大而失之于放，其机趣无不灵活。"⑥ 卷三十一晚唐："于、刘五七言律……等句，虽气格遒紧而实出于矫，非若盛唐诸公以古为律者、出于才力之自然也。"⑦ 而他所引述的李东阳的观点则更见全面，可以作结：卷十七盛唐："李宾之云：'律犹可间出古意，古不可涉律调。如崔颢"黄鹤一去不复返，白云千载空悠悠"，乃律间出古，要自不厌。'"⑧

其次，关于诗文之别和以文为诗。关于诗与文的区别及原因，他在卷一论《诗经》时便提出了，可见他对这一问题的重视。卷一周："诗与文章不同，文显而直，诗曲而隐。"⑨

再如："赵凡夫云：'诗主含蓄不露，言尽则文也，非诗也。'愚按：风人之诗，含蓄固其本体，若《谷风》与《氓》，恳款竭诚，委曲备至，则又无不佳。其所以与文异者，正在微婉优柔，反覆动人也。"⑩ 把诗文之

① 许学夷著，杜维沫校点：《诗源辩体》，人民文学出版社1987年版，第326页。
② 同上书，第225页。
③ 同上书，第227页。
④ 同上书，第218页。
⑤ 同上书，第219页。
⑥ 同上书，第286页。
⑦ 同上书，第296页。
⑧ 同上书，第171页。
⑨ 同上书，第4页。
⑩ 同上书，第5页。

辨放在卷一，目的很明确，即“此论不惟得风人之体，救经生之弊，且足以祛后世以文为诗之惑。”[①] 也就是说最终是为后来论“以文为诗”张目和伏笔的。

关于以文为诗，他认为宋人蔚成风气的“以文为诗”的直接源头在唐代杜甫、白居易和韩愈等，而又可以远溯至陶渊明。如卷六晋：“或问予：‘子尝言元和诸公以议论为诗，故为大变，若靖节‘大钧无私力’‘颜生称为仁’等篇，亦颇涉议论，与元和诸公宁有异耶?’曰：靖节诗乃是见理之言，盖出于自然，而非以智力得之，非若元和诸公骋聪明、构奇巧，而皆以文为诗也。”[②] 卷二十八中唐：“白乐天五言古，其源出于渊明，但以其才大而限于时，故终成大变；其叙事详明，议论痛快，此皆以文为诗，实开宋人之门户耳。”[③] 卷二十四中唐：“《后山诗话》云：‘诗文各有体，韩以文为诗，杜以诗为文，故不工耳。’愚按：退之五言古……等篇，议论周悉，……又似书牍，此皆以文为诗，实开宋人门户耳。然可谓过巧，而不可谓不工也。”[④]

许学夷对“以文为诗”是肯定的，并且最为推崇的就是白居易，书中多次提及，对其在诗中叙事和议论的散文手法都很为赏识。如卷二十四中唐：“或问：‘子言乐天五言古叙事详明，以文为诗，今观杜子美《新婚别》《垂老别》《无家别》等，亦皆叙事，何独谓乐天以文为诗乎?’曰：子美叙事，迂回转折，有余不尽，正未易及；若乐天，寸步不遗，犹恐失之，乃文章传记之体。试以二诗并观，迥然自别矣。”[⑤] “乐天五言古，叙事详明者难以句摘，议论痛快者略摘以见。……等句，皆议论痛快，以理为胜者也。”[⑥] “乐天七言古，叙事详明者未可句摘，议论痛快者略摘以见。如……等句，亦皆议论痛快、以理为胜者也。”[⑦] “乐天五言律：

① 许学夷著，杜维沫校点：《诗源辩体》，人民文学出版社 1987 年版，第 5 页。
② 同上书，第 103 页。
③ 同上书，第 271 页。
④ 同上书，第 252 页。
⑤ 同上书，第 271 页。
⑥ 同上。
⑦ 同上书，第 274 页。

如……等句，遂大入议论；如……等句，则快心自得，宋人门户多出于此。”① “乐天五言律有……七首，实开宋人冗滥之门。” “乐天七言律，如……等句，亦大入议论……一篇，体制更奇，此皆以文为诗，实开宋人之门户耳。”② “乐天七言绝，如……等篇，亦快心自得，此亦以文为诗，亦开宋人之门户耳。” “退之五、七言古虽开宋人门户，然欧、苏而外无人能学；惟乐天律、绝，悉开宋人门户，而宋人诗多学之。”③ 可以看出，他认为“以文为诗”涵盖了白居易各体诗歌，或叙事，或议论，包括五七言古和五七言近体律绝，而这都实开宋人之门户，其影响远超杜、韩。

第三节　诗有源流，体有正变

《诗源辩体》的辨体首要任务就是辨诗体之源流正变，如卷三十四称：“予作《辩体》，自谓有功于诗道者六：论三百篇以至晚唐，而先述其源流，序其正变，一也。”④ 其重要性从书名中已自看出，而《自序》《凡例》和卷一篇首总论中更是反复申说。如《自序》云：“尝谓：诗有源流，体有正变，于篇首既论其要矣。”⑤ 二者互文见义，即诗体有源流正变，其源者为正，流者为变；源头之正者当辨体尊体，流别而变者为变体破体，故而是一种着眼于辨体和破体的文体通变观。

具体来说，何为诗体源流正变，这在“篇首既论其要矣”，即卷一周论《诗经》所云：“诗自三百篇以迄于唐，其源流可寻，而正变可考也。学者审其源流，识其正变，始可于言诗矣。”⑥ “统而论之，以三百篇为源，汉、魏、六朝、唐人为流，至元和而其派各出。析而论之，古诗以汉魏为正，太康、元嘉、永明为变，至梁陈而古诗尽亡，律诗以初、盛唐为正，大历、元和、开成为变，至唐末而律诗尽敝。”⑦ 关于源流，以《诗经》为

---

① 许学夷著，杜维沫校点：《诗源辩体》，人民文学出版社 1987 年版，第 275 页。
② 同上书，第 276 页。
③ 同上书，第 277 页。
④ 同上书，第 314 页。
⑤ 同上书，第 1 页。
⑥ 同上。
⑦ 同上。

源，余者为流，很明确，故而书中论及源流处并不多，而以正变为主。关于正变，明辨古律，而古诗和律诗又各有正变。在诗体正变中，又以论变为主，反复论及五言、七言之古、律、绝的各种变体，从而清晰地勾画出中国古代诗体的正变即辨体破体之发展史。

第一，关于论诗体正变，大体分为三个阶段：第一个阶段是论《诗经》《楚辞》之文体正变，在卷一周和卷二楚中。《诗经》《楚辞》中的辨体，多以正风变风、正雅变雅以及小雅和大雅之正变来区分和表述。

> 卷一周：三百篇有六义，……风则专发乎性情，而雅颂则兼主乎义理：此诗之源也。……但古今说诗者以三百篇为首，固当以三百篇为源耳①。
>
> 《周南》《召南》，文王之化行，而诗人美之，故为正风。自《邶》而下，国之治乱不同，而诗人刺之，故为变风。是风虽有正变，而性情则无不正也②。
>
> 风人之诗，虽正变不同，而皆出乎性情之正③。
>
> 朱子于变风如怀感者必欲为其人之自作，则于理有难从；于正风如感怀者亦欲为其人之自作，则于实有难信④。
>
> 雅以正为主，西周有正雅，而变雅系之。东周无正雅，故变雅总系之于风⑤。
>
> 《小雅》《大雅》，体各不同。《大序》谓："政有小大，故有小雅焉，有大雅焉。"旧说《鹿鸣》至《菁莪》二十二篇为正小雅，《文王》至《卷阿》十八篇为正大雅；《六月》至《何草不黄》五十八篇为变小雅；《民劳》至《召旻》十三篇为变大雅⑥。
>
> 《小雅》《大雅》之辨，前贤既详论之矣。概以二雅正变之体言

---

① 许学夷著，杜维沫校点：《诗源辩体》，人民文学出版社 1987 年版，第 1 页。
② 同上书，第 2 页。
③ 同上书，第 8 页。
④ 同上书，第 11 页。
⑤ 同上书，第 17 页。
⑥ 同上书，第 23 页。

之，正雅坦荡整秩，而语皆显明；变雅迂回参错，而语多深奥。是固治乱之不同，抑亦文运之一变也①。

诗有风而类雅者，……有雅而类风者②。

变风、变雅，虽并主讽刺，而词有不同③。

卷二楚：严沧浪云："风雅颂既亡，一变而为《离骚》，再变而为西汉五言。"愚按：三百篇正流而为汉魏诸诗，别出而乃为骚耳④。

诗骚之变，斯并得之⑤。

胡元瑞云："骚与赋，句语无甚相远，体裁则大不同。骚复杂无伦，赋整蔚有序。骚以含蓄深婉为尚，赋以夸张宏钜为工。"又云："骚盛于楚，衰于汉，而亡于魏；赋盛于汉，衰于魏，而亡于唐。"⑥

胡元瑞云："世率称楚骚汉赋，《昭明文选》分骚、赋为二，历代因之。名义既殊，体裁亦别。然屈原诸作，当时皆谓之赋。汉《艺文志》所列诗赋一种，而无所谓骚者。首冠屈原赋二十五篇。自荀卿、宋玉，指事咏物，别为赋体。杨、马而下，大演波流，屈氏诸作，遂俱系《离骚》为名，实皆赋一体也。"此论前人所未发明⑦。

第二个阶段是论汉魏至晚唐五代之古体律体和正体变体的复杂演变和发展，共三十一卷，这是重点和主体。列次如下：

卷三汉魏总论之汉：汉魏五言，源于国风，而本乎情，故多托物兴寄，体制玲珑，为千古五言之宗。详而论之，魏人体制渐失，晋、宋、齐、梁，日趋日亡矣⑧。

汉魏五言，本乎情兴，故其体委婉而语悠圆，有天成之妙。五言

① 许学夷著，杜维沫校点：《诗源辩体》，人民文学出版社 1987 年版，第 24 页。
② 同上书，第 25 页。
③ 同上书，第 27 页。
④ 同上书，第 32 页。
⑤ 同上书，第 33 页。
⑥ 同上书，第 41 页。
⑦ 同上书，第 42 页。
⑧ 同上书，第 44 页。

古，惟是为正。详而论之，魏人渐见作用，而渐入于变矣①。

汉魏五言，委婉悠圆，于《国风》为近，此变之善者。使汉魏复为四言，则不免于袭，不能擅美千古矣。胡元瑞云："四言盛于周，汉一变而为五言。体虽不同，词实并驾，乃变之善者也。"语诚有见，然不免或过②。

卷四汉魏辨之魏：汉魏五言，沧浪见其同而不见其异，元瑞见其异而不见其同。愚按：魏之于汉，同者十之三，异者十之七，同者为正，而异者始变矣。……盖魏人虽见作用，实有浑成之气，虽变犹正也③。

卷六晋：五言自汉魏至六朝，皆自一源流出，而其体渐降。惟陶靖节不宗古体，不习新语，而真率自然，则自为一源也。然已兆唐体矣④。

康乐诗，上承汉、魏、太康，其脉似正，而文体破碎，殆非可法。靖节诗，真率自然，自为一源，虽若小偏，而文体完纯，实有可取⑤。

卷七宋：灵运延年五言四句，又为一变⑥。

卷二十中唐：钱刘才力既薄，风气复散，故其五七言古气象风格顿衰，然自是正变；五七言律造诣兴趣所到，化机自在，然体尽流畅，语半清空，而气象风格亦衰矣，亦正变也⑦。

中唐五七言绝，钱刘而下皆与律诗相类，化机自在，而气象风格亦衰矣。亦正变也⑧。

卷二十四中唐：识不高，不能究诗体之渊源；见不广，不能穷诗

① 许学夷著，杜维沫校点：《诗源辩体》，人民文学出版社1987年版，第45页。
② 同上。
③ 同上书，第71页。
④ 同上书，第99页。
⑤ 同上。
⑥ 同上书，第114页。
⑦ 同上书，第223页。
⑧ 同上书，第227页。

体之汗漫[①]。

元和诸公所长，正在于变。或欲于元和诸公录其正而遗其变，此在选诗则可，辨体，终不识诸家面目矣[②]。

退之五、七言古虽奇险豪纵……颇合于古……体亦近正……先正后变也[③]。

卷二十五中唐：贾岛五言律虽多变体，然中如……四篇，尚有初盛唐气格，……今并录冠于前，先正后变也[④]。

卷二十七中唐：韩白五言长篇虽成大变，而纵恣自如，各极其至；张王乐府七言虽在正变之间，而实未尽佳……盖元和主变，而选者贵正也[⑤]。

大历而后，五七言律体制、声调多相类，元和间，贾岛、张籍、王建始变常调[⑥]。

王建七言律，入录者仅得四五，其他句多奇拗，遂为大变，宋人之法多出于此[⑦]。

卷二十八中唐：乐天五言古，如《贺雨》《大嘴乌》等，虽成大变，而叙事详明……体虽近正，而实非本相，今亦录冠于前，先正后变也[⑧]。

乐天七言古，《长恨》《琵琶》，叙事详明；《新乐府》，议论痛快，亦变体也[⑨]。

乐天七言古，《长恨》《琵琶》及《新乐府》虽成变体，然尚有唐人音调，至《一日日一年年》及《达哉乐天行》，则全是宋人声口，始为大变矣。

① 许学夷著，杜维沫校点：《诗源辩体》，人民文学出版社 1987 年版，第 249 页。
② 同上书，第 250 页。
③ 同上书，第 254 页。
④ 同上书，第 258 页。
⑤ 同上书，第 268 页。
⑥ 同上。
⑦ 同上书，第 269 页。
⑧ 同上书，第 273 页。
⑨ 同上书，第 274 页。

元和间五、七言古，退之奇险，东野琢削，长吉诡幻，卢仝、刘义变怪，惟乐天用语流便，似若欲矫时弊，然快心露骨，终成变体。

乐天五、七言律、绝，悉开宋人门户，但欠苍老耳；五言排律，华赡整栗，而对尚工切，语皆琢磨，乃正变也①。

卷三十晚唐：元和柳子厚五、七言律，再流而为开成许浑诸子。许才力既小，风气日漓，而造诣渐卑，故其对多工巧，语多衬贴，更多见斧凿痕，而唐人律诗乃渐敝矣，要亦正变也②。

第三个阶段是后集纂要中的宋元和明代的正变之体，各为一卷，所论最为简略。如：

谢皋羽诸体率多诡幻。五言古匠心自恣，要亦宋人奇变，亦自足成家③。

后集纂要卷二明：君采五言律……至学子美变体④。

用修五言律多出初唐，……余篇亦无弱调，变体最工⑤。

然献吉之卤莽率意，昧于杜之变，元美之支离深晦，昧于杜之奇，于奇、变皆无所得也⑥。

第二，对于正和变之间的辩证关系，许学夷虽然主要倾向是崇正黜变的，但他看到“变”也是发展的必然趋势，故而有一定程度的认可和肯定。但前提是变体和破体要适度，不可过分以至于陷入“变怪”“怪变”“怪恶”“怪癖”“僻涩”“极变”“奇变”之中。如：

卷二十六中唐：卢仝刘叉杂言，极其变怪，虽仿于任华而意多归

① 许学夷著，杜维沫校点：《诗源辩体》，人民文学出版社1987年版，第275页。
② 同上书，第283页。
③ 同上书，第390页。
④ 同上书，第412页。
⑤ 同上书，第413页。
⑥ 同上书，第418页。

于正[1]。

卢仝杂言《有所思》一篇……以下，始多变怪……极其变怪……等句，皆极其变怪者也……尤怪僻不可解[2]。

卢仝《月蚀诗》虽多村鄙，然不过欲骋其变怪[3]。

卷三十晚唐：杜牧李商隐，其才实胜于浑，故其古诗又多大变也[4]。

杜牧五言律可采者少……其他怪恶僻涩，遂为变中之变[5]。

后集纂要卷一宋元：宋人五七言古，出于退之、乐天者为多，其构设奇巧，快心露骨，实为大变[6]。

宋主变，不主正，古诗、歌行，滑稽议论，是其所长，其变幻无穷，凌跨一代，正在于此[7]。

至梅圣俞，才力稍强，始欲自立门户，故多创为奇变。宋人好奇者，大都出此[8]。

圣俞、鲁直之诗俱属怪变[9]。

或疑圣俞、鲁直怪僻句采入《辩体》过多，恐读者易厌。愚谓：二家之诗，前贤多未发明，其全集人未肯竟读，怪僻者全篇既不可编入，而摘句又不容多，则人终不能知宋人之极变也[10]。

宋人首称苏黄，黄诸体恣意怪僻，虽为变中之变。……然黄竟为江西诗派之祖，流毒终于宋世，中郎直举欧苏而置黄勿论，可为宋代功臣[11]。

黄鲁直诸体，生涩拗僻、深晦底滞者，悉出圣俞。宋人尝谓欧公

① 许学夷著，杜维沫校点：《诗源辩体》，人民文学出版社1987年版，第264页。
② 同上书，第265页。
③ 同上。
④ 同上书，第283页。
⑤ 同上书，第285页。
⑥ 同上书，第376页。
⑦ 同上书，第377页。
⑧ 同上书，第378页。
⑨ 同上书，第381页。
⑩ 同上。
⑪ 同上书，第382页。

以文为诗、坡公罕逢酝藉，此论诚当；然于鲁直则反称美之，岂以欧苏为变、鲁直为正耶？甚矣，宋人之愈惑也[①]。

唐王建、杜牧、陆龟蒙、皮日休虽多怪恶，然止七言律一体，圣俞、鲁直则诸体皆然，乃是千古诗道之厄[②]。

陈无己诗学鲁直，……其诸体怪僻少于鲁直，而深晦过之[③]。

江西宗山谷，山谷宗子美，所谓正变两失[④]。

从上所列举文献可以看出，这种破体过度现象，即“变体”的由“变”至“怪”是有一个发展过程的，大体是由中唐卢仝、刘叉发端，晚唐杜牧、李商隐继之，到了宋代的梅尧臣、黄庭坚达到极致，被许学夷贬为“乃是千古诗道之厄”，尤其认为黄庭坚的恶劣影响是“流毒终于宋世”。

第三，五言和七言的几次变体破体和发展演变，包括五言七变和七言八变，显示出许学夷鲜明的文学史观和清晰的文体史视野，而这都是以辨体为划分方法和批评标准的。列次如下：

卷七：明远五言，既渐入律体，中复有成律句而绮靡者。……则皆律句而绮靡者也。然此实不多见，故必至永明乃为四变耳[⑤]。

卷七：明远乐府七言……《行路难》体多变新，语多华藻，而调始不纯，此七言之三变也。……等章，则体皆变新，语皆华藻者也。……等句，非古非律，声调全乖，歌行中世不可用之[⑥]。

卷七：《行路难》体多变新，语多华藻，而调始不纯，自是宋人一变[⑦]。

① 许学夷著，杜维沫校点：《诗源辩体》，人民文学出版社 1987 年版，第 385 页。
② 同上。
③ 同上书，第 386 页。
④ 同上书，第 388 页。
⑤ 同上书，第 117 页。
⑥ 同上书，第 118 页。
⑦ 同上。

卷八：元嘉五言，再流而为永明，然元嘉体虽尽入俳偶，语虽尽入雕刻，其声韵犹古，至玄晖休文则风气始衰，其习渐卑，故其声渐入律，语渐绮靡，而古声渐亡矣。此五言之四变也①。

永明五言，再流而为梁简文及庾肩吾诸子，然永明声虽渐入于律，语虽渐入绮靡，其古声犹有存者；至梁简文及庾肩吾之属，则风气益衰，其习愈卑，故其声尽入律（句虽入律而体犹未成。）、语尽绮靡而古声尽亡矣。此五言之五变也②。

卷九：梁简文以下乐府七言，调多不纯，语多绮艳，此七言之五变也③。

卷十二：五言自汉魏流至陈隋，日益趋下，至武德贞观，尚沿其流，永徽以后，王杨卢骆则承其流而渐进矣。四子才力既大，风气复还，故虽律体未成，绮靡未革，而中多雄伟之语，唐人之气象风格始见。此五言之六变也④。

七言古自梁简文、陈、隋诸公始，进而为王卢骆三子。三子偶俪极工，绮艳变为富丽，然调犹未纯，语犹未畅，其风格虽优，而气象不足。此七言之六变也⑤。

卷十三：初唐七言古，自王、卢、骆再进而为沈宋二公。宋沈调虽渐纯，语虽渐畅，而旧习未除。此七言之七变也⑥。

卷十三：五言自王、杨、卢、骆，又进而为沈宋二公。沈宋才力既大，造诣始纯，故其体尽整栗，语多雄丽，而气象风格大备，为律诗正宗。此五言之七变也⑦。

卷十五盛唐：初唐沈宋二公古、律之诗，再进而为开元天宝间高、岑、王、孟诸公。高岑才力既大，而造诣实高，兴趣实远、故其

---

① 许学夷著，杜维沫校点：《诗源辩体》，人民文学出版社 1987 年版，第 121 页。
② 同上书，第 128 页。
③ 同上书，第 129 页。
④ 同上书，第 139 页。
⑤ 同上书，第 141 页。
⑥ 同上书，第 145 页。
⑦ 同上书，第 146 页。

五七言古，调多就纯，语皆就畅，而气象风格始备，为唐人古诗正宗。七言，乃其八变也。五七言律，体多浑圆，语多活泼，而气象风格自在，多入于圣矣①。

第四，许学夷的“正变观”也就是他的“古律观”，这种文学史观和文体史观简单说来就是由正至变、从古到律、自变体向破体而循序演进的一个过程。也如上述正变观所说的，具体包括三个阶段：第一个阶段是南朝宋齐之际，属于“渐入律体”或者说“变律之渐”，以谢灵运、鲍照、沈约、谢朓为代表。如卷七：“然灵运体尽俳偶，而明远复渐入律体（小字注：凡不当对而对者，为渐入律体）。但灵运体虽俳偶而经纬绵密，遂自成体，明远本步骤轶荡，而复入此窘步，故反伤其体耳。”②“明远五言四句，声渐入律，语多华藻，然格韵犹胜。”③“玄晖五言……等句，皆入律而绮靡者也。”“玄晖、休文五言平韵者……此变律之渐。”④“休文论诗，有‘八病’之说，此变律之渐。”⑤第二个阶段是齐梁之际，属“声愈入律”和“声多入律”，又进了一步。如卷九：“刘孝威五言，语渐绮靡，声愈入律。”“吴均五言，声渐入律，语渐绮靡，在梁陈间稍称遒迈。”⑥“王筠五言，语渐绮靡，声愈入律。”“柳恽五言，声多入律，语多绮靡。”⑦第三个阶段是梁陈及隋朝、初唐，属于“声尽入律”和“古声尽亡”的阶段，所论最多、最详尽。包括梁陈的庾肩吾、萧刚、庾信、徐陵、阴铿、何逊、陈后主、江总，隋朝的卢思道、李德林、薛道衡、隋炀帝，以及初唐的太宗、虞世南、魏徵等。列次如下，以见大概：卷九：“庾肩吾五言……声尽入律，语尽绮靡。”“梁简文庾肩吾五言四句，声尽入律，语尽绮靡，而格韵愈卑。”⑧“五言至梁简文而古声尽亡，然五七言

① 许学夷著，杜维沫校点：《诗源辩体》，人民文学出版社1987年版，第155页。
② 同上书，第116页。
③ 同上书，第117页。
④ 同上书，第122页。
⑤ 同上书，第123页。
⑥ 同上书，第126页。
⑦ 同上书，第127页。
⑧ 同上书，第128页。

律绝之体于此而备。此古律兴衰之几也。”“阴铿与何逊齐名，亦号‘阴何’。铿五言声尽入律，语尽绮靡，声调既卑于逊，而累语复多。”① 卷十：“五言自梁简文庾肩吾以至陵、信诸子，声尽入律，语尽绮靡，其体皆相类，而陵信最盛称。”②“王褒五言，声尽入律而绮靡者少。”“张正见五言，声尽入律，而绮靡者少……杂言，调虽和谐，而语尽绮靡，正梁陈体也。”“陈后主五言，声尽入律，语尽绮靡。”“江总五言，声尽入律，语多绮靡。乐府七言，调多不纯，语更绮艳。”③ 卷十一隋：“卢思道、李德林、薛道衡五言，声尽入律，而卢则绮靡者尚多。”“隋炀帝五言，声尽入律，语多绮靡。……乐府七言……调虽稍变梁陈，而体犹未纯。”④ 卷十二初唐：“武德贞观间，太宗及虞世南、魏徵诸公五言，声尽入律，语多绮靡，即梁陈旧习也。”⑤

总之，这三个“从古到律”的渐变阶段，虽然程度不同，但概括来说，都具有“古、律混淆”的弊病，而语言上则以“绮靡”为主要特征，即所谓语尽绮靡、语多绮靡、词语绮靡等。如卷十二：“汉魏五言终变而为律，七言终变而为古者，……则亦古律混淆矣。”⑥ 卷十三初唐：“五言自汉魏流至元嘉，而古体亡。自齐梁流至初唐而古律混淆，词语绮靡。”⑦“梁陈古、律混淆，迄于唐初亦然。而陈子昂而古体始复，至杜、沈、宋三公，而律体始成。”⑧ 卷十四初唐：“唐人五言古，自有唐体。初唐古、律混淆，古诗每多杂用律体。惟薛稷《秋日还京陕西作》，声既尽纯，调复雄浑，可为唐古之宗。”⑨“初唐五言古，自陈张《感遇》、薛稷《陕郊》而外，尚多古、律混淆，既不可谓古，亦不可谓律也。”“初唐五言，古、

① 许学夷著，杜维沫校点：《诗源辩体》，人民文学出版社 1987 年版，第 129 页。
② 同上书，第 131 页。
③ 同上书，第 133 页。
④ 同上书，第 135 页。
⑤ 同上书，第 138 页。
⑥ 同上书，第 143 页。
⑦ 同上书，第 144 页。
⑧ 同上书，第 146 页。
⑨ 同上书，第 151 页。

律混淆，故诗虽尚气格而以体制为先。”[①] 卷十五盛唐：“曰：古律混淆，本不及乎法。五七言不拘律法者，则既入乎法而不拘耳。”[②]

最后，关于辨诗体正变的辨体理论，许学夷也依据传统的“文章先体制而后工拙”经典命题，进一步提出了“诗先定其正变，而后论其浅深”的说法。如卷三十：“诗先定其正变，而后论其浅深，否则愈深愈僻，必有入于怪恶者。……其说本于宋人，此不识正变而徒论深浅也。”[③] 卷三十三五代：“予作《辩体》，于汉、魏、六朝、初、盛、中、晚唐，既详论之矣，而于元和诸公以至王、杜、皮、陆，亦皆反覆恳至，深切著明，正欲分别正变，使人知所趋向耳。宋朝诸公非无才力，而终不免于元和、西昆之流，盖徒取快意一时而不识正变之体故也。严沧浪云：‘作诗正须辨尽诸家体制，然后不为旁门所惑。今人作诗，差入门户者，正以体制莫辨也。’”[④] 卷三十五总论：“揭曼硕谓“识诗体于源委正变之余”，可谓得其要领。”[⑤] “略不识正变之体，而注释又多穿凿。”[⑥] 所谓“诗先定其正变，而后论其浅深”“此不识正变而徒论深浅也”“盖徒取快意一时而不识正变之体故也”“识诗体于源委正变之余”“略不识正变之体”云云，可以说是对旧有辨体理论的扩展和延伸，因为传统的“文章先体制而后工拙”主要指辨体尊体而言，而“诗先定其正变”则同时着眼于“正和变”即“辨体”和“破体”或者说“尊体”和“变体”，视野更为开阔，具有很大的文体理论革新意义，这当在中国古代辨体理论批评发展史上书上浓重的一笔。

① 许学夷著，杜维沫校点：《诗源辩体》，人民文学出版社 1987 年版，第 153 页。

② 同上书，第 159 页。

③ 同上书，第 286 页。

④ 同上书，第 318 页。

⑤ 同上书，第 340 页。

⑥ 同上书，第 342 页。

第十一章　曹雪芹的文体学思想

——兼及脂评本《红楼梦》的文体文献学价值[①]

《红楼梦》在创作中体现了曹雪芹丰富的文体学思想，学界所关注的焦点主要在书中众多的文体诸如诗、赋、词、散曲、哀祭文、骈体文等形态个案研究上，对其文体学思想的系统研究还相对薄弱。曹雪芹的文体学思想包括辨体批评、得体主张和破体思想等方面，是其文学思想的重要组成部分。相关文献主要有三个方面：一是书中作者自己明确表述以及借人物之口所道出的。二是脂评本中的相关文体评点言论，因为脂砚斋与作者的特殊关系，评点中全面总结了红楼梦中所体现的文体学思想，我们认为也代表了曹雪芹的文体理念。三是以著作问世以后的诸家相关批评资料进行辅证。通过对上述文献资料的全面辑录、分析和阐释，从中也能看出脂评本《红楼梦》的文体文献学价值。曹雪芹的文体学思想全面而系统，主要有四个方面：一是辨体与尊体。包括"必先度其体格宜与不宜"的辨"文各有体"，以及宝玉评鉴《桃花行》的辨"人各有体"。二是得体与失体。这组对立概念范畴的文体内蕴丰富，此外还继承了曹丕的文体理论并亲自实践。三是破体与变体。也就是打破传统文体规范，这表现在《芙蓉女儿诔》等文体革新中。四是传统与俗套。打破传统小说文体的写法规范，这种文体观在小说原文和脂砚斋批语中，反复借不落俗套等相类之语道出。曹雪芹的文体观颇为通达辩证，以破体、变体为核心，亦不失辨体、得体意识。脂砚斋批语中的大量文论文献是对曹雪芹文体学思想的补

① 本文发表于《文艺理论研究》2014 年第 4 期。

充、印证和完善，具有很高的文体文献学价值。

第一节　度其体格，辨体为先

作为中国古代文体学的基本理论范畴，“辨体是中国古代文体学研究的基本起点，是贯通其他相关问题的核心问题”①。曹雪芹继承了唐宋以来“文章以体制为先”以及“辨家数如辨苍素”的辨体理念，不但在文学创作中明确提出了他的理论主张，而且具体运用于文体批评实践中，同时成为其塑造人物性格形象的手段和标准。在这一点上，脂砚斋无疑是他的“知音”，并在评点时频频显现出来。

首先，文学创作上，“必先度其体格宜与不宜”，要具有辨体为先的鲜明意识。这是辨文体体裁，即“文各有体”的“文体个性”。第七十八回文中，贾政讲述林四娘之“新闻”，“稍加改易几个字，便成了一篇短序”，并要求大家各作一首《姽婳词》。贾兰和贾环分别成一首七言绝句和五言律诗。接下来，轮到贾宝玉，他提出了自己独到的文体见解：

> 宝玉笑道：“这个题目，似不称近体，须得古体，或歌或行，长篇一首，方能恳切。”众人听了，都立身点头拍手，道：“我说他立意不同！每一题到手，必先度其体格宜与不宜，这便是老手妙法。就如裁衣一般，未下剪时，须度其身量。这题目名曰《姽婳词》，且既有了序，此必是长篇歌行方合体的。或拟白乐天《长恨歌》或拟咏古词，半叙半咏，流利飘逸，始能尽妙。”②

所谓“每一题到手，必先度其体格宜与不宜”云云，最能代表曹雪芹“文章以体制为先”的辨体思想。在这里，首先辨析题目与体格，即须根据题目和题材内容来选择合适的文体类型，或古体或近体，或长篇或短

---

① 吴承学、沙红兵：《中国古代文体学学科论纲》，《文学遗产》2005 年第 1 期。

② 曹雪芹著，脂砚斋评，邓遂夫校订：《脂砚斋重评石头记庚辰校本》，作家出版社 2006 年版，第 1415 页。

制。文中认为，贾兰和贾环的近体七绝和五律与题目不相称，应用古体且古体中的歌行体方合体。

这种辨体观点，最早源自隋刘善经。如其《论体》云："故词人之作也，先看文之大体，随而用心，遵其所宜，防其所失，……岂才思之不足，抑由体制之未该也。……凡作文之道，构思为先……既得所求，然后定其体分。"①《定位》云："凡制于文，先布其位，犹夫行阵之有次，阶梯之有依也。先看将作之文，体有大小；又看所为之事，理或多少。体大而理多者，定制宜弘；体小而理小者，置辞必局。"② 比较曹、刘之主要观点和行文结构，可以发现，二者有如下几点相似之处。其一，曹之"每一题到手，必先度其体格"对应刘之"故词人之作也，先看文之大体"。其二，曹之"宜与不宜"对应刘之"遵其所宜，防其所失"。其三，曹之"裁衣度身"之喻对应刘之"行阵有次、阶梯有依"之比。其四，曹之根据题目和序中林四娘事迹而用古体近体以及长篇短制之言，对应刘之"先看将作之文，体有大小；又看所为之事，理或多少。体大而理多者，定制宜弘；体小而理小者，置辞必局"之论。另外，这些可以说都是刘勰《文心雕龙》"定势"篇所谓"因情立体，即体成势也。"③ 以及"镕裁"篇所谓"设情以位体""极略之体""极繁之体"等文体言论的重申。④

刘善经之后，唐宋以来"辨体为先"的文学思想便蔚成风气。如唐徐夤《雅道机要》"叙体格"条云："凡为诗者，先须识体格。未论古风，且约五七言律诗，惟阆仙真作者矣。"⑤ "叙明断"云："凡为诗须明断一篇终始之意。未形纸笔，先定体面。"⑥ 前者所谓"先须识体格"从辨古风、律诗即古体、近体入手；后者"先定体面"则"须明断一篇终始之意"，即刘善经"看所为之事"，也就是《姽婳词》诗序中林四娘逸事之终始。同时这种辨体思想也从作诗逐步延伸到学诗、评诗等，适用范围愈加广

① 周祖譔：《隋唐五代文论选》，人民文学出版社1990年版，第4页。
② 同上书，第5页。
③ 刘勰著，范文澜注：《文心雕龙注》，人民文学出版社1958年版，第529页。
④ 同上书，第543页。
⑤ 张伯伟：《全唐五代诗格汇考》，凤凰出版社2002年版，第440页。
⑥ 同上书，第448页。

泛。其他关于创作上，如僧神彧《诗格》“论诗势”云：“先须明其体势，然后用思取句。”① 桂林僧景淳《诗评》云：“凡为诗要识体势，或状同山立，或势若河流。”② 明王世懋《秇圃撷余》云“作古诗先须辨体”③。批评上，如黄庭坚云：“荆公评文章，常先体制而后文之工拙。”④ 张戒云：“论诗文当以文体为先，警策为后。”⑤ 学习上，如明章潢云：“学《易》莫要于玩象，学诗莫要于辨体。”⑥ 关于这一点，宋倪思之论最为经典。倪思云：“文章以体制为先，精工次之。失其体制，虽浮声切响，抽黄对白，极其精工，不可谓之文矣。”⑦ 倪思之语之所以为后世文体学者引用最多，这当与其观点模糊而全面，可以涵盖学习、创作、批评等不同方面有关。吴承学《辨体与破体》一文对此总结道：“古人的辨体理论主张文各有体，以体制为先的主张是合理的。”⑧

其次，文学鉴赏中，要具备“辨家数如辨苍白”的辨体批评思想。这是辨文体风格，即“人各有体”的“作家个性”。这在第七十回宝玉评鉴《桃花行》一诗中得到集中反映。书中这样写道：

> 宝玉看了，并不称赞，却滚下泪来——便知出自黛玉，因此落下泪来——又怕众人看见，又忙自己擦了。因问：“你们怎么得来?”宝琴笑道：“你猜是谁作的?”宝玉笑道：“自然是潇湘子稿。”宝琴笑道：“现在是我作的呢。”宝玉笑道：“我不信。这声调口气，迥乎不像蘅芜之体，所以不信。”宝钗笑道：“所以你不通。难道杜工部首首只作‘丛菊两开他日泪’之句不成？一般的也有‘红绽雨肥梅’、‘水荇牵风翠带长’之媚语。”宝玉笑道：“固然如此说。但我知道，姐姐

---

① 张伯伟：《全唐五代诗格汇考》，凤凰出版社 2002 年版，第 493 页。

② 同上书，第 511 页。

③ 王世懋：《秇圃撷余》，文渊阁四库全书本。

④ 黄庭坚：《豫章黄先生文集》卷 26，四部丛刊本。

⑤ 丁福保：《历代诗话续编》，中华书局 1983 年版，第 459 页。

⑥ 章潢：《图书编》卷 11，文渊阁四库全书本。

⑦ 吴讷著，于北山校点：《文章辨体序说》，徐师曾著，罗根泽校点《文体明辨序说》，人民文学出版社 1962 年版，第 80 页。

⑧ 吴承学：《辨体与破体》，《文学评论》1991 年第 4 期。

> 断不许妹妹有此伤悼语句；妹妹虽有此才，是断不肯做的。比不得林妹妹，曾经离丧，作此哀音。”众人听说，都笑了。”①

宝琴所云“你猜是谁做的?”显然属于辨别体制，这里的体制是指作者的文体风格。宝玉之所以非常肯定是黛玉而非宝琴所做，是从此诗充满“伤悼”“哀音”的“声调口气”上辨别，进而断定“迥乎不像蘅芜之体”的。尽管宝钗以杜甫为例，说明一个多才的作家可以创作出具有不同风格的作品来，宝玉也赞同这样的观点，但接着又指出作家风格与其生平经历息息相关，即“妹妹虽有此才，却也断不肯做的。比不得林妹妹曾经离丧，作此哀音”。这一点非常深刻，涉及文学创作与文体风格的诸多辨体理论问题。正如吴承学先生《辨体与破体》一文中对“辨体”的总结：

> 文体风格，实际上是文体的艺术个性。所以，“辨体”论的本质是“文体个性”论，因为它是强调文体的艺术个性，反映了古人对艺术文体风格多样性的追求。……在批评史上，主张“人各有体”的“作家个性”论受到推崇，而主张“文各有体”的“文体个性”论却常被视为拘泥和保守，这是不妥的。其实风格之多样化，自然包括“作家个性”与“文体个性”。②

可以看出，《姽婳词》中的辨体，指的是吴承学所谓“文各有体”，即辨“文体个性”之文体体裁。《桃花行》中的辨体，指的是吴先生所谓“人各有体”，即辨“作家个性”之文体风格。也就是说，关于辨体内涵之最重要的两个问题，在曹雪芹这里都有全面的体现和展示。

吴先生所谓辨体之“人各有体”，即辨“作家个性”之文体风格，在宋人严羽《沧浪诗话》之辨体批评中所论最为充分，被称作“辨家

---

① 曹雪芹著，脂砚斋评，邓遂夫校订：《脂砚斋重评石头记庚辰校本》，作家出版社 2006 年版，第 1195 页。

② 吴承学：《辨体与破体》，《文学评论》1991 年第 4 期。

数”和“辨尽诸家体制”。如《诗法》云：“辨家数如辨苍白，方可言诗。荆公评文章，先体制而后文之工拙。”[①]《答吴景仙书》说得更透彻：“作诗正须辨尽诸家体制，然后不为旁门所惑。今人作诗差入门户者，正以体制莫辨也。”[②] 即“世之技艺，犹各有家数，……况文章乎？仆于作诗不敢自负，至识则自谓有一日之长，于古今体制若辨苍素，甚者望而知之。”[③] 再看《诗法》所云：“诗之是非不必争，试以己诗置之古人诗中，与识者观之而不能辨，其真古人矣。”[④] 这与《答吴景仙书》所云“我叔试以数十篇诗，隐其姓名，举以相试，为能别得体制否？”有异曲同工之妙。很明显，这些理论都与宝玉辨识《桃花行》作者为谁很相似，当为曹雪芹辨体批评所本。此外，严羽《诗体》中“以人而论”所列举的诸如“苏李体、曹刘体、元白体、东坡体、杨诚斋体”等，都是每个人在创作中形成的自己独特的文体风格，即曹雪芹所谓“蘅芜之体”。

第三，脂砚斋评语中的辨体观点。所涉及的都是人各有体、作家个性、文如其人、家数体制、风格即人等相近主张。一方面，各体创作上的辨体辨家数。如第十八回己卯夹：“分题作一气呵成，格调熟练，自是阿颦口气。”[⑤] 第三十回己卯夹：“宝钗诗全是自写身分。……最恨近日小说中，一百美人诗词语气，只得一个艳稿。”[⑥] 同上己卯夹：“看他终结到自己。一人是一人口气。”[⑦] 第三十八回戚序：“不脱自己身分。”第三十八回戚序回后：“（咏菊花、螃蟹诗）请看此回中，闺中儿女能作此等豪情韵事，且笔下各能自尽其性情，毫不乖舛，作者之锦心绣口无庸赘渎。”[⑧] 第七十六回戚序回后：“（黛、云联诗）诗词清远闲旷，自是慧业才人，何须赘评？须看他众人联句填词时，各人性情，各人意见，叙来恰肖其人。二

① 严羽著，郭绍虞校释：《沧浪诗话校释》，人民文学出版社 1961 年版，第 136 页。
② 同上书，第 252 页。
③ 同上书，第 253 页。
④ 同上书，第 138 页。
⑤ 朱一玄：《红楼梦资料汇编》，南开大学出版社 2001 年版，第 298 页。
⑥ 同上书，第 446 页。
⑦ 同上书，第 447 页。
⑧ 同上书，第 453 页。

人联诗时，一番讥评，一番叹赏，叙来更得其神。”[①] 清王希廉《红楼梦回评》三十八回：“菊诗十二首与《红楼梦》曲遥遥相照，俱有各人身份。”[②] 平子《小说丛话》：“皆恰如小儿女口吻。”[③] 清张新之《红楼梦读法》：“书中诗词，各有隐意，若谜语然。口说这里，眼看那里。其优劣都是各随本人按头制帽，故不揣摩大家高唱。不比他小说，先有几首诗，然后以人硬嵌上的。”[④] 再如制灯谜一篇，第二十二回庚辰夹：“可发一笑，真环哥之谜。诸卿勿笑，难为了作者摹拟。”[⑤] 第二十二回庚辰夹：“的是贾母之谜。”[⑥] 第二十二回庚辰夹：“好极！的是贾老之谜，包藏贾府祖宗自身。”[⑦] 同上庚辰夹：“此元春之谜。”[⑧] 清王希廉《红楼梦回评》二十二回总结得很准确：“各人灯谜，就是各人的小照，与《红楼梦》曲遥相照应。”[⑨]

另一方面，小说文体中人物言谈行止上符合人物身份的辨体批评。如第三回甲戌侧：“这方是阿凤言语，若一味浮词套语，岂复为阿凤哉？”[⑩] 第三回蒙府：“黛玉之为人，必当有如此身份。”[⑪] 第三回甲戌侧：“杂雅不落套，是黛玉之文章也。”[⑫] 第三回甲戌眉：“妙极！此等名号方是贾母之文章，最厌近之小说中，不论何处，满纸皆是红娘、小玉、嫣红、香翠等俗字。”[⑬] 第三回甲戌侧：“亦是贾母之文章。已下乃宝玉之文章。”[⑭] 第十五回甲戌夹：“奇谈，是阿凤口中有此等语句。”[⑮] 第十八回己卯夹：“是贾

① 朱一玄：《红楼梦资料汇编》，南开大学出版社2001年版，第513页。
② 同上书，第611页。
③ 同上书，第852页。
④ 同上书，第703页。
⑤ 同上书，第361页。
⑥ 同上书，第362页。
⑦ 同上书，第363页。
⑧ 同上书，第298页。
⑨ 同上书，第601页。
⑩ 同上书，第122页。
⑪ 同上书，第124页。
⑫ 同上书，第135页。
⑬ 同上。
⑭ 同上。
⑮ 同上书，第260页。

妃口气。?”第十九回己卯夹：“这等话声口，必是晴雯无疑。”① 第十九回蒙府：“此等语言，便是袭卿心事。”② 第十九回庚辰侧：“口气像极。”③ 第二十回庚辰侧：“何等现成，何等自然，的是凤卿笔法。”④ 第二十回庚辰侧：“全是袭人口气，所以后来代任。”⑤ 第二十回庚辰夹：“活是颦儿口吻，虽属尖利，真实堪爱堪怜。”⑥

上面所谓“自是阿颦口气，一人是一人口气，不脱自己身份，各人性情，恰肖其人，真环哥之谜，‘各人灯谜，就是各人的小照’，俱有各人身分，这方是阿凤言语，是黛玉之文章也，全是袭人口气，活是颦儿口吻”云云，正可用刘善经“人心不同，文体各异”之辨体理论总结，其《论体》云：“凡制作之士，祖述多门，人心不同，文体各异。”⑦ 严羽《沧浪诗话》之辨家数、辨尽诸家体制观点亦与此相同，如《诗法》云：“大历以前，分明别是一副言语；晚唐，分明别是一副言语；本朝诸公，分明别是一副言语。如此见，方许具一只眼。”⑧ “五言绝句：众唐人是一样，少陵是一样，韩退之是一样，王荆公是一样，本朝诸公是一样。”⑨

第二节　得体失体，兼备众体

得体，是辨体理念的逻辑延伸。辨体即尊体，要求文学创作中要推尊文体，遵守文体的写作规范，这样才能得体，避免失其体制。脂砚斋在此基础上，于评点中多以得体、失体来批评人物之言语举止和为人处事上是否符合人物的身份和性格，而这也正是《红楼梦》作为经典的特征之一。曹雪芹还对曹丕的文体论有所申述，并在小说写作中贯彻了曹丕文体学的

① 朱一玄：《红楼梦资料汇编》，南开大学出版社 2001 年版，第 309 页。
② 同上书，第 312 页。
③ 同上书，第 313 页。
④ 同上书，第 327 页。
⑤ 同上书，第 328 页。
⑥ 同上书，第 336 页。
⑦ 周祖谟：《隋唐五代文论选》，人民文学出版社 1990 年版，第 3 页。
⑧ 严羽著，郭绍虞校释：《沧浪诗话校释》，人民文学出版社 1961 年版，第 139 页。
⑨ 同上书，第 141 页。

最高境界。

首先，得体合体，不失体制。如前文所举，第七十八回文中，贾政要求大家各作一首《姽婳词》，贾宝玉提出了自己的文体见解，然后众人云："这题目名曰《姽婳词》，且既有了序，此必是长篇歌行方合体的。"其后称"这第四句平叙，也最得体。"①在"必先度其体格宜与不宜"的辨体基础上，体现了曹雪芹"合体、得体"的文体学思想。接下来诸如"长歌也须得要些词藻点缀点缀""铺叙的委婉"云云，都对如何得古体歌行这一诗歌文体写作规范进行了补充说明。第十八回己卯夹评云："归到主人，方不落空。王梅隐云：'咏物体又难双承双落，一味双拿，则不免牵强。'此首可谓诗题两称，极工极切，极流离妩媚。"②其中的"诗题两称，极工极切"正是对曹雪芹这段关于得体、合体思想的回应。

这种"得体合体"的文体学思想还体现在为省亲别墅的题名拟联上，如第十七回：

> 原来众客心中，早知贾政试宝玉的功业进益如何，只将些俗套来敷衍。宝玉亦料定此意。……似乎当日欧阳公题酿泉用一"泻"字则妥，今日此泉若亦用"泻"字，则觉不妥。况此处虽云省亲驻跸别墅，亦当入于应制之例（程本依应制之体），用此等字眼，亦觉粗陋不雅。……宝玉见问，答道："都似不妥。"贾政冷笑道："怎么不妥？"宝玉道："这是第一处行幸之所，必须颂圣方可。"③

所谓"此处既为省亲别墅，亦入于应制之例""必须颂圣方可"云云，正看到即便题名、题联之举，亦应符合场合、对象，须得体、尊体。同时，"用此等字，亦似粗陋不雅""不妥"云云，则看到曹雪芹对不合体式的反对。

---

① 曹雪芹著，脂砚斋评，邓遂夫校订：《脂砚斋重评石头记庚辰校本》，作家出版社 2006 年版，第 1415 页。

② 朱一玄：《红楼梦资料汇编》，南开大学出版社 2001 年版，第 298 页。

③ 曹雪芹著，脂砚斋评，邓遂夫校订：《脂砚斋重评石头记庚辰校本》，作家出版社 2006 年版，第 329—331 页。

最能体现这点的是，第十八回元春命诸姊妹题一匾一诗，脂砚斋评大家所做的“应制诗”。关于“应制诗”，葛立方《韵语阳秋》卷二云：“应制诗非他诗比，自是一家句法，大抵不出乎典实富艳尔。”① 己卯夹评黛玉“盛世无饥馁，何须耕织忙”诗云：“以幻入幻，顺水推舟，且不失应制，所以称阿颦。”② 第十八回己卯夹宝钗“何幸邀恩宠，宫车过往频”诗云：“末二首是应制诗。余谓宝、林此作未见长，何也？盖后文别有惊人句也。在宝卿有生不屑为此，在黛卿实不足为。”③ 第十八回庚辰夹宝玉“新涨绿添浣葛处，好云香护采芹人”题联云：“采诗颂圣，最恰当。采风采雅都恰当。然冠冕中又不失香奁格调。”④ 可以看出，黛玉、宝钗、宝玉之应制诗和对联都典实富艳、采诗颂圣，故不失体，即得体。脂砚斋以“不失应制”“不失香奁格调”之“失体”范畴来对应曹雪芹的“得体”思想，亦能见二者文学思想和文体学思想的相通之处。

“得体、失体”是中国古代文体学上重要的一组对立概念范畴，历代批评家多有论述。如《文心雕龙》“檄移”云隗嚣之檄“得檄之体矣”⑤。“定势”篇称“因情立体，即体成势”，实际上说的是要得体，若不这样，则“苟异者以失体成怪”⑥。刘勰亦将“失体”常常称为讹体、乖体等。钟嵘《诗品》中亦称“思光诗”“缓诞放纵，有乖文体。”⑦ 称阮瑀等人诗“并平典不失古体”⑧。强幼安《唐子西文录》云：“古乐府命题皆有主意，后之人用乐府为题者，直当代其人而措辞，如《公无渡河》须作妻止其夫之词，太白辈或失之，惟退之《琴操》得体。”⑨ “琴操非古诗，非骚词，惟韩退之为得体。”⑩ 可以看出，得体即包括与命题题目有关，也与文体体

① 何文焕：《历代诗话》，中华书局1981年版，第498页。
② 朱一玄：《红楼梦资料汇编》，南开大学出版社2001年版，第298页。
③ 同上书，第295页。
④ 同上书，第279页。
⑤ 刘勰著，范文澜注：《文心雕龙注》，人民文学出版社1958年版，第378页。
⑥ 同上书，第531页。
⑦ 钟嵘著，吕德申校释：《钟嵘〈诗品〉校释》，北京大学出版社1986年版，第205页。
⑧ 同上书，第173页。
⑨ 何文焕：《历代诗话》，中华书局1981年版，第443页。
⑩ 同上书，第444页。

制即古诗、骚词有关。这与曹雪芹辨体之一观念甚为吻合。再如严羽《答吴景仙书》："不若诗辩雄浑悲壮语，为得诗之体也。"① 兹不赘举。

其次，脂砚斋评点中关于小说人物言语行事上的得体、失体。如第二回甲戌侧评黛玉"只是还要过去拜见二舅母，恐领了赐去不恭"云："得体。"② 第三回甲戌眉批"贾政便使人上来对王夫人说一段"云："用政老一段，不但王夫人得体，且薛母亦免靠亲之嫌。"③ 第六回甲戌眉批"只因我那种病又发了，所以这两天没出屋子"云："'那种病''那'字，与前二玉'不知因何'二'又'字，皆得天成地设之体，且省却多少闲文，所谓'惜墨如金'是也。"④ 第八回甲戌眉批"写宝钗一段"云："画神鬼易，画人物难。写宝卿正是写人之笔，若与黛玉并写更难。今作者写得一毫难处不见，得二人真体实传，非神助而何?"⑤ 第八回甲戌侧批"白骨如山忘姓氏，无非公子与红妆"云："末二句似与题不切，然正是极贴切语。"⑥ 第八回甲戌侧批"姨妈陪你吃两杯，可就吃饭罢"云："二语不失长上之体，且收拾若干文，千斤力量。"⑦ 第九回蒙府批"依我的主意，那里的事那里了结好，何必去惊动他老人家?"一段云："巧为展转以结其局，而不失其体。"⑧ 第十五回庚辰侧批云："谦的得体。"⑨ 第二十四回庚辰侧批云："收拾的得体正大。"⑩ 第三十八回己卯回前云："偏自太君前，阿凤若许诙谐中不失体。"⑪

要之，得体与失体像辨体与破体一样，是中国古代文体学上两个重要的辩证对立的概念范畴，其间有许多关联之处。得体是在辨体的观念下，主张尊体、合体，即遵守文体体制；而失体则是因不遵守文体规范，打破

① 严羽著，郭绍虞校释：《沧浪诗话校释》，人民文学出版社 1961 年版，第 252 页。
② 朱一玄：《红楼梦资料汇编》，南开大学出版社 2001 年版，第 124 页。
③ 同上书，第 149 页。
④ 同上书，第 180 页。
⑤ 同上书，第 195 页。
⑥ 同上书，第 196 页。
⑦ 同上书，第 203 页。
⑧ 同上书，第 216 页。
⑨ 同上书，第 248 页。
⑩ 同上书，第 389 页。
⑪ 同上书，第 450 页。

了原有体制束缚，故而属破体范围。从这点来看，得体与失体显然是辨体和破体的联结点和过渡点，在二者之间起到桥梁的作用，是理解辨体和破体内蕴的关键。本文把它放在第二节，即第一节辨体和第三节破体之间的文章结构，就是出于这方面来考虑的。

第三，曹雪芹还与曹丕的文体学思想有相合之处。一方面，“文非一体，鲜能备善。”（《典论·论文》）此观点借文中人物和脂砚斋等评语来反映。原文第十八回贾政云：“我自幼于花鸟山水题咏上就平平。”① 第十八回己卯夹：“诗却平平，盖彼不长与此也，故只如此。”② 王梦阮、沈瓶庵《红楼梦索隐提要》云：“作《红楼梦》人必善制灯谜，全书是一总谜，每段中又含无数小谜，智者射而出之。”③ 第七十六回黛云联诗，黛玉云：“咱两个都爱五言，就还是五言排律罢。”④

另一方面，“唯通才能备其体”，这是就曹雪芹本人而言。曹雪芹兼善诗文众体之才华，敦诚、敦敏兄弟等都有记载。如敦诚《寄怀曹雪芹》：“爱君诗笔有奇气，直追昌谷破篱樊。”⑤ 《挽曹雪芹》：“牛鬼遗文悲李贺。”⑥《题闻笛集》：“诗追李昌谷，狂于阮步兵。”⑦ 敦敏《小诗代简寄曹雪芹》：“诗才忆曹植。”⑧《题芹圃画石》：“醉余奋扫如椽笔，写出胸中块垒时。”⑨ 清张宜泉《伤芹溪居士》诗前小序：“其人素性放达，好饮，又善诗画，年未五旬而卒。”⑩ 清永忠《因墨香得观红楼梦小说吊雪芹》亦云“传神文笔足千秋”“三寸柔毫能写尽，欲呼才鬼一中之。”⑪

---

① 曹雪芹著，脂砚斋评，邓遂夫校订：《脂砚斋重评石头记庚辰校本》，作家出版社2006年版，第327页。

② 朱一玄：《红楼梦资料汇编》，南开大学出版社2001年版，第294页。

③ 同上书，第896页。

④ 曹雪芹著，脂砚斋评，邓遂夫校订：《脂砚斋重评石头记庚辰校本》，作家出版社2006年版，第1344页。

⑤ 朱一玄：《红楼梦资料汇编》，南开大学出版社2001年版，第18页。

⑥ 同上书，第20页。

⑦ 同上书，第21页。

⑧ 同上书，第23页。

⑨ 同上书，第22页。

⑩ 同上书，第24页。

⑪ 同上书，第25页。

作为通才，曹雪芹兼备众体的才能可以说尽情挥洒在小说著作中，这自有其借小说以流传、传播其诗词歌赋之意图。正如脂砚斋第一回甲戌侧批所云：“这是第一首诗。后文香奁闺情皆不落空。余谓雪芹撰此书中，亦为传诗之意。”① 当然，这与原文第一回所说的才子佳人小说“不过作者要写出自己的那两首情诗艳赋来”是迥然不同的。对此，清王希廉《红楼梦总评》所言最当：“一部书中，翰墨则诗词歌赋、制艺尺牍、爰书戏曲以及对联匾额、酒令灯谜、说书笑话，无不精善。”② 箸超《古今小说评林》引哲庐语亦云：“作者于骈文诗词，皆臻上乘……小说家具艺之博，殆莫过于曹雪芹矣，受社会欢迎，固其所也。”③ 其他如第二回甲戌侧：“只此一诗便妙极！此等才情，自是雪芹平生所长，余自谓评书非关评诗也。”④ 第三十七回己卯回前：“此回才放笔写诗写词作札，看他诗复诗，词复词，札又札，总不相放。”⑤ 第五十四回戚序回后：“诗词之俏丽，灯谜之隐秀不待言。”⑥ 清周春《红楼梦约评》：“黛玉论八股数语，虽不好时文，却懂时文者。”⑦ 平子《小说丛话》：“《红楼梦》之佳处，在处处描摹恰肖其人。作者又最工诗词。”⑧ 关于这一点，徐振辉也说：“《红楼梦》的浩博，于文体广备上也有充分的表现。多种文学的和非文学的体裁，竟巧妙地容纳在长篇小说这个包容极广的艺术载体之中，几乎成为古代的‘文体大全’。”⑨

第三节　破体变体，改个新样

曹雪芹的文体学思想以辨体、尊体为基础，而核心则是主张“自放手

① 朱一玄：《红楼梦资料汇编》，南开大学出版社 2001 年版，第 94 页。
② 同上书，第 581 页。
③ 同上书，第 893 页。
④ 同上书，第 101 页。
⑤ 同上书，第 443 页。
⑥ 同上书，第 480 页。
⑦ 同上书，第 571 页。
⑧ 同上书，第 852 页。
⑨ 徐振辉：《〈红楼梦〉的文体展览格局》，《红楼梦学刊》1994 年第 3 期。

眼”的“破体、变体”主张。这不但体现在整个小说文体上“打破了传统的思想和写法”（下节论述），而且在最能代表曹雪芹文体创作成就的三篇经典《芙蓉女儿诔》《红楼梦十二支曲》《好了歌》的具体创作中，把他这种“不蹈前人套头”而欲“改个新样”的破体思想展示得淋漓尽致。同时，脂砚斋也在批评时高山流水，泼墨如云，频频用“变体”来回应作为知己知音之鉴识，一唱一和，莫逆于心。

首先，打破熟滥体式，破体为文。曹雪芹“破体”的文体学思想主要体现在第七十八回《芙蓉女儿诔》的创作评述中。文云：

> （宝玉）想了一想：“如今若学那世俗之奠礼，断然不可；竟也还要别开生面，另立排场，风流奇异，于世无涉，方不负我二人之为人。……二则诔文挽词也须另出己见，自放手眼，亦不可蹈袭前人的套头，填写几字搪塞耳目之文，亦必须洒泪泣血，一字一咽，一句一啼，宁使文不足、悲有余，万不可尚文藻而失悲戚。况且古人多有微词，非自我今作俑也。……何必不远师楚人之《大言》、《招魂》、《离骚》、《九辩》、《枯树》、《问难》、《秋水》、《大人先生传》等法，或杂参单句，或偶成短联，或用实典，或设譬寓，随意所之，信笔而去，喜则以文为戏，悲则以言志痛，辞达意尽为止，何必若世俗之拘拘于方寸之间哉！”……他自己却任意纂著，并不为人知慕，所以大肆妄诞，竟杜撰成一篇长文。……名曰《芙蓉女儿诔》，前序后歌。①

所谓“别开生面，另立排场”“诔文挽词，也须另出己见，自放手眼，亦不可蹈袭前人的套头”“辞达意尽为止，何必若世俗之拘拘于方寸之间哉”云云，可以看出曹雪芹明确的文体创新思想。书中第七十九回，黛玉听了，评价道：“好新奇的祭文！可与曹娥碑并传的了。”宝玉听了，不觉红了脸，笑答道：“我想着世上这些祭文都蹈于熟滥了，所以

---

① 曹雪芹著，脂砚斋评邓遂夫校订：《脂砚斋重评石头记庚辰校本》，作家出版社2006年版，第1419页。

改个新样。”[①] 所谓“改个新样”，就是为了打破传统祭文的“熟滥”体式，给人以“新奇”之感。

关于诔，在文体形式上，《文心雕龙》将诔碑和哀吊并列，都属祭文之列，或称哀祭类。吴讷《文章辨体序说》“诔哀”云：“大抵诔则多叙世业，故今率仿魏晋，以四言为句，哀辞则寓伤悼之情，而有长短句及楚辞不同。”[②]《文心雕龙》“哀吊”论“哀”云：“又卒章五言，颇似歌谣……叙事如传，结言摹诗，促节四言，鲜有缓句。”论吊体：“及相如之吊二世，全为赋体。”而贾谊《吊屈原赋》则“首出之作也”[③]，用骚体赋。此外，《列女传》所载柳下惠之妻之诔惠子，正文为句句带“兮”字之骚体。要之，诔本身正体大多前序后文，文则多四言韵语。曹雪芹此诔可谓融上述哀祭类所有形式，前序后歌，中间用骈文赋体，卒章以歌则用楚辞体，而楚辞体又把“兮”字和“耶”字结合起来，吸收了《招魂》的体式和内容，可以看出，“耶”字即“些”的变化。不但文体形式上杂糅众体而又加入新的质素，即“或杂参单句，或偶成短联，或用实典，或设譬寓，随意所之，信笔而去”，而且内容上完全打破了传统哀诔文的述事迹德行的熟滥套子，悲哀中深于怨刺，吸收了屈原《离骚》和贾谊《吊屈原赋》的情感抒发特征，借香草美人及恶禽臭物抒发悲怨之情。这正如吴承学所云：“破体，往往是一种创造或者改造。不同文体的融合，时时给文体带来新的生命力。打个比方，这类似于不同品种植物的杂交。”[④]

再如第五回论散曲，即《红楼梦》十二支曲，文云：“警幻便说道：‘此曲不比尘世中所填传奇之曲，必有生旦净末之则，又有南北九宫之限。此或咏叹一人，或感怀一事，偶成一曲即可谱入管弦，若非个中人，不知其中之妙。料尔亦未必深明此调，若不先阅其稿，后听其歌，翻成嚼蜡矣。’”[⑤] 曹

① 曹雪芹著，脂砚斋评，邓遂夫校订：《脂砚斋重评石头记庚辰校本》，作家出版社 2006 年版，第 1442 页。

② 吴讷著，于北山校点：《文章辨体序说》，徐师曾著，罗根泽校点《文体明辨序说》，人民文学出版社 1962 年版，第 53 页。

③ 刘勰著，范文澜注：《文心雕龙注》，人民文学出版社 1958 年版，第 239 页。

④ 吴承学：《中国古代文体形态研究》，中山大学出版社 2002 年版，第 419 页。

⑤ 曹雪芹著，脂砚斋评，邓遂夫校订：《脂砚斋重评石头记庚辰校本》，作家出版社 2006 年版，第 157 页。

雪芹主张打破传统“传奇之曲”的文体规则限制，人物上，突破“生旦净末之则”，不为固有的角色所缚，“或咏叹一人，或感怀一事”，因人、因事而立题，挥发自由；曲调上，则先成曲词，再谱曲调，即“偶成一曲，即可谱入管弦”，而所有曲牌都是自制，且曲牌名称皆与所咏之“人”与“事”的内容情形相符合，完全打破“尘世中所填传奇之曲”之俗套，先有固定的曲牌，即“南北九宫之调”，然后再依调填词，往往曲牌名称与所填之词毫无关联。故而这样的创新曲子需要“先阅其稿，后听其曲”，否则便不能领略其真味，“反成嚼蜡矣”。也就是说，稿是新稿，曲是新曲，与传统的先入为主，即在早已熟悉的曲调中欣赏曲词正好顺序相反。这些曲牌都因人、因事而制，新颖异常。脂砚斋也看到此曲的破体创新之处。如第五回甲戌侧批云：“读此几句，翻厌近之传奇中必用开场付末等套，累赘太甚。”[①] 第五回甲戌眉批云：“语句泼撒，不负自创北曲。”[②] 第五回甲戌眉批云：“悲壮之极，北曲中不能多得。”[③] 第五回甲戌侧批云：“绝妙！曲文填词中不能多见。”[④] 周振甫先生认为：“破体就是破坏旧有文体，创立新的文体。”[⑤] 这套曲子正是破坏旧有传奇所固守的“必用开场付末等套”之文体规范，而“自创北曲”。

《芙蓉女儿诔》和《红楼梦十二支曲》的创作中，都有作者借人物之口来透露其破体的文体学思想的相关言论，而《好了歌》则不同，它无须借助作者的解释以避免读者不懂其打破文体之用心，就因为它是全新的，横空出世，让人一眼便惊叹它体貌的奇异，肯定这是一款从未谋面的文体类型。文体形式上，《好了歌》在继承“了语不了语”这一陌生文体的基础上又有所创新。“了语不了语”文体形式之通行的传统正体，为一体两诗，每首诗中并不含“了”与“不了”之字样，而是分别暗蕴“了”与“不了”之意味，如同猜谜游戏。曹雪芹则创造性地把此前“了”与“不了”之诗题融入诗句之中，让人一目了然，且读起来像民谣民歌，朗朗上

① 朱一玄：《红楼梦资料汇编》，南开大学出版社 2001 年版，第 161 页。
② 同上书，第 162 页。
③ 同上。
④ 同上。
⑤ 周振甫：《文章例话》，中国青年出版社 1983 年版，第 213 页。

口，一改之前“了语不了语”仅仅作为诗题的这一传统程式，让这一本来因体裁、内容等方面具有很大局限而备受冷落、奄奄一息的文体，再次焕发出熠熠生机来，展现出一个全新的面容，为这一陌生文体之升华，作出了不可磨灭的贡献，也为杂体诗的改造提供了借鉴[①]。饶有意味的是，《好了歌》文体形式虽新奇，语言却通俗如白话，且意旨也并不难懂，那么作者于其后又加了一个骈文注解，我们就不能不考虑这应当又是一个有意识的文体突破了。

由于文体的独特醒目，上述三个名篇成了历代红学家关注的焦点，这正应了钱锺书先生所说：“名家名篇，往往破体，而文体亦因以恢弘焉。”[②]这三个典型之外，其他文体创作之破体创新也很多。如集句，第二回甲戌眉批“便为人上人”云：“从来只见集古集唐等句，未见集俗语者。此又更奇之至。”[③] 如帖文，第六十三回己卯夹批“上面写着‘槛外人妙玉恭肃遥叩芳辰’”云：“帖文亦蹈俗套之外。”[④] 此外联句、酒令、对联、灯谜及咏物诗等都是如此，兹不赘举。

其次，脂砚斋批语中屡言“变体”，“《石头记》多用此法”。变体即破体，关于二者之关系，吴承学先生云：

> 破体，原是书法术语。书法上的“破体”指不同正体的写法。《书断》谓“王献之变右军行书，号曰破体。”指行书的变体。戴叔伦《怀素上人草书歌》云：“始从破体变风姿”。可见破体的特点是“变”，是对正体的突破，也是一种有创造性的字体。[⑤]

曹雪芹及其书中虽未明言“破体”范畴，但脂砚斋批语中却屡言“变体”，并给予充分肯定和赞赏，从中可见其“破体”观念。如第五回甲戌眉批云：“欲出宝钗便不从宝钗身上写来，却先款款叙出二玉，陡然转出

---

① 任竞泽：《〈红楼梦〉“好了歌”文体源流考》，《海南大学学报》2013 年第 3 期。
② 钱锺书：《管锥编》，中华书局 1979 年版，第 890 页。
③ 朱一玄：《红楼梦资料汇编》，南开大学出版社 2001 年版，第 103 页。
④ 同上书，第 492 页。
⑤ 吴承学：《中国古代文体形态研究》，中山大学出版社 2002 年版，第 424 页。

宝钗，三人方可鼎立，行文之法又亦变体。”[①] 第八回甲戌夹批云：“不想浪酒闲茶一段，金玉旖旎之文后，后忽用此等寒瘦古拙之词收住，亦行文之大变体处。《石头记》多用此法，历观后文便知。”[②] 第五十六回己卯夹批云：“反点题，文法中又一变体也。”[③] 皆明言变体，而其变体主要指小说文体之行文文法之变。脂砚斋称“《石头记》多用此法，历观后文便知”，明显认识到破体、变体已经成为曹雪芹颇为自觉的创作方法，并一脉贯穿于全书终始。其他类似“变体”批语颇多，如第九回蒙府：“文笔之妙，妙至于此。……孙悟空七十二变，未有如此灵巧活跳。”[④] 第十八回庚辰眉：“仍用玉兄前拟稻香村，却如此幻笔幻体，文章之格式，至矣尽矣！”[⑤] 第二十回庚辰眉：“这桩风流案，又一体写法，甚当。”[⑥]

变体与正体也是文体学上一组对立的概念范畴，历来批评家多有提及。如钟嵘《诗品》称郭璞诗“始变永嘉平淡之体，故称中兴第一。”[⑦]《诗品序》称“永嘉时，贵黄老，稍尚虚谈。于时篇什，理过其辞，淡乎寡味。……皆平典似《道德论》，建安风力尽矣。先是郭景纯用隽上之才，变创其体。”[⑧] 明徐师曾《文体明辨序说碑文》云：“主于叙事者曰正体，主于议论者曰变体，叙事而参之以议论者曰变而不失其正。”[⑨] 许学夷《诗源辩体》论正变即正体、变体者尤多，可参见。

第四节　打破传统，不落俗套

鲁迅先生云：“总之，自有《红楼梦》出来以后，传统的思想和写法

① 朱一玄：《红楼梦资料汇编》，南开大学出版社2001年版，第151页。
② 同上书，第209页。
③ 同上书，第486页。
④ 同上书，第218页。
⑤ 同上书，第299页。
⑥ 同上书，第407页。
⑦ 钟嵘著，吕德申校释：《钟嵘〈诗品〉校释》，北京大学出版社1986年版，第122页。
⑧ 同上书，第38页。
⑨ 吴讷著，于北山校点：《文章辨体序说》，徐师曾著，罗根泽校点《文体明辨序说》，人民文学出版社1962年版，第144页。

都打破了。”① 这一为学界熟知的经典断语所包孕的内涵是丰富的，也常为红学家所引用并从不同角度进行阐释。但毋庸置疑的是，打破传统的小说文体写法规范，进而凸显曹雪芹“破体”的文体学思想应当是这一断语的最直观的、最贴切的解读之一。这种文体观在小说原文和脂砚斋批语中，反复借不落俗套、不借故套、脱尽窠臼等相类之语道出。而所谓俗套、旧套、窠臼等言辞，换一种说法就是“传统的思想和写法”或者说旧有的文体写作规范。这在第一回便反复申述，明确提出要打破“皆蹈一辙”“千部共出一套”“通共熟套”之藩篱，主张“不借此套”以达“新奇别致”的革新主张。如第一回论小说文体时云：

> 石头笑答道：“我师何太痴耶！若云无朝代可考，今我师竟假借汉唐等年纪添缀，又有何难？但我想，历来野史皆蹈一辙，莫如我这不借此套者反倒新奇别致，不过只取其事体情理罢了，又何必拘拘于朝代年纪哉！再者，市井俗人，喜看理治之书者甚少，爱看适趣闲文者特多。历来野史，或讪谤君相，或贬人妻女，奸淫凶恶不可胜数。更有一种风月笔墨，其淫秽污臭、涂毒笔墨、坏人子弟又不可胜数。至若佳人才子等书，则又千部共出一套，且其中终不能不涉于淫滥，以致满纸潘安、子建、西子、文君，不过作者要写出自己的那两首情诗艳赋来，故假拟出男女二人名姓，又必旁出一小人其间拨乱，亦如剧中之小丑然。且鬟婢开口即者也之乎，非文即理。故逐一看去，悉皆自相矛盾、大不近情理之话。……再者，亦令世人换新眼目，不比那些胡牵乱扯，忽离忽遇，满纸才人、淑女、子建、文君、红娘、小玉等通共熟套之旧稿。我师意为何如？”②

所谓“不借此套”，“只按自己的事体情理”，正是欲打破“借汉唐名臣的野史体例”，不同于野史之文体形式即“拘拘于朝代年纪”，“反倒新

① 鲁迅：《中国小说史略》，文化艺术出版社 1990 年版，第 12 页。

② 曹雪芹著，脂砚斋评，邓遂夫校订：《脂砚斋重评石头记庚辰校本》，作家出版社 2006 年版，第 93 页。

鲜别致”。另外，此书写半世亲见亲闻的几个女子，“洗旧翻新”，完全打破了传统明末清初才子佳人“千部一腔，千人一面”的俗套，即“假捏出男女二人名姓，又必旁添一小人拨乱其间。”可见，曹雪芹于小说这一文体的创新和破体，更多在内容人物情节方面。

针对于此，脂砚斋第一回甲戌眉批云：“开卷一篇立意，真打破历来小说窠臼。”① 这个评语太重要了，尤其“打破”一词，在所有脂评本原文及评点文献中仅出现这一次，很明显正是鲁迅所云“传统的思想和写法都打破了”之所出。三者观点无疑都是“破体”之文体文学观的浓缩和凝练。这一观点在第五十四回借贾母之口又重提：“贾母笑道：这些书都是一个套子，左不过是写佳人才子，最没趣儿。”②

脂砚斋评点中的“打破俗套”与小说中借人物之口道出的“不落俗套”之文献言论都极为繁复，可以互相印证并全面反映曹雪芹之“破体”创新的文体学思想和文学思想。下面分别罗列出来，以见大概。首先，我们来看评点中的打破俗套类文献，并辅以其他相关资料佐证：

> 第一回甲戌侧：若用此套者，胸中必无好文字，手中断无新笔墨③。戚序：醒的无痕，不落旧套④。
>
> 第四回甲戌侧：（李纨）一洗小说窠臼俱尽，且命名字，亦不见红香翠玉恶俗⑤。
>
> 第五回甲戌侧：此等实处又非别部小说之熟套起法⑥。
>
> 第八回甲戌夹：（紫鹃）又顺笔带出一个妙名来，洗尽春花、腊梅等套⑦。

---

① 朱一玄：《红楼梦资料汇编》，南开大学出版社 2001 年版，第 84 页。

② 曹雪芹著，脂砚斋评，邓遂夫校订：《脂砚斋重评石头记庚辰校本》，作家出版社 2006 年版，第 957 页。

③ 朱一玄：《红楼梦资料汇编》，南开大学出版社 2001 年版，第 83 页。

④ 同上书，第 91 页。

⑤ 同上书，第 137 页。

⑥ 同上书，第 150 页。

⑦ 同上书，第 202 页。

第十三回甲戌回前：若明指一州名，似落《西游》之套[①]。

第十六回庚辰眉：《石头记》中多作心传神会之文，不必道明。一道明白，便入庸俗之套[②]。

第十八回己卯夹：门雅，墙雅，不落俗套[③]。

第十八回己卯夹：所谓集小说之大成，游戏笔墨，雕虫之技，无所不备，可谓善戏者矣[④]。甲辰：此《石头记》自叙……本欲作一篇《灯赋》《省亲赋》以志今日之盛，但恐入了小说家俗套[⑤]。

第二十五回甲戌侧：避俗套法[⑥]。

第三十七回己卯夹：（海棠诗神仙昨日降都门）落想便新奇，不落彼四套[⑦]。

第五十四回庚辰回前：首回楔子内云：古今小说千部共成一套云云，犹未泄真，今借老太君一写，是劝后来胸中无机轴之诸君子不可动笔作书[⑧]。

清戚蓼生《石头记序》：噫！异矣。夫敷华掞藻，立意遣词，无一落前人窠臼[⑨]。

清梦觉主人《红楼梦序》：是则书之似真而又幻乎？此作者之辟旧套开生面之谓也。……其吟咏诗词，自属清新不落小说故套[⑩]。

清杨懋建《梦华琐簿》：常州陈少逸撰《品花宝鉴》，用小说演义体，凡六十回。此体自元人《水浒传》《西游记》始，继之以《三国志演义》……《红楼梦》《石头记》出，尽脱窠臼，别开蹊径[⑪]。

眷秋《小说杂评》：《水浒》与《石头记》，其取境绝不同。……

① 朱一玄：《红楼梦资料汇编》，南开大学出版社 2001 年版，第 232 页。
② 同上书，第 267 页。
③ 同上书，第 273 页。
④ 同上书，第 294 页。
⑤ 同上书，第 291 页。
⑥ 同上书，第 390 页。
⑦ 同上书，第 449 页。
⑧ 同上书，第 485 页。
⑨ 同上书，第 561 页。
⑩ 同上书，第 563 页。
⑪ 同上书，第 827 页。

然两书如华岳对峙，并绝千古。故小说必自辟特别境界，始足以动人。后世作者，辄以蹈袭前人门径为能，自谓善于摹仿，宜其平庸无味，不值一顾①。

太冷生《古今小说评林》："作小说莫难于楔子。楔子莫佳于《水浒》，《桃花扇》亦恰到好处。《红楼梦》不欲落入窠臼，故轻轻以此开卷第一回也下笔，可见作者抱负不凡。"②

引文迤逦而下，正为让我们从中看出脂砚斋对曹氏文体观点的认可肯定和灵犀相通，对此批评方法的娴熟掌握和反复运用，并形成固定的批评模式和概念术语，同时也成为恒定有效的鉴赏品位和批评标准。上述文献中所谓"俗套""熟套""故套"云云，显然即传统的、旧有的文体写作规范，而诸如"辟旧套，开生面"的表述，也与前所举周振甫先生所云"破体就是破坏旧有文体，创立新的文体"之说法相契合。

其次，我们再看书中借人物之口所言的"不可落套"类文献，叙述中则往往将恐怕落套、不能落套、必落套、才不落套、不落窠臼等与新鲜大方、新鲜有趣、岂不新鲜、更觉新鲜等结合起来。如：

湘云只答应着，因笑道："我如今心里想着：昨日作了海棠诗，我如今要作个菊花诗，如何？"宝钗道："菊花倒也合景，只是前人太多了"湘云道："我也是如此想着：恐怕落套。"宝钗想了一想，说道："有了。如今以菊花为宾，以人为主，竟拟出几个题目来，都要两个字：一个虚字，一个实字；实字便用'菊'字，虚字就用通用双关的。如此又是咏菊，又是赋事，前人也没作过，也不能落套——赋景咏物两关着，又新鲜，又大方。"③ ——第三十七回

宝钗道："使不得。从来桃花诗最多，纵作了必落套，比不得你

① 朱一玄：《红楼梦资料汇编》，南开大学出版社2001年版，第866页。

② 同上书，第894页。

③ 曹雪芹著，脂砚斋评，邓遂夫校订：《脂砚斋重评石头记庚辰校本》，作家出版社2006年版，第687页。

这一首古风。须得再拟。”[①] ——第七十回

黛玉看毕，笑道：“好！也新鲜有趣。我却不能。”湘云笑道：“咱们这几社总没有填词。你明日何不起社填词，改个样儿，岂不新鲜些。”……宝钗笑道：“终不免过于丧败。我想，柳絮原是一件轻薄无根无绊的东西，然依我的主意，偏要把他说好了才不落套。”……众人拍案叫绝，都说：“果然翻的好气力，自然是这首为尊！”[②] ——第七十回

湘云笑道：“……这‘凹’‘凸’二字，历来用的人最少。如今直用作轩馆之名，更觉新鲜，不落窠臼。”[③]

这种“不能落套”的文体观都是曹雪芹求新、求变之文学思想的反映。其他如书中反复借人物之口说出诸如“新巧有意趣”[④]“立意清新”[⑤]“题目新，诗也新，立意更新”[⑥]“要另出己见”[⑦]“善翻古人之意”“各出己见，不与人同”“命意新奇，别开生面”等等。香菱学诗一段较能体现曹雪芹“破体”的文体学思想和“求新”的文学思想的完美融合。如第四十八回文云：“香菱笑道：‘如今听你一说，原来这些格调规矩竟是末事，只要词句新奇为上。’黛玉道：‘正是这个道理。词句究竟还是末事，第一是立意要紧。若意趣真了，连词句不用修饰，自是好的。’”[⑧] 所谓“这些格调规矩竟是末事”“词句究竟还是末事”云云，是说这些语言文体形式规矩都可抛开和打破，而立意、新奇、意趣则更为重要。

第三，有一点不能不说，曹雪芹所极力反对并欲打破的“千部共出一套”及借贾母口称“这些书都是一个套子”的小说文体革新理论，在脂砚

---

① 曹雪芹著，脂砚斋评，邓遂夫校订：《脂砚斋重评石头记庚辰校本》，作家出版社 2006 年版，第 1195 页。

② 同上书，第 1197—1199 页。

③ 同上书，第 1342 页。

④ 同上书，第 867 页。

⑤ 同上书，第 687 页。

⑥ 同上书，第 705 页。

⑦ 同上书，第 1321 页。

⑧ 同上书，第 857 页。

斋批点时，则都落实到对具体人物形象描写之妙的由衷赞赏上，同时反复使用“最可笑近之小说中”“最可厌世之小说”“满纸”“皆是”等饱含感情色彩之批语，让人顿然感到脂砚斋和曹雪芹之心心相印，默契无间，两人案几之间言行举止，笑貌音容，则如立目前，令人称羡。罗列如下，以见大概：

第一回甲戌眉：（贾雨村）最可笑世之小说中，凡写奸人则用鼠耳鹰腮等语①。

第二回甲戌侧：非近日小说中满纸红拂、紫烟之可比②。甲戌眉：可笑近时小说中，无故极力称扬浪子淫女，临收结时，还必致感动朝廷，使君父同入其情欲之界，明遂其意，何无人心之至！③ 甲戌侧：看他写黛玉，只用此四字，可笑近来小说中，满纸天下无二、古今无双等字④。甲戌眉：（黛玉）如此叙法，方是至情至理之妙文。最可笑者，近小说中，满纸班昭、蔡琰、文君、道韫⑤。

第三回甲戌眉：（惜春）浑写一笔更妙！必个个写去则板矣。可笑近之小说中有一百个女子，皆是如花似玉一副脸面⑥。甲戌眉：（王熙凤）试问诸公：从来小说中可有写形追像至此者？⑦ 甲戌侧：（三张旧椅子）可笑近之小说中，不论何处，则曰商彝周鼎、绣幕珠帘、孔雀屏、芙蓉褥等样字眼⑧。甲戌侧：“只如此写又好极。最厌近之小说中，满纸千伶百俐，这妮子亦通文墨等语。”⑨ 甲戌眉：（西江月二词批宝玉）二词更妙。最可厌野史貌如潘安，才如子建等语⑩。

① 朱一玄：《红楼梦资料汇编》，南开大学出版社 2001 年版，第 93 页。
② 同上书，第 101 页。
③ 同上书，第 104 页。
④ 同上。
⑤ 同上书，第 105 页。
⑥ 同上书，第 118 页。
⑦ 同上书，第 121 页。
⑧ 同上书，第 126 页。
⑨ 同上书，第 135 页。
⑩ 同上书，第 131 页。

第四回甲戌侧：（李纨）一洗小说窠臼俱尽，且命名字，亦不见红香翠玉恶俗①。

第五回甲戌侧：将两个行止摄总一写，实是难写，亦实系千部小说中未敢说写者②。而且宝钗行为豁达，随分从时，不比黛玉孤高自许，目无下尘。戚序：历来小说中未见此一醒③。

第十五回庚辰侧：历来风月文字可有如此趣味者④。

第十九回己卯夹：阅此则又笑尽小说中无故家常穿红挂绿绮绣绫罗等语，自谓是富贵语，究竟反是寒酸话⑤。

文献不厌其烦，也是想让大家知道，脂砚斋"一洗小说窠臼俱尽"的破体理论的形成，是通过大量地、具体地品评人物个性、语言、形象等形成的。

除了上述文献外，值得一提的是，曹雪芹对诸如"湘云咬舌"和"香菱之呆"等人物缺点、陋处之描写，不但打破了传统小说写好全好、写坏全坏之形象刻板和性格单一的文体窠臼，反而让人物更加"立于纸上"和"妩媚之至"。如写湘云，第二十回己卯夹："可笑近之野史中，满纸羞花闭月，莺啼燕语，殊不知真正美人方有一陋处，如太真之肥，飞燕之瘦，西子之病，若施于别个不美矣。今见'咬舌'二字加以湘云，是何大法手眼，敢用此二字哉？不独不见其陋，但更觉轻俏娇媚，俨然一娇憨湘云立于纸上，掩卷合目思之，其'爱厄'娇音如入耳内。然后将满纸莺啼燕语之字样，填粪窖可也。"⑥ 写香菱，第四十八回庚辰夹："（香菱）'呆头呆脑的'，有趣之至！最恨野史有一百个女子皆曰聪敏伶俐，究竟看来他行为也只平平。今以'呆'字为香菱定评，何等妩媚之至也！"⑦ 这正如鲁迅

① 朱一玄：《红楼梦资料汇编》，南开大学出版社 2001 年版，第 137 页。
② 同上书，第 152 页。
③ 同上书，第 166 页。
④ 同上书，第 254 页。
⑤ 同上书，第 307 页。
⑥ 同上书，第 334 页。
⑦ 同上书，第 475 页。

先生所言："（《红楼梦》）在中国的小说中实在是不可多得的。其要点在敢于如实描写，并不讳饰，和从前的小说叙好人完全是好，坏人完全是坏的，大不相同。所以其中所叙的人物，都是真的人物。"①

最后，我们对曹雪芹的文体学思想再宏观梳理一下，大体如下：其一，第七十八回是八十回本《红楼梦》中曹雪芹文学思想的最后一次集中展示，可以说是他文学思想的一个总结。而回目中《芙蓉女儿诔》之"破体"和《姽婳词》之"辨体"的同时出现，绝非偶然，既说明了他融"破体"与"辨体"于一身的通变文体观和文学观，也同时让我们认识到其文体学思想在其文学思想中的重要地位。其二，曹雪芹的文体学思想集中出现在第七十八回，与第一回中所提出的丰富的文学思想和文体学思想遥相呼应，自成体系，显然是有意为之。这种前后照应，也可以看出曹雪芹文体学思想的运思之周密，布局之谨严，体系之完备，其意义可谓不同寻常。其三，脂砚斋批语所体现的丰富的文论文献是曹雪芹文体学思想的重要组成部分，只有将其进行竭泽而渔式的辑录分类、整理分析，并与书中曹雪芹的文体文献进行比较研究，方能全面揭阐和建构曹雪芹的文体学理论体系。

① 鲁迅：《中国小说史略》，文化艺术出版社 1990 年版，第 12 页。

第十二章 《红楼梦》“好了歌”文体源流考[①]

《好了歌》作为《红楼梦》的总纲，其在《红楼梦》一书中的地位，早已为古今文人和红学学者所共睹。《好了歌》独特的文体形式，尤为引人注目。虽然当代部分学人已经开始关注其文体源流，但所言尚不完全准确。当代学者多认为源于明代，不过这只是直接影响，未看到其远源在于“了语不了语”这一杂体诗。了语、不了语是一种士子文人的游戏文字，文体卑贱，源于东晋顾恺之等，最早则受到宋玉《大言赋》《小言赋》的影响。我们认为，《好了歌》首先是对“了语不了语”这一陌生文体的继承和革新，并受到明人相关“好了”诗及故事传说的影响，同时也集中体现了曹雪芹的文体学思想。在中国古代文学史上，“了语、不了语”很不起眼，相关文献极为稀见。不过，由于“好了歌”之于中国文学史上的重要地位，使得我们有必要对其进行深入地探究梳理，这对解读《好了歌》和《红楼梦》不无裨益。“了语、不了语”自宋代以后便几近消亡，《好了歌》能够化腐朽为神奇，不但在于文体形式上的创新，更重要的，它还是此书哲学意旨的文学化浓缩，堪称“书眼”。曹雪芹把它放在第一回结尾，显然具有了哲学总结以及预言人物命运结局的意味。了语不了语之形成，是魏晋玄学兴起及其士人尚清言、好谈玄风气的反映，与佛教、道家都有极深渊源。在好与了、色与空、盛与衰、有与无、真与假等这些互相对立的哲学范畴中，“好了”在《红楼梦》一书中具有元范畴意义。

---

① 本文发表于《海南大学学报》2013 年第 4 期。

第一节 “好了歌”文体源流研究现状

我们先录《好了歌》于下，然后进行比较解读：

世人都晓神仙好，惟有功名忘不了。古今将相在何方？荒冢一堆草没了。

世人都晓神仙好，只有金银忘不了。终朝只恨聚无多，及到多时眼闭了。

世人都晓神仙好，只有姣妻忘不了。君在日日说恩情，君死又随人去了。

世人都晓神仙好，只有儿孙忘不了。痴心父母古来多，孝顺儿孙谁见了！①

疯跛道人唱完“好了歌”，接下来书中写道：

士隐听了，便迎上来道：“你满口说些什么，只听见些‘好了’‘好了’。”那道人笑道：“你若果听见‘好了’二字还算你明白。可知世上万般，好便是了，了便是好。若不了，便不好；若要好，须是了：我这歌儿便叫《好了歌》。”士隐本是有夙慧的，一闻此言，心中早已悟彻，因笑道：“且住！待我将你这《好了歌》注解出来何如?”道人笑道：“你就请解。”士隐乃说道：“陋室空堂，当年笏满床；衰草枯杨，曾为歌舞场。蛛丝儿结满雕梁。绿纱今又糊在蓬窗上。说什么脂正浓、粉正香，如何两鬓又成霜？昨日黄土陇头送白骨，今宵红灯帐底卧鸳鸯。金满箱，银满箱，展眼乞丐人皆谤。正叹他人命不长，哪知自己归来丧。训有方，保不定日后作强梁；择膏粱，谁承望流落在烟花巷。因嫌纱帽小，致使锁枷扛。昨怜破袄寒，今嫌紫蟒

① 曹雪芹著，脂砚斋评，邓遂夫校订：《脂砚斋重评石头记庚辰校本》第一卷，作家出版社2006年版，第101页。按以下所引本书文献不再出注。

长。乱哄哄，你方唱罢我登场，反认他乡是故乡。甚荒唐，到头来都是为他人作嫁衣裳！”那疯跛道人听了，拍掌大笑道：“解得切，解得切！”士隐便说一声“走罢”，将道人肩上的搭裢抢了过来背上，竟不回家，同着疯道人飘飘而去。①

《好了歌》文体形式新颖独特，别具一格，其文体源流已经引起诸多现当代红学学者的注意。或着眼于“好了”一词之名称出处，或着眼于《好了歌》之句子结构，或着眼于诗歌解注之内涵意蕴，并且从各自所列文献上来看，无一例外地都认为源于明代。对此，我们一方面表示认同，并作进一步分析论证；另一方面结合其他相关文献，追溯源流，提出不同观点以为补充。

首先，在“好了”一词的出处上，张国风云：“‘好了’一词，有人还找到了它的出处。清代康熙、雍正年间，修有一部大类书《古今图书集成》。这部书的《博物篇·神异典·神仙部》里所引《荆州府志》中提到，明代有一位‘好了道士’，往来宜都山中，能言人祸福，巧发奇中。人们叩问其姓名，他只是点头说‘好了’，所以叫作‘好了道士’。”② 张国风所云“有人还找到了它的出处”，是指罗漫《“好了道士”与〈好了歌〉》一文③。可以看出，此文献与《好了歌》关联处有二：一是“好了”一词，一是皆为道士，且道士体貌亦相类，即或古怪，或跛足。如此看来，二位学者所考《好了歌》文体名称源于此文献，不无道理。不过，笔者认为有几点尚值得商榷和补充。其一，“好了道士”文献中，“好了”是一个独立俗语，而《好了歌》之诗名中的“好了”则是剪辑组合诗歌中的尾字为词。其二，根据文献中所云“人们叩问其姓名，他只是点头说‘好了’”之意来看，古怪道士所说“好了”之“了”为语助词，读为“le”，意思是“算了”，即道士不想让人知其姓氏。而《好了歌》中“好了”之

① 曹雪芹著，脂砚斋评，邓遂夫校订：《脂砚斋重评石头记庚辰校本》第一卷，作家出版社2006年版，第101页。

② 张国风：《红楼梦趣谈索解》，春风文艺出版社1997年版，第93页。

③ 罗漫：《“好了道士”与〈好了歌〉》，《红楼梦学刊》1994年第2期。

“了”读作“liǎo”，为结束、了结之意。这样来看，便略显牵强。

如果从语言学的角度来看，“好了”作为一个独立俗语，最早当是产生并流行于宋代的白话口语，“了”为语助词，好与坏对应，功能是价值判断。如朱熹在《朱子语类》中便频频使用“好了”或“不好了”之俗语来宣讲和灌输他的理学思想。自宋代以来，俗语“好了”歧义纷出，如或意为算了、行了、甭说了、别做了等，用来制止和劝阻对方的言语和行为，本文献中“好了道士”所言即此意。或者为好处、对……有利之意。如《说郛》“好了你”条云：“朝廷若果见杀我，微命亦何足惜。只是有一事，杀了我后好了你。”苏东坡所言是对你有好处的意思[①]。或意为妥了、结束了，指行为者所做事情完成了，如《江南通志》所载“声言好了”等[②]。或意为病者痊愈，如《续名医类案》云：“以匙抄噍一口，病者即云好了。”“见人则笑，不发搐，便是好了。”[③]现代汉语中“好了”一词意蕴丰富，皆能从上述文献阐释中找到源头。

如果从文学的角度来说，我们从如下文献中考辨《好了歌》中“好了”一词之源，或许更为准确。如明高启《郊野杂赋七首》云“好了公家事，休令吏到庐。”[④]清范承谟《祭墩》称“祝君早供三军爨，好了从前无限情。”[⑤]这是从“好了”一词连用来看的。如果从“好了歌”诗句结构中好与了之分合及其内涵意蕴上来推究，明王立道《僧衣褐》一诗当尤为确切。其诗云：“远师不染性，持此遗陶公。三径虽云好，了知色是空。”[⑥]很明显，诗中“好、了”和“色、空”之语意，可以说完全与

① （元）陶宗仪：《说郛》卷34下，文渊阁四库全书本，第877册，上海古籍出版社1987年版，第799页。

② （清）赵宏恩等：《江南通志》卷142，文渊阁四库全书本，第489册，上海古籍出版社1987年版，第232页。

③ （清）魏之琇：《续名医类案》卷23，文渊阁四库全书本，第784册，上海古籍出版社1987年版，第523页。

④ （明）曹学佺：《石仓历代诗选》卷293，文渊阁四库全书本，第1391册，上海古籍出版社1987年版，第144页。

⑤ （清）范承谟：《范忠贞集》卷5，文渊阁四库全书本，第1314册，上海古籍出版社1987年版，第74页。

⑥ （明）王立道：《具茨集》诗集卷5，文渊阁四库全书本，第1277册，上海古籍出版社1987年版，第708页。

《好了歌》、一僧一道及其曹雪芹的"色空"思想相契合。

其次，在《好了歌》之好、了字眼的句子结构上，林冠夫《两首〈好了歌〉》一文指出，《醒世恒言》之《张孝基陈留从舅》入话中老尚书那首格言式长诗头两句云"世人尽道读书好，只恐读书读不了"，"由于这首长诗头两句句尾也是'好了'结构，所以我们也叫它'好了歌'。两首《好了歌》，内容上是不同的，但句子的结构上却很相似。准确地说，《红楼梦》的《好了歌》，头两句的句子结构很像这首长诗。《红楼梦》后出，或许，它的《好了歌》之作，是从《醒世恒言》中得到启发。《醒世恒言》是一部流行的短篇小说集，对此，曹雪芹当然是很熟悉的，他在《红楼梦》的创作中，受到了启发，并利用这种句式结构，写出了那首跛足道人为度甄士隐而唱的《好了歌》是很可能的。"① 可以看出，此文献语词、结构与《好了歌》关联处有三：一是皆为七言，且第一句句尾句式俱为好、不了。二是第一句头两字皆为"世人"。三是"尽道"与"都晓"及"只恐"与"惟有、只有"之语意和词性都极为相似。以此来看，林冠夫所下结论无疑是令人信服的，而这条文献的弥足珍贵也是毋庸置喙的。此外，《醒世恒言》中的这首长诗虽然内容上主要是劝诫人们不要贪图逸乐，当勤劳自立。但诗中所谓"老夫富贵虽然爱，戏场纱帽轮流戴"云云，亦与《好了歌》之意蕴很相似。

关于这一点，我们再补充一条文献，或许对理解《好了歌》之句子、用语、结构及内蕴上的渊源继承，不无帮助。元萨都刺《次韵寄茅山张伯雨》云："也知方外神仙好，不识人间儿女愁。挂冠何日寻高隐，竹杖芒鞋绝顶游。"② 很显然，二诗第一句"世人都晓神仙好"与"也只方外神仙好"句式相类，"神仙好"全同，晓与知意近。而挂冠高隐、竹杖芒鞋以及茅山道士等则与甄士隐、柳湘莲以及贾宝玉追随疯跛道人出家远游都不无关系。

第三，在《好了歌》之意蕴解注上，翟胜健云："至于《红楼梦》第

① 林冠夫：《红楼梦纵横谈》，文化艺术出版社 2004 年版，第 128 页。

② 萨都刺：《雁门集》卷 2，（清）顾嗣立《元诗选》初集 2，中华书局 1987 年版，第 1252 页。

一回中，跛足道人的《好了歌》及甄士隐的《好了歌》解注，在《金瓶梅》第五十一回《打猫儿金莲品玉，斗叶子敬济输金》中薛姑子演颂的《金刚科仪》及第五十七回回末诗中均可找到影子。”① 薛姑子演颂的《金刚科仪》云：“盖闻电光易灭，石火难消。落花无返树之期，逝水绝归源之路。画堂绣阁，命尽有若长空；极品高官，禄绝犹如作梦。黄金白玉，空为祸患之资；红粉轻衣，总是尘劳之费。妻孥无百载之欢，黑暗有千重之苦。一朝枕上，命掩黄泉。青史扬虚假之名，黄土埋不坚之骨。田园百顷，其中被儿女争夺；绫锦千箱，死后无寸丝之分。青春未半，而白发来侵；贺者才闻，而吊者随至。苦，苦，苦！气化清风尘归土。点点轮回唤不回，改头换面无遍数。……”② 与《好了歌》注解比较可以看出，二者文体相同，俱为骈文。内容上亦俱为申说世事难料、祸福无常，功名利禄、娇妻儿女皆为云烟过眼，不可久长。我们知道，《红楼梦》“深得《金瓶》壶奥”，故翟胜健之论可谓言之有据。本文重点在文体形式的考辨上，虽亦兼及意蕴，但为其次，所以此条文献当为辅助证据。

上述诸位学者对《好了歌》文体形式之探源，更多关注最直观的“好、了”之字词组合和句式结构上，即第一句与第二句和第三句的尾字上，却忽略了第二句和第四句之“了”与“不了”才是考溯《好了歌》文体源流的关键所在。也就是说，《好了歌》这一独特文体形式的真正源头是“了语不了语”这一中国古代极少被人注意的陌生文体。接下来我们首先考辨分析“了语不了语”这一陌生文体形态的源流演变和内涵特征，然后与《好了歌》进行比较，以见二者的关系。

第二节 “了语不了语”的文体源流及文体特征

了语、不了语是一种士子文人的游戏文字，文体分类上，古代学者将其归类为诗歌文体中的“杂体诗”。如宋吕祖谦《宋文鉴》卷二十九诗之

① 翟胜健：《曹雪芹文艺思想新探》，北京大学出版社1997年版，第102页。

② 兰陵笑笑生：《金瓶梅词话》，人民文学出版社1985年版，第660页。

"杂体"列"了语不了语"，选北宋孔平仲之作[①]。（按：此诗为苏舜钦所作，卷中孔平仲与苏舜钦前后相邻，以致出现张冠李戴的错误。）此外，明胡震亨云："唐人杂体诗见各集及诸稗说中者，有五杂俎、两头纤、盘中诗、离合、回文、集句、风人诗、回波词、大言、小言、了语、不了语、县名、州名、药名、古人名、四气、四色、字谜等类。"[②] 当代文体学者鄢化志在专著《中国古代杂体诗通论》中也有简要介绍。

了语、不了语最早源于东晋。南朝宋刘义庆《世说新语·排调》云："桓南郡与殷荆州语次，因共作了语。顾恺之曰：'火烧平原无遗燎。'桓曰：'白布缠棺竖旒旐。'殷曰：'投鱼深渊放飞鸟。'次复作危语。桓曰：'矛头淅米剑头炊。'殷曰：'百岁老翁攀枯枝。'顾曰：'井上辘轳卧婴儿。'殷有一参军在座，云：'盲人骑瞎马，夜半临深池。'殷曰：'咄咄逼人！'仲堪眇目故也。"[③] 可以看出，此时还只有"了语"之目，且为三人联句，五言，押同一韵，还不能称为诗，只是一种炫富斗博的文字游戏，与危语放在一起，更看出这一文体的相似性。这是一个不太完整的开端，其后南北朝无人继作。

到了中唐，雍裕之开始使得这一文体得以完善。《全唐诗》卷四七一选雍裕之了语、不了语各一首。了语："扫却烟尘寇初剿，深水高林放鱼鸟。鸡人唱绝残漏晓，仙乐拍终天悄悄。"不了语："浮名世利知多少，朝市喧喧尘扰扰。车马交驰往复来，钟鼓相催天又晓。"[④] 从"深水高林放鱼鸟"可明显看出雍氏对晋人了语"投鱼深渊放飞鸟"的摹仿和继承。其创新之处在于，让这一文体得以完善和定型，即增加了不了语，了语、不了语各为七言诗一首，融为一体。

在宋代，了语和不了语便如孪生兄弟，一体两诗，不可分割。如苏舜钦"了语不了语"称："了语效晋顾恺之、殷仲堪作，不了语效唐雍裕之作。"[⑤]

① （宋）吕祖谦：《宋文鉴》卷29，文渊阁四库全书本，第1350册，上海古籍出版社1987年版，第292页。

② （明）胡震亨：《唐音癸签》卷29，上海古籍出版社1981年版，第304页。

③ （南朝宋）刘义庆撰，徐震堮注：《世说新语校笺》下册，中华书局1984年版，第440页。

④ 康熙御定：《全唐诗》，中华书局1960年版，第5351页。

⑤ （宋）苏舜钦著，沈文倬校点：《苏舜钦集》卷1，上海古籍出版社2011年版，第10页。

指出了创作“了语不了语”之文体渊源。其了语云：“公悚欲成忽覆鼎，银瓶汲绝还沉井，乳虎咆哮落深井，青萍一挥断人颈。”不了语云：“无言以手寻佩环，寒暑进退凋朱颜。八骏踏地几时遍，六龙驾日何年闲。”[①] 宋代林希逸也写了一组了语不了语。了语云：“龙去拔髯嗟帝远，鹤归留语笑人非。庞涓死怨悲题树，豫让酬恩喜击衣。”不了语云：“胥驾鲸来潮上下，羲鞭乌急日西东。万世不竭棰取半，一是无穷枢得中。”[②] 前者两诗为句句押韵，后者则隔句押韵。据笔者所见，我国古代“了语、不了语”这种文体，现存完整的就是唐代一首和宋代两首以及晋人的三句了语联句，可谓凤毛麟角，弥足珍贵。

“了语不了语”在名称内容和创作方式上，最早当受宋玉之《大言赋》《小言赋》之影响，古代文学批评家已注意到了二者的源流关系。如明胡震亨《唐音癸签》“大言小言、了语不了语”条注云：“宋玉有大言、小言赋，晋人效之，为了语、危语。唐颜真卿有大言、小言，雍裕之有了语、不了语。真卿又有乐语、馋语、滑语、醉语、诸联句。昼公更有暗思、远意、乐意、恨意，亦此类也。”[③] 把“了语不了语”这一文体远溯于宋玉《大言赋》《小言赋》。《大言》《小言》赋是楚王命群臣联赋，以宋玉所赋最佳。可见，晋人顾恺之等“了语”不但在内容上因袭大言、小言赋，而且多人联句形式亦出于宋玉等联赋形式。雍裕之亦有大言、细言各一首，《大言》云：“四溟杯渌醑，五岳髻青螺。挥汗曾成雨，画地亦成河。”《细言》云：“蚊眉自可托，蜗角岂劳争。欲效丝毫力，谁知蝼蚁诚。”[④] 文体上变七言为五言，但已是独立创作的诗体，与其“了语不了语”皆一体两诗，相互辉映，在了语不了语的文体发展史上承上启下，居功至伟，为宋代苏舜钦、林希逸的创作起到示范作用。鄢化志在《中国古代杂体诗通论》中将“了语不了语”归为“事类体诸语类”，认为“魏晋六朝文人，有以某种特征为题，集中罗列具有此类特征的事物为诗，或轮流列举某种

① （宋）苏舜钦著，沈文倬校点：《苏舜钦集》卷1，上海古籍出版社2011年版，第10页。

② （宋）林希逸：《竹溪鬳斋十一稿》续集卷2，傅璇琮《全宋诗》第59册，北京大学出版社1998年版，第37267页。

③ （明）胡震亨：《唐音癸签》卷29，上海古籍出版社1981年版，第304页。

④ 康熙御定：《全唐诗》，中华书局1960年版，第5351页。

特征的事物以竞藻争胜的习尚。""这一形式中各种题材的诗体便称之为诸语诗"①。

"了语不了语"中，"了"当释为结束、了结、了断、断绝、空无之意②。鄢化志认为，了语乃"共同列举具有空无、完结性质的事物"，认为孔平仲（按应为苏舜钦）"了语"诗"模拟晋人了语联句形式，叙述四件空无所有，一了百了的事物以成诗篇。"③ 对于了语的内涵，宋任广《书叙指南》卷十"冀望指准"引仲堪之语，称"冀人断绝曰'了语'"④。可见，从晋人发端，唐宋人之"了语"俱为此类事物之罗列。

了语与不了语作为一种游戏文字，文体卑贱，唐宋以后并不为人所注意，几近消失。但"了语"和"不了语"之诗题内蕴，却成为概念术语，常常为后人所运用，大多在其本意即"不可断绝、永恒轮回、重生再现、没有尽头之意"的基础上，延伸出它的独特含义诸如不清楚、不明白、有言外之意、不完整等。如明周宗建"切偲章"云："此处切切偲偲二句，只是发端，原非了语，后二句方是实说。"⑤ 了语与发端并举。明顾宪成《简修吾李总漕》云："兹特向丈求一了语，丈最能断大事，万勿吝教。"⑥ 了与断联义。再如姜宸英云："《相如传》言在梁著《子虚赋》，天子读而善之。……后《上林赋》亡是公语与乌有先生斋难紧接，无从分段，不知缘何有先后篇之别，岂著《上林》时改剟前赋而为之耶？不然则前赋为不了语矣！"⑦ 这里是不清楚、不完整之意。姜炳璋云："荑，宗庙取以缩酒。言非女色之为美，亦视美人之贻我者何如耳。若贻我以芳荑，则祭祀有托

① 鄢化志：《中国古代杂体诗通论》，北京大学出版社 2001 年版，第 323 页。

② 徐中舒主编：《汉语大字典》（缩印本），湖北辞书出版社、四川辞书出版社 1992 年版，第 21 页。

③ 鄢化志：《中国古代杂体诗通论》，北京大学出版社 2001 年版，第 323 页。

④ （宋）任广：《书叙指南》卷 10，文渊阁四库全书本，第 920 册，上海古籍出版社 1987 年版，第 523 页。

⑤ （明）周宗建：《论语商》卷下，文渊阁四库全书本，第 207 册，上海古籍出版社 1987 年版，第 484 页。

⑥ （明）顾宪成：《泾皋藏稿》卷 5，文渊阁四库全书本，第 1291 册，上海古籍出版社 1987 年版，第 59 页。

⑦ （清）姜宸英：《湛园札记》卷 1，文渊阁四库全书本，第 859 册，上海古籍出版社 1987 年版，第 570 页。

也。苟贻我以秽声，则十年尚有臭。君何为搔首踟蹰乎？末句作不了语，以见其理易明。”① 这里指不明了，故作模糊之语。姚炳云：“攸，郑氏训所，是也。然云所伏，不得云伏所，此是不了语，盖谓文王视麀鹿所伏息之处。”② 王谠云：“元和中有老卒推倒平淮西碑……宪宗怒命缚来杀之。既至京，上曰：‘小卒何故毁大臣所撰碑？’卒曰：‘乞一言而死，碑文中有不了语……文中美裴度不还李愬功，是以不平。’上命释缚赐酒食，敕翰林学士段文昌别撰。”③ 唐元竑云：“或问《对雨》诗‘不愁巴道路，恐失汉旌旗。’……此时不忧道路，但忧旌旗，言外别自含义，已作不了语矣……沈深隽永，思味不尽，只以平语出之，诗家最上乘也。”④ 可见“不了语”还有言外之意，用来概括诗歌深沉隽永、思味不尽的意境美学特征。

“了语不了语”还成为佛教用语，在宋代禅宗兴盛的情势下广为流传。如宋释赞宁《宋高僧传》云：“（释灵一）于是著《法性论》，以究真谛，此一之了语也。每禅诵之隙，辄赋诗歌事，思入无间，兴含飞动。潘、阮之遗韵，江、谢之阙文，必能缀之，无愧古人。”⑤ 四库馆臣评价吴可《藏海诗话》云：“其论诗每故作不了了语，似乎禅家机锋，颇不免于习气。”⑥ 再如宋洪迈“六十四种恶口”条曰：“《大藏经》……妄语、漏语、大语、高语、轻语、破语、不了语、散语、低语、仰语、错语、恶语、畏语……”⑦

关于了语之形成原因，当是魏晋玄学兴起及其士人尚清言、好谈玄风气的反映。《世说新语排调》所载顾恺之、殷仲堪、桓玄之了语联句，正

① （清）姜炳璋：《诗序补义》卷3，文渊阁四库全书本，第89册，上海古籍出版社1987年版，第50页。

② （清）姚炳：《诗识名解》卷5，文渊阁四库全书本，第86册，上海古籍出版社1987年版，第386页。

③ （宋）王谠：《唐语林》卷6，上海古籍出版社1978年版，第216页。

④ （明）唐元竑：《杜诗攟》卷2，文渊阁四库全书本，第1295册，上海古籍出版社1987年版，第311页。

⑤ （宋）释赞宁著，范祥雍点校：《宋高僧传》卷15，中华书局1987年版，第360页。

⑥ （宋）吴可：《藏海诗话》卷首，永瑢等《四库全书总目下册》，中华书局1965年版，第1784页。

⑦ （宋）洪迈撰，孔凡礼点校：《容斋随笔》上册，中华书局2005年版，第3页。

是这一思潮的反映。魏晋士人间这种清言谈玄，多为逞才炫学以见机智思辨，与禅宗机锋有异曲同工之妙。可见，了语不了语与佛教和道家都有极深的渊源。《红楼梦》第一回中出现的一僧一道以及贯穿全书的释道观念，当不能说与“了语不了语”融佛、道于一体的思想仅仅是巧合而已。

了语不了语从形成到唐宋定型，虽年代久远，但作者寥寥，足见这一文体之卑贱与不易作。《红楼梦》《好了歌》的出现，则使得这一为古今文人所忽略轻视的文体陡然放了光彩。

第三节 变“了不了”之腐朽，为“好了歌”之神奇

《好了歌》在文体形式、哲学思想和内涵意蕴上，可以说都是“了语不了语”这一陌生文体的嫡传。首先，文体形式上，《好了歌》继承了“了”与“不了”的语言样式，是二者的融合，即于每句诗中一、二、四句分别嵌入“好”“不了”和“了”之字样。对此，林冠夫已看到这一结构，但尚不确切。如其云：“曹雪芹当然不是照抄《醒世恒言》的，两首《好了歌》差别是很大的。《红楼梦》的《好了歌》，四个小节，每一小节四句，除了第三句外，第一、二和四这三句的句尾，都是‘好’、‘了’、‘了’。回环往复，形成‘好了’、‘好了’的连续出现，所以甄士隐说只听见‘好了’‘好了’。”[①] 很显然，林先生忽略了“不了”的存在及其“了语不了语”在诗中的位置和地位。《醒世恒言》中的“世人尽道读书好，只恐读书读不了”，更应该说是“好”与“不了”结构，并被曹雪芹直接用到诗中，最后加一“了”，融“好”与“不了、了”于一体。

《好了歌》在继承“了语不了语”的文体形式上又有所创新。“了语不了语”文体形式之通行的传统正体，为一体两诗，每首诗中并不含“了”与“不了”之字样，而是分别暗蕴“了”与“不了”之意味，如同猜谜游戏。曹雪芹则创造性地把此前“了”与“不了”之诗题名称融入诗句之

① 林冠夫：《红楼梦纵横谈》，文化艺术出版社2004年版，第128页。

中，让人一目了然，且读起来像民谣民歌，朗朗上口，一下就引起读者的注意，一改之前“了语不了语”仅仅作为诗题的这一程式，给这一延续了一千多年的文体一个全新的面容。这在中国古代文体史上可以说是一个独创。我们知道，中国古代文体虽名目繁多，但文体体裁一旦形成，便有它的稳定性，尤其是一些应用文和杂体诗类。即便有所创造，也只是在内容上有所革新，即随着时代的发展增添一些新的思想质素。但曹雪芹正如创作《红楼梦》一样，打破了千古以来“千部一腔”“千人一面”的传统写法，把“了语不了语”这一本来因体裁、内容等方面具有很大局限而备受冷落、奄奄一息的文体，又令其生命力勃发，焕发出熠熠生机来。这也与他的《芙蓉女儿诔》一样，融诗、赋、楚辞于一体，托物喻义，嬉笑怒骂，长歌当哭，让本来有严格程式和严肃内容的一种文体变得鲜活生动，给人以耳目一新之感。

如上所述，我们说《好了歌》继承了“了语不了语”的文体形式，是认为曹雪芹对“了语不了语”这一陌生文体是应该熟知的，这可以从其对宋玉《大言赋》《小言赋》之推崇上看出来。《红楼梦》第七十八回中，称“赋诗撰文要远师楚人宋玉之《大言》《九辩》、屈原之《离骚》《招魂》以及庄子《秋水》、庾信《枯树赋》、阮籍《大人先生传》”，而我们知道，了语不了语受到“大言小言”的深刻影响。此外，第二十八回中，贾宝玉在冯紫英宴请酒席上提议每人说一酒令，令中须含悲、愁、喜、乐四个字，而这当受“诸语诗”之《四喜》《四悲》等形式的影响，不过有所创新，将四者融于一诗中。

此外，《红楼梦》十二支曲中以《飞鸟各投林》作结，其中所云“为官的家业凋零，富贵的金银散尽”云云，无疑是对《好了歌》意蕴的重申和呼应，而《飞鸟各投林》之曲牌名称以及曲子最后一句“好一似食尽鸟投林，落了片白茫茫大地真干净”，最能体现出曹雪芹对“了语”之原初形态的了解和继承了，也就是最初两首“了语”中殷仲堪的“投鱼深渊放飞鸟”和雍裕之的“深水高林放鱼鸟”。

其次，哲学思想上，《好了歌》继承了“了语不了语”源于佛道的思想，却亦佛亦道，僧道一体。如于开篇第一回之端云：“更于中间用梦、幻等字，却是此书本旨，兼寓提醒之意。”尾则用《好了歌》总结和对这一主旨进行文学的诗意上的概括：如梦如幻，好便是了，了便是好，已难分是佛还是道。另外开首便一僧一道携手而来，之后空空道人见石上佛家之偈，其后空空道人因空见色，由色生情，传情入色，自色悟空，遂改名为情僧，由道人而为情僧。接下来一僧一道过葫芦庙，过太虚幻境，及至最后，跛足道人念《好了歌》收束全篇。如此结构，使整个开篇虽姿态横生，变化无端，但又以“好了”一线贯穿，可谓复杂中不失清晰。这无疑是全书的一个缩影，从小天地中见大世界，使全书虽用现实笔墨，却笼罩上一层具有浓浓的幻灭感的宗教色彩。

这一点在《红楼梦》其他章节中也时有所见。如第二十回《听曲文宝玉悟禅机》之《寄生草》曲云：“……谢慈悲剃度在莲台下。没缘法，转眼分离乍。赤条条，来去无牵挂。那里讨烟蓑雨笠卷单行？一任俺芒鞋破钵随缘化。”宝玉所悟禅机，所谓“剃度”“赤条条来去无牵挂”云云，不就是第一回所听“好了歌”之“了”吗？而“芒鞋破钵随缘化”云云，不正是“将道人肩上的褡裢抢了过来背上，竟不回家，同着疯道人飘飘而去”吗？可以说，这首《寄生草》是《好了歌》的又一绝妙注解。本回接下来写宝玉“立占一偈”并又填《寄生草》一曲，宝钗说“这些道书机锋，最能移性的”，而黛玉续句云“无立足境，方是干净”，则正道出了“了”的真谛，显然是《红楼梦》十二支曲之尾声《飞鸟各投林》曲子所谓“落了片白茫茫大地真干净”的回应。接下来，宝钗说道：“今儿这偈语，亦同此意了。只是方才这句机锋，尚未完全了结，这便丢开手不成。”所谓“了结”“丢开手”云云，即道出了“了”的哲学意蕴，也让人看到“了语”之禅宗机锋性质。

第三，内涵意境上，《好了歌》不但继承了前人了语不了语之盛衰兴亡之感，而且更着眼于“了”与“不了”之佛道本义，写出了人生“假作真时真亦假，无为有处有还无”的幻变之感。从晋人三句了语联句到唐宋几首了语不了语诗来看，了语基本都是“冀人断绝”之语的集中罗列，一直未脱文字游戏之藩篱。不过从唐雍裕之开始，诗中便充满了离合盛衰之感慨，让了语不了语这一组合文体具有了感情色彩，有了一些诗意。如唐雍裕之“浮名世利知多少，朝市喧喧尘扰扰。车马交驰往复来，钟鼓相催天又晓。”前三句笑看世人一生追逐名利，喧嚷交驰，但如此热闹景象，却因“钟鼓相催天又晓”而终究梦幻破灭，是一种不了与了的结合，而这正是《好了歌》及其解注的真谛，即“世人都晓神仙好，惟有功名忘不了，古今将相在何方，荒冢一堆草没了”及“乱烘烘，你方唱罢我登场”的写照。而苏舜钦不了语之“寒暑迭运凋朱颜，六龙驾日何年闲”及林希逸不了语之“羲鞭乌急日西东”都有时间能改变一切及繁华如过眼云烟的悲凉之感，体现了“好防佳节元宵后，便是烟消火灭时”的好了慨叹。而曹雪芹最具慧眼和创新之处，便是因他自己的“兴衰际遇”而产生的梦幻之感，从而了悟与佛道有极深渊源的“了语不了语”之真意，即执着与放手，一切皆如幻境之虚无缥缈，并把“了”与“不了”从诗题之中移入诗内，遂成千古绝唱，为“了语不了语”这一文体之升华，作出了不可磨灭的贡献，同时也为杂体诗的改造提供了很好的借鉴。

第四节　一回红楼梦幻，几番好了盛衰

《好了歌》之化腐朽为神奇，不但在于文体形式上的创新，更重要的，它还是“此书本旨”的文学化浓缩，堪称“书眼”，对全面而深刻地理解《红楼梦》全书意蕴极为关键。曹雪芹把它放在第一回结尾，显然具有了哲学总结以及预言人物命运结局的意味。

关于《红楼梦》一书主旨，曹雪芹于开篇明确提出：“更于篇中间用‘梦’‘幻’等字，却是此书本旨，兼寓提醒阅者之意。”所谓梦幻便是“了”，雪芹为了“提醒阅者”领会他的“了”与“梦幻”之“本旨”，可谓煞费苦心，于第一回中便反复借本人和人物之命运经历，倾心演绎了几番好了盛衰。或虚笔暗示，或实写明提，或虚实相生，让人如入太虚幻境，了不知身在何处，掩卷深思之余，不免唏嘘叹息。

如作者。“作者自云曾经历过一番梦幻之后”，“此等身前身后事”，也即身前之“盛”之“好”，“已往”之“锦衣纨绔之时，饫甘餍肥之日”之昌明隆盛，以及身后之“衰”之“了”，即今日“蓬牖茅椽，绳床瓦

灶”之“半生潦倒”，这是个人经历。而书中写“半世亲见亲闻的几个女子”，其间“离合悲欢，兴衰际遇”亦指明了不脱“盛衰好了”之旨，而所谓“历过”“其真”云云，可谓虚中有实。这是过去时的由盛入衰，由好入了，是虚写，而真正的实写则在全书，在第二回以后。

如甄士隐。居于姑苏阊门富贵风流之地，为乡宦望族，经历了“半世只生此女，一旦失去”之得而复失，还有就是一场大火，一切化为灰烬，“早成了一堆瓦砾场了”的巨变之后，“贫病交攻”“竟渐渐的露出那下世的光景来”。最终听《好了歌》顿悟，“同着疯道人飘飘而去”，此一由盛而衰，指引了全书的走向和结局。这是“真事”，于一回便隐去，可谓虚中有实。

如贾雨村。“这贾雨村原系湖州人氏，也是诗书仕宦之族；因他生于末世，父母祖宗根基已尽，人口衰丧，只剩得他一身一口”云云，虚笔写由盛入衰，由好变了。作为一个寄居穷儒，褴褛贫窘，却不日便“接履于云霄之上”，验“飞腾之兆”，于第一回之尾“乌帽猩袍”，“新太爷到任了”。复由衰转盛，此在文中为实笔，为假语，以引起全书盛衰变化，尽见人世反复，命运无常。

如甄家大丫鬟娇杏，则更为“侥幸”，“偶因一回顾，便为人上人”，“不日”也即一回之中便经历了由贫贱到富贵的“好了”人生。

如石头。被“携入红尘”，投胎下世“到那昌明隆盛之邦，诗礼簪缨之族，花柳繁华地，温柔富贵乡那里去走一遭”，但到头来也只是“已到幻境”，红尘人世亦不过“太虚幻境”罢了，终脱不了由“好”入“了”。此处虚实相生，正是“假作真时真亦假，无为有处有还无”。

短短一回中，出场的各色人物，或由好变了，或自衰入盛，其盛衰无常，正为“提醒阅者”，让读者“明白”，“可知世上万般，好便是了，了便是好，若不了，便不好；若要好，须是了”，“从此，空空道人因空见色，由色生情，传情入色，自色悟空”，并“悟彻”甄士隐，让他“同着疯道人飘飘而去”，也预示了石头即主人公之结局命运。

《红楼梦》第一回便以这种好了盛衰之人生变化无常，赋予全书浓郁的哲学意味。其中，好与了、色与空、盛与衰、有与无、真与假、受与还、得与失、富贵与贫穷、离合与悲欢、兴衰际遇、功名利禄与梦幻荒冢等等，互相对立与互相转换的哲学范畴尽见第一回中，亦充溢全书。其中，以《好了歌》做结，无疑承认“好了”是这些相类哲学范畴的元范畴，这从一歌一注可以反映出来，就如经与注疏，显然《好了歌》有本经的意义。《好了歌》本通俗易懂，却又以一骈文进行详尽注解，来进一步强调，这样注解显然为“提醒阅者”之意。而且可以说，第二回到全书更是《好了歌》的最好注脚。值得一提的是，第二十九回贾母听戏，贾珍回禀“神前拈了戏”，三出戏依次是《白蛇记》《满床笏》《南柯梦》，“贾母听了，便不言语”。可谓意味深长，是照应第一回“好了歌”注解之“陋室空堂，当年笏满床”的又一注解。当然他处颇多，但无疑都是“好与了”这对哲学原范畴的生动解说。

此外，我们可以这样来看“好了”在《红楼梦》一书中的哲学元范畴意义，在好与了、色与空、盛与衰、有与无、真与假、受与还、得与失、富贵与贫穷、离合与悲欢、兴衰际遇、功名利禄与梦幻荒冢等等这些互相对立与互相转换的哲学范畴中，“好与了”之外，其他范畴都是大家熟知通用的哲学范畴，唯有“好了”是曹雪芹所发明，所首创，而且最能比其他范畴更能诠释曹雪芹的哲学思想，加上用绝妙的文学样式“好了歌”来表现，无疑突出了“好了”在《红楼梦》中及其曹雪芹心中的不可替代的重要地位。

关于《红楼梦》的哲学阐释研究，王国维、俞平伯及刘再复等都有精到的论述。王国维《红楼梦评论》云：“故《桃花扇》，政治的也，国民的也，历史的也；《红楼梦》，哲学的也，宇宙的也，文学的也。此《红楼梦》之所以大背于吾国人之精神，而其价值亦即在此。”[①] 刘再复在《〈红楼梦〉哲学论纲》一文中对《红楼梦》之色空、好了的哲学意蕴分析得很全面。文中云：

也正因为《红楼梦》具有大观的眼睛，所以才能“由空见

① 王国维：《红楼梦评论》，上海古籍出版社 2005 年版，第 13 页。

色”——用佛眼观照色世界，也才能看到色空：色世界的虚妄，色世界的荒诞。跛足道人的“好了歌”，是哲学歌，是荒诞歌。泥浊世界的主体（男人）都知道“神仙好”，但他们什么都放不下，主宰其生命的只有金钱、权位、美色等等。他们生活在泥浊之中而不自知，是因为他们只能以“色”观物，以功利的肉眼观物。与此不同，那些天眼道眼却发现你争我夺的“甚荒唐”。这就是说，由色生情，传情入色，产生悲剧；而因空见色，知色虚妄，则产生荒诞剧。而所谓的“因空见色”，便是用空眼即天眼、佛眼来看花花世界。《红楼梦》看世界、看生命，全然不同凡俗，就仰仗于大观哲学眼睛。王国维虽然道破《红楼梦》是宇宙的、哲学的，却没有抓住这个宇宙视角，因此也没有发现《红楼梦》的荒诞意蕴，仅止于谈论悲剧，这不能不说是这位天才的局限。……看透人必死、席必散、色必空、好必了之后，此在的出路何在？出了这一哲学难题之外，曹雪芹的另一个哲学焦虑是在破对待、泯主客、万物一府、阴阳无分之后怎么办？“假作真时真亦假，无为有处有还无”……林黛玉读了贾宝玉的禅偈与词注，觉得境界不够高，便补了八个字：“无立足境，是方干净。”这真是画龙点睛的大手笔。这八个字才是《红楼梦》的精神内核和最高哲学境界，也是曹雪芹这部巨著的第一“文眼”。《红楼梦》的哲学重心是“无”的哲学，不是“有”的哲学，在这里也得到最简明的体现。……曹雪芹写作《红楼梦》这部经典极品，所持的正是“空空”“无无”的最高哲学境界。《红楼梦》作为一部卓绝千古的艺术大自在，正是永恒不灭的大有，但它的产生，却是经历过一个空的升华，经历了一个对色的穿越与看透。……《红楼梦》正是看透“言”之后所立的“大言”，看透“有”之后所创的“大有”，于是，他的性情之言便与功名之言天差地别，自创伟大的美学境界。这正是高度充盈的空，也正是真正空的充盈。《红楼梦》的最高哲学境界，既呈现于作品的诗词与禅语中，也呈现于曹雪芹伟大精神创造行为的语言中。……《红楼梦》是悟性哲学，是艺术家哲学，除了这一哲学特色之外，如果从哲学的内涵上来说，《红楼梦》又有自身的哲学主体特色。这一特色可

> 以说，它是一种以禅为主轴的兼容中国各家哲学的跨哲学。它兼收各家，又有别于各家，是一个哲学大自在。……《红楼梦》的主要哲学精神是看破红尘的色空观念。儒、道、释三家，曹雪芹哲学观的重心在于释，尤其是禅宗。①

刘再复先生称“《红楼梦》的主要哲学精神是看破红尘的色空观念”，这可以说是大多红学家的共识。但我们知道，“色空”观念是众所周知的佛教范畴，“好了”与“色空”是相对应的同义关系，但“好了”更具独创性，更加文学化，更加大众化，更能让普通人理解。刘再复先生说《红楼梦》是“艺术家哲学”，故而需要一个艺术化、文学化的哲学范畴作为贯穿全书的元范畴，方能与这部伟大的具有深厚哲学内蕴的文学经典相适应、相契合，“好了”无疑最为符合并承担了这个任务。

最令笔者契心的是刘再复先生的“文眼”之说，即“林黛玉读了贾宝玉的禅偈与词注，觉得境界不够高，便补了八个字：‘无立足境，是方干净。’这真是画龙点睛的大手笔。这八个字才是《红楼梦》的精神内核和最高哲学境界，也是曹雪芹这部巨著的第一‘文眼’。”这八个字是《红楼梦》“空空”“无无”的最高哲学境界，笔者认为用“空空”“无无”莫如用一“了”字更能准确地概括出曹雪芹的精神内核，这从《飞鸟各投林》之“落了片白茫茫大地真干净”对“是方干净”的对应中可以看出，而前文说过，《飞鸟各投林》最能体现曹雪芹对“了语”这一文体的继承了。此外，从刘先生称“无立足境，是方干净”之八字禅宗偈语是这部巨著的第一“文眼”出发，我们认为，鉴于“好了歌”之文学色彩、之哲学意蕴、之在第一回中的位置、之在全书中的地位，称之为全书之“总纲”、之“书眼”，当不为过，这与刘先生的“文眼”之说是相通的，只是关注的视角不同而已。

历来对《好了歌》的解释，俞平伯先生《评〈好了歌〉》不能不提。其《评〈好了歌〉》云：

---

① 刘再复：《〈红楼梦〉哲学论纲》，《陕西师范大学学报》2008 年第 4 期。

左思说“俯仰生荣华，咄嗟复凋枯”；陶潜说“衰荣无定在，彼此更共之”；诗意与《好了歌》相近。都是说盛衰无常，祸福相倚。但“好了歌解注”似更侧重于由衰而盛，这是要注意的。如“解注”开始就说：“陋室空堂，当年笏满床；衰草枯杨，曾为歌舞场。”这是由盛而衰的一般说法。但下接“蛛丝儿结满雕梁，绿纱今又糊在篷窗上”，却又颠倒地说，便是一衰一盛。循环反复；又是衰者自衰，盛者自盛，正像吴梅村诗所说：“何处笙歌临大道，谁家陵墓对斜晖。”试推测一下后来的事，不知此马落谁家了。《好了歌》与《红楼梦》的不相当，不是由于偶然的。一、广狭不同。《红楼梦》既是小说，它所反映的面是有限的，总不外乎一姓或几家的人物故事。《好了歌》则不同，它的范围很广，上下古今、东西南北，无所不可。《红楼梦》故事自然包孕其中，它不过是太仓中的一粟而已。妙在以虚神笼罩全书，如一一指实了，就反而呆了。二、重点不同。《红楼梦》讲的是贾氏由盛而衰，末世的回光返照，衰而不复盛，所谓“食尽鸟投林”、“树倒猢狲散”。然而“解注”的意思却不是那样，它的重点也正在衰而复盛上，却并不与《红楼梦》本书相抵触，因得旺气者另一家也。所以道人拍手笑道：“解得切！解得切！”士隐便笑一声：“走罢！”杜甫诗云：“天上浮云如白衣，须臾忽变为苍狗。”展眼兴亡，一明一灭，正在明、清交替之间，文意甚明。①

文中可注意的有两点：一是指出《好了歌》与《红楼梦》的不相当，是因为“它的范围很广，上下古今、东西南北，无所不可”。具有哲学上的宇宙上的广博意义，而所谓“妙在以虚神笼罩全书”，正道出了其作为哲学元范畴在全书中的总纲和书眼作用。二是指出“《红楼梦》讲的是贾氏由盛而衰，末世的回光返照，衰而不复盛”，提到了所谓“食尽鸟投林”，也透露出“了”在其中的哲学意蕴。不过，笔者并不赞同俞先生所道“‘解注’的意思却并不是那样，它的重点也正在衰而复盛上，却并不

① 俞平伯：《评好了歌》，《文学评论》1986年第2期。

与《红楼梦》本书相抵触，因得旺气者另一家也”之观点。其实，曹雪芹之由盛而衰、衰而复盛的往复写法，其落脚点仍在前者，即“空”和“了”。因为“解注”最后一句“到头来”，也就是尽管衰而复盛，但“到头来不过是为他人作嫁衣裳”，最终是两手空空，归于空了，也即刘再复先生所云“《红楼梦》的哲学重心是‘无’的哲学，不是‘有’的哲学”。

第十三章　中国古代“口号诗”的文体特征①

口号，对我们来说，是一个既熟悉又陌生、既清晰又模糊、既具古老传统又有现代内蕴的名词术语或诗体名称。一提到它，我们首先想到的大多会是20世纪那次声势浩大的文化革命。那是一个风雨飘摇、群情激奋的年代，人们昂首握拳，喊着各种各样的口号。所以，现代人的心目中，口号应是某种主义的代称，而“口号”作为中国古代诗歌史上的一种诗体名称，我们反而已颇觉陌生了。在这一点上，“口号诗”与“语录体”和“杂文”极为相似，都是古老与现代融合的典范。口号诗不论在中国文学史上还是中国文体史上都占有重要地位，但学界相关研究却极为寥落，全面深入的学术成果更是付之阙如。本章试通过深入剖析其文体源流、发展演变和文体特征，以还原其本来面目。

第一节　举笔便就，随口号吟；源于六朝，成于唐宋

口号，又称为“口号诗”，是中国古代诗歌庭院中的一个独特诗体。大多用为诗题，同时是一种作诗方式和手段。严羽《沧浪诗话》“诗体”云：“有口号，或四句或八句。”②《御定佩文韵府》之“口号诗”条，以元稹诗“顿愈头风疾，因吟口号诗”来解释，都将其作为一个单独的诗体

① 本文发表于《厦门大学学报》2013年第6期。被《高等学校文科学术文摘》2014年第1期论点摘编。

② （宋）严羽著，郭绍虞校释：《沧浪诗话校释》，人民文学出版社1978年版，第72页。

来看待[①]。作为诗体，口号之名皆被用于诗题中，是诗体与诗题的融合统一，这与宫词和帖子词很相似。但宫词和帖子词作为诗题的同时，也限定了其大体的题材范围和诗作内容，而口号则不然，其“雅类无题”，内容上，包罗万象，意蕴颇广。

口号在诗题中的含义有二，读音亦不同。一作名词，去声，音 hào，就是口号诗；一作动词，阳平声，音 háo，指作诗、吟诗。关于这一点，清人已给予了很大关注，并曾引起广泛争议。如清胡鸣玉《订伪杂录》云：“诗题用口号字，近见注杜诗者于《紫宸殿退朝口号》等题辄作平声，谓随口号吟也。说似近理，然李义山诗‘柏台成口号，云阁暂肩随’，昌黎诗‘五言出汉时，苏李首更号。东都渐弥漫，派别百川导’，‘号’乃名称之义，非号吟也。又王摩诘《凝碧池》诗题云：‘私成口号，诵示裴迪’，若作平声，于解不通。”[②] 胡氏所指为仇兆鳌《杜诗详注》，其中对《晚行口号》《紫宸殿退朝口号》《西阁口号》《喜闻盗贼总退口号五首》等俱于“号”字旁小字标注“平声”字样[③]。胡氏所谓口号为名词，颇多例子，如刘禹锡《阙下口号呈柳仪曹》题下云：“洛中逢韩增之吴兴……忽梦同游，因成口号见寄。”[④] 元稹《西川李六醉后见寄口号》云“顿愈头风疾，因吟口号诗”[⑤]，刘敞《对月口号》《过临潢口号》题下云：“阁后丛条中自生梧桐，手封植之，因作口号呈范。”及《诏赐御书稽古两字，作口号示子弟》等[⑥]。其他诗题中，如李纲“辄成口号”“谩成口号”，叶梦得“淮两军连日告捷，喜成口号二首”，程俱“因成口号”“作欢喜口号”“偶成口号”“戏为口号”“戏成口号”等等，显然这些口号都为名词，去声，是口号诗的意思。当然，口号为动词，即“随口号吟”者，也不在少数，正是从这个意义上也叫“口占”。如权德舆《徐孺亭马上口号》

① （清）张玉书等编：《佩文韵府》，上海书店影印出版 1983 年版，第 120 页。

② （清）胡鸣玉：《订伪杂录》，文渊阁四库全书本，上海古籍出版社 1987 年版，第 861—437 页。

③ （唐）杜甫著，（清）仇兆鳌注：《杜诗详注》，中华书局 1979 年版，第 383、436、1560、1857 页。

④ （唐）刘禹锡著，瞿蜕园校点：《刘禹锡全集》，上海古籍出版社 1999 年版，第 204 页。

⑤ （唐）元稹著，杨军笺注：《元稹集编年笺注》（诗歌卷），三秦出版社 2002 年版，第 483 页。

⑥ （宋）刘敞：《公是集》，傅璇琮《全宋诗》（第 9 册），北京大学出版社 1998 年版，第 5678 页。

并序云：“……因于马上口号绝句诗一首，以寄愀怆。”[①] 白居易《游大林寺序》云：“山高地深，时节绝晚……因口号绝句云。”[②] 显然都是动词。

综合来看，口号在诗题中或在诗序中，虽然有时如上述之名词、动词判然可分，但在浩如烟海的古代总集别集中，口号在诗题中更多用如《晚行口号》《西阁口号》《舟中口号》《马上口号》等等，既可理解为动词，亦可理解为名词。对此，我们既不必偏执一词，也不必强为之分，这样才更为符合古人之意也。如司马光《寒食御筵口号二首》云：“口号成诗，用安之前韵。”[③] 其下便为《效赵学士体成口号十章，献开府太师》，两诗相邻，或为动词，或为名词，非常自然，丝毫不见矛盾之处。

口号诗大多为即兴即景成诗，乃不起草之义。如清王琦《李太白集注》之《口号吴王美人半醉》云：“口号即口占……乃席上口占。”[④] 胡鸣玉称口号“乃不起草之义。”[⑤] 周密认为口号“略不构思，即口占。”[⑥] 阮阅《册府元龟》云：“口占，隐度其言，口授之，之瞻反。”“凭几口占，举笔便就，文不加点，有同宿构，固可谓敏则有功者矣。”[⑦] 可见，口占指作文敏捷，或文人自作，或授以他人。

“口号”与“口占”又不完全相同。口号是一种诗体的约定名称，所作者都是诗。而口占则不然，既可为诗，也可为其他文体。如宋任广《书叙指南》云：“文檄皆以委之（嵇含），口占便就，未尝立草……注：口授曰占，口道令人写曰口占书吏。”[⑧] 《御定渊鉴类函》卷197之“书檄露

① （唐）权德舆：《权文公集》，《全唐诗》（第10册），中华书局1960年版，第3657页。

② （唐）白居易著，谢思炜校注：《白居易诗集校注》（第3册），中华书局2006年版，第1307页。

③ （宋）司马光：《传家集》，傅璇琮《全宋诗》（第9册），北京大学出版社1998年版，第5710页。

④ （唐）李白著，安旗主编《李太白全集编年注释》（上），巴蜀书社2000年版，第789、69页。

⑤ （清）胡鸣玉：《订伪杂录》，文渊阁四库全书本，上海古籍出版社1987年版，第861—437页。

⑥ （宋）周密撰，张茂鹏点校：《齐东野语》，中华书局1983年版，第375页。

⑦ （宋）王钦若等：《册府元龟》，文渊阁四库全书本，上海古籍出版社1987年版，第914—350页。

⑧ （宋）任广：《书叙指南》，文渊阁四库全书本，上海古籍出版社1987年版，第920—491页。

布”条称：“嵇不起草，顾以口占。”① 嵇指嵇含，顾指顾野王。《山堂肆考》云：“（遵）凭几口占，书数百封，亲疏各有意。”② 杨亿《宋公神道碑铭并序》云：“季父温舒以左拾遗守华原郡，公实从行。府中笺奏皆令代作，公口占，五吏应接不休，日发百函，亲疏有意。季父拊背叹息曰：‘真我家国器，恨吾兄之不见也。’”③《周书》云：“（梁台）不过识千余字，口占书启，辞意可观。”④《魏书》云：“彝临终，口占左右上启曰……”⑤ 等等。很显然，文、檄、书、启，俱称口占。当然，这只是少数，更多时候古代诗文典籍中所载口占，大都为口占诗而言，这一点上口号与口占是无分别的。

口号与诗在某种特殊情况下，又有所分别。如周密《齐东野语》“诗道否泰”条云：“诗道否泰，亦各有时。政和中，大臣有不能诗者，因建言，诗为元祐学术，不可行。时李彦章为中丞，承望风旨，遂上章论渊明、李、杜而下皆贬之，因诋黄、张、晁、秦等，请为科禁。何清源至修入令式，诸士庶习诗赋者杖一百。闻喜例赐诗，自何文缜后，遂易为诏书训戒。是岁冬，初雪，太上皇喜甚。吴居厚作诗三篇以献，谓之口号，上和赐之。自是圣作时出，讫不能禁，而陈简斋以《墨梅》诗擢置馆阁焉。”⑥ 在“元祐诗祸”这一宋代文字狱多发的政治时代背景下，诗人不敢称诗，而以口号代之，既说明了口号与诗的不同，又在吴氏的机智巧妙之下，从另一个角度看出了口号与诗的血脉相连，可谓是口号诗史上滑稽而浪漫的一段佳话，不免令人会意一笑。宋彭百川也对此重大的政治历史事件有所记载，论述上有一定出入，也更简明。《太平治迹统类》卷 27 云：“初，御史李章言作诗害经术，自陶潜至李杜皆遭讥诋。诏送敕更立法，宰臣何执中遂禁人习诗赋。至是，侍榜不赐御诗而赐箴。未几，知枢密院

① （清）张英、王士祯：《御定渊鉴类函》，文渊阁四库全书本，上海古籍出版社 1987 年版，第 987—150 页。

② （明）彭大翼：《山堂肆考》，文渊阁四库全书本，上海古籍出版社 1987 年版，第 976—562 页。

③ （宋）杨亿：《武夷新集》，文渊阁四库全书本，上海古籍出版社 1987 年版，第 1086—443 页。

④ （唐）令狐德棻等：《周书》，中华书局 1971 年版，第 453 页。

⑤ 北齐魏收：《魏书》，中华书局 1974 年版，第 1432 页。

⑥ （宋）周密撰，张茂鹏点校：《齐东野语》，中华书局 1983 年版，第 292 页。

吴居厚侍御筵，进诗改为口号。后圣作屡出，士大夫亦不复守禁矣。”① 看似简单地将“进诗改为口号”，却无疑是改变历史的大手笔，可以说对北宋末年的新旧党争、科举考试和朝廷立法等都有很大影响，甚至能左右皇帝，赢得最高统治者的认可和默许。在这一学案中，“口号”仅以其微薄的名称力量，便拯救了皇皇之“诗”的历史命运，真可算是中国文学史上绝无仅有的奇闻了，而其在中国古代文体史上的地位也自此不能不让人刮目相看。

口号诗有古体、近体之分。查慎行《苏诗补注》云：“又唐人所谓口号，皆近体诗也。”② 但在南朝，宋鲍照、梁简文帝等所作口号则为古体诗，唐以后渐为近体。口号以五、七言之绝句律诗为主，这是其正体。但也有三言、四言、六言等杂体、变体，如“吃槟榔”、“也不论”、“阿婆舞”、大排口号“灾星去后福星至”、“赖是五百年间生一个”等等，体裁多变，具有民谣性质。再如“不要闹，不要闹，听取龟儿口号”等，也形式独特，颇有趣味。

口号又称“白语”，在语言艺术风格方面具有鄙俚通俗、晓畅达意之特征。如清宫梦仁《读书纪数略》对口号作出解释：“达意宣情而已，贵在明白条畅。”③ 王昌会《诗话类编》卷一云：“曰口号者，或四句，或八句，草成速就，达意宣情而已也。”④ 宋吴曾《能改斋漫录》称杜甫《欢喜口号绝句十二首》“观其辞语，殆似今通俗凯歌。”⑤ 宋俞德邻“癸未游杭作口号十首，因事怀旧，杂以俚语，不复诠释。”⑥ 周必大《送张端明赴召》序曰：“为口号十首，辞虽俚而事则实，意虽浅而

① （宋）彭百川：《太平治迹统类》，文渊阁四库全书本，上海古籍出版社 1987 年版，第 465—403 页。

② （宋）苏轼撰，（清）冯应榴辑注，黄任珂、朱怀春校点：《苏轼诗集合注》（第 5 册），上海古籍出版社 2001 年版，第 2305 页。

③ （清）宫梦仁：《读书纪数略》，文渊阁四库全书本，上海古籍出版社 1987 年版，第 1033—437 页。

④ （宋）严羽著，郭绍虞校释：《沧浪诗话校释》，人民文学出版社 1978 年版，第 78 页。

⑤ （宋）吴曾：《能改斋漫录》，程毅中主编《宋人诗话外编》，国际文化出版公司 1996 年版，第 602 页。

⑥ （宋）俞德邻：《佩韦斋集》，傅璇琮《全宋诗》（第 67 册），北京大学出版社 1998 年版，第 42451 页。

情则深。”[①] 由于口号创作上即兴偶感的思维方式，故而具有辞俚语俗、意浅情深之特征。

口号诗始于南朝、成于李唐、盛于赵宋而在元明清有所发展。关于口号之源流问题，最早在宋人便给予关注，或云始于杜甫，或云始于梁简文帝。如吴曾云：“口号：《郭思诗话》以口号之始，引杜甫《欢喜口号绝句十二首》云：……余按梁简文帝已有《和卫尉新渝侯巡城口号》，口号不始于杜甫也。……然杜甫已前，张说亦有《十五夜御前口号踏歌辞》二首。”[②] 清王琦更明确提出：“诗题有‘口号’，始于梁简文帝《和卫尉新渝侯巡城口号》，庾肩吾、王筠俱有此作。至唐遂相沿袭用之，即是口占之义。”[③] 细检文献，我们认为，口号始于南朝宋鲍照。《鲍明远集》卷五有《还都口号》一首，为五言排律[④]。

关于口号之源，有一点需要澄清，并影响我们对口号概念的界定。李商隐《咏怀寄秘阁旧僚二十六韵》云：“柏台成口号，芸阁暂肩随。”[⑤] 这里，口号是指汉武帝柏梁台君臣联句。《三辅黄图》云：“武帝元鼎二年春，起柏梁台。……帝尝置酒于其上，诏群臣二千石能为七言诗者，乃得上座。”[⑥] 群臣联句，俱为随口而吟，可以说是最早的口号形式，李商隐也是以此来追溯口号之源的。这种联句口号的创作形式后世亦不乏继作。如元代钱惟善《与默斋先生联句成口号》序云：“七月旦日与吕彦孚、钱良、贯拉、袁鹏举游湖，值风雨，联成口号。”[⑦] 以此来看，口号有广义、狭义之分。如李商隐所谓“柏台成口号”，是说举凡不起草、随口而吟的诗，

① （宋）周必大：《文忠集》，傅璇琮《全宋诗》（第 43 册），北京大学出版社 1998 年版，第 26685 页。

② （宋）吴曾：《能改斋漫录》，程毅中主编《宋人诗话外编》，国际文化出版公司 1996 年版，第 602 页。

③ （唐）李白著，安旗主编：《李太白全集编年注释》（上），巴蜀书社 2000 年版，第 69 页。

④ （南朝宋）鲍照著，钱仲联增补集说校：《鲍参军集增补集说校》，上海古籍出版社 1980 年版，第 317 页。

⑤ （唐）李商隐撰，清冯浩笺注：《玉溪生诗集笺注》（上），上海古籍出版社 1979 年版，第 445 页。

⑥ 不著撰人：《三辅黄图》，文渊阁四库全书本，上海古籍出版社 1987 年版，第 468—26 页。

⑦ （元）钱惟善：《江月松风集》，清顾嗣立编《元诗选》初集 3，中华书局 1987 年版，第 2277 页。

都可称为广义上的口号诗。而诗题中含“口号”之名的则是狭义上的口号，这也是本文所着重探讨的。

南朝梁简文帝之后，其周围的文人如刘孝绰、庾肩吾、王筠等都有和作，成为口号诗史上的一大景观，为口号在唐宋以后的繁荣打下了一个良好的开端。唐代继之，口号渐多起来，其中，当以张九龄《旅宿淮阳亭口号》五律一首为最早，同时的张说亦有口号之作。值得一提的是，张九龄《曲江集》卷四中“诗”与“口号”并列一类，前诗一卷，惟最后一首为五律口号，可以看出诗与口号的相同与不同的微妙关系。接下来，李白、杜甫作为中国诗史上的两座高峰，通过他们的经典口号之作，把口号这一文体的名望推向高峰。杜甫之作数量尤多，亦最为后人所称引。其后王维、孟浩然、刘禹锡、白居易、柳宗元、贾岛、元稹、李商隐等唐代著名诗人多有其作。

口号诗的真正蔚为大观是在宋代，并形成口号别体“乐语口号”，一时大家纷纷执笔捉刀，如胡宿、苏舜钦、王珪、司马光、刘敞、刘邠、文同、韦骧、刘挚、范祖禹、彭汝砺、韩维、欧阳修、苏轼、苏辙、黄庭坚、陈师道、秦观、释觉范、郭祥正、陆佃、李之仪、刘跂、谢迈、吕南公、贺铸、唐庚、洪朋、李新、傅察、李纲、王安仲、叶梦得、程俱、刘一止、黄彦平、沈与求、王庭珪、张元幹、胡寅、晁公溯、陈渊、张孝祥、周紫芝、史浩、周麟之、缪刚、周必大、王质、林亦之、喻良能、崔敦初、许论、赵蕃、范成大、杨万里、陆游、张镃、戴复古、陈慥、曹彦约、魏了翁、真德秀、姜夔、郑清之、苏泂、薛嵎、俞德邻、王寂等等。简直就是一部详尽的宋代口号文学史。一路走来，洋洋洒洒，宋人用“口号”记录了他们的歌哭哀乐人生。

元明清口号诗继承唐宋传统而有进一步的发展。如历代著名者就有金代元好问，元代张养浩、赵孟頫、刘因、王恽、杨维桢、揭傒斯、张翥、钱惟善等，明代刘基、杨荣、杨士奇、于谦、袁凯、李东阳、杨基、张羽、李梦阳、何景明、唐顺之、王世贞等，清代乾隆皇帝、钱谦益、吴伟业、施闰章、王士祯、朱彝尊、赵执信、查慎行、厉鹗等，从中可以看出历代诗人对口号诗这一独特文体的熟悉和钟爱，也反映出其在中国古代文学史上的地位和影响。值得一提的是，经统计，乾隆皇帝所作口号诗多达七百五十余首，令人称叹，且所作多为登临亭、台、楼、阁、馆、舍、廊、榭、屋、宇、堂、宅、轩、室、宫、观之口号，这不但沿承了“柏台成口号”和“登高必赋”的文学传统，而且拓展了前此口号诗的题材范围，令这一诗体再一次大放异彩，可谓意义重大。

近代以来，口号诗如涓涓细流，绵延不绝，如秋瑾的《风雨口号》《春暮口号》等。到了20世纪30年代，现代文学史上那次著名的“两个口号之争”浪潮，则让人逐渐忘记了传统口号诗曾经作为一种诗体的存在。如果说“两个口号之争”中，口号尚与文学有关的话，那么接下来的那次政治运动，则完全让口号成为了一个家喻户晓的名词，即“为达到一定目的、实现某项任务而提出的，有鼓动作用的、简练明确的语句。”（《辞海》）其后诸如革命口号、政治口号、宣传口号、标语口号、主题口号、广告口号等铺天盖地而来，终于把这种古老的诗体彻底排挤出了人们的记忆和视野。

口号诗始于六朝，成于李唐，盛于赵宋而元明清中衰，这可以从口号之通俗鄙俚之语言艺术风格中探其原因。正如南朝民歌对萧纲君臣宫体诗的影响一样，南朝民歌之通俗传唱正是口号滋生的温床。唐诗的繁荣以及唐人对六朝文学的全面继承，又使得口号这一诗体得以在有唐一代繁衍不息。宋代俗文化的繁荣，市民文学的发达，以及文人好逞才情学力，“以才学为诗”等等，则从各方面给予了口号这一鄙俚通俗而需敏捷思力的文体以广阔的发展空间，终于登峰造极。元明清诗歌于唐宋繁荣之后难以超越为继，但其他通俗文体如戏剧、小说、散曲等说唱文学的极度繁荣，也使口号这一靠鄙俗俚浅为立身之本的文体失去了往昔与雅文学争锋的魅力和资本，虽也偶有作者口占，但整体呈衰落趋势，这也是文学历史发展的必然。

第二节　帝王气象与戏谑笑谈，国家忧患共个人情怀

口号因其创作上无须纸笔，随口吟出，故而多题为途中口号、马上口

号、舟中口号、雨中口号、醉后口号、湖上口号、梦醒口号、睡觉口号、雪中口号、初冬口号、中秋口号、病中口号等，即情即景，有感而发，题材内容不拘一格。此外，由于某一位作家的巨大影响，后世和作、拟作者遂多，从而使某几类题材成为口号诗史上的引人注目之点。如“存殁口号”“欢喜口号”“退朝口号”“闻捷口号”“喜雨口号”等等，这类题材都有杜甫作品为鉴，由于相沿传承，形成了独特的写作手法和文体规范。

大体来说，口号诗可以分为如下几类题材，并且具有不同的艺术风貌。一是，自口号的发源宋鲍照《还都口号》到梁简文帝君臣《和卫尉新渝侯巡城口号》唱和之作，再到唐张说《夜御前口号》、杜甫《紫宸殿退朝口号》以及唐玄宗君臣唱和《潼关口号》等等，这类题材有一个共同特征，即都与帝都皇城有关，多以歌颂帝王皇都声威和太平盛世为主，是一种典型的歌功颂德的诗篇。如鲍照《还都口号》所谓“帝华、皇宫、礼宴、朝奏、君王、京国、恩世、波功”云云，一派盛世景象。梁简文帝所谓“帝京、层阙、玉署、金城、御殿、重楼”云云，富丽堂皇，气势森严，尽显皇家声威。庾肩吾之作亦是“维城、巡警、南瞻、北眺、延阁、建章、步逐、城随”之类，写出了入汉临云之高耸气派。王筠之作则屡称“阊阖、凝威、文昌、武库、铜乌、金掌”之语，结尾“伊余方病免，丘园保恬素”暗含一丝轻愁和淡泊之志，与他作稍有不同。

唐明皇君臣《潼关口号》唱和之作，无论从人员组成到内容形式都与简文帝君臣唱和极为相似，可以说是口号诗这一文体发展过程中的嫡传。如明皇《潼关口号》之“河曲千里、关门二京、恃德设险、天下太平”云云，张说奉和之作所谓“天德、关门”，以及张九龄奉和之作所谓“城垒、戍楼、德险、王道”云云，简直就是萧刚君臣所言之城关巍峨与功德太平之翻版了。而张说在《十五夜御前口号》中表现得尤为充分，其诗中所谓“华萼楼、长安城、帝宫、金阙、千影、万重、太平、万岁、火树、莲花”云云，把那种皇宫都城的富丽堂皇和百姓人民富贵和平的盛世景象描写得淋漓尽致，堪称佳作。这类题材以杜甫《紫宸殿退朝口号》达到极致，诗云：“户外昭容紫袖垂，双瞻御座引朝仪。香飘合殿春风转，花覆千宫淑景移。昼漏稀闻高阁报，天颜有喜近臣知。宫中每出归东省，会送夔龙集凤池。”诗中所谓“合殿、千宫、高阁、宫中、御座、天颜、夔龙、凤池、紫袖、朝仪、香飘、花覆、春风、淑景”云云，道皇威而有节，称富贵却不媚，和婉悠然。老杜此作，与前此口号之气象自然不同，亦屡为后人所称道。再如明顾璘《庆礼毕辞朝口号》云：“晓漏遥辞丹凤门，炉烟近对紫云轩。金函拜表趋王会，玉馔宣筵识圣恩。宫花影转千官肃，海日光临九极尊。愿使远臣分岳牧，长瞻明主正乾坤。”亦属此类。列举如下，见其大概。

鲍照《还都口号》

分壤蕃帝华，列正蔼皇官。礼宴及年暇，朝奏因岁通。
维舟歇金景，结棹俟昌风。钲歌首寒物，归吹践开冬。
阴沉烟塞合，萧瑟凉海空。驰霜急归节，幽云惨天容。
钲鼓贯玄途，羽鹢被长江。君王迟京国，游子思乡帮。
恩世共渝洽，身愿两报逢。勉哉河济客，勤尔尺波功。①

梁简文帝《和卫尉新渝侯巡城口号》

帝京风雨中，层阙烟霞浮。玉署清余热，金城含暮秋。水光凌御殿，槐影带重楼。

王筠《和卫尉新渝侯巡城口号》

阊阖暖已昏，钩陈杳将暮。栖乌城上返，晚雀林中度。
屯卫时巡警，凝威肆安步。阁道趋文昌，禁兵连武库。
铜乌迎早风，金掌承朝露。罘罳分晓色，睥睨生秋雾。
维城任寄隆，空想灵均赋。伊余方病免，丘园保恬素。②

明皇御制《潼关口号》：

河曲回千里，关门限二京。所嗟非恃德，设险致太平。

张说应制奉和《潼关口号》

天德平天外，关门东复西。不将千里隔，何用一丸泥。

① （南朝宋）鲍照：《鲍明远集》卷5，四库全书本。
② （宋）李昉等：《文苑英华》卷240，四库全书本。

张说《十五夜御前口号》踏歌词二首

华萼楼前雨露新，长安城里太平人。龙衔火树千灯艳，鸡踏莲花万岁春。

帝宫三五戏春台，行雨流风莫妒来。西域灯轮千影合，东华金阙万重开。①

张九龄《奉和圣制渡潼关口号》

隐嶙故城垒，荒凉空戍楼。在德不在险，方知王道休。②

杜甫《紫宸殿退朝口号》

户外昭容紫袖垂，双瞻御座引朝仪。香飘合殿春风转，花覆千官淑景移。

昼漏稀闻高阁报，天颜有喜近臣知。宫中每出归东省，会送夔龙集凤池。

二是，缘事而发，道国家忧患艰难，具有深刻的现实感受。如杜甫《西阁口号呈元二十一》：“山木抱云稠，寒江绕上头。雪崖才变石，风幔不依楼。社稷堪流涕，安危在运筹。看君话王室，感动几销忧。”所谓“社稷堪流涕”云云，在口号这一诗体中亦不废老杜忧国忧民之心。《欢喜口号》十二首则从另一面反映了诗人对国家前途命运的关心。在这一大多歌功颂德，抒发一己情愫，尤其是游戏笔墨占很大比重的诗体中，杜甫的这类反映现实之作便显得尤为难能可贵，是杜甫对口号诗的一大贡献，从而使得口号诗也能进入中国诗歌史的堂堂之阵了。再如李白《晚行口号》：“三川不可到，归路晚山稠，落雁浮寒水，饥乌集戍楼。市朝今日异，丧乱几时休。远愧梁江总，还家尚黑头。”感时悯乱，在李白诗中颇为醒目。还能体现这种现实精神的是王维的《凝碧池私成口号》，也是王维并不多见的反映政治现实的诗歌之一。再如元刘鹗《野史口号碑四十四首》所云“英德只今为外府，官民多怨更多愁”“城外城中无可那，生民憔悴转堪哀”“我亦临风长太息，一家富贵百家冤”“白发老臣肠欲断，忍看民社付

① （唐）张说：《张燕公集》卷3，四库全书本。

② （唐）张九龄：《曲江集》卷2，四库全书本。

浮沉”等，胸怀民生社稷，慷慨犀利，凛然之气跃然口号之上，也是其光辉人格和传奇经历的写照。再如明张羽《哀田家口号》云：“三月连阴四月过，桑田无利有催科。行人莫讶深山虎，一入城中虎更多。”针砭时弊，一针见血。列举于下，以见大概。

杜甫《喜闻盗贼蕃寇总退口号五首》

萧关陇水入官军，青海黄河卷塞云。北极转愁龙虎气，西戎休纵敌仇群。

赞普多教使入秦，数通和好止烟尘。朝廷忽用哥舒将，杀伐虚悲公主亲。

崆峒西极过昆仑，驼马由来拥国门，逆气数年吹路断，蕃人闻道渐星奔。

勃律天西采玉河，坚昆碧盌最来多。旧随汉使千堆宝，少答胡王万匹罗。

今春喜气满乾坤，南北东西拱至尊。大历三年调玉烛，玄元皇帝圣玄孙。①

杜甫《承闻河北诸道节度入朝，欢喜口号绝句十二首》第十二首，

十二年来多战场，天威已息阵堂堂。神灵汉代中兴主，功业汾阳异姓王。

李白《晚行口号》

三川不可到，归路晚山稠，落雁浮寒水，饥乌集戍楼。

市朝今日异，丧乱几时休。远愧梁江总，还家尚黑头。

杜甫《西阁口号呈元二十一》

山木抱云稠，寒江绕上头。雪崖才变石，风幔不依楼。

社稷堪流涕，安危在运筹。看君话王室，感动几销忧。②

王维《凝碧池口号》

菩提寺禁，裴迪来相看，说逆贼等凝碧池上作音乐，供奉人等举

① （宋）郭知达编：《九家集注杜诗》卷19，四库全书本。

② （宋）郭知达编：《九家集注杜诗》卷31，四库全书本。

声便一时泪下。私成口号，诵示裴迪：万户伤心生野烟，百官何日再朝天。秋槐叶落空宫里，凝碧池头奏管弦。①

三是，有感而吟，道个人怀抱苦楚，蕴含浓郁的情感色彩。这类作品多作于舟中、马上、醉后等，在中国古代口号诗史上数量最多，是口号诗的主体。这类诗歌增加了口号诗体的抒情意味，诗意最浓。如张九龄《旅宿淮阳亭口号》：“日暮荒亭上，悠悠旅思多。故乡临桂水，今夜眇星河。暗草霜华发，空亭雁影过。兴来谁与晤，劳者自为歌。”李白《口号》：“食出野田美，酒临远水倾。东流若未尽，应见别离情。”刘禹锡《阙下口号》：“彩仗神旗猎晓风，鸡人一唱鼓蓬蓬。铜壶漏水何时歇，如此相催即老翁。”刘商《醉后口号》：“青草秋风老此身，一瓢长醉任家贫。醒来还爱浮萍草，飘寄官河不属人。”杜甫《存殁口号二首》之一：“席谦不见近弹棋，毕耀仍传旧小诗。玉局他年无限笑，白杨今日几人悲。”等等，或叹旅思客愁，离情别绪，或悲漂泊无依，时光易老，读来感慨万端，神思无限。再如明薛瑄《濮州道中口号》云：“岁月多从马上过，勋名未立鬓先皤。风霜满面谁能识，极目苍天一放歌。”清朱彝尊《怀乡口号八首》其一云：“旧日园林半已荒，惟余曲水绕芳塘。少年最忆春游好，曾向颜家看海棠。”诗下小字注云：“颜家园海棠花最盛，今已摧折。”不论功名未建而已烈士暮年之叹，抑或老来还乡却见物是人非之感，都令人唏嘘不已，掩卷深思。列举如下，见其大概。

张九龄《旅宿淮阳亭口号》

日暮荒亭上，悠悠旅思多。故乡临桂水，今夜眇星河。
暗草霜华发，空亭雁影过。兴来谁与晤，劳者自为歌。

李白《口号赠征君鸿》

陶令辞彭泽，梁鸿入会稽。我寻高士传，君与古人齐。
云卧留丹壑，天书降紫泥。不知杨伯起，旦晚向关西。

① （唐）王维撰，（清）赵殿成：《王右丞集笺注》卷14，四库全书本。

李白《口号》

食出野田美，酒临远水倾。东流若未尽，应见别离情。

李白《口号吴王美人半醉》

风动荷花水殿香，姑苏台上见吴王。西施醉舞娇无力，笑倚东窗白玉床。①

刘禹锡《阙下口号》

彩仗神旗猎晓风，鸡人一唱鼓蓬蓬。铜壶漏水何时歇，如此相催即老翁。②

贾岛《口号》

中夜忽自起，汲此百尺泉。林木含白露，星斗在青天。③

裴迪《崔九欲往南山马上口号与别》

归山深浅去，须尽邱壑美。莫学武陵人，暂游桃源里。④

戎昱《桂州口号》

画角三声动客愁，晓霜如雪覆江楼，谁道桂林风景暖，到来重著皂貂裘。

刘商《醉后口号》

青草秋风老此身，一瓢长醉任家贫。醒来还爱浮萍草，飘寄官河不属人。⑤

杜甫《存没口号二首》

席谦不见近弹棋，毕耀仍传旧小诗。玉局他年无限笑，白杨今日几人悲。

郑公粉绘随长夜，曹霸丹青已白头。天下何曾有山水，人间不解重华骝。⑥

① （宋）杨齐贤集注，（元）萧士贇删补：《李太白集分类补注》卷9、卷15、卷25，四库全书本。

② （宋）洪迈：《万首唐人绝句》卷1，四库全书本。

③ （宋）姚铉：《唐文粹》卷14下，四库全书本。

④ （宋）姚铉：《唐文粹》卷15下，四库全书本。

⑤ （宋）祝穆：《古今事文类聚》后集卷32，四库全书本。

⑥ （宋）郭知达编：《九家集注杜诗》卷19，四库全书本。

白居易《游大林寺》

余与河南元集虚，范阳张允中……凡十七人，自遗爱草堂历东西二林，抵化城，憩峰顶，登香炉峰，宿大林寺。大林寺穷远，人迹罕到。环寺多清流苍石，短松瘦竹。寺中惟板屋木器，其僧皆海东人。山高地深，时节绝晚，于是孟夏，如正、二月天。山桃始华，涧草犹短。人物风候，与平地聚落不同，初到，恍然若别造一世界者。因口号绝句云：“人间四月芳菲尽，山寺桃花始盛开。长恨春归无觅处，不知转入此中来!”

四是，戏谑笑谈之作，近于游戏文字。这类口号多为逞一己之才情，以博友人一笑，大都明标“戏为口号”“谩成口号”“口号戏之”“口号戏呈”等。如李白《口号吴王美人半醉》：“风动荷花水殿香，姑苏台上见吴王。西施醉舞娇无力，笑倚东窗白玉床。”王琦注云：“乃席上口占，以寓笑谑之意耳。若作咏古，味同嚼蜡。”确如王琦所言，虽论吴王美人，但非咏史，无深沉的历史兴亡意蕴，不过一时戏作。王士祯《分甘余话》“口号”条：“‘也不论医官道官，也不论两广四川，但通名一概年家眷。’亦可一笑也。”① 曾慥《类说》云：“郭俢出妓以宴赵绅，而舞者年已长。伶人献口号云：‘相公经文复经武，常侍好今兼好古。昔日曾闻阿武婆，如今却见阿婆舞。’”《事实类苑》云：“赵叔平罢参政，致仕，居濉阳。欧阳永叔罢参政，致仕，居汝阴。叔平一日乘安舆来访永叔。时吕晦叔以金华学士知颍州，启宴以召二公。于是欧阳自为优人致语及口号，高谊清才，缙绅以为美谈。口号曰：‘欲知盛集继荀陈，请看当筵主与宾。金马玉堂三学士，清风明月两闲人。红芳已过莺犹啭，青杏初尝酒正醇。好景难逢良会少，乘欢举白莫辞贫。’”② 文同《可笑口号》七章尤别致有趣：

可笑庭前小儿女，栽盆贮水种浮萍。不知何处闻人说，一夜一根生七茎。

① （清）王士祯：《分甘余话》，文渊阁四库全书本，上海古籍出版社 1987 年版，第 870—582 页。
② （宋）江少虞：《宋朝事实类苑》，上海古籍出版社 1981 年版，第 290 页。

可笑陵阳太守家，闲无一事只栽花。已开渐落并才发，长作亭中五色霞。

可笑此公何太惑，读书写字到三更。也知学得终无用，自肯辛勤比后生。

可笑生平事迂阔，向人不肯强云云。到头官职难迁转，一似城南萧次君。

可笑为官太侥幸，养愚藏拙在深山。君看处置繁难者，日夜经营心不闲。

可笑儿孙亦满眼，朝朝庭下立参差。谓言饱读诗书去，憔悴如翁亦好为。

可笑山州为刺史，寂寥都不似川城。若无书籍兼图画，便不叫人白发生①。

不惟体制独特，自嘲中亦寓感慨万千。可以发现，很多戏称、谩成、戏作之题皆如此类，是作者的愤激之作，以游戏口吻抒写牢骚不平之气。再如明刘嵩《雪中骑驴口号》云："京城去三千里，蹇驴动百十鞭。不是浩然踏雪，也同杜甫朝天。"虽历跋涉之苦，而欢欣自豪之情却溢于罕见的六言口号之中。清赵执信《食海族有名海肠者戏为口号》："越国佳人空有舌，秋风公子尚无肠。假令海作便便腹，尺寸腰围未易量。"想象奇妙夸张，令人莞尔一笑。

五是，总结读书经验，将经史著作中的某类知识汇集为系列口号诗，以便于学者之记诵。如清代学者顾栋高就为此写作了《列国地名口号》《春秋地形口号》《五礼源流口号》《历法口号》等鸿篇巨制。其《春秋大事表》云："余纂《春秋地形》卷成。中有所见，与前人违反处，既为著论。复作韵语以叶之，积成一百一十三首，取便于学者之记诵……辄仿元氏之意，名曰《春秋地形口号》，贻诸学者，用为读《左》之一助云。"②

① （宋）文同：《丹渊集》，傅璇琮《全宋诗》（第8册），北京大学出版社1998年版，第5383页。

② （清）顾栋高：《春秋大事表》，文渊阁四库全书本，上海古籍出版社1987年版，第179—562页。

此外，他还有《五礼源流口号》四十四首，《历法口号》一首等，皆为七言绝句。华玉淳《寄复初柬五》云：“数日来与舍弟师茂披读《春秋地形口号》，深叹援据精核，当日星分绣错之势，了若指掌。即以诗论，亦自独绝千古。玉淳尝爱杜工部《河北诸节度入朝口号》，以为龙标、太白，固是绝句胜场，不若老杜此诗，高文典册，足继雅颂。今表叔乃复以比兴之体与郑康成、杜元凯争席于此道中，别开生面矣。”[①] 通过称颂杜甫口号绝句之“高文典册，足继雅颂”，高度评价了顾氏《春秋地形口号》的学术价值和文学价值。

第三节　得体破体与正变尊卑，传统口号与教坊乐语

口号因其作为诗的体裁性质，故而常常被作为某一复合文体的附属文体或者说子文体。这些文体大多是一些俗文体，如教坊乐语、长短句词、上梁文等，最典型的就是宋代的教坊乐语。在宋代，口号在保持它的独立性和本来面目之外，还成为了宋代教坊乐语这一综合性文体的最重要组成部分，称为乐语口号。这可以说是口号的一种变体，其原始功能和内涵都因乐语这一文体的独特性而有所转变，并形成了定型的文体轨范[②]。

关于教坊乐语，根据应用对象、场合及功能上的不同，可分为“内庭宴饷”和“吏民宴会”，即“官方”和“民间”两种形式。对于前者而言，每遇正旦、春秋、兴龙、坤成等重大节令，则“设大宴”，撰致语口号。其词由翰苑词臣撰写，交由教坊习诵，伴有隆盛的优伶歌舞、杂剧百戏等，有帝后皇室成员及朝廷重臣参加，声势浩大，已经成为宋代宫廷礼制的重要组成部分。对于后者而言，则举凡普通吏民婚寿升迁、生辰宴饯、时节宴会、庆寿礼席等习俗，皆有宴饯仪式，宾客文人会当场作致语口号以相庆贺，致语口号也渐渐成为了一种固定的文体形式被沿传下来。

致语口号如孪生姊妹，共同组成教坊乐语的重要成分，并行不悖，缺一不可。关于乐语口号的体制形式，如苏轼的《集英殿春宴教坊词》，先

---

① （清）顾栋高：《春秋大事表》，文渊阁四库全书本，上海古籍出版社1987年版，第180—610页。

② 任竞泽：《论宋人教坊乐语的文体特征》，《云南社会科学》2010年第3期。

教坊词语，接着口号七律一首，其后依次是勾合曲、勾小儿队、队名、问小儿队、小儿致语、勾杂剧、放小儿队、勾女童队、队名、问女童队、女童致语、勾杂剧、放女童队。其《赵倅成伯母生日致语口号》，先致语，后口号七绝一首①。

在“乐语口号”这一文体中，口号与乐语的关系及其在这一综合性文体中的功能特征等，清人王文浩辑注《苏轼诗集》所言颇详：“本集以帖子词、乐语为类，而口号又乐语一部内之一种也。……又口号虽似七言律，而在乐府，为《瑞鹧鸪》曲，自有声调节奏，与诗不同。施顾二家在南宋日，习见此种排场，故仅收帖子词，而不敢折动口号，彼非不知口号可作近体诗也。……查注全不解此，乃抹杀其各题之教坊词字样，而割截致语口号二种，若各卷之诗叙与诗一式登载，以口号为诗，而致语为叙，故凡读者，皆以乐人所称‘臣等法部贱工’诸语，误为公之自道，不大谬哉。”② 杨晓霭分析认为：“王文浩对致语口号的解说有四个要点：（一）口号属于乐语。（二）致语口号与口号不可截为二种。（三）乐语口号的应用分教坊与非教坊两种场合。（四）口号一定是歌唱的。歌唱的方法是套用《瑞鹧鸪》的曲调。宋人大量的‘乐语口号’‘致语口号’中之‘口号’，均为七言八句近体或七言四句体的事实，的确是个非常值得注意的现象，王氏所论‘口号’必歌以《瑞鹧鸪》曲的说法与歌唱事实基本相符。”③

结合上述文献，我们对乐语口号作为综合性文体这一变体，与口号作为独立性诗体这一正体进行比较，以见正变之分。

第一，在应用场合和情感内容上，二者有很大不同。乐语口号都是用于吉礼、宾礼、嘉礼、大礼、燕射、恭谢圣节、春秋宴饷、婚寿升迁、生辰宴饯、时节聚会、庆寿礼席等礼制仪式上，要受到了上述场合的严格限制。而传统口号则不拘地点，举凡途中、舟中、雨中、雪中、马上、湖上、醉后、梦醒等，无所不在，没有特殊规定。内容上，传统口号多随意抒发个人内心感受，喜、怒、哀、乐皆无不可。乐语口号则不然，必须

① （宋）苏轼撰，孔凡礼点校：《苏轼诗集》，中华书局1982年版，第2580页。

② 同上书，第2473—2474页。

③ 杨晓霭：《宋代声诗研究》，中华书局2008年版，第392页。

要充满喜庆色彩。值得注意的是，传统口号中，有一类诸如初冬口号、中秋口号、退朝口号、秋雨口号、欢喜口号、闻捷口号、喜雨口号等，这与乐语口号中的节令习俗和喜庆色彩很相似，口号之为何被采纳运用于教坊乐语，这种相通性或可以解释。

第二，某种意义上，二者都属颂诗。如前文所述，传统口号自南朝口号的发源鲍照到梁简文帝君臣唱和之作，再到唐张说、杜甫以及唐玄宗君臣唱和等等，多以歌功颂德为主。而宋代教坊乐语口号与帖子词一样，翰苑词臣也借此称扬盛世气象和国家声威。如秦观《中秋口号并引》注者云：“口号，颂诗之一种。宋时于春秋节日或宴会时，献颂诗一章，歌功颂德。”①

第三，传统口号有许多戏谑笑谈之作，近于游戏文字。乐语口号则不同，官方的要求庄重典严，民间的则可以适度调侃。如杨晓霭云：“词臣所撰教坊乐语，很少诙谐，与真正‘优人’所说‘优语’风格各异。任半塘先生所辑《优语集》共收两宋优语八十条，均为诙谐游戏之语，起插科打诨的作用。词臣所撰乐语，述歌功颂德之情，庄重为主。但宫廷大宴之外的乐语，毕竟是‘乐人献伎之词’，适度‘诙谐’，获取侑觞的‘燕乐’效果，也是其区别于一般四六骈体与文人抒情言志律绝之处。但它的俳谐特点，往往是靠乐人灵机一动的妙语和表演来实现的，正是俳优以乐舞作谐戏。”②

第四，传统口号与乐语口号都具有“音乐性”和“口语化”之特征。传统口号是“随口而吟”的，其吟诵是与音乐有关的。如秦德祥在《吟诵音乐的节奏形态及其特征——以六首枫桥夜泊的吟诵谱为例》所云：“吟者常将吟诗习惯上说成读诗或念诗……无论说成诵、读、念，吟诵总是乐音性的。”③ 传统口号的音乐性可从严羽《沧浪诗话》“诗体”中口号的排列位置看出：“又有古诗，有近体……有三句之歌，有两句之歌，

---

① 周义敢、程自信、周雷：《秦观集编年校注》上册，人民文学出版社 2001 年版，第 115 页。

② 杨晓霭：《宋代声诗研究》，中华书局 2008 年版，第 366 页。

③ 秦德祥：《吟诵音乐》，中国文联出版社 2003 年版，第 31 页。

有一句之歌，有口号或四句或八句，有歌行，有乐府，有楚辞，有琴操，有谣。”① 可以发现，口号的位置是前歌，后歌行和乐府，将口号诗置于这样的位置，显然默许了口号的音乐性。关于乐语口号的音乐性，杨晓霭《乐语口号声诗》一文云：“口号表演，或‘念’，或‘进趋诵咏’，或‘且舞且唱’，这些音乐特性的描述已难以确知它的形式，但是，可以肯定地说，即使它的表演只是与由‘口传心授’而尚存的吟诵格律腔相似，其所具有的音乐性表现也是确定无疑的。”②

第五，传统口号在创作上的特点是“草成速就”“略不构思”、一挥而就，有极大的随意性。但乐语口号尤其是官方的教坊乐语，专由翰林词臣在宫廷重大节日上吟就，贵为宋代礼乐制度的一部分，须庄重典则，足见它的严肃性。这也使得其形成极其严格复杂的写作程式和文体规范，故而即便是才思敏捷的翰苑词臣，也不可能“不起草而成”，必然要谨慎小心，经过深思熟虑，以避免触及统治者禁忌和冒犯朝廷礼制而带来祸端。其他如体裁形式上，乐语口号多为近体律诗或绝句，且俱七言；而传统口号则古体近体兼有，五言、七言并行，且以五言居多。

此外，口号还成为许多文体诸如上梁文口号、长短句口号、联句口号等的子文体。《说郛》“口号”条云：“东坡《海外上梁文口号》曰：‘为报先生春睡美，道人轻打五更钟。’章子厚见之，遂再贬儋耳。以为安稳，故再迁也。”③ 长短句口号颇具特色，如曾慥《乐府雅词》之《蝶恋花并口号》，其体制是在长春花、山茶、蜡梅、红梅、迎春、小桃六种花的题目下，先口号再填相对应的《蝶恋花》词④。这种综合性的文体，在丰富了传统口号这一文体内涵的同时，也为其注入了新鲜活力，是一种典型的文体革新，在中国古代文体发展史上具有特殊意义。

① （宋）严羽著，郭绍虞校释：《沧浪诗话校释》，人民文学出版社1978年版，第71页。
② 杨晓霭：《宋代声诗研究》，中华书局2008年版，第388页。
③ （元）陶宗仪：《说郛》，文渊阁四库全书本，上海古籍出版社1987年版，第880—477页。
④ （宋）曾慥：《乐府雅词》，文渊阁四库全书本，上海古籍出版社1987年版，第1098—323页。

第十四章　中国古代辨体的文学史和批评史意义[①]

作为中国古代文体学的基本理论范畴，辨体对于文学总集的编纂、文论体系的构建、文学思潮和文学流派的论争、文学创作的准则以及批评鉴赏的依据等诸多方面，都具有方法论上的重大意义。

第一节　辨体与文章总集

辨体是总集编纂的选文依据和取舍标准，总集编纂则体现着编者鲜明的辨体理念。傅刚先生在《文体辨析与总集的编纂》一文中总结道："魏晋六朝时期文学总集的编纂，以文体分类从而带有辨体的目的。"《文选》《文章流别集》的编纂都通过"类聚区分"和"区判文体"来对作品进行分类归类，这是总集编纂所要遵循的基本方法。傅刚认为："《文章流别集》汇各体文章为总集，体例是'类聚区分'，这自然是对文体的辨析。萧子显《南齐书·文学传论》说'仲洽之区判文体'，可见以总集编选文章来辨析文体，是挚虞的一大贡献。……总集具有辨析文体的目的，唐人殷璠在《河岳英灵集叙》中阐述得甚为明白。"[②]《河岳英灵集叙》云："夫文有神来、气来、情来，有雅体、鄙体、俗体。编记者审鉴诸体，委详所来，方可定其优劣，论其取舍。"[③] 编者通过审鉴诸体之"雅俗"，进而区分优劣以定取舍，体现了总集编纂者强烈的辨体意识。

---

① 本文发表于《吉林师范大学学报》2010 年第 2 期。

② 傅刚：《昭明文选研究》，中国社会科学出版社 2000 年版，第 94 页。

③ 周祖譔编选：《隋唐五代文论选》，人民文学出版社 1990 年版，第 143 页。

到了宋代，随着印刷术的发明和统治者崇文重学政策的推行，诸如《文苑英华》《唐文粹》《宋文鉴》《文章正宗》等大型文学总集大量出现，体例上大多受《文选》影响，编选宗旨和标准则有很大不同。姚铉《唐文粹序》有鉴于唐代总集之“率多声律，鲜及古道”，乃“遍阅文集，耽玩研究”，编选出《唐文粹》，其体例“以类相从，各分首第门目，止以古雅为命，不以雕篆为工，故侈言蔓辞，率皆不取。”① 编纂时以“声律、古道”、“古雅、雕篆”，即“质与文”“文与道”“古今”“雅俗”等为取舍标准。《文章正宗》也以“得源流之正”和“其体本乎古”② 者为选文依据。

元明以来，直接以“辨体”为名的文体总集蔚为大观，使总集之“辨体”的功能愈加显豁。如元祝尧《古赋辨体》，明吴讷《文章辨体》、徐师曾《文体明辨》、贺复征《文章辨体汇选》、许学夷《诗源辩体》等，辨体内容上大多在“古今雅俗源流正变”之辨上。如《古赋辨体》序云：“古今之赋甚多，愚于此编非敢有所去取，而妄谓赋之可取者止于此也。不过载常所诵者尔。其意实欲因时代之高下，而论其述作之不同；因体制之沿革，而要其指归之当一。庶几可以由今之体以复古之体云。”明确以“古赋、律赋”之古今辨体来进行编选和评论。辨古今体之外，也辨源流正变，如《古赋辨体》之《四库提要》云：“其论司马相如《子虚》《上林》赋，谓问答之体，其源出自《卜居》《渔父》，宋玉辈述之，至汉而盛。首尾是文，中间是赋，世传既久，变而又变。其中间之赋，以铺张为靡，而专于词者，则流为齐梁唐初之俳体；其首尾之文，以议论为便，而专于理者，则流为唐末及宋之文体。于正变源流亦言之最确。”③ 其以“辨体”名书及辨体理念都开明代吴讷、徐师曾、许学夷、贺复征等辨体总集的先河。

《文章辨体》《文体明辨》两部重要文体总集，“和挚虞的《文章流别集》相仿，两书都是一方面分体选文，一方面即依体序说”。是继《文心

① 陶秋英编选，虞行校订：《宋金元文论选》，人民文学出版社 1984 年版，第 37 页。
② 同上书，第 378 页。
③ 祝尧：《古赋辨体》，四库全书本。

雕龙》后“文体论的集大成之作。”[①] 因而如前傅刚所言，也属于“总集具有辨析文体的目的”的典范。《文章辨体》主要是辨文体的古今源流正变。一方面，有鉴于《文章正宗》虽“义例精密”，“然每类之中，众体并出，欲识体而卒难寻考。”[②]（《文章辨体凡例》）从而分体类59目，来辨析文体类别。一方面，辨古今正变。如《凡例》云：“四六为古文之变；律赋为古赋之变，律诗杂体为古诗之变；词曲为古乐府之变。西山《文章正宗》凡变体文辞，皆不收录；东莱《文鉴》，则并载焉。今遵其意，复辑四六、对偶及律诗、歌曲共五卷，名曰《外集》，附于五十卷之后，以备众体，且以著文辞世变。”可见，严分古今正变，并以内外集各五十卷和五卷之悬殊来分文体正变。其书名为“辨体”，是指“辨体云者，每体自为一类，每类各著序题，原制作之意而辨析精确，一本于先儒成说，使数千载文体之正变高下，一览可以见，是盖有以备《正宗》之所未备而益加精焉者也。”[③]（彭时《文章辨体序》）可见，吴氏所谓“辨体”正是辨文体“正变高下”之意。徐师曾沿袭吴讷之辨体观而有所发明。如辨古今正变，则云“至如以叙事为议论者，乃议论之变；以议论为叙事者，乃叙事之变。谓无正变不可也。又如诏、诰、表、笺诸类，古以散文，深纯温厚，今以俪语，秾鲜稳顺，谓无古今不可也。”“盖自秦汉而下，文愈盛；文愈盛，故类愈增；类愈增，故体愈众，故辨当愈严。”[④] 即便古今文体和文体类别，也从叙事、议论之文体表现方式上来辨正变。此外，其“唯假文以辨体，非立体而选文”更成为古代文体总集选编分类和辨体的根本准则。

第二节　辨体与文论经典

在中国古代最具理论体系的几部文论典籍中，辨体理念都是构筑这些文学理论批评著作的核心和基础，这从六朝《文心雕龙》《诗品》，到

---

① 吴讷著，于北山校点：《文章辨体序说》，徐师曾著，罗根泽校点《文体明辨序说》，人民文学出版社1962年版，第1页。

② 同上书，第9页。

③ 同上书，第7页。

④ 同上书，第78页。

宋明《沧浪诗话》《诗源辩体》以及清代《原诗》等，都无一例外。关于《文心雕龙》，傅刚云：“文体是基础，辨清了各文体的特点、界限，也就辨清了各文体的风格要求，这就是《文心雕龙》必须先辨析文体的原因。……自汉魏以来，文体辨析到刘勰这里才真正地系统化，理论化，从而更具有指导意义。”① 其文体辨析可从三方面来看：（1）文笔之辨。辨体史上的最大学案便是南朝的“文笔之辨”，这以颜延之为最早，刘勰最为系统。如《文心雕龙·总术篇》云：“今之常言，有文有笔。以为无韵者笔也，有韵者文也。”《序志》云：“若乃论文叙笔，则囿别区分。……上篇以上，纲领明矣。”② 在其文体论二十篇中，自《明诗》至《谐隐》为有韵之文，自《史传》至《书记》为无韵之笔。“刘勰的这种区分，与当时的文体辨析是相合的。”③（2）源流名实之辨。刘勰文体论的研究思路和辨析文体的基本方法是“原始以表末，释名以彰义，选文以定篇，敷理以举统”。其中，“原始以表末是追溯源流的工作；释名以章义是综核名实，分辨内涵外延的工作”④。敷理以举统是指明大体，写作时如何“得体”以防“失体”的工作。（3）辨析相近文体之间的细微差异，即辨同中之异。文体论中如颂赞、祝盟、铭箴、诔碑、哀吊、论说、诏策、檄移、章表、奏启、议对等每一篇两两相论，其旨在于辨同异，即辨析相近文体之间的细微差异。如《颂赞》云：“原夫颂惟典雅，辞必清铄。敷写似赋，而不入华侈之区；敬慎如铭，而异乎规戒之域。”不但辨颂与赋铭的区别，而且说明“赞”与“颂”的细微差别，即赞乃“颂体以论辞……及景纯注《雅》，动植必赞，义兼美恶，亦犹颂之变耳。……发源虽远，而致用盖寡，大抵所归，其颂家之细条乎?”可以说是辨析毫厘，对相似文体的写作指导尤为重要。这种两两相对的相近文体之对举辨析，当源自于曹丕《典论·论文》之四科八体之说，即所谓“奏议宜雅，书论宜理，铭诔尚实，诗赋欲丽”。

① 傅刚：《昭明文选研究》，中国社会科学出版社2000年版，第92页。
② 刘勰著，范文澜注：《文心雕龙注》，人民文学出版社1958年版，第655—725页。
③ 傅刚：《昭明文选研究》，中国社会科学出版社2000年版，第88页。
④ 同上书，第92页。

钟嵘《诗品》所选录品评“止乎五言”，故而其辨体便没有《文心雕龙》之辨析文体体类的一面。其辨体理念主要有以下三个方面：首先，辨析源流正变。钟嵘品第诗人，注重从作家的诗歌风格特点和体制之相似来判断历代诗人的源流继承关系。钟嵘辨源流以国风、离骚、小雅为源，对历代诗歌辨风格同异而附于其后。“钟嵘把五言诗的作者分成三系：源出《国风》的一系，源出《小雅》的一系，源出《楚辞》的一系。”① 通过对历代诗人诗作的风格特征进行辨析，以上述三系为源流标准进行归类依附，从而见其继承关系。如云古诗“其体源出《国风》”，李陵诗“其源出于《楚辞》”，阮籍诗“其源出于《小雅》”云云，俱是。其次，辨彰清浊，显示优劣。钟嵘针对陆机《文赋》、李充《翰林论》、挚虞《文章流别志》等文论著作的文体观缺陷，即“观斯数家，皆就谈文体，而不显优劣。至于谢客集诗，逢诗辄取；张隐《文士》，逢文即书；诸英志录，并义在文，曾无品第。”提出了自己的辨体理念是“欲辨彰清浊，掎摭病利。”最后，“三品升降”，辨高下尊卑。钟嵘根据对历代作家作品优劣得失的辨析评论，在源流、优劣、清浊、利病的思辨方法指导下，将 121 个诗人品第高下分为上中下三品。这种分品论人的作法，一方面受古代文化学术传统的影响，即《诗品序》所谓“昔九品论人，七略裁士”，另一方面受汉魏以来品评人物的时代风气影响。这种品第高下尊卑的做法，是中国传统儒家礼制中高下尊卑贵贱在辨体方面的体现。

《文心雕龙》《诗品》两部文论巨著之辨体理念，清章学诚和四库馆臣都有所总结。如《诗品》之《四库总目提要》云：“勰究文体之源流而评其工拙，嵘第作者之甲乙而溯厥师承，为例各殊。”② 章学诚《文史通义·诗话篇》云：“《文心》体大而虑周，《诗品》思深而意远。盖《文心》笼罩群言，而《诗品》深从六艺溯流别也。”③ 二书虽“为例各殊”，但辨体理念都贯穿其间。

---

① 王运熙、顾易生主编：《中国文学批评史新编》上册，复旦大学出版社 2001 年版，第 160 页。

② 钟嵘著，吕德申校释：《钟嵘〈诗品〉校释》，北京大学出版社 1986 年版，第 228 页。

③ 章学诚著，叶瑛校注：《文史通义校注》上册，中华书局 1985 年版，第 559 页。

宋代严羽《沧浪诗话》以“辨白是非，定其宗旨”这一独特的辨体批评方法为主线，一脉贯穿于其整个理论体系。在“辨体”理念的笼罩之下，诸如“熟参、妙悟、兴趣、以盛唐为法、以禅喻诗”等重要概念范畴都被聚拢在它的周围，互为参照印证，从而使辨体批评成为理解这些概念范畴及整个理论体系的关键。严羽辨体理念有三：其一，“辨白是非，定其宗旨”。严羽辨体批评内蕴之一，便是“辨尽诸家体制”，“于古今体制，若辨苍素，甚者望而知之。”认为“辨家数如辨苍白，方可言诗。”其二，尊体得体，本色当行。所谓尊体，是指无论评文作诗，都要“先体制而后文之工拙”。所谓得体，是针对苏、黄、江西“以文为诗”的宋诗之弊而严辨诗文界限，要求创作须本色当行，得诗之体，即《答吴景仙书》所云：“又谓盛唐之诗‘雄深雅健’，仆谓此四字但可评文，于诗则用‘健’字不得。不若《诗辨》‘雄浑悲壮’之语为得诗之体也。毫厘之差，不可不辨。”其三，风格之辨。根据时代、作者、风格的差异，分别从“以人而论”和“以时而论”之角度来辨析作家、时代、流派风格。

明代许学夷《诗源辩体》认为“诗有源流，体有正变”（《诗源辩体自序》），故以辨体名书，以“辨源流正变”为主线，让辨体理念贯穿全书。如《诗源辩体凡例》就反复申述：

> 此编以“辨体”为名，非辨意也，辨意则近理学矣。
>
> 此编以“辨体”为主，与选诗不同。故汉，魏，六朝，初，盛，中，晚唐，盛衰悬绝，今各录其时体，以识其变。
>
> 此编鲍照、谢朓、沈约、王融古诗渐入律体者录之，高适、孟浩然、李颀、储光羲古诗杂用律体者不录。盖鲍照诸公当变律之时，录之以识其变；高适诸公当复古之后，谓复古声，非复古体也。
>
> 此编凡六朝、唐代拟古等作不录。盖此编以辨体为主，拟古不足以辨诸家之体也。
>
> 此编或疑元和诸子纂录过多，不免变浮于正。然此编以辨体为主，元和诸子，一一自立门户，既未可缺，其篇什恒数倍于初、盛，则又不可少，正欲学者穷极其变，始知反正耳。

此编唐人惟六言及七言排律不录，非正体也。[1]

明代辨体文章总集如吴讷《文章辨体》、徐师曾《文体明辨》、贺复征《文章辨体汇选》等集中出现，一时形成了一个以“辨体”为主流的文学思潮。许学夷《诗源辩体》以较为系统的辨体理念为这股思潮推波助澜，显得格外引人注目。

第三节　辨体与文学思潮

中国古代文学史上各种文学运动、文学思潮及文学流派的论争可以说都与“辨体”有关，或者说以“辨体”为依据。以韩愈、柳宗元为代表的中唐古文运动，是政治运动下的文体文风改革。韩愈在“文以载道”的文学思想指导下，提倡古文，反对骈文，是因为“古文不必严守对偶声律，用来说理叙事‘明道’，比骈体方便。这是古文家包括韩愈提倡古文的原因之一。”[2] 宋初古文运动虽与中唐古文运动有许多不同之处，但其在提倡古文，“力图借以矫正西昆体片面崇尚骈俪与声律所产生的流弊”[3]，即严辨文体“骈散”和时文与古文这一点上是相通的。

北宋后期“江西诗派”是宋人“以文为诗”的代表。“江湖派”和“四灵”诗人反对“江西派”也正是着眼于诗文体制不同，各有其艺术特征和写作特点的。所以，江湖派、四灵诗人对江西诗派的论争可以看作是诗文辨体理念下的文学论争。这种例子很多，如南朝“文笔之争”“文学与非文学之争”，中唐“新乐府运动”与汉魏古题乐府之相对，宋代词学“豪放”与“婉约”风格之争，汉京都大赋与抒情小赋之别，明代拟古与反拟古运动，清代桐城派古文与骈文派之争以及近现代文言与白话、现实主义与浪漫主义之争等，都是在“辨体”理念指导下的文学运动、文学流

① 许学夷撰，杜维沫校点：《诗源辩体》，人民文学出版社 1987 年版，第 1 页。

② 王运熙、顾易生主编：《中国文学批评史新编》上册，复旦大学出版社 2001 年版，第 228 页。

③ 同上书，第 288 页。

派的论争。

自宋元以来，小说戏剧等俗文学繁荣起来，在中国文体史上与诗文等雅正文体分庭抗礼，“雅俗之辨”遂愈演愈烈。闻一多说：“中国文学史的路线南宋起便转向了，从此以后是小说戏剧的时代。”① 对此，王水照云：“而宋代文学正处于由‘雅’向‘俗’的倾斜、转变时期，在整个文体盛衰升降过程中，处于一个承前启后的阶段。……也就是说，小说和戏剧冲破了士人们忌俗尚雅的审美取向，从南宋勃然兴起，延至元明清时代，逐渐取代了传统诗词文的正统地位，以新的人物、新的文学世界和美学趣味，正式登上了中国文学的神圣殿堂的论断，还是很精辟的。”②（《雅、俗之辨》）此外，“传统的文学创作与批评十分重视‘辨体’”，“先体制后工拙是传统文学批评的一条普遍原则”。③ 这“于宋为烈，甚至发展成一桩桩的文学公案。”④ 吴承学《文体学源流》一文云：“文学批评史上许多重要的论争都和文体学有直接的关系。比如诗学中的诗文之分、唐宋诗之争，词学中对‘豪放’派、‘婉约’派的轩轾，等等，无不与论争双方持不同文体观念相关。所以抓住文体学，对理解文学批评史，在某些方面可以起着纲举目张的作用。”⑤ 可以说是对本节观点的一个精辟总结。

---

① 闻一多：《闻一多全集》（1），生活·读书·新知三联书店1982年版，第201页。
② 王水照主编：《宋代文学通论》，河南大学出版社1997年版，第50—61页。
③ 吴承学：《中国古代文体形态研究》，中山大学出版社2002年版，第429页。
④ 王水照主编：《宋代文学通论》，河南大学出版社1997年版，第64页。
⑤ 吴承学：《中国古代文体形态研究》，中山大学出版社2002年版，第390页。

参考文献

白居易著，谢思炜校注：《白居易诗集校注》，中华书局 2006 年版。

班固撰，颜师古注：《前汉书》，中华书局 1998 年版。

鲍照著，钱仲联增补集说校：《鲍参军集增补集说校》，上海古籍出版社 1980 年版。

贝京：《〈红楼梦〉未了——〈好了歌〉意蕴及其逻辑分析》，《湖南大学学报》2003 年第 3 期。

遍照金刚著，王利器校注：《文镜秘府论校注》，中国社会科学出版社 1983 年版。

布封：《论文体》，见《布封文钞》，人民文学出版社 1958 年版。

不著撰人：《三辅黄图》，文渊阁四库全书本，上海古籍出版社 1987 年版。

蔡景康编选：《明代文论选》，人民文学出版社 1993 年版。

蔡邕：《独断》《铭论》，上海古籍出版社 1990 年影印本。

曹敏：《论新时期以来文体批评的独特品格》，《吉林师范学院学报》1998 年第 3 期。

曹明升：《清代词学中破体、辨体与推尊词体》，《中国文学研究》2005 年第 5 期。

曹丕原著，易健贤译注：《魏文帝集全译》，贵州人民出版社 2009 年版。

曹旭：《诗品研究》，上海古籍出版社 1998 年版。

曹旭：《诗品集注》，上海古籍出版社 1994 年版。

曹雪芹著，脂砚斋评，邓遂夫校订：《脂砚斋重评石头记庚辰校本》，作家出版社 2006 年版。

曹学佺:《石仓历代诗选》，文渊阁四库全书本，第1391册，上海古籍出版社1987年版。
晁公武:《郡斋读书志》，四库全书本。
陈必祥:《古代散文文体概论》，河南人民出版社1986年版。
陈昌云:《论明人的诗文之辨》，《中国韵文学刊》2009年第2期。
陈复:《浅谈〈芙蓉女儿诔〉》，《西藏民族学院学报》1993年第6期。
陈国球:《胡应麟诗论研究》，华风书局有限公司1986年版。
陈寿撰，裴松之注:《三国志》，中华书局1998年版。
陈万珍:《论增强辨体能力的可行性》，《周口师范高等专科学校学报》1999年第3期。
陈望道:《修辞学发凡》，世纪出版集团、上海教育出版社2006年版。
陈文新:《从辨体角度看明清章回小说的几个特征》，《文艺研究》2006年第2期。
陈元锋:《北宋馆阁翰苑与诗坛研究》，中华书局2005年版。
陈振孙:《直斋书录解题》，四库全书本。
陈志扬:《清代中后期文体学研究》，博士学位论文，中山大学，2006年。
程国赋:《二十世纪严羽〈沧浪诗话〉研究》，《文献》1999年第2期。
成敏:《〈姽婳词〉在〈红楼梦〉中的作用》，《红楼梦学刊》2007年第5期。
程敏政:《明文衡》，上海书店1989年版。
程千帆、徐有富:《校雠广义》，齐鲁书社1998年版。
程毅中:《中国诗体流变》，中华书局1992年版。

褚斌杰:《中国古代文体概论》，北京大学出版社1990年版。
代军诗:《从“太虚幻境”至“好了歌”——〈红楼梦〉中不同境界的人生追求》，《辽宁师范高等专科学校学报》2010年第4期。
代迅:《断裂与延续——中国古代文论现代转换的历史回顾》，西南师范大学出版社2002年版。
丹纳:《艺术哲学》，张伟译，北京出版社2004年版。
党圣元:《论汉魏六朝的赋体源流批评》，《延安大学学报》1989年第3期。
党圣元:《中国古代文论范畴研究方法论管见》，《文艺研究》1996年第

2 期。
党圣元：《中国古代文论的范畴和体系》，《文学评论》1997 年第 1 期。
党圣元：《苏轼的文章理论体系及其美学特质》，《人文杂志》1998 年第 1 期。
党圣元：《传统文论范畴体系之现代阐释及其方法论问题》，《文艺研究》1998 年第 3 期。
党圣元：《钱锺书的文化通变观和学术方法论》，《中国社会科学》1999 年第 4 期。
党圣元：《主导多元，综融创新》，《文学评论》2003 年第 4 期。
党圣元、陈志扬：《读吴承学〈中国古代文体形态研究〉》，《文学评论》2004 年第 5 期。
党圣元：《传统文论诠释中的视界融合问题》，《中国社会科学院研究生院学报》2006 年第 6 期。
党圣元：《老子评注》，岳麓书社 2007 年版。
党圣元：《评郭英德〈中国古代文体学论稿〉》，《文学评论》2007 年第 4 期。
党圣元：《在传统与现代之间——古代文论的现代遭际》，山东教育出版社 2009 年版。
邓国光：《挚虞研究》，香港学衡出版社 1990 年版。
邓国光：《〈周礼〉六辞初探——中国古代文体原始的探讨》，《汉学研究》1993 年第 1 期。
邓新跃：《明代前中期诗学辨体理论研究》，博士学位论文，中山大学，2004 年。
邓新跃：《论宋代的诗学辨体理论》，《江淮论坛》2005 年第 1 期。
邓新跃：《高棅〈唐诗品汇〉与明代格调派诗学辨体理论》，《湖南科技大学学报》2005 年第 2 期。
邓新跃：《王世贞对前七子诗学辨体理论的发展》，《船山学刊》2006 年第 4 期。
刁包：《易酌》，文渊阁四库全书本。
丁度：《集韵》，文渊阁四库全书本。

丁福保辑:《清诗话》,上海古籍出版社 1978 年版。
丁福保:《历代诗话续编》,中华书局 1983 年版。
杜甫著,(清)仇兆鳌注:《杜诗详注》,中华书局 1979 年版。
杜寒风:《会通精神》,北京广播学院出版社 2002 年版。
杜预注,(唐)陆德明音义,(唐)孔颖达疏:《春秋左传注疏》,文渊阁四库全书本。
范承谟:《范忠贞集》,文渊阁四库全书本,第 1314 册,上海古籍出版社 1987 年版。
范仲淹:《范文正集》,文渊阁四库全书本。
方师铎:《传统文学与类书之关系》,天津古籍出版社 1986 年版。
方孝岳:《中国文学批评中国散文概论》,生活·读书·新知三联书店 2007 年版。
复旦大学、上海师范大学中文系选编:《鲁迅杂文选》,上海人民出版社 1973 年版。
伏涤修:《清代词学由辨体向尊体的批评转向》,《烟台大学学报》2004 年第 5 期。
傅刚:《昭明文选研究》,中国社会科学出版社 2000 年版。
高黛英:《〈古文辞类纂〉的文体学贡献》,《文学评论》2005 年第 5 期。
格拉汉、霍夫:《文体与文体论》,何欣译,台北成文出版有限公司 1979 年版。
宫梦仁:《读书纪数略》,文渊阁四库全书本,上海古籍出版社 1987 年版。
顾栋高:《春秋大事表》,文渊阁四库全书本,上海古籍出版社 1987 年版。
顾实:《汉书·艺文志讲疏》,上海古籍出版社 1987 年版。
谷曙光:《宋代翰林学士撰教坊乐语考论》,《中国文化研究》2005 年第 3 期。
谷曙光:《一部久被忽略的文体学集大成之作》,《北京大学学报》2005 年第 6 期。
顾宪成:《泾皋藏稿》,文渊阁四库全书本,第 1291 册,上海古籍出版社 1987 年版。

顾易生、蒋凡、刘明今：《宋金元文学批评史》，上海古籍出版社 1996 年版。
郭建勋：《辞赋文体研究》，中华书局 2007 年版。
郭茂倩：《乐府诗集》，中华书局 1982 年版。
郭勉愈：《唐文粹研究》，博士学位论文，北京师范大学，2003 年。
郭绍虞：《宋诗话辑佚》，中华书局 1980 年版。
郭绍虞：《提倡一些文体分类学》，《复旦学报》1981 年第 1 期。
郭绍虞：《中国文学批评史》，百花文艺出版社 1999 年版。
郭绍虞、王文生主编：《中国历代文论选》，上海古籍出版社 2001 年版。
郭英德、谢思炜等：《中国古典文学研究史》，中华书局 1995 年版。
郭英德：《中国古代文人集团与文学风貌》，北京师范大学出版社 1998 年版。
郭英德：《中国古代文体学论稿》，北京大学出版社 2005 年版。
郭英德：《中国文体分类学刍议》，《中山大学学报》2005 年第 3 期。
韩高年：《诗赋文体源流新探》，巴蜀书社 2004 年版。
韩经太：《诗学美论与诗词美境》，北京语言文化大学出版社 2000 年版。
韩启超：《宋代乐语名实考辨》，《南京艺术学院学报》2006 年第 1 期。
贺复征：《文章辨体汇选》，四库全书本。
何诗海、刘湘兰：《〈文心雕龙〉的文体学思想》，《江淮论坛》2005 年第 3 期。
何诗海：《汉代经学中的文体学研究》，《学术研究》2006 年第 4 期。
何诗海：《经史一体与文体谱系——郝经文体学思想初探》，《学术研究》2007 年第 8 期。
何诗海：《明代诗话中的文体史料与文体批评》（合撰），《文艺理论研究》2008 年第 4 期。
何诗海：《从章句之学到文章之学》（合撰），《文学评论》2008 年第 5 期。
何诗海：《四大类书与唐代文体学》，《古代文学理论研究》第 25 辑，华东师范大学出版社 2008 年版。
何诗海：《章学诚碑志文体刍议》，《文学遗产》2010 年第 2 期。
何诗海：《刘咸炘的文体观及其学术史意义》，《中山大学学报》2010 年第 4 期。

何诗海：《“文体备于战国”说平议》，《文学评论》2010 年第 6 期。

何诗海：《作为批评文体的明清文集凡例》，《学术研究》2010 年第 10 期。

何诗海：《明清文体学研究的学术空间》，《文学遗产》2011 年第 3 期。

何诗海：《汉魏六朝文体与文化研究》，北京大学出版社 2011 年版。

何诗海：《从文章总集看清人的文体分类思想》，《中山大学学报》2012 年第 1 期。

何诗海：《明代庶吉士与台阁体》，《文学评论》2012 年第 4 期。

何诗海：《论清代文章义例之学》，《浙江大学学报》2012 年第 4 期。

何诗海：《明清总集凡例与文体批评》，《学术研究》2012 年第 8 期。

何诗海：《古赋辨体与明代辨体批评》，《文艺理论研究》2013 年第 1 期。

何诗海：《“六经皆史”与章学诚的文体观》，《中山大学学报》2013 年第 3 期。

何诗海：《明代辨体批评的成就》，《南京师范大学文学院学报》2013 年第 3 期。

何诗海：《文通与明代文体学》，《苏州大学学报》2013 年第 3 期。

何诗海：《儒家经典中的文体与文体观念》（合撰），《古典文学知识》2013 年第 5 期。

何诗海：《浅谈中国古代文体价值谱系》（合撰），《古典文学知识》2013 年第 6 期。

何诗海：《类书与文体学研究》（合撰），《古典文学知识》2014 年第 1 期。

何诗海：《早期字书与文体学》（合撰），《古典文学知识》2014 年第 2 期。

何诗海：《总集凡例与文学批评——以〈读雪山房唐诗选〉凡例为中心》，《上海大学学报》2014 年第 4 期。

何文焕：《历代诗话》，中华书局 1981 年版。

何文汇：《杂体诗释例》，中文大学出版社 1986 年版。

贺严：《清代唐诗选本研究》，人民出版社 2007 年版。

洪迈撰，孔凡礼点校：《容斋随笔》，中华书局 2005 年版。

侯外庐等主编：《宋明理学史》，人民出版社 1984 年版。

胡才甫：《诗体释例》，台北“中华书局”1969 年版。

胡大雷：《诗人 · 文体 · 批评》，人民文学出版社 2001 年版。

胡道静：《中国古代的类书》，上海中华书局 1982 年版。

胡红梅：《曹丕文体学思想新解》，《长江学术》2012 年第 3 期。

胡鸣玉：《订伪杂录》，文渊阁四库全书本，上海古籍出版社 1987 年版。

胡应麟：《诗薮》，上海古籍出版社 1958 年版。

胡仔：《苕溪渔隐丛话》，人民文学出版社 1981 年版。

胡震：《周易衍义》，文渊阁四库全书本。

胡震亨：《唐音癸签》，上海古籍出版社 1981 年版。

黄金明：《汉魏晋南北朝诔碑文研究》，人民文学出版社 2005 年版。

黄侃：《文心雕龙札记》，中华书局 1962 年版。

黄天骥主编：《中国古代戏曲与古代文学研究论集》，中华书局 2001 年版。

黄庭坚：《山谷集》，文渊阁四库全书本，第 1113 册，上海古籍出版社 1987 年版。

黄卓越：《传统文论的研究：途径与规范》，《文艺争鸣》1996 年第 4 期。

黄宗羲：《明文海》，文渊阁四库全书本。

贾昌朝：《群经音辨》，文渊阁四库全书本。

贾奋然：《六朝文体批评研究》，北京大学出版社 2005 年版。

贾奋然：《论〈文体明辨序说〉的辨体观》，《首都师范大学学报》2007 年第 3 期。

简锦松：《胡应麟〈诗薮〉的辨体论》，中国古典文学研究会编《古典文学》第一集，学生书局 1979 年版。

姜炳璋：《诗序补义》，文渊阁四库全书本，第 89 册，上海古籍出版社 1987 年版。

蒋伯潜：《文体论纂要》，正中书局 1942 年版。

蒋伯潜、蒋祖怡：《体裁与风格》，世界书局 1946 年版。

姜宸英：《湛园札记》，文渊阁四库全书本，第 859 册，上海古籍出版社 1987 年版。

江少虞：《宋朝事实类苑》，上海古籍出版社 1981 年版。

蒋述卓等：《宋代文艺理论集成》，中国社会科学出版社 2000 年版。
姜涛：《古代散文文体概论》，山西人民出版社 1990 年版。
蒋寅：《关于中国古代文章学理论体系》，《文学遗产》1986 年第 6 期。
蒋寅：《作为批评家的严羽》，《文艺理论研究》1998 年第 3 期。
蒋寅：《一代有一代之文学》，《文学遗产》1994 年第 5 期。
蒋寅：《古典诗学的现代诠释》，中华书局 2003 年版。
蒋寅：《论清代诗文集的类型、特征与文献价值》，《河北师范大学学报》2004 年第 1 期。
蒋寅：《金陵生小言》，广西师范大学出版社 2004 年版。
姜子龙：《论曹雪芹的赋作与赋观——从警幻仙姑赋的形式和意义所见到的》，《红楼梦学刊》2009 年第 2 期。
皎然著，李壮鹰校注：《诗式校注》，人民文学出版社 2003 年版。
金振邦：《文体学》，东北师范大学出版社 1994 年版。
康熙：《御定历代赋汇》，文渊阁四库全书本。
康熙御定：《全唐诗》，中华书局 1960 年版。
莱辛：《拉奥孔》，人民文学出版社 1979 年版。
兰陵笑笑生：《金瓶梅词话》，人民文学出版社 1985 年版。
李白著，安旗主编：《李太白全集编年注释》（上），巴蜀书社 2000 年版。
李长徽：《文心雕龙文体论研究》，博士学位论文，山东大学，2001 年。
李春青：《宋学与宋代文学观念》，北京师范大学出版社 2001 年版。
李昉等：《太平御览》，中华书局 1985 年影印本。
李昉等：《文苑英华》，中华书局 1990 年版。
李昉等：《太平广记》，四库全书本。
李建中：《辨体明性：关于古代文论诗性特质的现代思考》，《华中师范大学学报》2001 年第 2 期。
李建中：《刘勰“体乎经”的批评文体意义》，《清华大学学报》2009 年第 4 期。
黎靖德编，王星贤点校：《朱子语类》，中华书局 1986 年版。
李商隐撰，清冯浩笺注：《玉溪生诗集笺注》（上），上海古籍出版社 1979

年版。

李士彪：《魏晋南北朝文体学》，上海古籍出版社 2004 年版。

李树军：《吴讷〈文章辨体〉的“乐府”分为六类》，《文献》2008 年第 6 期。

李万堡：《诗歌辨体论》，《内蒙古社会科学》2007 年第 1 期。

李心传：《建炎以来系年要录》，中华书局 1956 年版。

李兆洛：《骈体文钞》，四部备要本。

力之：《楚辞与中古文献考说》，四川出版集团、巴蜀书社 2005 年版。

李中华、李会：《唐代七古、七言歌行辨体》，《光明日报》2003 年 11 月 12 日。

李壮鹰：《禅与诗》，北京师范大学出版社 2001 年版。

梁竟西：《论〈葬花吟〉〈姽婳词〉和〈芙蓉女儿诔〉的意蕴和作用》，《红楼梦学刊》2000 年第 4 期。

梁昆：《宋诗派别论》，商务印书馆 1938 年版。

梁潜：《泊菴集》，文渊阁四库全书本，第 1237 册，上海古籍出版社 1987 年版。

林冠夫：《红楼梦纵横谈》，文化艺术出版社 2004 年版。

林乃初：《论〈芙蓉女儿诔〉的稚嫩美》，《红楼梦学刊》1989 年第 6 期。

林希逸：《竹溪鬳斋十一稿》，傅璇琮《全宋诗》（第 59 册），北京大学出版社 1998 年版。

凌朝栋：《文苑英华研究》，上海古籍出版社 2005 年版。

令狐德棻等：《周书》，中华书局 1971 年版。

刘敞：《公是集》，傅璇琮《全宋诗》（第 9 册），北京大学出版社 1998 年版。

刘成国：《宋代学记研究》，《文学遗产》2007 年第 4 期。

刘大杰：《中国文学批评史》，中华书局 1964 年版。

刘大杰：《中国文学发展史》，上海古籍出版社 1982 年版。

刘靖安：《论〈芙蓉女儿诔〉的艺术特色》，《求索》1982 年第 5 期。

刘师培：《中国中古文学史讲义》，中国人民大学出版社 2004 年版。

刘世生：《西方文体学论纲》，山东教育出版社 1998 年版。
刘熙载：《艺概》，上海古籍出版社 1978 年版。
刘勰著，范文澜注：《文心雕龙注》，人民文学出版社 1978 年版。
刘熙著，王先谦疏证：《释名疏证补》，上海古籍出版社 1984 年影印本。
刘衍青：《〈好了歌〉及其注的话语语境之文化阐释》，《固原师范高等专科学校学报》2005 年第 5 期。
刘叶秋：《类书简说》，上海古籍出版社 1980 年版。
刘义庆撰，徐震堮著：《世说新语校笺》，中华书局 1984 年版。
刘永济：《文心雕龙校释》，中华书局 1962 年版。
刘禹锡著，瞿蜕园校点：《刘禹锡全集》，上海古籍出版社 1999 年版。
刘跃进：《〈独断〉与秦汉文体研究》，《文学遗产》2002 年第 5 期。
刘运好：《论曹丕之"本"与"本同"》，《安徽教育学院学报》1994 年第 2 期。
龙榆生撰，钱鸿瑛导读：《中国韵文史》，上海古籍出版社 2002 年版。
陆德明：《经典释文》，文渊阁四库全书本。
陆机著，张少康集释：《文赋集释》，人民文学出版社 2002 年版。
陆九渊：《象山集》，文渊阁四库全书本。
鲁迅：《鲁迅杂文选》（上），上海人民出版社 1973 年版。
鲁迅：《中国小说史略》，文化艺术出版社 1990 年版。
陆云：《陆士龙集》，文渊阁四库全书本。
罗根泽：《中国文学批评史》，上海古籍出版社 1984 年版。

罗漫：《"好了道士"与〈好了歌〉》，《红楼梦学刊》1994 年第 3 期。
罗宗强：《刘勰文体论识微》，《文心雕龙学刊》第六辑，齐鲁出版社 1992 年版。
罗宗强：《隋唐五代文学思想史》，中华书局 1999 年版。
罗宗强：《读文心雕龙手记》，生活·读书·新知三联书店 2007 年版。
吕德申：《钟嵘〈诗品〉校释》，北京大学出版社 1986 年版。
吕祖谦：《宋文鉴》，文渊阁四库全书本，第 1350 册，上海古籍出版社 1987 年版。

吕祖谦：《宋文鉴》，中华书局 1992 年版。
马端临：《文献通考》，新兴书局 1965 年版。
马凤程：《〈芙蓉女儿诔〉和〈离骚〉》，《红楼梦学刊》1986 年第 2 期。
马积高、黄钧：《中国古代文学史》，湖南文艺出版社 1992 年版。
麻守中：《中国古代诗歌体裁概论》，吉林大学出版社 1988 年版。
马兴荣、吴熊和、曹济平主编：《中国词学大辞典》，浙江教育出版社 1996 年版。
毛奇龄：《辨定祭礼通俗谱》，文渊阁四库全书本。
闵丰：《诗学模范与词格重建——清初当代词选中的辨体与尊体》，《南京大学学报》2008 年第 1 期。
敏泽：《中国文学理论批评史》，人民文学出版社 1981 年版。
敏泽、党圣元：《文学价值论》，社会科学文献出版社 1999 年版。
敏泽：《文化审美艺术——论文三辑》，山西人民出版社 2002 年版。
敏泽：《中国美学思想史》，湖南教育出版社 2004 年版。
莫砺锋：《江西诗派研究》，齐鲁书社 1986 年版。
莫砺锋编：《第二届宋代文学国际研讨会论文集》，江苏教育出版社 2003 年版。
莫砺锋：《古典诗学的文化观照》，中华书局 2005 年版。
欧阳询等：《艺文类聚》，中华书局上海编辑所 1965 年版。
潘丹：《聊斋志异的辨体研究》，硕士学位论文，黑龙江大学，2007 年。
彭百川：《太平治迹统类》，文渊阁四库全书本，上海古籍出版社 1987 年版。
彭大翼：《山堂肆考》，文渊阁四库全书本，上海古籍出版社 1987 年版。
浦起龙：《史通通释》，文渊阁四库全书本。
钱仓水：《文体分类学》，江苏教育出版社 1992 年版。
钱建状、刘尊明：《尊词与辨体，宋词独特风貌形成中的一对矛盾因子》，《湖北大学学报》2000 年第 3 期。
钱穆：《宋代理学三书随劄》，生活·读书·新知三联书店 2002 年版。
钱惟善：《江月松风集》，清顾嗣立编《元诗选》初集 3，中华书局 1987

年版。
钱志熙:《论中国古代的文体学传统》,《北京大学学报》2004 年第 5 期。
钱志熙:《再论古代文学文体学的内涵与方法》,《中山大学学报》2005 年第 3 期。
钱锺书:《宋诗选注》,人民文学出版社 1958 年版。
钱锺书:《管锥编》,中华书局 1979 年版。
钱锺书:《谈艺录》,中华书局 1984 年版。
钱锺书:《宋诗选注》,生活·读书·新知三联书店 2002 年版。
钱中文:《体裁:审美特性,规范与反规范》,《文艺理论研究》1989 年第 1 期。
秦德祥:《吟诵音乐》,中国文联出版社 2003 年版。
秦秀白:《文体学概要》,湖南教育出版社 1986 年版。
权德舆:《权文公集》,《全唐诗》(第 10 册),中华书局 1960 年版。
任昉著,陈懋仁注:《文章缘起注》,《丛书集成初编》本。
任广:《书叙指南》,文渊阁四库全书本,第 920 册,上海古籍出版社 1987 年版。
任继愈等:《宋明理学史》(上),人民出版社 1984 年版。
任继愈主编:《中国哲学发展史》,人民出版社 1994 年版。
任竞泽:《论宋人教坊乐语的文体特征》,《云南社会科学》2010 年第 3 期。
任竞泽:《〈文章正宗〉"四分法"的文体分类史地位》,《北方论丛》2011 年第 6 期。

萨都剌:《雁门集》,清顾嗣立《元诗选》,中华书局 1987 年版。
上海艺术研究所、中国戏曲家协会编:《中国戏曲曲艺词典》,上海辞书出版社 1981 年版。
沈承:《文体》,载《毛儒初先生评选即山集》,明天启刻本。
沈家庄:《思精神远晚唐独步——杜牧七绝散论》,《湘潭大学学报》1981 年第 4 期。
沈家庄:《中国诗体嬗递规律论略》,《文学评论丛刊》1989 年第 31 辑。
沈家庄:《宋词文体特征的文化阐释》,《文学评论》1998 年第 4 期。

沈家庄:《论放翁气象》,《文学遗产》1999 年第 2 期。
沈家庄:《宋词文化与文学新视野》,人民文学出版社 2001 年版。
沈家庄:《词别是一家》,《光明日报》2003 年 10 月 8 日。
沈家庄:《宋词的文化定位》,湖南人民出版社 2005 年版。
沈家庄:《苏轼"词似诗"新论》,《光明日报》2005 年 11 月 18 日。
沈金浩:《文体学研究的学术空间》,《学术研究》2001 年第 4 期。
施畸:《中国文体论》,北平立达书局 1933 年版。
史小军:《论复古者的文体意识及其影响》,《学术研究》2001 年第 4 期。
舒芜等编:《近代文论选》,人民文学出版社 1959 年版。
司春艳:《论中国古代文体的规定性及符号学特征》,《辽宁工程技术大学学报》2009 年第 3 期。
司空图著,郭绍虞集解:《诗品集解》,人民文学出版社 1963 年版。
司空图著,郭绍虞集解:《诗品集解》,袁枚著,郭绍虞辑注《续诗品注》,人民文学出版社 1963 年版。
司马光:《传家集》,傅璇琮《全宋诗》(第 9 册),北京大学出版社 1998 年版。
苏轼撰,孔凡礼点校:《苏轼诗集》,中华书局 1982 年版。
苏轼撰,清冯应榴辑注,黄任轲、朱怀春校点:《苏轼诗集合注》(第 5 册),上海古籍出版社 2001 年版。
苏舜钦著,沈文倬校点:《苏舜钦集》,上海古籍出版社 2011 年版。
苏天爵:《元文类》,上海古籍出版社 1993 年影印本。
孙明君:《曹丕〈典论·论文〉甄微》,《清华大学学报》1998 年第 2 期。
孙之梅:《明代复古派的文学本体论》,《求是学刊》2003 年第 4 期。
唐圭璋:《词话丛编》,中华书局 1986 年版。
唐磊:《汉晋文体变迁及其机制考察》,博士学位论文,中国社会科学院研究生院,2006 年。
《唐宋史料笔记丛刊》,中华书局版。
陶东风:《文体演变及其文化意味》,云南人民出版社 1994 年版。
陶礼天:《严羽悖论:艺术直觉的运思特征》,《学术论坛》1989 年第 6 期。

陶礼天:《六朝“文笔”论与文学观——〈文心雕龙〉“文笔之辨”探微》,《文艺研究》2005 年第 3 期。

陶秋英编选,虞行校订:《宋金元文论选》,人民文学出版社 1984 年版。

陶宗仪:《说郛》,文渊阁四库全书本,第 877 册,上海古籍出版社 1987 年版。

陶宗仪:《说郛》,文渊阁四库全书本,上海古籍出版社 1987 年版。

田浩编:《宋代思想史论》,社会科学文献出版社 2003 年版。

童庆炳:《文学理论教程》,高等教育出版社 1992 年版。

童庆炳:《文体与文体的创造》,云南人民出版社 1994 年版。

童琼:《〈芙蓉女儿诔〉中“人神相恋”的悲剧意蕴》,《南都学坛》2004 年第 1 期。

脱脱:《宋史》,中华书局 1977 年版。

汪超:《词学尊体研究综述》,《重庆文理学院学报》2009 年第 1 期。

汪超:《尊体与辨体》,博士学位论文,华东师范大学,2009 年。

王大亨、欧阳恒忠:《刘熙载〈书概〉签注》,广西师范大学出版社、漓江出版社 1990 年版。

王丹:《曹雪芹的哀祭文体观》,《红楼梦学刊》2009 年第 1 期。

王谠:《唐语林》,上海古籍出版社 1978 年版。

王国维:《宋元戏曲史》,百花文艺出版社 2002 年版。

汪泓:《许学夷〈诗源辩体〉评议》,《江海学刊》1996 年第 3 期。

汪泓:《明代诗学状况与〈诗源辩体〉的写作缘起》,《江西社会科学》2002 年第 4 期。

汪泓:《许学夷诗体正变论之再评价》,《江西师范大学学报》2003 年第 5 期。

汪泓:《“辨体”不“辨意”——许学夷论“体制为先”》,《江西社会科学》2003 年第 5 期。

汪泓:《明代诗学“体制为先”观念之内涵及其流变》,《江西社会科学》2007 年第 3 期。

王立道:《具茨集》,文渊阁四库全书本,第 1277 册,上海古籍出版社

1987 年版。

王力坚：《六朝文人的生命意识与诗歌的唯美倾向》，《汉学研究之回顾与前瞻》，中华书局 1995 年版。

王钦若等：《册府元龟》，文渊阁四库全书本，上海古籍出版社 1987 年版。

王人恩：《论〈芙蓉女儿诔〉在中国祭文史上的地位——〈红楼梦〉探微之四》，《甘肃社会科学》1995 年第 5 期。

王世懋：《秇圃撷余》，文渊阁四库全书本。

王士祯：《分甘余话》，文渊阁四库全书本，上海古籍出版社 1987 年版。

王澍：《淳化秘阁法帖考正》，文渊阁四库全书本，第 684 册，上海古籍出版社 1987 年版。

王水照主编：《宋代文学通论》，河南大学出版社 1997 年版。

汪习波：《隋唐文选学研究》，上海古籍出版社 2005 年版。

汪小洋、孔庆茂：《科举文体研究》，天津古籍出版社 2005 年版。

王瑶：《中古文学史论集》，上海古籍出版社 1982 年版。

王应麟：《玉海》（附《辞学指南》），江苏古籍出版社、上海书店 1987 年影印本。

王应麟：《小学绀珠》，中华书局 1987 年版。

汪涌豪：《范畴论》，复旦大学出版社 1999 年版。

王元化译：《文学风格论》，上海译文出版社 1982 年版。

王运熙：《文心雕龙探索》，上海古籍出版社 1986 年版。

王运熙、杨明：《魏晋南北朝文学史》，上海古籍出版社 1989 年版。

王运熙、顾易生主编：《中国文学批评通史》（1—7），上海古籍出版社 1995 年版。

王运熙、顾易生主编：《中国文学批评史新编》，复旦大学出版社 2001 年版。

王运熙：《中古文论要义十讲》，复旦大学出版社 2004 年版。

王镇远、邬国平编选：《清代文论选》，人民文学出版社 1999 年版。

汪祚民：《〈古文辞类纂〉评选辞赋发微》，《安庆师范学院学报》2005 年第 5 期。

韦勒克、沃伦：《文学理论》，生活·读书·新知三联书店 1984 年版。

魏了翁:《周易要义》,文渊阁四库全书本。
魏收:《魏书》,中华书局1974年版。
魏之琇:《续名医类案》,文渊阁四库全书本,第784册,上海古籍出版社1987年版。
文同:《丹渊集》,傅璇琮《全宋诗》(第8册),北京大学出版社1998年版。
文彦博:《潞公文集》,文渊阁四库全书本,第1100册,上海古籍出版社1987年版。
闻一多:《闻一多全集》,生活·读书·新知三联书店1982年版。
闻一多著,傅璇琮导读:《唐诗杂论导读》,上海古籍出版社1998年版。
吴秉杰:《文体,它的三种意义》,《小说评论》1988年第1期。
吴曾:《能改斋漫录》,程毅中主编《宋人诗话外编》,国际文化出版公司1996年版。
吴曾祺:《文体刍言》,《涵芬楼文谈》,商务印书馆1913年版。
吴承学:《从破体为文看古人审美的价值取向》,《学术研究》1989年第3期。
吴承学:《江山之助——中国古代文学地域风格论》,《文学评论》1990年第2期。
吴承学:《辨体与破体》,《文学评论》1991年第4期。
吴承学:《人品与文品》,《文学遗产》1992年第1期。
吴承学:《中国古代文体学的历史发展》,《中山大学学报》1993年第1期。
吴承学:《从体到派》,《学术研究》1993年第4期。
吴承学:《中国古典文学风格学》,花城出版社1993年版。
吴承学:《生命之喻——论中国古代关于文学艺术人化的批评》,《文学评论》1994年第1期。
吴承学:《明代八股文文体研究》,《中山大学学报》2000年第6期。
吴承学:《中国古代文体形态研究》,中山大学出版社2000年版。
吴承学:《文体形态:有意味的形式》,《学术研究》2001年第4期。
吴承学、沙红兵:《中国古代文体学学科论纲》,《文学遗产》2005年第

1 期。
吴承学、沙红兵：《中国古代文体学研究展望》，《中山大学学报》2005 年第 3 期。
吴承学：《“八脚词”与宋代文章学》，《中山大学学报》2005 年第 4 期。
吴承学、何诗海：《贺复征与〈文章辨体汇选〉》，《学术研究》2005 年第 5 期。
吴承学、陈赟：《对“文本于经”说的文体学考察》，《学术研究》2006 年第 1 期。
吴承学、何诗海：《论〈四库全书总目〉的文体学思想》，《北京大学学报》2007 年第 4 期。
吴承学：《〈文体通释〉的文体学思想》，《古典文学知识》2007 年第 5 期。
吴承学、刘湘兰：《书牍类文体》，《古典文学知识》2008 年第 3 期。
吴承学、何诗海：《明代诗话中的文体史料与文体批评》，《文艺理论研究》2008 年第 4 期。
吴承学：《明代文章总集与文体学——以文章辨体等三部总集为中心》，《文学遗产》2008 年第 6 期。
吴承学：《宋代文章总集的文体学意义》，《中国社会科学》2009 年第 2 期。
吴承学：《中国文体学：回归本土与本体的研究》，《学术研究》2010 年第 5 期。
吴承学：《中国古代文体学研究》，人民出版社 2011 年版。
吴承学、何诗海：《中国文体学与文体史研究》，凤凰出版社 2011 年版。
吴承学：《论〈古今图书集成〉的文学与文体观念——以〈文学典〉为中心》，《文学评论》2012 年第 3 期。
吴承学：《中国文章学成立与古文之学的兴起》，《中国社会科学》2012 年第 12 期。
吴承学：《中国文体学札记：“文体”与“得体”》，《古典文学知识》2013 年第 1 期。
吴承学：《中国文体学札记：读〈文体明辨序说〉二书献疑》，《古典文学知识》2013 年第 2 期。

吴怀祺:《中国史学思想史》(宋辽金卷),黄山书社2002年版。
吴可:《藏海诗话》,永瑢等《四库全书总目》下册,中华书局1965年版。
伍蠡甫:《西方文论选》,上海译文出版社1979年版。
吴讷著,罗根泽点校:《文章辨体序说》,徐师曾著,于北山点校《文体明辨序说》,人民文学出版社1982年点校本。
吴调公:《文学分类的基本知识》,长江文艺出版社1982年版。
吴文治主编:《宋代诗话全编》,江苏古籍出版社1999年版。
吴兆宜:《玉台新咏笺注》,中华书局1985年版。
萧纲:《梁简文帝集》,文渊阁四库全书本。
効天庆:《曹丕与陆机的文体学思想比较论略——兼及魏晋文学思潮的发展轨迹》,《兰州大学学报》2009年第4期。
萧统编、李善注:《文选》,中华书局影印本1977年版。
谢灵运:《谢灵运集》,文渊阁四库全书本。
熊十力:《体用论》,中华书局1994年版。
徐宝余:《宋人〈离骚〉辨体——从宋人对〈骚〉类作品的选评出发》,《蒙自师专学报》2001年第5期。
徐复观:《中国文学精神》,上海书店2004年版。
许嘉璐:《古代文体常识》,北京出版社1980年版。
许结:《从说字诠音到赋学辨体——简宗梧教授汉赋研究的思路与价值》,《古典文学知识》1997年第3期。
徐楠:《试论祝允明的诗歌辨体意识与创作观》,《齐鲁学刊》2007年第2期。
许慎撰,清段玉裁注:《说文解字注》,江苏古籍出版社2006年版。
徐兴华等:《中国古代文体总览》,沈阳出版社1994年版。
徐旭平:《曹雪芹文学思想管窥》,《文山师范高等专科学校学报》2002年第3期。
许学夷撰,许维沫点校:《诗源辩体》,人民文学出版社1987年点校本。
许逸民:《论隋唐"〈文选〉学"兴起之原因》,《文学遗产》2006年第2期。

徐召勋:《文体分类浅谈》，安徽教育出版社 1986 年版。
徐振辉:《〈红楼梦〉的文体展览格局》,《红楼梦学刊》1994 年第 3 期。
许志刚:《严羽评传》，南京大学出版社 1997 年版。
徐中舒主编:《汉语大字典》（缩印本），湖北辞书出版社、四川辞书出版社 1992 年版。
许总:《宋明理学与中国文学》，百花洲文艺出版社 1999 年版。
薛凤昌:《文体论》，商务印书馆 1934 年版。
亚里士多德:《诗学》，商务印书馆 2003 年版。
鄢化志:《中国古代杂体诗通论》，北京大学出版社 2001 年版。
颜昆阳:《论文心雕龙辩证性的文体观念构架》，《文心雕龙综论》，台湾学生书局 1988 年版。
阎若璩:《尚书古文疏证》，文渊阁四库全书本。
颜延之著，王利器集解:《颜氏家训集解》（增补本），中华书局 1993 年版。
严羽著，郭绍虞校释:《沧浪诗话校释》，人民文学出版社 1961 年版。
杨东林:《汉魏六朝文体论与文体观念的演变》，博士学位论文，中山大学，2004 年。
杨光汉:《关于甲戌本〈好了歌解〉的侧批》，《红楼梦学刊》1980 年第 6 期。
杨庆存:《宋代散文研究》，人民文学出版社 2002 年版。
杨同庚:《也评〈好了歌〉——读〈红楼梦注评〉质疑》，《六盘水师范高等专科学校学报》1994 年第 3 期。
杨晓霭:《宋代声诗研究》，中华书局 2008 年版。
扬雄著，李轨注:《法言》，《诸子集成》（第 7 册），上海书店出版社 1986 年版。
杨亿:《武夷新集》，文渊阁四库全书本，上海古籍出版社 1987 年版。
杨仲义:《中国古代诗体简论》，中华书局 1997 年版。
姚爱斌:《协和以为体，奇出以为用——中国古典文体学方法论初探》，《文艺理论研究》2005 年第 6 期。
姚爱斌:《中国古典文体论思辨》，博士后工作报告，首都师范大学，2006 年。

姚爱斌:《论中国古代文体论研究范式的转换》,《文学评论》2006 年第 6 期。

姚爱斌:《中国古代文体观念与文章分类思想的关系——兼与西方文类思想比较》,《海南大学学报》2007 年第 3 期。

姚炳:《诗识名解》, 文渊阁四库全书本, 第 86 册, 上海古籍出版社 1987 年版。

姚鼐:《古文辞类纂》, 上海古籍出版社 1998 年版。

姚铉:《唐文粹》, 浙江人民出版社影印杭州许氏园本 1986 年版。

姚振宗:《隋书·经籍志考证》, 中华书局 1955 年版。

易祓:《周官总义》, 文渊阁四库全书本。

永瑢等撰:《四库全书总目》, 中华书局 1965 年版。

俞德邻:《佩韦斋集》, 傅璇琮《全宋诗》(第 67 册), 北京大学出版社 1998 年版。

余嘉锡:《目录学发微》, 巴蜀书社 1991 年版。

于景祥:《〈红楼梦〉与骈体文》,《红楼梦学刊》1997 年第 1 期。

俞平伯:《评〈好了歌〉》,《红楼梦学刊》1991 年第 2 期。

虞世南:《北堂书抄》, 中国书店 1989 年影印本。

于雪棠:《先秦两汉文体研究》, 博士后工作报告, 北京师范大学, 2002 年。

余英时:《朱熹的历史世界》, 生活·读书·新知三联书店 2004 年版。

郁沅、张明高编选:《魏晋南北朝文论选》, 人民文学出版社 1996 年版。

于展东:《论曹雪芹的文学思想》,《西北大学学报》2009 年第 1 期。

元竑:《杜诗攟》, 文渊阁四库全书本, 第 1295 册, 上海古籍出版社 1987 年版。

袁行霈主编:《中国文学史》, 高等教育出版社 1999 年版。

元稹著, 杨军笺注:《元稹集编年笺注》(诗歌卷), 三秦出版社 2002 年版。

赞宁著, 范祥雍点校:《宋高僧传》, 中华书局 1987 年版。

曾巩:《元丰类稿》, 文渊阁四库全书本。

曾巩:《元丰类稿》, 文渊阁四库全书本, 第 1098 册, 上海古籍出版社 1987 年版。

曾扬华：《从“末世感”到“好了歌”》，《红楼梦学刊》1997 年第 6 期。
曾慥：《乐府雅词》，文渊阁四库全书本，上海古籍出版社 1987 年版。
曾枣庄：《宋代文学与宋代文化》，上海人民出版社 2006 年版。
翟胜健：《曹雪芹文艺思想新探》，北京大学出版社 1997 年版。
詹瑛：《〈文心雕龙〉的风格学》，人民文学出版社 1982 年版。
詹瑛：《文心雕龙义证》，上海古籍出版社 1989 年版。
张邦基撰，孔凡礼点校：《墨庄漫录》，中华书局 2002 年版。
张伯伟：《钟嵘〈诗品〉研究》，南京大学出版社 1993 年版。
张伯伟：《钟嵘诗品研究》，南京大学出版社 1999 年版。
张伯伟：《中国古代文学批评方法研究》，中华书局 2002 年版。
张岱年：《中国古典哲学概念范畴要论》，中国社会科学出版社 1987 年版。
张涤华：《类书源流》（修订本），商务印书馆 1985 年版。
张高评：《破体与创造性思维——宋代文体学之新诠释》，《中山大学学报》2009 年第 3 期。
张海鸥、梁穗雅：《北宋“话”体诗学论辨》，《中山大学学报》2005 年第 3 期。
张宏生：《江湖诗派研究》，中华书局 1995 年版。
张宏生：《宋诗融通与开拓》，上海古籍出版社 2001 年版。
章潢：《图书编》，文渊阁四库全书本。
张见：《辨体方法与王士祯的诗歌批评》，《求索》1991 年第 4 期。
张进：《李清照〈论词〉与曹丕〈论文〉》，《人文杂志》1995 年第 4 期。
张利群：《辨味批评论》，广西师范大学出版 2000 年版。
张利群：《刘勰“辨体”的文体论意蕴及批评学意义》，《广西师范学院学报》2007 年第 3 期。
张庆善：《说芙蓉》，《红楼梦学刊》1981 年第 5 期。
张融：《张融集》，文渊阁四库全书本。
张少康、刘三富：《中国文学理论批评发展史》，北京大学出版社 1995 年版。
张少康、卢永璘：《中国历代文论选》，人民文学出版社 1999 年版。
章太炎撰，陈平原导读：《国故论衡》，上海古籍出版社 2003 年版。

张晚林、王瑜：《格调的坚守与诗意的回归——评〈明代前中期诗学辨体理论研究〉》，《湖南科技大学学报》2008 年第 1 期。
章新建：《曹丕》，安徽人民出版社 1982 年版。
张新科：《试论雅诗中的赋法》，《陕西师范大学学报》1985 年第 3 期。
张新科：《六朝新文学理论的先声——司马迁对魏晋南北朝文论影响三题》，《陕西师范大学学报》1997 年第 2 期。
张新科：《唐前史传文学研究》，西北大学出版社 2000 年版。
张新科：《魏晋南北朝时期史传文学的嬗变轨迹》，《陕西师范大学学报》2000 年第 4 期。
张新科：《唐前史传与辞赋》，《中州学刊》2000 年第 5 期。
张新科：《从吴文化记载看史记的文化综合特征》，《文史哲》2002 年第 2 期。
张新科：《史记学概论》，商务印书馆 2003 年版。
张新科：《从史记看汉代文学的自觉化倾向》，《光明日报》2003 年 2 月 12 日。
张新科：《汉赋的经典化过程——以汉魏六朝时期为例》，《人文杂志》2004 年第 3 期。
张新科：《消费与接受：传记终极目标的实现》，《文学评论》2004 年第 5 期。
张新科：《文化视野中的汉代文学》，中国社会科学出版社 2006 年版。
张新科：《从唐前史传论赞看骈文的演变轨迹》，《文学评论》2007 年第 6 期。
张新科：《论欧阳修的杂传传记》，《欧阳修研究——纪念欧阳修诞辰 1000 周年国际学术研讨会论文集》，学林出版社 2008 年版。
张新科：《〈史记〉与中国文学》，商务印书馆 2010 年版。
章学诚著，叶瑛校注：《文史通义校注》，中华书局 1985 年版。
张毅：《宋代文学思想史》，中华书局 1995 年版。
张英、王士祯：《御定渊鉴类函》，文渊阁四库全书本，上海古籍出版社 1987 年版。
张玉书等编：《佩文韵府》，上海书店影印 1983 年版。

张云：《〈芙蓉女儿诔〉的文章学解读》，《红楼梦学刊》2008 年第 1 期。
张智华：《南宋的诗文选本研究》，北京师范大学出版社 2002 年版。
赵国强：《教坊“致语”考述》，《音乐研究》2007 年第 1 期。
赵宏恩等：《江南通志》，文渊阁四库全书本，第 489 册，上海古籍出版社 1987 年版。
赵怀仁：《从〈芙蓉女儿诔〉看屈原〈离骚〉对曹雪芹的影响》，《大理师范高等专科学校学报》1993 年第 2 期。
赵逵夫：《中国文章分类学研究序》，《西北民族学院学报》2000 年第 1 期。
赵翼：《陔余丛考》卷 23“论文体源起”。
真德秀：《文章正宗》，台北“商务印书馆”四部丛刊广编本。
郑樵：《通志略》，上海古籍出版社 1990 年版。
郑樵：《夹漈遗稿》，文渊阁四库全书本。
郑玄注，（唐）陆德明音义，（唐）贾公彦疏：《周礼注疏》，文渊阁四库全书本。
智少云：《浅谈文体的分类》，《牡丹江师范学院学报》1982 年第 1 期。
钟嵘著，陈延杰注：《诗品注》，人民文学出版社 1961 年版。
仲晓婷：《徐师曾〈文体明辨〉研究》，硕士学位论文，广西师范大学，2006 年。
周必大：《文忠集》，傅璇琮《全宋诗》（第 43 册），北京大学出版社 1998 年版。
周煇撰，刘永翔校注：《清波杂志校注》，中华书局 1994 年版。
周萌：《六朝诗赋观考辨——以文赋、文章流别论、文选、文心为中心》，《深圳大学学报》2007 年第 5 期。
周密：《武林旧事》，西湖书社 1981 年版。
周密撰，张茂鹏点校：《齐东野语》，中华书局 1983 年版。
周晓燕：《小品文文体辨说》，《思茅高等师范专科学报》2006 年第 4 期。
周效柱：《〈诗薮〉中的辨体论》，《兰州学刊》2009 年第 2 期。
周勋初：《中国文学批评小史》，复旦大学出版社 2007 年版。
周义敢、程自信、周雷：《秦观集编年校注》上册，人民文学出版社 2001

年版。
周裕锴：《宋代诗学通论》，上海古籍出版社 2007 年版。
周芸：《辨体破体与语体的认知》，《修辞学习》2003 年第 1 期。
周振甫：《文章例话》，中国青年出版社 1983 年版。
周振甫：《文学风格例话》，复旦大学出版社 2005 年版。
周振甫：《中国文章学史》，江苏教育出版社 2006 年版。
周宗建：《论语商》，文渊阁四库全书本，第 207 册，上海古籍出版社 1987 年版。
周祖譔编选：《隋唐五代文论选》，人民文学出版社 1990 年版。
朱东润：《中国文学批评史大纲》，上海古籍出版社 2001 年版。
朱恩彬：《中国文学理论史概要》，山东文艺出版社 1989 年版。
朱全庆、王兆才：《曹丕文学观的思想渊源及价值取向》，《东岳论丛》2001 年第 2 期。
祝尚书：《宋人总集叙录》，中华书局 2004 年版。
祝尚书：《宋人别集叙录》，中华书局 1999 年版。
祝尚书：《宋代科举与文学考论》，大象出版社 2006 年版。
祝尚书：《宋代文学探讨集》，大象出版社 2007 年版。
朱艳英：《文章写作学文体理论知识部分》，东北师范大学出版社 1991 年版。
祝尧：《古赋辨体》，四库全书本。
朱一玄：《红楼梦资料汇编》，南开大学出版社 2001 年版。
朱迎平：《古典文学与文献论集》，上海财经大学出版社 1998 年版。
朱迎平：《宋文论稿》，上海财经大学出版社 2003 年版。
朱正华：《“辨体”辨》，《浙江师范学院学报》1983 年第 4 期。
朱子南：《中国文体学辞典》，湖南教育出版社 1988 年版。
朱自清：《朱自清说诗》，上海古籍出版社 1998 年版。
邹云湖：《中国选本批评》，上海三联书店 2002 年版。

后　记

再一次提笔写后记，意味着必须再一次对一段逝去的日子进行检视和追忆，这对于生性随意不注重过往而习惯于得过且过的我来说，应该说是必要的。

2008 年的那个夏季，已届不惑的我博士毕业后，决定到陕西师范大学做博士后研究工作。北京奥运会前夜，便拖家带口，挈妇将雏，离京入陕，来到三秦古都，也开始了我人生中第三段求学生涯。回顾这段堪称漫长的经历，真有隔世之感。三年桂林，三年北京，三年西安，南下，北上，西征，九载的极数中，以沧桑的颜鬓，竟然蛮时尚地成为漂之一族。好在，自己喜欢这种流浪江湖四海为家的感觉，这当与少年时便嗜读金庸小说有关。常常认为，中年老大，仍旧能走出大山，跋涉天涯，不能不说是上天的赐予和眷顾，让人能够在暮年可以有一些值得回忆咀嚼的东西。

不过，这些年仗剑天涯，虽闲云快意，却也连带一家人跟我“颠沛流离”，不免常有愧疚。但看到她们每天虽然清茶淡饭，却充满快乐和满足，内心稍感宽慰。也让自己从中觉到了，一个家，肯定不是指的豪宅大院，在狭窄的出租屋里照样可以是温馨如春的，曾经生活了六年的北京清河安宁里小区和师大博士后公寓的四五十平方米的空间，便是我们全家谈论不休的话题。同样，家，也不见得是一个几十年不变的稳定的地方，他乡是可以认作故乡的，只要一家人在一起，同着风雨，共着甘苦，家是可以在路上的。因了这个，我感谢我的爱人和我的孩子，感谢她们的随遇而安，如我一样，让自己渐渐喜欢上这座将终老一生的城市。

三年来，合作导师张新科先生在学习、工作和生活各方面都给予了悉心的照顾和帮助，点点滴滴，都深埋于胸中。由于自己的愚钝和疏懒，博士后报告写得很拖沓，也很粗糙，与自己最初的构想相去甚远，亦与导师的要求与期望相去甚远，内心颇不安，希望在后续研究中能够弥补诸多不足和缺陷。博士导师党圣元先生一如既往地关注着我的学习工作和全家人的生活，有了这样亲厚慈严之目光的注视，让人踏实，亦催人奋进。李继凯老师、李西建老师几年来给予了各方面的关怀和帮助，都将铭记于怀。

永远留存心中的还有那些陪自己一同走过半生的亲友，不必提起，如多年窖藏的醇酒，历久弥香。逝者如斯！过去的日子有碌碌，也不乏充实，这是我渴望的生活状态。未来对并无理想的我来说，很简单，简单的一眼便能望到尽头——夕阳残照，眯缝着昏花老眼，斜靠在古城墙根，懒洋洋地晒着暖洋洋的太阳，喝茶下棋，无所事事地打发着闲散的时光，与老妻漫无目的地散步在城市的某个公园或乡村的某条小径，有一答没一答地说过便忘地咕哝着已成过去的现在——现在的我，难道已经如此衰颓了不成？当然不是，我依旧每天跑两个小时的步，睡十个小时的觉，打羽毛球，看 NBA，看电视剧，喝二锅头，喝汉斯干啤，下围棋象棋，举哑铃杠铃，听草原歌曲，听齐秦刀郎，游秦岭终南等。生活于我，这些便是全部了。就这么点儿出息。报告后按例要写点什么，有关的和无关的，想到哪儿就写到哪儿，随笔随意。就到这儿罢。

任竞泽

2011 年 6 月 6 日端午记于陕西师范大学南 53 号楼 105 室博士后公寓

再　记

本书是我的教育部项目结项成果，也是在我的博士后报告基础上修改完成的。

2011 年 6 月底，我的博士后出站报告答辩会在陕师大启夏苑二楼小会议厅举行，答辩委员会由左东岭、畅广元、赵望秦、李西建、李继凯、党圣元、张新科等教授组成，同时参加出站答辩的还有同门夏静教授和王晓鹃教授。各位老师对报告一致表示肯定，也指出了其中的缺点和不足。转眼间，五年过去了，这期间教学科研之余，对博士后报告各章进行了全面修改和润色，并增加了数章内容。书稿各章都先期发表在《文艺理论研究》《厦门大学学报》《陕西师范大学学报》《海南大学学报》《安徽大学学报》《云南社会科学》《学术论坛》《北方论丛》《甘肃社会科学》《人文杂志》等学术期刊上，并有数篇被人大复印报刊资料和高等学校文科学术文摘等全文转载或摘编，书稿出版获得教育部人文社科规划项目基金、陕西师范大学优秀学术著作出版基金以及陕师大文学院优秀学术著作出版基金资助，谨致谢忱！本书出版过程中，中国社会科学出版社郭晓鸿编审等付出了辛勤的劳动，深表谢忱！博士生导师党圣元先生和博士后导师张新科先生在百忙中为拙著赐序，在此表示衷心的感谢！

一切恍如昨日。岁月催人，知天命之年又悄然来临。日子如水般流逝，生活也如水般平淡。雪泥鸿爪，唯有这部易朽的书稿可以见证曾经的时间与存在。

路，在脚下，走便是。

任竞泽

2016年晚秋记于雁塔逐水居